VITA DÖDEN

CLIVE CUSSLER

MED PAUL KEMPRECOS

VITA DÖDEN

Översättning Bo Samuelsson

Damm förlag

www.damm.se

Första pocketupplagan, andra tryckningen
Copyright © 2003 by Sandecker RLLLP
By arrangement with Peter Lampack Agency Inc, 551 Fifth Avenue,
Suite 1613, New York, N.Y. 10176-0187, USA and Lennart Sane
Agency AB, Holländareplan 9, S-374 34 Karlshamn, Sweden.
Svensk utgåva © 2006, 2007, 2009 Damm Förlag,
Forma Publishing Group AB
Originalets titel White Death
Omslagsillustration Craig White
Tryck V-TAB Avesta AB, 2009

ISBN 978-91-7351-389-0

Prolog 1

Väster om Brittiska öarna, 1515

Diego Aguirrez vaknade upp ur sin oroliga sömn av att något som kändes som en råtta kilade över ansiktet. Hans breda panna var våt av svett, hjärtat bultade i bröstet och en obestämbar känsla av rädsla gnagde inom honom. Han lyssnade på de dämpade snarkningarna från sina sovande besättningsmän. Vågorna kluckade och skvalpade mot träskrovet. Allt verkade som det skulle. Ändå kunde han inte skaka av sig den obehagliga känslan av att ett osynligt hot lurade bland skuggorna.

Aguirrez rullade ur hängkojen, svepte en tjock yllefilt om sina muskulösa axlar och klättrade uppför kajuttrappan till det dimhöljda däcket. I det svaga månskenet glittrade den bastanta karavellen som om den vore gjord av spindelväv. Aguirrez gick fram till en gestalt som stod hopkurad i det gula skenet från en oljelampa.

"God kväll, kapten", sa mannen när han närmade sig.

Aguirrez noterade belåtet att vakten var vaken och på alerten.

"God kväll", svarade kaptenen. "Är allt i sin ordning?"

"Ja, kapten. Men vi har ännu ingen vind."

Aguirrez kastade en blick upp mot de spöklika masterna och seglen. "Den kommer. Jag känner det på lukten."

"Ja, kapten", sa mannen och kvävde en gäspning.

"Gå ner och sov en stund. Jag avlöser er."

"Det är inte dags än. Min vakt håller på ännu ett glas."

Kaptenen lyfte upp timglaset som stod bredvid lampan och vände på det. "Så där", sa han. "*Nu* är det dags."

Mannen mumlade ett tack och hasade bort till manskapets skans medan Aguirrez ställde sig på vakt i skeppets höga akterkastell. Han spanade mot söder, blickade ut mot den röklika dimman som steg upp som ånga från det spegelblanka havet. Han var kvar på sin post när solen gick upp. Hans svarta ögon var rödkantade och värkte av trötthet. Hans filt var våt av fukt. Men med sin vanliga envishet struntade han i obehaget och vankade av och an som en inspärrad tiger.

Kaptenen var bask, från de oländiga bergen mellan Spanien och Frankrike, och hans instinkter, som finslipats av åren till sjöss, fanns det anledning att ta på stort allvar. Baskerna var världens förnämsta sjömän, och män som Aguirrez färdades rutinmässigt i trakter som mer räddhågsna sjöfarare betraktade som hemvist för sjöormar och farliga strömvirvlar. I likhet med många andra basker hade han ögonbryn som björnbärssnår, stora utstående öron, lång rak näsa och haka som en klipphylla. Längre fram i tiden skulle vetenskapen hävda att baskerna, med sina kraftiga anletsdrag, var ättlingar i rakt nedstigande led till cromagnonmänniskan.

Besättningen dök upp. De gäspade och sträckte på sig i den grå dagern före gryningen och satte i gång med sina sysslor. Kaptenen vägrade gå med på erbjudandena om avlösning, och framåt förmiddagen fick han lön för sin envishet. Hans blodsprängda ögon uppfattade en ljusglimt genom den tjocka dimridån. Det varade bara ett ögonblick, men det fyllde Aguirrez med en underlig blandning av lättnad och fasa.

Med stigande puls höjde Aguirrez mässingskikaren som hängde i en rem om hans hals, drog ut sektionerna till deras fulla längd och kikade genom okularet. Först såg han bara en grå, monoton cirkel där dimman smälte ihop med havet. Kaptenen torkade sig i ögonen med ärmen, blinkade ett par gånger och höjde kikaren igen. Inte heller nu syntes något. Ljuset spelar mig ett spratt, tänkte han.

Plötsligt såg han en rörelse genom linsen. En spetsig förstäv hade dykt upp ur dimbankarna som näbben på en rovfågel. Sedan blev båten synlig i sin fulla längd. Den smäckra farkosten med sitt svarta skrov rörde sig framåt, gled några sekunder, och sköt fart igen. Två andra skepp följde tätt efter och jagade fram över den släta ytan som jättelika vatteninsekter. Aguirrez svor tyst för sig själv.

Fiendens galärer.

Solljuset reflekterades i de blöta årorna som doppades ner i vattnet i jämn takt. För varje årtag minskade avståndet hastigt mellan de smäckra båtarna och segelfartyget.

Kaptenen betraktade lugnt de hastigt annalkande fartygen, bedömde de rena, funktionella linjerna med blicken hos en kunnig skeppsbyggare. Galärerna – havets verkliga kapplöpningshundar, kapabla till korta ruscher i hög fart – hade utvecklats i Venedig och användes i många europeiska länder.

Varje galär drevs framåt av etthundrafemtio åror, tre rader med tjugofem åror på varje sida. Den låga, jämna profilen gav båten ett strömlinjeformat utseende som var före sin tid, och den svängde elegant upp i aktern där kaptenshytten hängde ut över akterspegeln. Förstäven var utdragen, även om den inte längre fungerade som ramm, som i äldre tider. Fören hade förvandlats till en artilleriplattform.

Ett litet trekantigt latinsegel hängde från båtens enda mast, nära aktern, men mänsklig muskelkraft gav galären fart och gjorde den lätt att manövrera. Det spanska straffsystemet garanterade en jämn tillförsel av roddare, som var dömda att slita med de tunga, nästan tio meter långa årorna tills de dog. Från för till akter löpte en smal gångbrygga, en *corsia*, varifrån hårdhjärtade män med hot och pisksnärtar manade på roddarna.

Aguirrez visste att eldkraften som riktades mot hans skepp skulle bli fruktansvärd. Galärerna var nästan dubbelt så långa som hans tjugofem meter långa, bulliga karavell. En galär var vanligtvis bestyckad med femtio framladdade, slätborrade hakebössor avsedda för ett skott. Det tyngsta vapnet, en uppåtriktad mörsare av gjutjärn som kallades *bombard*, var placerad på artilleriplattformen i fören. Dess placering, framtill på styrbordssidan, var en kvarleva från den tiden då strategin gick ut på att ramma fienden.

Medan galären var en vidareutveckling av det bastanta grekiska fartyg som förde Odysseus från Kirke till cykloperna, så var karavellen framtidens skepp. Detta robusta fartyg var snabbt och lättmanövrerat för sin tid och kunde gå vart som helst på världens hav. Karavellen kombinerade sin sydländska riggning med ett tåligt, nordligt, karavellbyggt skrov och ett gångjärnsförsett, axlat roder. Latinseglen, som var lätta att rigga upp, härstammade från arabernas *dhow*, och gjorde karavellen vida överlägsen alla andra samtida segelfartyg när det gällde att segla dikt bidevind.

Dessvärre för Aguirrez hängde nu dessa segel, som var så genialiska i all sin enkelhet, slakt från de två masterna. Utan vind som fick segelduken att röra sig var seglen bara oanvändbara tygskynken. En karavell som råkat ut för stiltje var fast på havsytan, som ett skepp i en flaska.

Aguirrez såg på den livlösa segelduken och förbannade elementen som hade gaddat ihop sig mot honom. Han kokade av ilska över det kortsynta övermod som hade fått honom att trotsa sin instinkt att hålla sig långt ut till havs. Galärerna med sina låga fribord var inte gjorda för öppet hav och skulle ha haft svårigheter att följa efter karavellen. Men han hade seglat nära land för att det blev närmare. Med gynnsamma vindar kunde hans skepp segla ifrån vilket fartyg som helst ute på havet. Han hade inte räknat med stiltje. Inte heller hade han väntat sig att galärerna skulle hitta honom så lätt.

Han slog bort sina självförebråelser och misstankar. Tids nog skulle frågorna besvaras. Han kastade filten åt sidan som om den varit en matadors cape och gick med beslutsamma steg utmed hela fartyget och ropade ut order. Kaptenens kraftfulla röst, som ekade från ena änden av fartyget till den andra, satte fart på besättningen. Inom några sekunder påminde däcket om en upprörd myrstack.

"Sätt båtarna i sjön!" Aguirrez pekade på de annalkande galärerna. "Skynda på, för annars kommer vi att hålla bödlarna sysselsatta dag och natt."

De satte i gång med sina uppgifter med en rasande fart. Alla ombord på karavellen visste att de skulle bli torterade och brännas levande vid pålar om galärerna hann upp dem. På bara några minuter var karavellens samtliga tre båtar i sjön, bemannade med de starkaste roddarna. Linorna som var fastgjorda i skeppet spändes som bågsträngar, men karavellen vägrade att röra sig. Aguirrez skrek åt sina mannar att ro hårdare. Det blev alldeles tjockt i luften omkring honom när han vädjade till deras baskiska mannamod med varenda svavelosande förbannelse han kunde uppbåda.

"Men ta i, då!" ropade Aguirrez så att hans mörka ögon flammade. "Ni ror ju som en bunt spanska horor!"

Årorna piskade det lugna vattnet till ett löddrande skum. Skeppet riste och knarrade, och till sist började det röra sig framåt. Aguirrez ropade några uppmuntrande ord och rusade akterut. Han lutade sig mot relingen och satte kikaren för ögat. Genom linsen såg han att en lång, mager man stod på den främre galärens förliga plattform och tittade tillbaka på honom genom en tubkikare.

"*El Brasero*", viskade Aguirrez med ohöljt förakt.

Ignatius Martinez såg Aguirrez titta på honom och hans tjocka vällustiga läppar drogs till ett triumferande leende. I hans djupt liggande, skoningslösa gula ögon brann en fanatisk glöd. Den aristokratiska näsan vädrade i luften som om den hade stött på en dålig lukt.

"Kapten Blackthorne", sa han belåtet till den rödskäggige mannen vid sin sida, "tala om det för roddarna. Säg till dem att de blir fria om vi lyckas fånga vårt byte."

Kaptenen ryckte på axlarna och utförde ordern, väl medveten om att Martinez inte hade för avsikt att hålla sitt löfte – att det bara var ett grymt knep.

El Brasero betydde "glödpanna" på spanska. Martinez hade fått sitt öknamn på grund av sin entusiasm för att grilla kättare under *auto de fé*, de offentliga bestraffningar som liknade skådespel. Han var en välbekant gestalt vid *quemerdo*, eller platsen där man brände folk, och han använde sig av alla metoder, inklusive mutor, för att vara säker på att han skulle få äran att tända bålet. Även om hans officiella titel var allmän åklagare och rådgivare åt inkvisitionen hade han övertalat sina överordnade att utnämna honom till inkvisitor med särskilt ansvar för att döma basker. Att döma en bask var ytterst lönsamt. Inkvisitionen konfiskerade omedelbart den anklagades egendom. De stulna tillgångarna betalade inkvisitionens fängelser, hemliga polis, tortyrkammare, armé och byråkrati, och de gjorde inkvisitorerna till förmögna män.

Baskerna hade fört navigationskonsten och skeppsbyggnadskonsten till tidigare okända höjder. Aguirrez hade seglat dussintals gånger till de hemliga fiskebankarna på andra sidan Västerhavet för att fånga val och fiska torsk. Baskerna var borna kapitalister, och många, i likhet med Aguirrez, hade blivit rika genom att sälja valprodukter och torsk. Hans livaktiga skeppsvarv vid Nervionfloden byggde fartyg av alla typer och storlekar. Aguirrez hade visserligen varit medveten om inkvisitionen och dess framfart, men han var alldeles för upptagen av att driva sina olika företag och att njuta av det sporadiska sällskapet av sin vackra fru och sina två barn för att tänka så mycket på saken. Det var vid återkomsten från en resa som han hade lärt sig att Martinez och inkvisitionen var ondskefulla krafter som inte kunde ignoreras.

En uppretad folksamling hade tagit emot de fullastade fiskefartygen som lade till vid kajen för att lossa sin fångst. Man hade försökt påkalla Aguirrez uppmärksamhet och vädjat om hans hjälp. Inkvisitionen hade arresterat en grupp kvinnor från trakten och anklagat dem för häxeri. Hans hustru hade funnits bland de gripna. Hon och de andra hade ställts inför rätta, befunnits skyldiga och skulle förflyttas från fängelset till platsen där de skulle brännas.

Aguirrez lugnade ner folkmassan och begav sig direkt till provinshuvudstaden. Trots att han var en inflytelserik man talade han för döva öron när han vädjade om att fångarna skulle släppas. De styrande sa att de inte kunde göra någonting; det här var en kyrklig fråga, inte en världslig. Några viskade att de kunde sätta sina egna liv och sina tillgångar på spel om de gick emot inkvisitionen. "El Brasero", viskade de förskrämt.

Aguirrez hade tagit saken i egna händer och samlat ihop hundra av sina män. De hade attackerat konvojen som förde de anklagade häxorna till bålet, och befriat kvinnorna utan att avlossa ett enda skott. Redan när Aguirrez tog sin hustru i famnen visste han att El Brasero hade arrangerat gripandena och rättegångarna mot de häxerianklagade för att få lägga vantarna på basken och hans egendom.

Aguirrez misstänkte att det fanns ytterligare ett skäl, som vägde ännu tyngre, till att han hade fått inkvisitionens ögon på sig. Året innan hade ett råd av åldermän gett honom ansvaret för Baskiens allra heligaste reliker. En dag skulle de användas till att samla baskerna i en kamp för självständighet från Spanien. För tillfället förvarades de i en kista gömd i en hemlig kammare i Aguirrez luxuösa hem. Martinez kunde ha hört talas om konstföremålen. Det fanns fullt av spioner i trakten. Martinez kände väl till hur heliga reliker kunde uppväcka fanatism, ungefär på samma sätt som den heliga graalen hade varit upphov till de blodiga korstågen. Allting som enade baskerna utgjorde ett hot mot inkvisitionen.

Martinez reagerade inte på fritagningen av kvinnorna. Men Aguirrez lät sig inte luras. Martinez skulle slå till först sedan han samlat in varje uns av komprometterande bevis. Aguirrez utnyttjade tiden till att förbereda sig. Han skickade den snabbaste karavellen i sin flotta till San Sebastián, som om den skulle tas in för reparation. Han spred generösa penningsummor omkring sig för att värva en egen armé av spioner, däribland några i åklagarens närmaste omgivning, och lät förstå att den största belöningen skulle gå till den som varnade honom i händelse av att han skulle arresteras. Därefter fortsatte han sitt arbete som vanligt och väntade, ständigt i närheten av sitt hem, där han omgav sig med vakter som var stridsvana.

Flera månader förflöt under tystnad. Men så en natt kom en av hans spioner – en man som var bokhållare på självaste Inkvisitionen – springande till hans hus med andan i halsen och bultade på dörren. Martinez var på väg med en grupp soldater för att gripa honom. Aguirrez betalade den tacksamme spionen och satte sina välöverlagda planer i verket. Han kysste sin hustru och sina barn farväl och lovade att möta dem i Portugal. Medan hans familj flydde i en hästdragen kärra med mycket av deras rikedomar, skickade man samtidigt ut en lockfågel för att lura i väg soldaterna på en munter jakt på landsbygden. Tillsammans med sitt beväpnade följe tog sig Aguirrez till kusten. I skydd av mörkret hissade karavellen segel och satte kurs åt norr.

När solen gick upp nästa dag hade en hel flotta av galärer lösgjort sig ur gryningsdimman i ett försök att stoppa karavellen. Genom sitt skickliga sjömanskap hade Aguirrez undkommit sina förföljare, och en jämn bris förde skeppet med god fart norrut, utmed Frankrikes kust. Han tog ut kursen mot Danmark där han skulle vika av västerut mot Grönland och Island och Det stora landet på andra sidan. Men så, utanför Brittiska öarna, upphörde skeppets kölvatten samtidigt som vinden, och Aguirrez och hans mannar fann sig omgivna av vatten där luften stod stilla ...

Nu när de tre galärerna skulle sätta in dödsstöten var Aguirrez fast besluten att kämpa till sista blodsdroppen om så krävdes, men hans starkaste instinkt var att överleva. Han beordrade skyttarna att göra sig redo för strid. När han bestyckade karavellen hade han valt snabbhet framför beväpning, flexibilitet i stället för eldkraft.

Standardvapnet på den tiden var en klumpig mynningsladdad hakebössa med luntlås, vilken hakades fast i en bärbar ställning och krävde två man för att laddas och avfyras. Skyttarna på karavellen var beväpnade med mindre, lättare modeller som kunde hanteras av en man. Hans besättningsmän var utmärkta prickskyttar – de brukade träffa med varje skott. Som tungt artilleri hade Aguirrez valt ett par bronskanoner som kunde förflyttas på hjulförsedda lavetter. Skyttemanskapet hade övat så att de kunde ladda, sikta och avfyra med en närmast mekanisk precision utan motstycke på andra fartyg.

Roddarna var märkbart trötta, och skeppet rörde sig som en fluga som kryper över en hink med sirap. Galärerna var nästan inom skotthåll. Deras prickskyttar skulle med lätthet kunna träffa roddarna. Men han bestämde ändå att mannarna var tvungna att stanna vid årorna. Så länge fartyget rörde sig hade Aguirrez en viss kontroll. Han manade på sina mannar att fortsätta ro och var på väg för att hjälpa skyttarna då hans känsliga sinnen registrerade en temperaturskiftning, något som brukade förebåda vind. Det mindre latinseglet flaxade till som vingen på en skadad fågel. Sedan blev det stilla.

Samtidigt som kaptenen spanade ut över havet efter krusningen på ytan som föregår en vindpust, hörde han det omisskännliga dånet av en *bombard*. Mörsaren med sin vida mynning vilade på en fast lavett utan några möjligheter att rikta i vare sig sidled eller höjdled. Kanonkulan plumsade helt ofarligt i havet omkring hundra meter från karavellens akter. Aguirrez skrattade, väl medveten om att det var nästan omöjligt att få in en direktträff med en mörsare, även om målet rörde sig lika sakta som karavellen.

Galärerna hade gått fram tre i bredd. Medan ett rökmoln drev över vattnet avancerade galärerna som flankerade ledarbåten och kom in rakt bakom karavellen. Men det var bara en skenmanöver. Båda galärerna vek av åt vänster, och den ena tog täten. Galärerna hade det mesta av sin beväpning på främre delen av styrbordssidan. När de passerade den sakta framglidande karavellen kunde de beskjuta däcket och riggen med små och medelstora vapen.

Aguirrez, som väntat på attacken, hade placerat båda kanonerna tätt tillsammans på babordssidan och täckt över mynningarna med ett svart skynke. Fienden skulle gissa att karavellen också var utrustad med en ineffektiv mörsare och att dess flanker var praktiskt taget oskyddade.

Aguirrez spanade mot artilleriplattformen genom kikaren och svor till när han kände igen en tidigare besättningsman som hade seglat med honom på många fisketurer. Mannen kunde rutten mot

Västerhavet som Aguirrez följde. Det var mycket troligt att inkvisitionen hade hotat hans familj.

Aguirrez kontrollerade elevationen på vardera kanonen. Han drog det svarta skynket åt sidan och siktade genom kanonportarna på en tänkt cirkel på havet. Eftersom de inte mött något motstånd styrde den första galären in nära karavellen – och då gav Aguirrez order om eld. Båda kanonerna dundrade. Det ena skottet brann av för tidigt och slog av bogsprötet på galären, men den andra kanonkulan träffade artilleriplattformen.

Hela bogsektionen flammade upp i ett hav av eld och rök. Vattnet strömmade in i det läckande skrovet, påskyndat av galärens rörelse framåt, och båten gled allt djupare under ytan och sjönk efter bara en liten stund. Aguirrez kände ett styng av medlidande med roddarna, fjättrade vid årorna och oförmögna att fly, men deras död skulle gå fort jämfört med veckor och månader av lidande.

Besättningen på den andra galären såg ledarbåtens öde, och med en uppvisning av den smidighet som triererna var berömda för gjorde den en häftig gir bort från karavellen, gick sedan runt i en båge och återförenades med Martinez, som klokt nog hade hållit tillbaka sin båt.

Aguirrez gissade att galärerna skulle dela på sig, runda fartyget på var sin sida, noga med att inte komma inom skotthåll för kanonerna, och sedan cirkla tillbaka och attackera de sårbara roddarna. Nästan som om Martinez hade läst hans tankar delade galärerna på sig och började gå i var sin vid båge på ömse sidor om skeppet, kretsande som vaksamma hyenor.

Aguirrez hörde en smäll över huvudet, orsakad av en fladdrande flik från storseglet. Han höll andan och undrade om det bara var en vilsekommen vindil som förra gången. Sedan fladdrade seglet till igen och buktade ut, och masterna knarrade. Han sprang fram till fören, lutade sig ut över relingen och skrek åt däcksbesättningen att föra roddarna ombord igen.

För sent.

Galärerna hade avbrutit sin vida, långsamma cirkelrörelse och slagit in på en kurs som ledde rakt mot fartyget. Den högra galären svängde runt och vände upp långsidan, och skyttarna med sina hakebössor koncentrerade eldgivningen på den försvarslösa barkassen. Roddarna besköts med en förintande eld.

Uppmuntrad av detta försökte den andra galären göra samma

manöver på babordssidan. Karavellens prickskyttar hade samlats igen efter att ha blivit tagna med överraskning, och de koncentrerade sin eld på den oskyddade artilleriplattformen där Aguirrez senast hade sett Martinez. *El Brasero* gömde sig säkerligen bakom tjockt trävirke, men han skulle ändå få meddelandet.

Salvan träffade plattformen som en blynäve. Så snart prickskyttarna fyrat av ett skott, tog de upp ett annat vapen och sköt på nytt, medan besättningsmännen febrilt laddade om vapnen. Gevärselden var ihållande och förödande. Oförmögen att stå emot den långvariga eldskuren girade galären undan, med skrovet splittrat och årorna i smulor.

Karavellens besättning rusade fram för att hala in barkasserna. Den första båten var dränkt i blod och hälften av roddarna var döda. Aguirrez skrek ut order åt sina kanonjärer, störtade fram och högg tag i ratten. Artilleristerna trängdes runt kanonerna och baxade fram de tunga pjäserna till kanonportarna i fören. Andra besättningsmän justerade riggen för att få ut mesta möjliga av den tilltagande brisen.

När karavellen fick upp farten och lämnade ett allt tydligare kölvatten efter sig styrde kaptenen skeppet mot galären som hade blivit beskjuten av hans skyttar. Galären försökte undkomma, men den hade förlorat flera roddare och rörde sig ryckigt. Aguirrez väntade tills han kommit inom femtio meter. Galärens artillerister sköt mot förföljaren, men skotten hade föga effekt.

Kanonen dundrade och projektilen träffade den takförsedda kaptenshytten i aktern och förvandlade den till kaffeved. Kanonen laddades skyndsamt om och riktades mot galärens vattenlinje, där kulan slog upp ett stort hål i skrovet. Galären, som var tungt lastad med manskap och utrustning, försvann snabbt under ytan, och kvar på platsen blev bara bubblor, träflisor och några simkunniga besättningsmän.

Kaptenen riktade uppmärksamheten mot den tredje galären.

Martinez hade sett oddsen förändras och befann sig nu på flykt. Hans galär for söderut som en skrämd hare. Den snabba karavellen övergick från sin dödande eldgivning till att förfölja. Aguirrez hade mord i blick och njöt av tanken på att få släcka *El Braseros* eld.

Men det skulle inte ske. Den tilltagande brisen var fortfarande svag, och karavellen kunde inte mäta sig med den flyende galären, vars roddare kämpade för sina liv. Inom kort vara galären bara en mörk prick vid horisonten.

Aguirrez skulle ha jagat Martinez till världens ände, men han såg segel vid horisonten och gissade att det kanske var fientliga förstärkningar. Inkvisitionen hade lång räckvidd. Han mindes löftet till sin hustru och barnen och sitt ansvar mot det baskiska folket. Motvilligt vände han fartyget och satte kurs norrut mot Danmark. Aguirrez hade inga illusioner om sin fiende. Martinez var kanske en fegis, men han var också tålmodig och envis.

Det var bara en tidsfråga innan de möttes igen.

Prolog 2

Strax efter midnatt började hundarna tjuta längs en sträcka på landsbygden mellan Hamburg och Nordsjön. Vettskrämda tittade de upp mot den mörka himlen med hängande tungor och darrande bakben. Deras känsliga hörsel hade uppfångat vad mänskliga öron inte kunde höra: det svaga motorljudet från den gigantiska silverfärgade torpeden som gled fram genom molntäcket högt ovanför.

Fyra stycken tolvcylindriga Maybach-motorer, två på varje sida, hängde i strömlinjeformade motorhöljen från buken på det tvåhundrafyrtio meter långa luftskeppet. Lamporna lyste i de stora fönstren på gondolen som satt under flygkroppens främre del. Den långa, smala gondolen var uppbyggd som styrhytten på ett fartyg, med kompass och spakförsedda rattar för sidroder och höjdroder.

Bredvid rorsman, med fötterna brett isär och händerna knäppta bakom ryggen, stod den reslige kapten Heinrich Braun, rak i ryggen som en eldgaffel och oklanderligt klädd i mörkblå uniform med tillhörande kaptensmössa. Kylan hade kommit insmygande i kabinen och var mer än värmeelementen klarade av, så han hade en tjock polotröja under uniformsjackan. Brauns stolta profil var som huggen i granit. Hans stela hållning och silverfärgade hår, som var klippt tätt inpå huvudsvålen på militäriskt vis, och den lätt upplyfta, utskjutande hakan, påminde om hans dagar som preussisk marinofficer.

Braun kontrollerade kompassriktningen, sedan vände han sig

mot en bastant medelålders man vars yviga, uppvridna mustasch gjorde att han påminde om en godmodig valross.

"Ja, herr Lutz, vi har framgångsrikt genomfört den första etappen av vår historiska resa." Braun hade ett förfinat, aristokratiskt sätt att tala. "Vi håller den planerade farten etthundratjugo kilometer i timmen. Trots en svag motvind så är bränsleförbrukningen exakt den beräknade. Gratulerar, professorn."

Herman Lutz såg ut som en bartender på en ölhall i München, men han var en av de skickligaste flygkonstruktörerna i Europa. Efter sin pensionering hade Braun skrivit en bok och framkastat idén om luftskeppstrafik till Nordamerika via Nordpolen. När han hållit en presentation av sin bok hade han träffat Lutz, som försökte samla in pengar för att finansiera en satsning på luftskepp till Nordpolen. Männen drogs till varandra i sin fasta övertygelse om att luftskepp skulle kunna befrämja det internationella samarbetet.

Lutz blå ögon lyste av förtjusning. "Det är jag som ska gratulera *er*, kapten Braun. Tillsammans ska vi föra den ärofulla världsfreden framåt."

"Jag förmodar att ni menar det ärofulla *Tyskland*", hånlog Gerhardt Heinz, en liten spenslig man som hade stått bakom de andra, tillräckligt nära för att höra vartenda ord. Under stora ceremonier tände han en cigarett.

Med skärpa i rösten sa Braun: "Herr Heinz, har ni glömt att det över våra huvuden finns tusentals kubikmeter lättantändlig vätgas? Rökning är endast tillåten på den särskilda avdelningen i besättningens utrymmen."

Heinz mumlade något till svar och fimpade cigaretten med fingrarna. I ett försök att få ett övertag sträckte han på sig som en kråmande tupp. Heinz hade rakat huvudet ända inpå svålen och lagt sig till med pincené för sina närsynta ögon. Det bleka huvudet satt på ett par smala axlar. Meningen var att det skulle se skrämmande ut, men mest av allt var det groteskt.

Lutz tyckte att Heinz, med sin åtsittande svarta läderrock, såg ut som en larv på väg ut ur puppan, men han var klok nog att behålla den åsikten för sig själv. Att ha Heinz ombord var priset han och Braun hade fått betala för att få upp luftskeppet i luften. Det, och så luftskeppets namn: "Nietzsche", efter den tyske filosofen. Tyskland kämpade för att bli av med det ekonomiska och psykologiska ok som Versaillesfreden hade medfört. När Lutz hade föreslagit en luftskeppsfärd till Nordpolen hade allmänheten varit mån om att bidra med pengar, men projektet hade gått i stå.

En grupp industrimän hade i all tysthet kontaktat Lutz med ett nytt förslag. Med stöd av militären skulle de finansiera ett luftskepp för att göra en hemlig färd till Nordpolen. Om projektet lyckades skulle det offentliggöras och de allierade ställas inför fullbordat faktum, vilket skulle visa Tysklands överlägsenhet inom flygteknologin. Om det misslyckades skulle det hemlighållas så att man slapp få en stämpel på sig. Farkosten byggdes i all hemlighet, och Lutz kopierade det väldiga luftskeppet "Graf Zeppelin". Som en del av överenskommelsen gick han med på att låta Heinz följa med på expeditionen för att representera industrimännens intressen.

"Kapten, skulle ni vilja informera oss om hur det framskrider?" sa Lutz.

Braun gick fram till ett kartbord. "Vi befinner oss här. Vi kommer att följa samma kurs som 'Norge' och 'Italia' till Spetsbergen. Därifrån gör vi en snabbvisit till polen. Jag räknar med att sista etappen tar omkring femton timmar, beroende på vädret."

"Jag hoppas vi har bättre tur än italienarna", sa Heinz och påminde helt i onödan de andra om tidigare försök att nå Nordpolen med luftskepp. År 1926 hade den norske upptäcktsresanden Amundsen och en italiensk ingenjör vid namn Umberto Nobile nått fram till och cirklat runt Nordpolen med ett italienskt luftskepp som hette "Norge". Under Nobiles andra expedition, som gjordes med systerskeppet "Italia", skulle man ha landat vid polen, men kraschade. Amundsen hade omkommit i ett räddningsförsök. Nobile och några av hans män hade slutligen blivit räddade.

"Här är det inte fråga om tur", sa Lutz. "Det här luftskeppet har konstruerats utifrån andras misstag och är specialbyggt för det här uppdraget. 'Nietzsche' är starkare och bättre lämpat att klara hårt väder. Det är försett med extra kommunikationssystem. Genom att motorerna drivs med *blaugas* får vi bättre kontroll och slipper släppa ut vätgas som barlast. Vi har reglage för avfrostning. Maskineriet är gjort för att användas vid arktiska temperaturer långt under fryspunkten. Det är det snabbaste luftskepp som nånsin byggts. Vi har ett nätverk av flygplan och fartyg på plats som kommer att ingripa omedelbart om vi råkar ut för problem. Vår meteorologiska kapacitet är av högsta klass."

"Jag har det största förtroende för er och ert skepp", sa Heinz med ett smetigt leende, och hans naturliga benägenhet att ställa sig in lyste fram.

"Bra. Jag föreslår att alla vilar lite innan vi når Spetsbergen. Vi ska fylla på bränsle där, innan vi fortsätter till polen."

Färden till Spetsbergen var odramatisk. Personalen som skulle fylla på bränsle och proviant hade kontaktats över radio och höll sig beredd, och luftskeppet var åter på väg inom några timmar, norrut, förbi Franz Josefs land.

Det grå havet nedanför var prickigt av flytande isblock. De övergick så småningom till stora oregelbundna isflak som i sin tur blev till ett sammanhängande istäcke, vilket på vissa ställen var sönderbrutet av mörka stråk med öppet vatten. Närmare polen blev isen till vidsträckta, obrutna vidder. Även om den blåvita ytan såg platt ut från trehundra meters höjd, så hade tidigare upptäcktsresande fått lära sig – den hårda vägen – att istäcket var genomkorsat av upphöjningar och packisvallar.

"Goda nyheter", meddelade Braun glatt. Vi befinner oss på den åttiofemte breddgraden. Vi är snart framme vid polen. Väderleksförhållandena är idealiska. Ingen vind. Klar himmel."

Förväntningarna växte, och till och med de som inte var i tjänst trängde in sig i kabinen och kikade ut genom de stora fönstren som om de väntade sig att få se en hög randig stolpe som markerade punkten för nittio grader nordlig bredd.

En observatör ropade: "Kapten, jag tror jag ser nåt på isen!"

Kaptenen tittade i sin kikare åt det håll besättningsmannen pekade.

"Ytterst intressant." Han räckte kikaren till Lutz.

"Det är en båt", sa Lutz efter ett ögonblick.

Braun nickade instämmande och beordrade rorsman att ändra kurs.

"Vad gör ni?" sa Heinz.

Braun gav honom kikaren. "Titta", sa han, utan närmare förklaring.

Heinz fumlade med sin pincené och tittade i kikaren. "Jag ser ingenting", sa han tonlöst.

Braun blev inte förvånad över svaret. Heinz verkade se väldigt dåligt. "Hur som helst så är det en båt på isen."

"Vad skulle en *båt* göra här?" sa Heinz, och blinkade hastigt. "Jag har inte hört talas om några andra expeditioner till Nordpolen. Jag beordrar er att återvända till vår kurs."

"På vilka grunder, herr Heinz?" frågade kaptenen och höjde ännu mer på hakan. Det framgick tydligt av kylan i hans röst att han inte brydde sig om vad svaret blev.

"Vårt uppdrag är att gå till Nordpolen", sa Heinz.

Kapten Braun blängde på Heinz som om han var färdig att sparka ut den lille mannen genom dörren och se på när hans kropp föll ner mot packisen.

Lutz märkte att kaptenen var på ett farligt humör och ingrep. "Det har ni alldeles rätt i, herr Heinz. Men jag tror också att vårt uppdrag är att undersöka allting som kan vara till hjälp för oss eller nästa expedition."

Braun tillade: "Dessutom är det vår plikt, lika mycket som för ett skepp som seglar på havet, att hjälpa dem som befinner sig i nöd."

"Om de ser oss, tar de radiokontakt med nån och äventyrar hela vårt uppdrag", sa Heinz i ett försök att byta taktik.

"De måste vara både döva och blinda om de inte redan har sett oss", sa Braun. "Och om de rapporterar om vår närvaro, än sen då? Vårt luftskepp har inga andra markeringar än namnet."

Heinz insåg att han var besegrad, så han tände sakta en cigarett och blåste demonstrativt ut röken i luften, som en utmaning till kaptenen att stoppa honom.

Kaptenen låtsades inte om den trotsiga gesten och gav order om att gå ner. Rorsman justerade reglagen, och den gigantiska zeppelinaren påbörjade sin långa glidflykt ner mot packisen.

1

Det ensamma fartyget som i hög fart närmade sig Färöarna såg ut som förloraren i en paintballstrid. Skrovet på den femtiotvå meter långa "Sea Sentinel" var nerstänkt från för till akter med färgsprakande psykedeliska batikmönster i regnbågens alla färger. Det skulle bara ha fattats en pipande Kalliope och en besättning av clowner för att göra karnevalsstämningen fullkomlig. Men fartygets pråliga utseende var bedrägligt. Som många till sin förfäran hade fått erfara var "Sea Sentinel" på sätt och vis lika farligt som något fartyg i Jane's Fighting Ships.

"Sea Sentinel" hade anlänt till färöiska vatten efter en etthundra-åttio distansminuter lång färd från Shetlandsöarna, utanför Skott-land. Fartyget togs emot av en hel flottilj av fiskebåtar och yachter som chartrats av utländska mediaföretag. Den danska kryssaren "Leif Eriksson" höll sig i närheten, och en helikopter cirklade mot den mulna himlen.

Det duggregnade – typiskt sommarväder för Färöarna, en ögrupp bestående av arton små öar belägna i nordöstra Atlanten, mittemel-lan Danmark och Island. De fyrtiofem tusen mänskliga invånarna på Färöarna är till stor del ättlingar till de vikingar som slog sig ner där på åttahundratalet. Trots att öarna utgör en del av Danmark så talar färingarna ett språk som härstammar från fornnordiskan. Människorna är i minoritet mot de miljontals fåglar som häckar på de branta klipporna som reser sig som fästningsvallar mot havet.

En lång, kraftigt byggd man på dryga fyrtio år stod på fartygets

23

fördäck omgiven av reportrar och kameramän. Marcus Ryan, kapten på "Sea Sentinel", var propert klädd i en välsittande svart officersuniform dekorerad med guldgaloner på kragen och ärmarna. Med sin filmstjärneprofil, sin solbränna, håret som nådde ner på kragen och som rufsats till av vinden och det rödblonda skägget som ramade in den fyrkantiga hakan, var Ryan som klippt och skuren för rollen som stilig sjökapten. Den imagen lade han ner stort arbete på att upprätthålla.

"Gratulerar, mina damer och herrar", sa Ryan med sin välmodulerade röst som hördes över dånet från maskinerna och vågornas skvalpande mot skrovet. "Jag beklagar att vi inte kunde bjuda på lite mindre sjögång. En del av er ser aningen gröna ut i ansiktet efter turen från Shetlandsöarna."

Deltagarna i pressuppbådet som övervakade det hela hade valts ut genom lottning. Efter att ha tillbringat en natt i de trånga kojerna medan fartyget stävade fram över det böljande havet, var det några medlemmar av den fjärde statsmakten som önskade att de inte hade haft en sådan tur.

"Det gör inget", sa en kvinnlig reporter från CNN med matt röst. "Se bara till att storyn är värd alla de jäkla Dramamine jag har tagit."

Ryan slog på Hollywoodleendet. "Jag kan nästan *garantera* att ni kommer att få se aktion." Han slog teatraliskt ut med armen. Kamerorna följde lydigt hans pekande finger till krigsfartyget. Kryssaren gick i en vid cirkel, men så sakta att den nätt och jämnt rörde sig framåt. Från den högsta masten fladdrade den rödvita danska flaggan. "Förra gången vi försökte hindra färingarna från att slakta grindvalar, så sköt den där danska kryssaren ni ser ett skott över fören på oss. En av våra besättningsmän var nära att bli träffad av ett skott från ett handeldvapen, men danskarna förnekar att de sköt."

"Dammade ni verkligen till dem med en sopkanon?" frågade CNN-reportern.

"Vi försvarade oss med det som fanns till hands", svarade Ryan med spelat allvar. "Vår kock hade riggat upp en anordning för att slunga i väg säckar med biologiskt nedbrytbart avfall från däck. Han är helt såld på medeltida vapen och hade konstruerat en apparat som påminde om en katapult, med förvånansvärd räckvidd. När kryssaren försökte stoppa oss fick vi till både vår egen och deras stora överraskning in en direktträff på dem." Han tystnade och sa sedan med den rätta, komiska tajmingen: "Det finns nog inget som kan få luften att gå ur seglen så som när nån blir nersmetad med potatisskal, äggskal och kaffesump."

Det hördes skratt från pressuppbådet.

En reporter från BBC sa: "Är ni inte rädd att den där sortens upptåg förstärker Sentinels of the Seas, SOS, rykte som en mycket radikal miljö- och djurrättsgrupp? Er organisation har öppet erkänt att ni har borrat valfångstfartyg i sank, blockerat farleder, sprejmålat sälungar, trakasserat säljägare, skurit sönder drivgarn ..."

Ryan höjde handen i protest. "Det handlade om *illegala* valfångstfartyg, internationellt vatten, och de andra grejerna ni nämnde kan vi dokumentera som lagliga enligt internationella överenskommelser. Å andra sidan har *våra* fartyg blivit rammade, våra medlemmar utsatts för tårgas och blivit beskjutna och det har förekommit olagliga gripanden."

"Vad säger ni till de människor som kallar er en terroristorganisation?" sa en reporter från *The Economist*.

"Jag skulle fråga dem: Vad kunde vara mer skrämmande än den kallblodiga slakten på mellan femtonhundra och tvåtusen försvarslösa grindvalar varje år? Och jag skulle påminna dem om att ingen nånsin har blivit skadad eller dödad på grund av ett SOS-ingripande." Ryan log sitt bländande leende igen. "Få höra nu, gott folk, ni har ju träffat alla ombord på det här fartyget." Han gjorde en gest mot en vacker ung kvinna som hade stått en bit ifrån de andra och lyssnat på diskussionen. "Tala nu ärligt om för mig: Ser den här damen skrämmande ut?"

Therri Weld var i trettiofemårsåldern, av medellängd, med en smidig, välproportionerad kropp. De urblekta jeansen och flanellskjortan som hon bar under den säckiga vindtygsjackan kunde knappast dölja hennes vältränade men påfallande kvinnliga figur. Hennes kastanjebruna hår, vars naturliga lockar blev ännu lockigare av den fuktiga luften, doldes delvis av en SOS-basebollmössa, och hennes mörkgröna ögon var vakna och intelligenta. Hon klev fram och log glatt mot pressuppbådet.

"Jag har redan träffat de flesta av er", sa hon med låg men klar röst. "Så ni vet att när Marcus inte tvingar mig att slava uppe på däck, då är jag juridisk rådgivare åt SOS. Som Marcus sa så använder vi oss av direktaktioner som en sista utväg. Vi drog oss tillbaka efter vår senaste sammandrabbning i de här vattnen för att försöka få till stånd en bojkott mot färöisk fisk."

"Men ni har ännu inte stoppat jakten på grindval", sa BBC-reportern till Ryan.

"Sentinels of the Sea har aldrig underskattat hur svårt det är att sätta stopp för en tradition som har funnits i hundratals år", svarade Ryan. "Färingarna är utrustade med samma envishet som deras vikingaförfäder behövde för att överleva. De tänker inte ge efter för ett gäng valkramare som vi. Men samtidigt som jag beundrar färingarna, så anser jag att *grindadrap* är en grym och barbarisk tradition. Den är ovärdig det färöiska folket. Jag vet att några av er har varit med om *grindadrap* tidigare. Är det nån som kan göra en sammanfattning av det hela?"

"En jäkligt blodig historia", medgav BBC-reportern. "Men jag gillar inte rävjakt heller."

"Räven har ju åtminstone en sportslig chans." Ryans käkar spändes. "*Grindadrap* är helt enkelt en massaker. När nån får syn på en flock grindvalar går larmet, och med hjälp av båtar driver man in valarna mot land. Lokalbefolkningen – kvinnor och barn ibland – väntar på stranden. Det är mycket alkohol och alltihop är en stor fest – utom för valarna. Folk kör in huggkrokar i valarnas blåshål och drar in dem mot land, där de får halsvenerna avskurna så att de förblöder. Vattnet blir rött av allt blod. Ibland kan man se människor såga av huvudet på valarna medan de ännu lever!"

En blond kvinnlig reporter sa: "Vad är det egentligen för skillnad på *grindadrap* och att slakta ungtjurar för köttets skull?"

"Du frågar fel person", sa Ryan. "Jag är vegan." Han väntade tills skrattet hade lagt sig. "Men din fråga är berättigad. Vi kanske kan skydda färingarna från sig själva. Grindvalskött är proppfullt med kvicksilver och kadmium. Det är skadligt för deras barn."

"Men om de nu vill förgifta sig själva och sina barn", sa reportern, "är det då inte intolerant av SOS att fördöma deras traditioner?"

"Gladiatorspel och offentliga avrättningar var också traditioner en gång i tiden. Civilisationen har lett till att dessa vilda spektakel inte har nån plats i vårt moderna samhälle. Att orsaka onödigt lidande för försvarslösa djur är samma sak. De säger att det är tradition. Vi anser att det är *mord*. Det är därför vi har kommit tillbaka."

"Varför inte fortsätta med bojkotten?" frågade mannen från BBC.

Therri besvarade frågan. "Bojkotten gick för sakta. Hundratals grindvalar fick fortfarande sätta livet till. Så vi har bytt strategi. Oljeindustrin vill borra efter olja i de här vattnen. Om vi kan skapa tillräckligt med negativ publicitet kring valjakten, kanske oljebolagen tappar intresset för att provborra. Det skulle sätta press på öborna att sluta med sin grindvalsjakt."

"Och vi har andra projekt på gång här också", tillade Ryan. "Det finns ett multinationellt fiskförädlingsföretag som vi ska demonstrera mot för att visa vårt motstånd mot de skadliga effekterna av fiskodling."

Reportern från Fox News lät skeptisk. "Finns det *någon* ni inte tänker motarbeta?"

"Tala om vem vi har missat", sa Ryan under allmänt skratt.

Mannen från BBC sa: "Hur långt tänker ni driva er protest?"

"Så långt vi kan. Vi anser att den här jakten är olaglig enligt internationell lagstiftning. Ni finns här som vittnen. Det som sker nu kan bli ganska riskabelt. Om nån vill åka härifrån nu, så kan jag ordna med transport." Han svepte med blicken över ansiktena som omgav honom, och sedan log han. "Ingen? Bra. Då så, modiga själar, då kastar vi oss in i striden. Vi har följt flera flockar med grindvalar. Vattnen här omkring fullkomligt vimlar av dem. Den unge mannen som vinkar så ivrigt kanske har nåt att berätta för oss."

En besättningsmedlem som hade hållit vakt kom gående över däck. "Några flockar passerar utanför Streymoy", sa han. "Vår observatör i land säger att sirenen tjuter och att båtarna håller på att sättas i sjön."

Ryan vände sig till reportrarna igen. "De kommer antagligen att försöka driva valarna in mot land vid avrättningsplatsen i Kvivik. Vi tänker lägga oss mellan båtarna och valarna. Om vi inte kan driva bort flocken, så får vi mota bort båtarna."

CNN-reportern pekade på kryssaren. "Kommer inte det att irritera de där killarna?"

"Det räknar jag med", sa Ryan med ett rovlystet leende.

Högt uppe på "Leif Erikssons" brygga spanade en civilklädd man på "Sea Sentinel" genom en kraftig kikare. "Herregud", mumlade Karl Becker till fartygets kapten Eric Petersen, "det där fartyget ser ju ut som om det vore målat av en galning."

"Jaså, ni känner kapten Ryan?" svarade Petersen med ett svagt leende.

"Bara ryktesvägen. Han tycks vara försedd med det som amerikanerna kallar för en 'teflonsköld'. Trots alla sina lagbrott har han aldrig blivit fälld för nånting. Vad vet ni om Ryan, kapten?"

"Till att börja med så är han ingen galning. Han är utrustad med en närmast fanatisk beslutsamhet, och alla hans aktioner är väl genomtänkta. Till och med den grälla målningen på hans fartyg har valts med beräkning. Den får intet ont anande motståndare att begå misstag – och den gör sig bra i tv."

"Vi kunde kanske arrestera dem för visuell nersmutsning av havet, kapten Petersen", sa Becker.

"Jag misstänker att Ryan skulle skaka fram nån expert som påstod att fartyget är ett flytande konstverk."

"Roligt att höra att ni har humorn i behåll trots förödmjukelsen som ert fartyg utsattes för vid den förra sammandrabbningen med Sentinels of the Sea."

"Det tog bara ett par minuter att spola av däcket och få bort soporna de kastade på oss. Min företrädare ansåg att det var nödvändigt att besvara sopattacken med vapenmakt."

Becker stelnade till. "Kapten Olafsen hade befälet över ett skrivbord senast jag hörde nåt. Publiciteten var otroligt negativ. 'Danskt krigsfartyg anfaller obeväpnad båt.' Rubriker om att besättningen var berusad. Herregud, vilken katastrof!"

"Efter att ha tjänstgjort som Olafsens förstestyrman, har jag den största respekt för hans omdöme. Problemet var att han inte hade klara order från byråkraterna i Köpenhamn."

"Byråkrater som mig?" sa Becker.

Kaptenen svarade med ett stramt leende. "Jag lyder order. Mina överordnade sa att ni skulle komma ombord som observatör från försvarsdepartementet. Och nu är ni här."

"Jag skulle inte vilja ha en byråkrat ombord på mitt fartyg om jag var i era kläder. Men jag försäkrar er, jag har inga befogenheter att ifrågasätta era order. Jag kommer givetvis att rapportera vad jag ser och hör, men låt mig påminna er om att ifall det här uppdraget blir ett fiasko så kommer bådas våra huvuden att rulla."

Kaptenen hade inte vetat vad han skulle tro om Becker när han först tog emot honom ombord på "Leif Eriksson". Tjänstemannen var kort och mörk, och med sina stora fuktiga ögon och sin långa

28

näsa såg han ut som en missmodig skarv. Petersen, å andra sidan, passade in i den gängse mallen för många danska män. Han var lång och blond och hade fyrkantig haka.

"Jag ville ogärna ha er ombord", sa kaptenen, "men hetsporrarna där borta kan göra så att allting går över styr. Och då välkomnar jag möjligheten att kunna rådgöra med nån från regeringen."

Becker tackade kaptenen och sa: "Vad anser ni om den här grindvalsjakten?"

Kaptenen ryckte på axlarna. "Jag har många vänner på Färöarna. De skulle hellre dö än att upphöra med sina gamla traditioner. De säger att det är det som gör dem till det de är. Jag respekterar deras känslor. Och ni då?"

"Jag är köpenhamnare. Och det här med valarna framstår mest som bortkastad tid i mina ögon. Men det är mycket som står på spel. Regeringen respekterar öbornas önskemål, men bojkotten har skadat deras fiske. Vi vill inte att färingarna ska förlora sitt levebröd så att de ligger staten till last. Alldeles för jäkla dyrt. För att inte tala om de förlorade inkomsterna för vårt land om oljebolagen övertalas att låta bli att borra på grund av valjakten."

"Jag är väl medveten om att den här situationen är lite som ett allegoriskt skådespel. Alla aktörer kan sina roller exakt. Öborna har planerat den här grindvalsjakten för att utmana SOS och för att försäkra sig om att Folketinget är medvetet om deras oro. Ryan har varit precis lika högljudd när han har sagt att han inte kommer att tillåta nånting att stå i hans väg."

"Och ni då, kapten Petersen, kan ni er roll?"

"Självfallet. Jag vet bara inte hur dramat slutar."

Becker grymtade något till svar.

"Ni kan vara lugn", sa kaptenen, "den färöiska polisen har fått order att hålla sig i bakgrunden. Och under inga omständigheter kommer jag att tillgripa vapen. Jag har fått order att skydda öborna mot fara. Sen är det min sak att bestämma hur det ska göras. Om "Sea Sentinel" kommer så nära att de utsätter de mindre båtarna för fara, då har jag befogenhet att *knuffa* SOS-fartyget åt sidan. Nu får ni ursäkta mig, mr Becker. Jag ser att ridån håller på att gå upp."

Fiskebåtar från flera hamnar stävade mot ett område där havet var i uppror. De snabba båtarna planade, med fören över vattnet, och studsade fram över den krabba sjön. Båtarna sammanstrålade på ett ställe där de blanka, svarta ryggarna på en flock grindvalar bröt ytan. Fontäner av skum sprutade upp från valarnas blåshål.

"Sea Sentinel" närmade sig också valarna. Petersen gav order till rorsman. Kryssaren lade om kursen.

Becker hade funderat på vad Petersen hade sagt tidigare.

"Säg mig, kapten, när övergår en 'knuff' till att bli en rammning?"

"När jag vill det."

"Är inte gränsen hårfin mellan de båda?"

Petersen sa åt rorsman att öka farten och sätta kurs rakt mot "Sea Sentinel". Sedan vände sig kaptenen mot Becker och log bistert mot honom.

"Det är det vi ska ta reda på."

2

Ryan såg hur kryssaren avbröt sitt långsamma cirklande och satte fart mot SOS-fartyget. "Det ser ut som om Hamlet slutligen har bestämt sig", sa han till sin förstestyrman Chuck Mercer, som stod till rors på "Sea Sentinel".

"Sea Sentinel" hade försökt driva ut valarna till havs. Flocken bestod av cirka femtio grindvalar, och några av honorna hade stannat upp och höll sig kvar hos sina kalvar, vilket sinkade räddningsförsöket. SOS-fartyget sicksackade fram som en ensam cowboy som försöker samla ihop kringirrande boskap, men de uppskrämda valarna gjorde uppgiften nästan omöjlig.

"Som att fösa ihop katter", muttrade Ryan. Han gick ut på styrbords bryggvinge för att se hur nära flocken de annalkande valfångstbåtarna var. Han hade aldrig sett så många öbor engagerade i ett *grindadrap*. Det verkade som om varenda hamn på Färöarna hade tömts på båtar. Dussintals båtar, som varierade i storlek från riktiga trålare till små öppna roddbåtar med utombordsmotorer, kom farande från olika håll för att delta i jakten. Det mörka vattnet var strimmigt av kölvatten.

Therri Weld var redan ute på vingen och såg armadan samlas. "Man måste beundra deras envishet", sa hon.

Ryan var lika överväldigad han. Han nickade instämmande. "Nu förstår jag hur Custer kände sig. Färingarna går man ur huse för att försvara sina blodiga traditioner."

"Det här är ingen spontan uppslutning", sa Therri. "Av deras

31

välordnade rörelser att döma måste det vara planerat."

Orden hade knappt lämnat hennes läppar förrän den framstormande flottan, som på en given signal, påbörjade en kniptångsrörelse. I en klassisk militär flankmanöver rundade båtarna Ryans fartyg så att de hamnade på sjösidan av de långsamt simmande valarna. De spred ut sig på linje, vände in mot land, med grindvalarna mellan sig och "Sea Sentinel". De yttersta båtarna började sakta vika av inåt. Valarna samlades allt närmare varandra och rörde sig mot land.

Ryan var rädd att skada de panikslagna valarna eller att splittra familjerna om fartyget låg i vägen. Motvilligt beordrade han därför rorsman att förflytta fartyget så att de kom ur vägen för jakten.

När "Sea Sentinel" drog sig undan steg ett triumferande jubel från fiskebåtarna. Linjen av båtar slöt sig omkring de olyckliga valarna i en dödlig omfamning. Valbåtarna rörde sig framåt och snörde åt formationen för att driva sitt byte mot slaktplatsen, där bödlarna väntade med sina vassa knivar och spjut.

Ryan gav Mercer order att styra ut "Sea Sentinel" på öppet vatten.

"Ska vi ge upp så lätt?" sa Mercer.

"Vänta ska du få se", sa Ryan med ett gåtfullt leende.

Kryssaren gick upp långsides med "Sea Sentinel", som en polis som eskorterar en bråkig supporter från en fotbollsmatch, men när fartygen befann sig omkring en halv distansminut från valjakten började örlogsfartyget vika av. Ryan tog över vid rodret och kollade oavbrutet kryssarens position. När fartygen befann sig i det han bedömde var rätt position lyfte han telefonen till maskinrummet.

"Full fart framåt", beordrade han.

"Sea Sentinel" var ett klumpigt, brett fartyg, högt i båda ändar, med en silhuett som ett gammaldags badkar. Det långsamma forskningsfartyget var konstruerat i första hand som en stabil plattform, varifrån man kunde sjösätta undervattensinstrument och nät. Det första Ryan hade gjort sedan SOS köpt fartyget på auktion var att förse det med kraftfulla dieselmotorer som kunde driva det framåt med ansenlig fart.

Ryan vred ratten kraftigt åt vänster. Fartyget skakade till av påfrestningen när det cirklade runt i en vid båge av svallande skum och snabbt vände tillbaka mot valjakten. Kryssaren var helt oförberedd och försökte följa efter, men kunde inte hänga med i "Sea

Sentinels" snäva sväng utan hamnade långt vid sidan om och förlorade värdefulla sekunder.

Valjakten hade förflyttats till mindre än en distansminut från land när "Sea Sentinel" hann i fatt flocken och herdarna. SOS-fartyget gjorde en tvär gir så att det hamnade tvärs över valbåtarnas kölvatten. Ryan stod kvar vid ratten. Han ville själv ha hela ansvaret ifall något gick snett. Hans strategi för att störa jakten krävde flinka rörelser med rodret. För fort och för nära – och valfångarna skulle kapsejsa i det iskalla vattnet. Han höll jämn fart med fartyget och utnyttjade dess stora bredd till att skapa en svallvåg. Vågen träffade båtarna akterifrån. Några båtar lyckades rida ut vågen som lyfte dem ur vattnet. Andra tappade farten och svängde runt i ett förtvivlat försök att undvika att kantra.

Linjen av båtar bröts sönder och blev till en enda röra, så att stora öppningar uppstod mellan båtarna, som gluggar i en tandrad. Ryan vred på ratten igen och gjorde ännu en skarp gir med "Sea Sentinel". Fartyget hamnade med bredsidan mot valarna som flydde från de annalkande valfångstbåtarna men märkte fartygets närvaro, vände tillbaka åt motsatt håll och simmade igenom öppningarna i båtformationen.

Nu var det besättningen på "Sea Sentinel" som jublade – men glädjen blev kortvarig. Den mer snabbgående kryssaren hade knop för knop kommit upp i samma fart som deras fartyg och befann sig jämsides, mindre än hundra meter bort. En engelsktalande röst sprakade i radion.

"Det här är kapten Petersen på "Leif Eriksson" som anropar "Sea Sentinel"."

Ryan slet åt sig mikrofonen. "Det här är kapten Ryan. Vad kan jag hjälpa er med, kapten Petersen?"

"Ni uppmanas att förflytta ert fartyg ut på öppet vatten."

"Vi handlar i överensstämmelse med internationell lagstiftning." Han log ett snett leende mot Therri. "Min juridiska rådgivare står här vid min sida."

"Jag har inte för avsikt att diskutera juridiska spetsfundigheter med er och era rådgivare, kapten Ryan. Ni utsätter danska fiskare för fara. Jag har befogenhet att tillgripa våld. Om ni inte genast flyttar er, blåser jag bort ert fartyg från havets yta."

Kanontornet på kryssarens fördäck vreds runt så att eldröret pekade rakt mot "Sea Sentinel".

"Ni spelar ett högt spel", sa Ryan med behärskat lugn. "Ett felriktat skott skulle kunna sänka några av fiskebåtarna ni försöker skydda."

Petersen sa: "Jag tror inte vi skulle missa på det här avståndet, men jag vill undvika blodspillan. Nu har tv-kamerorna fått sina bilder. Många grindvalar har undkommit, och jakten har blivit störd. Ni har fört fram er åsikt och är inte längre välkommen."

Ryan skrockade. "Trevligt att ha med en resonlig person att göra. Till skillnad från er skjutglade företrädare. Okej, vi drar oss undan, men vi kommer inte att lämna färöiskt vatten. Vi har fler ärenden."

"Ni har er fulla frihet att göra vad ni vill, så länge det inte strider mot våra lagar eller utsätter vårt folk för fara."

Ryan drog en suck av lättnad. Hans yttre lugn var bara spel – i själva verket var han väl medveten om riskerna för sin besättning och för massmedieuppbådet. Han överlämnade rodret till sin förstestyrman och gav order om att sakta gå därifrån. Så snart de lämnat valfångstplatsen styrde "Sea Sentinel" ut mot öppna havet. Ryan hade för avsikt att ankra fartyget några distansminuter ut till havs, medan han förberedde protestaktionen mot fiskodlingen.

Petersen var luttrad efter "Sea Sentinel"s tidigare drag och såg till att kryssaren höll sig en bit bakom, redo att ingripa och preja fartyget om de försökte sig på en utbrytning.

Therri lättade på spänningen i styrhytten. "Kapten Petersen anar inte att han just undkom med knapp nöd", sa hon med ett skratt. "Ett skott och jag skulle ha dragit honom inför domstol och sett till att han fått fartyget belagt med kvarstad."

"Jag tror han var mer rädd för vår avfallskanon", sa Ryan.

Den muntra stämningen avbröts av att Mercer svor till.

Ryan sa: "Vad är det, Chuck?"

"*Tusan också.*" Mercer stod med båda händerna på ratten. "Du måste ha sabbat styrningen förut när du for omkring med fartyget som en vattenskoter." Han rynkade pannan och tog ett steg bakåt. "Här, försök du."

Ryan försökte vrida på ratten. Den rörde sig ett par centimeter åt varje håll, men sedan verkade den fastlåst. Han slet i den och gav sedan upp. "Den satans ratten sitter fast", sa Ryan med lika delar ilska och förvåning.

Ryan tog upp telefonen, beordrade maskinrummet att stanna

och riktade åter uppmärksamheten mot ratten. Men i stället för att sakta ner, ökade fartyget oförklarligt farten. Ryan svor och anropade maskinrummet igen.

"Vad står på, Cal?" röt han. "Har du blivit döv av maskinerna? Jag sa *stanna*, inte *öka* farten."

Ryans maskinist, Cal Rumson, var en förstklassig sjöman. "Men vad fan, jag hörde vad du sa", svarade Cal. Frustrationen i hans röst var uppenbar. "Jag *minskade* faktiskt farten. Maskinerna uppför sig helskumt. Reglagen verkar inte funka."

"Slå av maskinerna då", sa Ryan.

"Jag försöker, men då går dieslarna *ännu* fortare."

"Försök igen."

Ryan lade på telefonluren med en smäll. Det här var ju rena dårhuset! Fartyget verkade ha fått en egen vilja. Ryan svepte med blicken över havet. Goda nyheter. Inga fartyg eller landmassor i vägen. Det värsta som kunde hända var att de körde slut på bränslet ute på Atlanten. Ryan tog upp radiomikrofonen för att informera kryssaren om deras besvärliga situation. Men han avbröts av ett rop från Mercer.

"Ratten rör sig!"

Mercer försökte hålla fast ratten, som successivt vred sig mer och mer åt höger, vilket fick fartyget att svänga runt mot kryssaren. Ryan högg tag i rattspakarna, sedan försökte han och Mercer att tillsammans få fartyget tillbaka på rätt kurs. De tog i så mycket de förmådde, men ratten gled ur deras svettiga händer och "Sea Sentinel" kom allt närmare krigsfartyget.

Ombord på det danska fartyget hade man märkt kursändringen. En välbekant röst sprakade i radion.

"Kapten Petersen anropar "Sea Sentinel". Vad är avsikten med er kursändring?"

"Vi har fått problem med styrningen. Ratten sitter fast och vi kan inte slå av maskinerna."

"Det är omöjligt", sa Petersen.

"Säg det till *fartyget!*"

Det blev tyst. Sedan sa Petersen: "Vi drar oss undan så ni får gott om svängrum. Vi utfärdar en varning till alla fartyg i er väg."

"Tack. Ni tycks få det som ni ville med vår avfärd från Färöarna."

Kryssaren började röra sig därifrån.

Men innan det danska fartyget hann vika av, gjorde "Sea Sentinel" en skarp gir och gick mot kryssarens oskyddade sida som en vattengående, fjärrstyrd robot.

På kryssarens däck stod några sjömän som förtvivlat försökte vinka bort det skenande fartyget. Kryssaren gav korta, snabba varningssignaler med mistluren. I radion hördes röster som skrek på danska och engelska.

Sjömännen sprang för livet när det såg att fartygen bara var sekunder från en katastrof.

I ett sista desperat försök att förhindra en kollision vräkte sig Ryan med hela sin tyngd över ratten. Han höll fortfarande kvar greppet när hans fartyg rände in i sidan på kryssaren. "Sea Sentinel"s skarpa stäv trängde som en bajonett genom stålplåtarna i skrovet och kanade sedan utmed kryssaren med ett fasansfullt gnissel av söndersliten metall.

"Sea Sentinel" krängde i vågorna som en vimmelkantig boxare som just fått en hård höger på näsan. Kryssaren höll sig ännu flytande, men tusentals liter vatten forsade in genom det gapande hålet i skrovet. Besättningen kravlade sig i livbåtarna och gjorde sig beredda att sänkas ner i det kalla havet.

Therri hade kastats omkull av stöten. Ryan hjälpte henne på fötter, och han och de andra i styrhytten rusade ner på däck. De panikslagna tv-medarbetarna, som nu insåg att de deltog i händelseförloppet snarare än att övervaka det, försökte få någon att tala om för dem vad de skulle göra. Många var blåslagna och haltade.

Någon ropade på hjälp, och besättningsmän och massmediafolk hjälptes åt att dra fram en blodig kropp ur virrvarret av tillknycklad metall som var det enda som återstod av fören.

Ryan gav order om att alla skulle lämna fartyget.

Folk skrek och det rådde stor förvirring, så ingen tittade upp och såg helikoptern som kretsade högt ovanför fartygen. Den cirklade runt några gånger som en hungrig vråk, innan den försvann längs kusten.

3

Utanför Rysslands norra kust

Tolvhundra distansminuter sydost om Färöarna låg forsknings-
fartyget "William Beebe" för ankar i det iskalla vattnet i Barents
hav. Det sjuttiofem meter långa turkosa skrovet pryddes av bok-
stäverna "NUMA". Fartyget var döpt efter en av pionjärerna inom
djuphavsforskningen och var fylld med starka kranar och vinschar
som kunde lyfta upp hela båtar från havets botten.

Fyra besättningsmän klädda i neoprenvåtdräkter stod på akter-
däck, med blickarna fixerade vid en fläck av havet där ytan rördes
upp som en bubblande kittel. Ytan blev blekare och höjde sig till en
skummande vit kupol, och undervattensfarkosten "Nejonöga" for
upp ur vattnet som ett muterat havsvidunder som kom upp för att
få luft. Med samma precision som marinens attackenheter sköt
besättningen en uppblåsbar båt med utombordare nerför akter-
rampen och ner i vattnet, kravlade sig ombord och åkte snabbt ut
till den krängande räddningsubåten.

Besättningsmännen fäste en bogserlina i den orangefärgade far-
kosten, och en vinsch ombord på "William Beebe" halade in ubå-
ten tills den befann sig under den höga, A-formade kranen som
pekade ut över fartygets akter. Några kevlarlinor fästes vid ring-
bultar på ubåtens däck. Lyftkranens kraftfulla motor brummade
och "Nejonöga" hissades upp ur havet. När den hängde i linorna
och dinglade kunde man se hela dess osköna cylindriska skrov och
dess märkligt trubbiga dragspelsnos.

Lyftkranen svängde långsamt in över däck och sänkte ner farkosten i en specialtillverkad stålvagga, medan den väntande däcks-besättningen reste en stege mot vaggan. Sedan öppnades luckan högst upp på det låga manövertornet och tippade bakåt med en skräll. Kurt Austin stack ut huvudet och blinkade som en mullvad. Hans stålgrå, nästan platinafärgade hår lyste i det intensivt metal-liska ljuset från den mulna himlen.

Austin hälsade däcksmanskapet med vinkning, sedan pressade han ut sina breda axlar genom den smala öppningen, klättrade ut och ställde sig bredvid manövertornet. Några sekunder senare stack hans kollega, Joe Zavala, ut huvudet i den friska luften och räckte Austin en blänkande aluminiumbehållare.

Austin kastade ner behållaren till en kraftig, medelålders man som stod nedanför stegen. Mannen var klädd i en ylletröja med polokrage, gula regnbyxor och regnrock. Det vara bara uniforms-mössan på hans huvud som visade att han tillhörde ryska flottan. När han såg föremålet flyga genom luften gav han till ett förtvivlat tjut. Han fångade det, fumlade med det ett ögonblick och tryckte det sedan mot sitt bröst.

När Austin och Zavala gick nerför stegen öppnade ryssen behål-laren och tog fram ett föremål med papper om, inbäddat i skyddande skumplast. Därefter drog han bort papperet och fick fram en stor fyrkantig flaska. Han höll den som ett nyfött barn och mumlade något på ryska.

När han såg NUMA-männens häpna miner sa han: "Ursäkta mig, mina herrar. Jag bad en bön av tacksamhet för att innehållet var oskadat."

Austin synade etiketten och grimaserade. "Har vi dykt ner nittio meter och tagit oss in i en ubåt för att hämta en flaska *vodka*?"

"Åh, nej", svarade Vlasov och grävde i behållaren. "*Tre* flaskor. Den finaste vodkan som görs i Ryssland." Han tog försiktigt bort papperet från de andra flaskorna och gav var och en en ljudlig kyss innan han lade tillbaka dem i behållaren. "Jewel of Russia är en av våra finaste, och Moskovska är inte heller dum. Charodei passar bäst kall."

Austin undrade om han någonsin skulle förstå ryssarnas sätt att tänka. "Självklart", sa han glatt. "Att sänka en ubåt för att hålla spriten kall verkar helt rimligt om man resonerar på det sättet."

"Det var en gammal ubåt av foxtrotklassen som bara användes för övning", sa Vlasov. "Den hade inte fått service på över trettio år." Han gav Austin ett fjorton karats guldleende. "Ni måste medge att det var *er* idé att placera några föremål ombord på ubåten, för att testa er förmåga att bärga dem."

"*Mea culpa*. Just då verkade det inte alls som nån dum idé."

Vlasov stängde igen locket på behållaren. "Så er dykning blev alltså en framgång?"

"I stort sett", sa Zavala. "Vi hade några enstaka tekniska problem. Men ingenting allvarligt."

"Det måste vi fira med ett glas", sa Vlasov.

Austin sträckte sig fram och tog behållaren ur ryssens hand. "Då tycker jag vi gör det."

De hämtade tre plastmuggar och gick till mässen. Vlasov öppnade flaskan med Charodei och hällde upp en rejäl skvätt åt var och en. Han höjde muggen och utbringade en skål. "För de modiga unga män som fick sätta livet till ombord på 'Kursk'."

Vlasov hällde i sig vodkan som om det varit örtte. Austin smuttade på sin. Han visste av erfarenhet att det lurade småjävlar i det kraftfulla ryska eldvattnet.

"Och för att nånting liknande aldrig mer ska inträffa", sa Austin.

"Kursk"-olyckan hade varit en av de värsta ubåtskatastroferna någonsin. Mer än hundra besättningsmän hade omkommit år 2000 när en ubåt av Oscar II-klassen, utrustad med kryssningsmissiler, hade sjunkit i Barents hav efter en explosion i torpedförrådet.

Vlasov sa: "Tack vare er undervattensfarkost behöver inga fler unga män, som tjänar sitt land, dö på ett så fruktansvärt sätt. Tack vare NUMA:s uppfinningar har vi en metod för att ta oss in i en sjunken farkost oavsett om evakueringsluckan är åtkomlig och går att använda, eller inte. De tekniska nyheterna ni har tagit fram för den här farkosten är revolutionerande."

"Det var vänligt sagt av er, kommendörkapten Vlasov. Joe ska ha all heder för att han skruvat ihop lite olika saker, och använt sig av gammalt hederligt amerikanskt bondförnuft."

"Tack för berömmet, men jag har snott idén från moder natur", sa Zavala med sin vanliga blygsamhet. Zavala var utbildad mariningenjör från New York Maritime College, och han var något av ett tekniskt snille. Han hade rekryterats direkt från college av NUMA:s direktör James Sandecker, och förutom sina uppgifter i specialteamet, som leddes av Austin, hade han konstruerat ett flertal bemannade och obemannade undervattensfarkoster.

"Struntprat", sa Vlasov. "Det är ett stort steg från en vanlig räddningsubåt till 'Nejonöga'."

"Principen är densamma", sa Zavala. Ubåtarna är fantastiska skapelser. De får tag i en simmande fisk, borrar in tänderna genom skinnet och suger blodet ur den. Vi använder oss av vakuum och laser i stället för tänder. Det största problemet var att få fram en flexibel, vattentät fog som fäste på alla slags ytor men inte hindrade oss från att skära hål. Med hjälp av rymdåldersmaterial och datorer har vi plockat ihop ett rätt bra paket."

Vlasov höjde sitt vodkaglas igen. "Jag håller beviset för er påhittighet i min hand. När kommer 'Nejonöga' att vara helt funktionsduglig?"

"Snart", sa Zavala. "Hoppas jag."

"Ju förr desto bättre. Jag ryser när jag tänker på den potentiella risken för en ny katastrof. Under sovjettiden byggde man några utmärkta båtar. Men mina landsmän har alltid haft en förkärlek för det storvulna snarare än kvalitet." Vlasov drack ur det sista och reste sig från stolen. "Nu måste jag gå tillbaka till min hytt och förbereda en rapport till mina överordnade. De borde bli väldigt nöjda. Jag är tacksam för er fina insats. Jag kommer att tacka amiral Sandecker personligen."

När Vlasov hade gått kom en av fartygets officerare in i rummet och meddelade att Austin hade telefon. Austin lyfte på luren, lyssnade en kort stund, ställde några frågor och sa sedan: "Häng kvar. Jag återkommer strax."

Han lade på luren och sa: "Det var NATO:s enhet för ubåtskatastrofer i östra Atlanten. De behöver vår hjälp med ett räddningsuppdrag."

"Nån som tappat bort en ubåt?" sa Zavala.

"En dansk kryssare har sjunkit utanför Färöarna, och några i besättningen är instängda ombord. Men de lever tydligen fortfarande. Svenskarna och britterna är på väg, men kryssaren har ingen evakueringslucka. Danskarna behöver nån som kan gå rakt in genom skrovet och plocka ut killarna. De hade hört att vi var härute och gjorde provdykningar."

"Hur lång tid har vi på oss?"

"Några timmar, efter vad jag kunde förstå."

Zavala skakade på huvudet. "Färöarna måste vara mer än tusen distansminuter härifrån. 'WilliamBeebe' är visserligen ett snabbt fartyg för sin storlek, men hon skulle behöva vingar för att komma dit i tid."

Austin funderade på saken en stund och sa sedan: "Du är ett geni."

"Kul att du äntligen insåg det. Du skulle händelsevis inte vilja berätta hur du kom fram till den slutsatsen? Det skulle vara en perfekt öppningsreplik på krogen."

"Låt mig först fråga: Är 'Nejonöga' i skick för att använda till en riktig räddningsoperation? Jag tyckte mig ana en ton av HRF då Vlasov frågade dig när den skulle bli klar."

"Vi statstjänstemän anmäls automatiskt till 'Håll Ryggen Fri' när vi anställs", sa Zavala.

"Den kursen måste du ha klarat galant. Nå?"

Zavala begrundade frågan ett ögonblick. "Du såg hur det gick med uppstigningen."

"Ja, det var som en indisk puckeloxe, men vi klarade det hyfsat. Man skulle få betala en bra slant för en sån tur på Disney World."

Zavala skakade sakta på huvudet. "Du har verkligen talang för att presentera möjligheten till en fasansfull död på ett sorglöst sätt."

"Min dödslängtan är inte starkare än din. Du sa nåt om att 'Nejonöga' är byggd som ett utedass av tegel."

"Äh, det var mest skryt. Konstruktionsmässigt är hon otroligt pålitlig. Funktionsmässigt skulle hon kunna bli bättre."

"Men om man väger in allting, hur är då oddsen för att uppdraget ska lyckas?"

"Ungefär fifty-fifty. Men jag kan fixa några grejer provisoriskt och höja oddsen lite."

"Jag vill inte pressa dig, Joe."

"Det behöver du inte. Jag skulle aldrig mer sova gott om vi inte försökte hjälpa de där killarna. Men vi måste på nåt vis transportera ubåten till den danska kryssaren. Du har väl redan kommit på nåt sätt, eller hur, din gamle räv?" sa Zavala när han såg Austins leende.

"Kanske", svarade Austin. "Det är bara några detaljer jag måste gå igenom med Vlasov."

"Eftersom jag är beredd att riskera mitt liv i ett typiskt spontant Austinprojekt, så undrar jag om du skulle kunna tala om vad som rör sig under ditt silvergrå hår?"

"Så är det inte alls", sa Austin. "Minns du vad Vlasov sa om den sovjetiska storvulenheten?"

"Ja, men ..."

"Tänk *stort*", sa Austin och gick mot dörren. "Tänk *riktigt* stort."

4

Karl Becker vankade oroligt fram och tillbaka på det danska forskningsfartyget "Thor". Med uppdragna axlar och händerna nerkörda i rockfickorna såg regeringstjänstemannen ut som en stor vinglös fågel. Becker hade åtskilliga lager kläder på sig, ändå huttrade han när hans tankar gick tillbaka till kollisionen. Han hade blivit satt i en livbåt, för att strax därpå hamna i det iskalla vattnet när den överfulla farkosten kapsejsade under sjösättningen. Om inte en färöisk trålare hade plockat upp hans halvt medvetslösa kropp skulle han ha varit död inom några minuter.

Han stannade för att tända en cigarett, kupade händerna kring lågan och lutade sig mot relingen. Medan han dystert stirrade på den röda plastbojen som markerade var kryssaren hade sjunkit, hörde han någon ropa hans namn. Kaptenen på "Thor", Nils Larsen, kom gående med bestämda steg mot honom.

"Var är de där jäkla amerikanerna?" muttrade Becker.

"Goda nyheter. De ringde just", sa kaptenen. "De räknar med att vara här om fem minuter."

"Det var på tiden", sa Becker.

Precis som sin kollega på "Leif Eriksson" var kapten Larsen lång och blond, med kantigt ansikte. "Men för guds skull", sa han, "det handlar ju bara om timmar sen kryssaren sjönk. NATO:s insatsstyrka behövde minst *sjuttiotvå* timmar för att få hit ett moderfartyg, besättning och en räddningsfarkost. NUMA:s folk har levt upp till sitt löfte att komma hit inom åtta timmar. De förtjänar att få lite andrum."

"Jag vet, jag *vet*", sa Becker, mer av förtvivlan än ilska. "Jag vill inte vara otacksam, men varje minut räknas." Han knäppte i väg fimpen i havet och körde händerna ännu djupare i fickorna. "Synd att Danmark inte har kvar dödsstraffet", sa han ilsket. "Jag skulle vilja se hela det där mordlystna SOS-gänget hänga och dingla i var sitt rep."

"Är ni säker på att de rammade er med flit?"

"Ingen tvekan om den saken!" De ändrade kurs och kom rakt mot oss. *Pang!* Som en torped." Han såg på klockan. "Är ni säker på att amerikanerna sa fem minuter? Jag ser inga fartyg som närmar sig."

"Det är förbryllande", sa kaptenen. Han höjde kikaren och svepte över horisonten. "Jag ser heller inga fartyg." Så hörde han ett ljud och riktade kikaren mot det mulna himlen. "Vänta. Det är en helikopter på väg hitåt. Den rör sig väldigt fort."

Den lilla pricken växte snabbt och blev större mot det skiffergrå molntäcket, och snart kunde man höra smattret av rotorer. Helikoptern kom rakt mot "Thor" och flög lågt över fartyget, knappast högre än masttopparna, sedan bankade den och flög i en vid cirkel runt forskningsfartyget. Bokstäverna "NUMA" var klart synliga på sidan av den turkosa Bell 212:an.

Fartygets förstestyrman kom lunkande över däcket och pekade på den cirklande helikoptern. "Det är amerikanerna. De ber om landningstillstånd."

Kaptenen svarade jakande, och förstestyrman vidarebefordrade bekräftelsen i en knastrig bärbar radio. Helikoptern kom närmare, hovrade över akterdäck, innan den sakta sänkte sig ner och gjorde en mjuk landning exakt i mitten på den vita cirkeln som markerade helikopterplattan.

Dörren flög upp, och två män dök fram under de snurrande rotorbladen och banade sig väg över däck. Becker, som var van att röra sig bland politiker, var en skarpsynt iakttagare av människor. Männen rörde sig med den avspända lätthet som han hade sett hos många andra amerikaner, men deras beslutsamma steg och kroppshållning tydde också på ett orubbligt självförtroende.

Den bredaxlade mannen i täten var strax över en och åttiofem och vägde omkring nittio kilo, uppskattade Becker. Hans hår var grått, men när han kom närmare såg Becker att han var förhållandevis ung, troligen runt fyrtio år. Hans svartmuskige kollega var något kortare, yngre och smalare. Han gick med den panterlika smidigheten hos en boxare; det skulle knappast ha förvånat Becker om han fått veta att mannen hade finansierat sin collegeutbildning som boxare i mellanvikt. Hans rörelser var avspända, men med den inneboende kraften hos en spänd fjäder.

Kaptenen gick fram för att hälsa på amerikanerna. "Välkomna ombord på "Thor"", sa han.

"Tack. Jag heter Kurt Austin från Nationella byrån för undervattens- och marinarbeten", sa den kraftige mannen, som såg ut som om han skulle kunna gå genom en vägg. "Och det här är min kollega, Joe Zavala." Han skakade hand med kaptenen, därefter med Becker, och dansken fick nästan tårar i ögonen av det hårda handslaget. De ben som Austin hade missat klämde Zavala sönder.

"Ni höll tiden riktigt bra", sa kaptenen.

"Vi är fem minuter efter tidtabellen", sa Austin. "Logistiken var något komplicerad."

"Det gör inget. Tack gode gud för att ni kom!" sa Becker och masserade sin hand. Han kastade en blick mot helikoptern. "Var är räddningsteamet?"

Austin och Zavala växlade ett roat ögonkast. "Ni ser det framför er", sa Austin.

Beckers förvåning övergick i tydlig irritation. Han snodde runt och vände sig mot kaptenen. "Hur i hela friden ska de här två ... *herrarna* kunna rädda kapten Petersen och hans manskap?"

Kapten Larsen undrade detsamma, men han var mer diskret. "Jag föreslår att ni frågar dem", svarade han, och det märktes tydligt att han skämdes över Beckers utbrott.

"*Nå?*" sa Becker och blängde först på Austin, sedan på Zavala.

Becker kunde inte veta att de två männen som hade klivit ur helikoptern motsvarade en hel skeppslast med räddare. Austin, som var född i Seattle, hade vuxit upp vid och på havet, vilket inte var särskilt förvånande, eftersom hans pappa hade drivit ett marint bärgningsbolag. Samtidigt som han läste till sin mastersexamen i systemvetenskap vid University of Washington, hade han gått på en högt ansedd dykarskola i Seattle, där han övat upp sin skicklighet inom ett antal olika specialområden. Han hade utnyttjat sitt kunnande på oljeriggar i Nordsjön, arbetat hos sin pappa ett tag och sedan anlitats av CIA för underrättelseuppdrag under vattnet. När det kalla kriget tog slut hade han rekryterats av Sandecker för att leda specialteamet.

Zavalas föräldrar var mexikaner som hade vadat över Rio Grande och slagit sig ner i Santa Fe. Hans oljefläckade, tekniska specialbegåvning var närmast legendarisk i NUMA:s korridorer. Han kunde laga, bygga om eller renovera alla sorters motorer som fanns. Han hade tusentals flygtimmar som pilot bakom sig, och han hade flugit både helikoptrar, mindre jetplan och turbopropplan. Att sätta honom i Austins team hade visat sig vara en lyckträff. Många av deras uppdrag skulle aldrig komma till allmänhetens kännedom, men deras skämtsamma ton när de ställdes inför faror dolde en järnhård beslutsamhet och ett kunnande som få var i besittning av.

Austin betraktade lugnt Becker med sina genomträngande blågröna ögon, som hade samma färg som korall under vattnet. Han var inte oförstående för Beckers svåra situation, och avledde danskens ilska med ett stort leende. "Ursäkta om det kanske lät uppkäftigt. Jag borde ha förklarat genast att räddningsfarkosten är på väg."

"Den borde vara här om ungefär en timme", tillade Zavala.

"Det är en hel del vi kan göra under tiden", sa Austin. Han vände sig mot kaptenen. "Jag behöver hjälp med att lasta av utrustning från helikoptern. Kan ni avvara några killar med starka ryggar?"

"Ja, naturligtvis." Kaptenen var lättad över att få göra något till slut. Med bestämda, effektiva rörelser skickade han i väg sin förstestyrman för att samla ihop folk.

Under Austins ledning lyfte de knorrande besättningsmännen ut en stor trälåda från helikopterns lastutrymme och ställde ner den på däck. Med hjälp av en kofot från helikoptern bände Austin upp locket på lådan och kikade in. Efter en hastig inspektion sa han: "Allt verkar vara i sin ordning. Vad är den senaste lägesrapporten?"

Kapten Larsen pekade på den guppande bojen som markerade den sjunkna kryssaren. Medan Austin och Zavala lyssnade uppmärksamt berättade Larsen i korta drag om kollisionen och när fartygen sjönk.

"Det låter helt osannolikt", sa Austin. "Enligt vad ni säger så hade de gott om plats."

"Det hade även 'Andrea Doria' och 'Stockholm', sa Zavala med hänvisning till den katastrofala fartygskollisionen utanför Nantucket.

Becker mumlade någonting om SOS-förbrytare, men Austin låtsades inte om honom utan koncentrerade sig på det han höll på med. "Vad får er att tro att kaptenen och hans manskap fortfarande är vid liv?"

"Vi höll på med en undersökning av valpopulationer inte långt härifrån, när vi fick nödanropet", sa Larsen. "Vi sänkte ner en hydrofon i vattnet och fångade upp ett morsemeddelande, nån som knackade ett SOS mot skrovet. Tyvärr kan vi bara ta emot meddelanden, inte sända några. Vi fick emellertid fram att det fanns tretton man, inklusive kapten Petersen, instängda i en luftficka i främre skansen. Luften är dålig, och de befann sig i ett tidigt stadium av hypotermi."

"När hörde ni senast av dem?"

"För cirka två timmar sen. Det var i stort sett samma meddelande, men knackningarna hade blivit mycket svagare. Mot slutet knackade de samma ord, om och om igen."

"Vad var det?"

"*Desperat.*"

Austin bröt den dystra tystnaden som följde. "Lyckades ni föra ner nån annan utrustning till fartyget?"

"Färöiska kustbevakningen ringde till NATO-basen på Streymoy. De kontaktade NATO:s ubåtsräddningsenhet minuterna efter att kryssaren hade sjunkit. Fartygen ni ser därute kommer främst från de skandinaviska länderna. Vi fungerar tillsvidare som moderfartyg. Ett svenskt fartyg borde anlända snart med en räddningsfarkost, men precis som de andra så är den oanvändbar i den här speciella situationen. Den är avsedd för att rädda besättningen genom evakueringsluckan på en ubåt. Vi har kunnat fastslå att kryssaren ligger på åttio meters djup – men utöver det kan vi, trots våra stora tekniska resurser, bara passivt se på när det sker en katastrof."

"Inte nödvändigtvis", sa Austin.

"Så ni tror ni kan hjälpa oss?" sa Becker med vädjande ögon.

"Kanske", sa Austin. "Det är lättare att säga när vi har undersökt hur det ser ut."

Becker bad om ursäkt för att han varit så tvär tidigare. "Jag är ledsen att jag brusade upp. Vi är tacksamma för ert erbjudande om hjälp. Jag står i särskild tacksamhetsskuld till kapten Petersen. Efter att vi blivit påseglade, och det inte rådde nån tvekan om att kryssaren skulle sjunka inom några minuter, såg han till så att jag fick plats i en livbåt. När han fick veta att andra fortfarande fanns kvar under däck, rusade han i väg för att hjälpa dem och måste ha blivit instängd när fartyget sjönk."

"Det var modigt gjort. Desto större anledning att rädda honom och hans besättning", sa Austin. "Har ni nån aning om hur fartyget ligger på botten?"

"Ja, givetvis. Följ med mig", sa kaptenen. Han gick före till ett rum på huvuddäck som var fyllt av elektronisk utrustning. Rummet var försett med ett flertal datorskärmar. "Det här är en sonografisk bild av 'Leif Eriksson' med hög upplösning", sa han och pekade på en stor bildskärm. "Som ni kan se ligger den i svag vinkel där bottnen sluttar. Manskapets utrymme är beläget här, ett däck nedanför mässen, strax bakom fören. Uppenbarligen har det bildats en luftficka här." Han ringade in en del av skrovet med markören. "Det är ett under att de fortfarande lever."

"Det undret hade de nog klarat sig utan", påpekade Becker surmulet.

"Berätta hur det ser ut i skansen."

"Det är ganska stort. Det finns kojer för tjugofem besättningsmän. Man kommer dit via en trappa från mässen. Det finns också en nödutgång."

"Vi skulle behöva detaljerade uppgifter om skansen, särskilt placeringen av rör och ledningar och bärande balkar."

Kaptenen räckte fram en mapp. "Försvarsdepartementet faxade det här materialet till oss i förväg inför räddningsförsöket. Jag tror ni hittar allt ni behöver. I annat fall kan vi snabbt skaffa fram det."

Austin och Zavala studerade fartygsritningarna och återvände sedan till den sonografiska bilden. "Så mycket mer kan vi nog inte få ut av de här bilderna", sa Austin slutligen. "Då kanske det är dags att jag tar en simtur."

"Vad bra att du tog med baddräkten", sa Zavala.

"Det är den nya Michelinmodellen. Kommer garanterat att imponera på tjejerna."

Becker och kaptenen undrade om de hade träffat på ett par galningar. De utbytte frågande blickar, sedan skyndade de ut efter NUMA-männen. Medan Zavala skissade upp deras strategi för kapten Larsen och Becker, höll Austin uppsikt över de fyra stadiga besättningsmännen när de förflyttade lådan tills den befann sig under en bom. De rullade ut vajern från kranen, därefter förde Austin ner kroken i den stora lådan och gjorde tecken till dem att börja lyfta.

Den klargula gestalten som höjde sig ur lådan var över två meter lång och såg ut som en robot i en science fiction-film från femtiotalet. Armarna och benen, som var gjutna i aluminium, stack faktiskt ut som på en Michelingubbe, och hjälmen påminde om ett stort runt akvarium. Armarna slutade i gripklor, som på en insekt. Fyra små propellrar inneslutna i runda skyddskåpor stack ut från armbågarna och armarnas baksidor.

Austin knackade med knogarna på dykardräktens rygg. "Det här är det senaste inom enatmosfärsdräkter. Den här modellen kan användas på sexhundra meters djup i upp till sex timmar, så jag kommer att ha goda marginaler. Kan jag få låna en kort stege? Jag skulle behöva några erfarna besättningsmän i en båt också."

Kaptenen sa åt förstestyrman att ordna med de sakerna. Austin tog av sig vindtygsjackan, drog på sig en kraftig ylletröja utanpå polojumpern, och sist en svart stickad mössa som han drog ner över öronen. Dykardräkten var delad på mitten. Austin klättrade upp på stegen och körde ner benen i underdelen. Därefter sattes överdelen på plats, man gjorde fast vajern, och så lyftes han sakta upp från däck med kranen.

Via den inbyggda radion, med samma frekvens som fartygets bärbara apparater, bad han dem stanna upp när han befann sig en dryg meter över däck. Han rörde på armarna och benen, understödd av sexton vridbara leder med servosystem. Sedan prövade han de manuellt styrda gripklorna längst ut på varje hand. Slutligen testade han reglagen under fötterna och lyssnade till surret från de vertikala och horisontella styrpropellrarna.

"Alla system funkar", sa Austin.

Den enatmosfäriska dykardräkten hade utvecklats för att skydda dykare vid höga tryck, samtidigt som den tillät dem att utföra uppgifter som krävde viss precision. Trots sin människoliknande form betraktades enatmosfärsdräkten som en farkost och dykaren kallades för pilot.

Medan Zavala övervakade operationen svängde kranen ut över vattnet. Austin svängde fram och tillbaka som en jojo i änden av vajern. När han såg att besättningsmännen hade fått sin båt i vattnet sa han: "Sänk ner."

Vajern matades ut, och Austin sänktes ner i vågorna. Det gröna vågskummet slog upp över hans hjälm. Båtbesättningen lossade vajerfästet, och Austin sjönk som en sten flera meter, tills han hade justerat dräkten och neutraliserat flytkraften. Därefter prövade han styrpropellrarna, rörde sig uppåt, neråt, bakåt och framåt, och sedan svävade han. Han kastade en sista blick på den bleka vattenytan som glittrade ovanför honom, slog på lamporna på bröstet, trampade till på vertikalreglaget och påbörjade nerstigningen.

5

Omedveten om händelserna som utspelade sig mer än sextio meter över hans huvud, låg kapten Petersen i sin koj. Han stirrade ut i mörkret och undrade om han skulle frysa ihjäl eller kvävas av syrebrist först. Det var en rent intellektuell övning. Han var bortom oro för hur slutet skulle bli. Han hoppades bara att det skulle ske snart.

Kylan hade sugit krafterna ur honom. Med varje utandning ökade han och hans besättning halten av koldioxid i luften och gjorde den allt mindre lämplig för mänskligt liv. Kaptenen höll på att glida in i ett dåsigt tillstånd som kommer när viljan att leva ebbar ut. Inte ens tankarna på hans fru och barn kunde föra honom tillbaka.

Han längtade efter det domnade tillstånd som skulle lindra smärtan och lidandet. Hans kropp var ännu så mycket vid liv att han kände förtvivlan. En hostattack utlöste en bultande smärta i hans vänstra arm, som han hade brutit när han slungats mot ett skott. Det var en enkel fraktur, men det gjorde fruktansvärt ont. Jämret från hans besättningsmän påminde Petersen om att han inte var ensam i sitt lidande.

Liksom kaptenen hade gjort minst tio gånger innan, gick han igenom kollisionen i tankarna och undrade om han kunde ha undvikit den. Allting hade gått bra. En farlig sammandrabbning hade undvikits, och de höll på att eskortera "Sea Sentinel" ut till havs. Och helt utan förvarning hade det knasigt målade fartyget girat och gått rakt mot kryssarens oskyddade sida.

Hans order om att ändra kurs hade kommit för sent. Det plågade ljudet av sönderslitet stål sa honom att skadan var allvarlig. Tack vare sin sjömansutbildning hade han snabbt vetat vad som måste göras. Han hade gett besättningen order om att lämna fartyget och höll som bäst på att övervaka sjösättningen av livbåtarna, när en sjöman kom springande och sa att det fanns skadade under däck. Petersen hade inte tvekat. Han hade överlämnat sjösättningen av livbåtarna i förstestyrmans händer och skyndat i väg för att bistå sina mannar.

Nattskiftet hade legat och sovit när "Leif Eriksson" blev påseglad. "Sea Sentinels" stäv hade trängt igenom skrovet bakom manskapets förläggning och därmed skonat besättningen från en omedelbar död, men några hade blivit skadade. Petersen rusade in i mässen, och halvsnubblade sedan nerför trappan och såg att de oskadda tog hand om sina kamrater.

"Lämna fartyget!" beordrade han. "Bilda mänskliga bårar."

Fartyget höll på att sjunka med aktern före på grund av vattnet som strömmade in genom det gapande hålet. Vattnet forsade in i mässen, sedan ner genom den öppna luckan till skansen och skar av flyktvägen. Petersen klättrade en bit uppför lejdaren, smällde igen luckan och snurrade på ratten som fick den att sluta tätt. När han var på väg ner krängde fartyget till, och han slungades mot skottet och förlorade medvetandet.

Det var en tursam olycka: han slapp höra det fasansfulla knakandet och gnisslandet som fartyget gav ifrån sig när det gick till botten. Och hans slappa kropp blev inte ytterligare skadad när kryssaren några sekunder senare slog ner i den mjuka leran. Men när kaptenen vaknade upp i den mörklagda skansen, så var det till ett ännu hemskare ljud – besättningsmännens skrik. Strax efter att han återfått medvetandet hade en ljusstråle borrat sig genom mörkret och avslöjat nerblodade och bleka ansikten bland röran av kojer och sjömanskistor. Fartygets kock, en kort och tjock man som hette Lars, ropade kaptenens namn.

"Här borta", sa Petersen med skrovlig röst.

Den svepande ljuskäglan rörde sig åt hans håll. Lars kravlade sig fram till Petersen med en ficklampa i handen.

"Hur har det gått?" frågade kaptenen.

"Jag har väl lite bulor och blåmärken. Men allt mitt fett skyddade mig. Och för er, då?"

Petersen skrattade till lite håglöst. "Jag hade inte samma tur. Jag har brutit vänsterarmen."

"Vad hände egentligen? Jag låg och sov."

"Ett annat fartyg brakade in i oss."

"Fan också", sa Lars. "Jag drömde att jag åt en fantastisk måltid innan jag kastades ur min koj. Jag hade inte väntat mig att få se er här nere."

"En av besättningsmännen sa att ni hade råkat illa ut. Jag kom hit för att hjälpa till." Han ansträngde sig för att komma upp. "Men jag är inte till stor glädje om jag sitter här. Kan du hjälpa mig lite?"

De gjorde en improviserad mitella av kaptenens bälte och gick sedan ett varv i röran. Med hjälp av några få mannar som inte var allvarligt skadade försökte de göra det bekvämt för dem som inte hade haft samma tur. Den mest omedelbara faran var den fuktiga, bitande kylan. De kanske kunde vinna lite tid, tänkte Petersen. Det fanns ett antal överlevnadsdräkter därinne, som skulle skydda mot kallt vatten om fartyget sjönk.

Det tog en stund att hitta dräkterna, som låg utspridda över hela skansen, och att få på dem på de skadade. De drog på sig handskar och fällde upp huvorna. Sedan samlade de ihop extrafiltar och kläder och svepte in sig i flera lager.

När de temporärt höll kylan i schack, riktade Petersen sina ansträngningar mot luftproblemet i stället. Ett av aluminiumskåpen innehöll andningsapparater som skulle användas i händelse av brand eller annan nödsituation. De skickades runt. Med hjälp av dem kunde de också vinna tid. Petersen beslöt att de skulle använda luften i andningsapparaterna först – den var renare än luften i skansen, som gjorde manskapet illamående.

Petersen bildade "knackningsgrupper" av samma anledning som officerare i krigsfångenskap delar ut arbetsuppgifter för att upprätthålla moralen. Männen turades om att knacka nödsignalen SOS mot skrovet med en skiftnyckel. När den ene efter den andre tröttnade på uppgiften fortsatte Petersen att banka, även om han inte visste riktigt varför. Efter en stund började han i stället knacka meddelanden som beskrev deras svåra belägenhet. Därefter slutade han. Hans tankar kretsade inte längre kring räddning, han slöt ögonen, och än en gång började han tänka på döden.

Med linan till markeringsbojen som vägledning sjönk Austin ner i djupet med fötterna före och lätt framåtvinklad, som när gamla tiders dykare med kopparhjälm sänktes ner i änden på en luftslang. Dansande, regnbågsfärgade ljusstrålar trängde ner i vattnet likt solljus som silade genom fönster med målat glas. När Austin kom djupare filtrerade vattnet bort färgerna, och skymningen förvandlades hastigt till violett natt.

De starka halogenlamporna på framsidan av enatmosfärsdräkten fångade i sina ljuskäglor snöliknande partiklar av undervattensvegetation och nervösa fiskstim, men snart kom Austin ner på större djup, där bara de härdigaste fiskarna levde. Sextio meter ner fångade lamporna in kryssarens master och antenner, och därefter materialiserades fartygets spöklika konturer.

Austin slog till de vertikala styrpropellrarna och stannade upp i nivå med däcket. Sedan surrade det om de horisontella styrpropellrarna, och han förflyttade sig längs skrovet, rundade aktern och kom tillbaka till fören. Fartyget låg exakt som på den sonografiska bilden, med fören högre än aktern, där havsbottnens lutning ändrade vinkel. Han studerade fartyget lika noggrant som en rättsläkare inspekterar den obducerade kroppen av ett mordoffer, och fäste särskild uppmärksamhet vid det triangelformade hålet i sidan. Inget fartyg skulle ha överlevt det bajonettsticket.

Eftersom han bara såg förvriden metall innanför den ojämna öppningen, förflyttade han sig mot fören igen. Han närmade sig skrovet tills han bara var någon decimeter ifrån och kände sig lika liten som en fluga på en vägg, sedan lutade han hjälmen mot stålplåten och lyssnade. Det enda som hördes var det ihåliga ljudet av hans egen andning och vinandet av styrpropellrarna som höll honom svävande. Austin sköt ut sig en dryg meter från skrovet, vände sig om, drog på för fullt med de horisontella styrpropellrarna och lät sina metallknän krocka med fartygsplåten.

På andra sidan skrovet blinkade Petersen till med sina halvslutna ögon och tittade upp. Han höll andan.

"Vad var det?" sa en skrovlig röst i mörkret. Lars hade legat hopkurad i kojen intill kaptenen.

"Tack gode gud att du också hörde det", viskade Petersen. "Jag trodde jag höll på att bli galen. Hör."

De spetsade öronen och hörde knackningar mot plåten. En morsesignal. Sakta och försiktigt, som om sändaren fick kämpa med varje bokstav. Kaptenens ögon spärrades upp som på en seriefigur, när han översatte de hårda knackningarna till bokstäver.

P-E-T-E...

Austin förbannade det krångliga sättet att kommunicera. På hans inrådan hade en av besättningsmännen satt fast en speciellt avpassad kulhammare på den högra gripklon. Den mekaniska armen rörde sig med förfärande långsamhet, men genom att koncentrera sig så mycket han kunde, lyckades Austin knacka fram resten av ordet med morsealfabetet.

...R-S-E-N

Han slutade och tryckte hjälmen mot skrovet. Efter ett ögonblick hörde han hur punkter och streck bankades fram till svar.

JA

TILLSTÅND

DÅLIG LUFT   KALLT

HJÄLP   FORT

Ett uppehåll. Sedan: SKYNDA PÅ

FORT

Petersen ropade till sina mannar att räddningen var nära förestående. Han kände sig skuldmedveten som ljög. Tiden höll på att rinna ut. Han hade svårt att samla tankarna. Det började bli svårare att andas, snart skulle det vara omöjligt. Temperaturen hade fallit under nollan, och inte ens överlevnadsdräkten kunde hålla kölden borta. Han hade slutat huttra – det första tecknet på hypotermi.

Lars avbröt Petersens irrande tankar. "Kapten, får jag ställa en fråga till er?"

Petersen grymtade jakande.

"Varför i helvete kom ni tillbaka? Ni kunde ha räddat er själv."

Petersen sa: "Jag har hört nånstans att en kapten förväntas följa sitt fartyg i djupet."

"Så mycket längre ner än så här kommer man inte, kapten."

Petersen gav ifrån sig ett gurglande ljud som var det närmaste ett skratt han lyckades komma. Lars gjorde detsamma, men deras krafter tog snart slut. De gjorde det så bekvämt för sig de kunde och väntade.

6

Besättningsmännen spanade ner i vattnet efter Austin, och när han kom upp till ytan fångade de in honom som en bortsprungen kalv. Ett par minuter senare var han tillbaka uppe på däck, där han detaljerat beskrev situationen för Becker och kapten Larsen.

"Herregud", sa Becker. "Ett sånt fruktansvärt sätt att dö. Men de danska myndigheterna kommer inte att spara på några kostnader för att återlämna deras kroppar till de anhöriga."

Beckers pessimism började irritera Austin. "Snälla ni, sluta spela den melankoliske dansken, mr Becker. Era myndigheter kan hålla i plånboken. Männen där nere är inte döda än."

"Men ni sa ju ..."

"Jag *vet* vad jag sa. De är svårt medtagna, men det betyder inte att de är dödsdömda. Räddningen av ubåtsbesättningen ombord på "Squalus" tog över ett dygn att genomföra och den gången räddade vi trettiotre man." Austin hejdade sig när hans känsliga öron uppfattade ett nytt ljud. Han kikade upp mot himlen och skuggade med handen mot det bländande ljusa molntäcket.

"Det verkar som om förstärkningen är här."

En jättelik helikopter närmade sig fartyget. Under den hängde en ballongformad ubåt med trubbig nos.

"Det är den största helikopter jag nånsin har sett", sa kapten Larsen.

"Mi-26 är faktiskt världens största helikopter", sa Austin. "Över trettio meter lång. Den kallas ibland för 'den flygande lyftkranen'."

Becker log för första gången på flera timmar. "Säg att det där underliga föremålet som hänger under helikoptern är er räddningsfarkost."

" 'Nejonöga' är kanske inte världens vackraste", sa Zavala med en axelryckning. "Jag prioriterade funktion före form när jag konstruerade henne."

"Tvärtom", sa Becker. "Hon är *underbar*."

Kaptenen skakade förundrat på huvudet. "Hur i all världen kunde ni få hit utrustningen så fort? Ni befann er tvåhundra mil härifrån när räddningsanropet gick ut."

"Vi drog oss till minnes att ryssarna gillar att göra saker på ett storslaget sätt", sa Austin. "De tog chansen att få visa omvärlden att de fortfarande är en nation att räkna med."

"Men helikoptern kan väl inte ha transporterat grejerna hela den långa vägen på så kort tid. Det låter ju som rena trolleriet."

"Det krävdes mycket jobb för att lyckas med det tricket", sa Austin medan han såg helikoptern närma sig. "Mi-26:an plockade upp farkosten ute till havs och förflyttade den till en bas i land, där två tunga transportplan av typen Antonov N-124 stod och väntade. 'Nejonöga' transporterades med det ena planet och den stora helikoptern och NUMA-helikoptern lastades ombord på det andra. Det var två timmars flygning till NATO-basen på Färöarna. Medan de lastade av ubåten och gjorde den i ordning för den fortsatta flygturen, åkte vi ut hit för att förbereda oss."

Kaptenens svar dränktes i dånet från de kraftfulla turbinaxelmotorerna när helikoptern hovrade i luften. De åtta rotorbladen och den fembladiga stjärtrotorn orsakade ett så kraftigt vinddrag att det bildades en stor krater i havet. Ubåten kopplades loss en dryg meter över den oroliga vattenytan, och därefter steg helikoptern på nytt och flög därifrån. "Nejonöga" hade utrustats med luftfyllda pontoner. Den försvann under vågorna men kom snabbt upp till ytan igen.

Austin bad kaptenen förvarna sjukvårdsavdelningen om att de skulle få in några fall av svår hypotermi. Sedan forslade fartygsbesättningen ut dem till undervattensfarkosten och tog loss pontonerna. De började med att pumpa ut luft från ubåtens barlasttankar så att den sjönk ner under den blåsvarta ytan.

"Nejonöga" stod stilla i vattnet och hölls på rätt köl av farkostens styrpropellrar. Austin och Zavala satt i den hemtrevliga cockpi-

ten, med ansiktena upplysta av det blå ljusskenet från instrument-
panelen, och gick igenom checklistan inför dykningen. Sedan sköt
Zavala kontrollspaken framåt, vinklade den trubbiga fören neråt
och släppte ut mer luft ur barlasttankarna. Han styrde farkosten i
en spiral neråt, lika obekymrat som om han varit på söndagsutflykt
med familjen.

Austin kikade ut i det blåaktiga mörkret bortom strålkastarnas
ljuskäglor. "Jag hann aldrig fråga dig innan vi gick ombord", sa han
eftertänksamt. "Är den här manicken säker?"

"Som en av våra tidigare presidenter en gång sa: 'Det beror på
hur man definierar ordet *är*.' "

Austin stönade. "Låt mig formulera frågan på ett annat sätt. Har
du fixat till läckorna och pumpen?"

"Jag tror jag har lyckats täta läckorna, och barlastpumpen funkar
bra under ideala förhållanden."

"Under *faktiska* förhållanden då?"

"Vet du, Kurt, min pappa brukade citera ett gammalt spanskt
ordspråk: 'En stängd mun sväljer inga flugor.' "

"Vad i helvete har flugor med det här att göra?"

"Ingenting", sa Zavala. "Jag tyckte bara att vi borde byta sam-
talsämne. Problemet med barlastpumpen kanske försvinner."

Farkosten hade byggts för att användas som en sista utväg. När
lasern hade skurit hål på ett sjunket fartyg, skulle vattnet forsa
in så snart undervattensfarkosten hade lösgjort sig. Då fanns det
inga möjligheter att täppa till öppningen, så alla instängda besätt-
ningsmän var tvungna att evakueras på en gång. Det här var en
prototyp, byggd för att kunna ta endast åtta personer plus förare
och andreförare. Om alla tretton männen togs upp från kryssaren
skulle de överskrida viktgränsen med fem personer.

Austin sa: "Jag har räknat lite i huvudet. Och om vi tänker oss
att var och en väger sjuttio kilo, så blir det över ett ton. Men det
finns ju säkerhetsmarginaler inbyggda i 'Nejonöga', och därför är
det antagligen ingen större fara, om man bortser från den krång-
lande barlasttanken."

"Inga problem. Vi har en reservpump om den vanliga inte fun-
kar." När Zavala konstruerade "Nejonöga" hade han följt normal
praxis och byggt in flera reservsystem. Zavala tvekade innan han
fortsatte. "Några av besättningsmännen kan vara döda."

"Jag har också tänkt på det", sa Austin. "Vi skulle få större säkerhetsmarginaler om vi lämnade några kroppar där nere, men jag åker inte därifrån förrän vi har fått ombord alla. Döda eller levande."

Det blev tyst i cockpit när de begrundade den skrämmande möjligheten. Det enda som hördes var surret av elmotorer. Den klumpiga farkosten sjönk ner i djupet, och snart befann de sig intill kryssaren. Austin dirigerade Zavala fram till håltagningsstället. Sedan hördes en mjuk duns – framdelen på ubåten stötte emot de svängda stålplåtarna. Det surrade i några elektriska pumpmotorer när ubåten fixerades och sedan satt den som limmad mot stålskrovet med hjälp av vakuum.

En räddningstunnel, tillverkad av ett starkt men böjligt syntetmaterial, vecklades ut. Åtta vertikala och horisontella styrpropellrar – övervakade av datorer som registrerade ubåtens rörelser i förhållande till vattenströmmarna – höll farkosten stilla. Instrumenten visade när fogen hade slutit tätt. Normalt sett skulle sedan en tunn sond tränga igenom fartygsskrovet för att söka efter explosiva gaser.

Trycket innanför packningen justerades med hjälp av sensorer så att vakuumet inte skulle släppa. Så snart Austin fått klartecken att det var säkert att gå in, spände han på sig en liten lufttub och en regulator och tog sig ut från luftslussen. Det läckte lite runt packningen, men inte så mycket att det var någon fara. Han började krypa genom räddningstunneln.

Inne i kryssaren hade kaptenen och hans besättning fallit i en dödsliknande sömn. Kapten Petersen väcktes ur sin frusna slummer av ljudet från en gigantisk hackspett. *Jävla fågel!* Medan en del av hans hjärna förbannade ljudkällan fanns det en annan del som automatiskt analyserade ljudet och grupperade knackningarna i välbekanta kombinationer, som var och en motsvarade en bokstav.

HALLÅ

Han tände ficklampan. Kocken hade också hört ljudet, och hans ögon var stora som stekta ägg. Kaptenens stela fingrar famlade efter skiftnyckeln som låg bredvid honom. Han lyfte den och slog kraftlöst mot skrovet. Och sedan en gång till, med större kraft.

Svaret kom omedelbart.

FLYTTA PÅ ER

Lättare sagt än gjort, tänkte kaptenen. Petersen sa åt kocken att flytta sig bort från skottet. Sedan följde han själv efter och rullade ur sin koj. Han kröp över däcket och ropade åt de andra männen att flytta på sig. Därefter satte han sig med ryggen mot ett skåp och blev sittande där i vad som kändes som en evighet, utan att veta vad han väntade på.

Austin kröp tillbaka till "Nejonöga". "Uppdraget utfört", meddelade han.

"Då sätter vi i gång konservöppnaren", sa Zavala. Han tryckte på knappen till laserskärarna som var placerade i en ring. De skar hål på det femcentimeters metallhöljet lika lätt som en fruktkniv tränger igenom en apelsin. På en monitor kunde Austin och Zavala följa förloppet när de lysande röda laserstrålarna gick igenom. Sedan stängdes de automatiskt av.

Petersen hade sett en svagt skär cirkel som fick en allt djupare färgton, tills den lyste rödglödgad. Han kände en välkommen hetta stråla mot ansiktet. Sedan hördes en ihålig skräll. Ett stycke av skrovet föll in i hytten, och han var tvungen att skydda ögonen mot den lysande ljusskivan.

Räddningstunneln fylldes av ånga, och kanterna på öppningen var fortfarande varma efter laserskärarna. Austin sköt in en specialgjord stege genom öppningen och stack in huvudet.

"Var det nån av herrarna som hade beställt en taxi?" sa han.

Trots den sorglösa tonen undrade Austin om räddningen kom för sent. Han hade aldrig sett ett så eländigt gäng. Så frågade han efter kapten Petersen. En smutsig uppenbarelse kröp fram och sa med kraxande röst: "Det är jag som är kapten. Vem är ni?"

Austin klättrade in genom öppningen och hjälpte honom på fötter.

"Presentationerna får vänta. Var snäll och säg till dem av era mannar som kan förflytta sig att de ska krypa ut genom det där hålet."

Kaptenen översatte ordern. Austin slängde några solkiga filtar över de vassa kanterna i hålet, och sedan hjälpte han dem som inte kunde ta sig ut för egen maskin. När Petersen skulle krypa in i undervattensfarkosten föll han ihop, och Austin blev tvungen att skjuta på innan han själv kunde klättra efter. Väl inne i luftslussen märkte Austin hur vattnet strilade in vid packningen där Zavala hade slarvat med tätningen.

Han stängde hastigt luckan bakom sig. Zavala hade kopplat in autopiloten medan han hjälpte besättningen in genom luftslussen. De klumpiga överlevnadsdräkterna gjorde inte saken lättare. Det var ett under att besättningsmännen ännu var vid liv. Förvånansvärt nog var det några som hade klarat förflyttningen helt på egen hand. Passagerarutrymmet bestod av två stoppade bänkar i ubåtens längdriktning, åtskilda av en smal gång. De räddade männen trängdes på bänkarna och stod i gången, nästan som pendlare i Tokyos tunnelbana.

"Tyvärr har vi ingen förstaklassavdelning", sa Austin.

"Jag klagar inte", sa kaptenen. "Och killarna instämmer säkert i att det här stället är bättre än det förra."

När besättningen hade kommit på plats återvände Kurt till cockpiten. "Det har uppstått en liten läcka vid packningen", rapporterade han.

Zavala pekade på en blinkande lampa på en datorbild av farkosten. "Och inte så liten heller. O-ringen exploderade som ett punkterat däck sekunden efter att vi hade stängt luftslussen."

Han fällde in den utdragbara räddningstunneln, lösgjorde ubåten från det sjunkna fartyget och backade bort från skrovet. I strålkastarljuset syntes tydligt den runda öppningen där laserstrålarna hade bränt hål. När farkosten gick fri från vraket slog han på barlastpumparna. De elektriska motorerna startade med ett svagt surrande, utom den främre pumpen till höger, som lät som när en gaffel har fallit ner i en avfallskvarn. En av barlasttankarna var fortfarande vattenfylld, och det påverkade jämvikten hos farkosten när de övriga tankarna fylldes med komprimerad luft.

"Nejonöga" fungerade precis som alla andra ubåtar; den pumpade in vatten i barlasttankarna för att dyka och släppte in luft för att stiga. Datorn försökte nu kompensera genom att öka kraften på de vertikala styrpropellrarna. Farkosten krängde till och hamnade i en brant vinkel med nosen neråt, och från ventilerna kom en lukt av överhettad metall. Zavala pumpade tillbaka vattnet i barlasttankarna och det fick "Nejonöga" att räta upp sig igen.

Austin tittade på instrumentpanelen. Där fanns ett felsökningsschema med en blinkande lampa. Han körde ett test på den dator som fungerade som ubåtens hjärna. Felsökningssystemet indikerade att varningslampan hade utlösts av ett tekniskt fel, en sorts glapp som kan förekomma i samband med ny utrustning, men som troligen var lätt att fixa till. Det här var nu ingen testkörning; det

61

var en djupdykning ner till nittio meter. Ännu en lampa började blinka.

"Båda de främre motorerna är utslagna", sa Austin. "Då får vi använda reservpumparna i stället."

"Det där *var* reservpumparna", sa Zavala.

"Adjöss med reservsystemen. Vad är det för fel egentligen?"

"Det skulle jag kunna svara på inom en minut, om jag bara hade farkosten upplyft."

"Jag ser inte till nån verkstad i närheten, och förresten har jag ändå glömt kreditkortet hemma."

"Som min pappa brukade säga: 'Allt som behövs för att flytta på en envis åsna är en dynamitgubbe'", svarade Zavala.

I NUMA:s korridorer hade Austin rykte om sig att ta fram en sorts envetet lugn när han stötte på svårigheter. De flesta var kloka nog att fly när de gick en säker katastrof till mötes; Austin mötte situationen med sinneslugn. Det faktum att han fortfarande levde och andades visade att han besatt en anmärkningsvärd kombination av rådighet och tur. De som hade kämpat vid hans sida tyckte att hans förmåga att snubbla över lösningen på ett problem ibland var lite skrämmande. Austin brukade alltid avfärda deras invändningar. Men nu lät Joe honom få smaka på sin egen medicin. Austin pressade ihop läpparna i ett blekt leende, knäppte händerna bakom huvudet och lutade sig bakåt på stolen.

"Du skulle inte vara så där avspänd om du inte hade en plan", sa Austin.

Zavala blinkade överdrivet tydligt åt sin kollega och tog loss nyckeln han hade haft hängande i en kedja om halsen. Han fällde upp en liten metallkåpa i mitten av manöverbordet och stack in nyckeln. "När jag vrider om nyckeln och slår till den här lilla strömbrytaren, så kopplas det tredje reservsystemet in. Då detonerar några sprängladdningar som spränger bort alla barlasttankarna, och sen bär det av uppåt. Smart, va?"

"Inte om 'Thor' är i vägen när vi kommer flygande upp genom vattnet. Då sänker vi både dem och oss själva."

"Om du tycker det känns bättre, så kan du trycka på den där knappen. Då skickas det upp en varningsboj till ytan. Med lysraketer och ljudsignal. Alla de nittio metrarna."

Austin tryckte på knappen. Det hördes ett sus när bojen slungades ut från ubåten. Han uppmanade passagerarna att hålla i sig.

Med ett pojkaktigt flin på läpparna höll Zavala upp tummen i luften.

"Då åker vi upp!"

Alla gjorde sig beredda, och han slog till strömbrytaren. Men det enda som hördes var Zavala som svor tyst på spanska. "Strömbrytaren funkade visst inte", sa han med ett förläget leende.

"Då försöker vi summera läget. Vi befinner oss nittio meter ner, med alldeles för tung last, kabinen full av halvdöda sjömän och en nödknapp som inte funkar."

"Du kan verkligen konsten att uttrycka dig kort och koncist, Kurt."

"Tack för det. Låt mig få utveckla saken vidare. Vi har två främre tankar fulla med vatten, två bakre som är tomma, och det innebär att vi saknar stigningsförmåga. Finns det nåt sätt att göra 'Nejonöga' lättare?"

"Jag kan befria oss från förbindelseröret. Då kommer vi upp till ytan, men det blir förstås inte vackert."

"Vi har inte så mycket att välja på. Jag säger åt våra passagerare att hålla i sig hårt."

Austin framförde sitt meddelande, spände fast sig i stolen och gjorde tecken. Zavala höll tummarna och så dumpade han räddningstunneln. Som en extra säkerhetsåtgärd gick den att koppla loss, ifall undervattensfarkosten hastigt blev tvungen att lösgöra sig mitt under en räddningsoperation. Det hördes en dämpad explosion och farkosten krängde till. När de bakre tankarna tömdes på vatten höjde sig "Nejonöga" en halvmeter, sedan en meter till, och därefter flera meter. Uppfärden gick olidligt sakta till en början, men farkosten rörde sig allt fortare ju högre upp den kom. Snart var de med god fart på väg upp mot ytan.

Ubåten flög upp ur havet med aktern först och slog ner i en kaskad av vatten. Den rullade våldsamt, och de som befann sig ombord kastades omkring som tärningar i en bägare. Förvarnade av varningsbojens ljud- och ljussignaler kom några småbåtar till undsättning, och besättningsmännen satte fast pontoner som stabiliserade ubåten i en mer eller mindre horisontell position.

"Thor" fick ut en lina till farkosten och drog "Nejonöga" närmare, så att fartygets kran kunde lyfta upp den på däck. I samma ögonblick som luckan öppnades myllrade det av sjukvårdspersonal kring ubåten, och de räddade besättningsmännen lyftes ut en och en, lades på bårar och bars ombord på väntande ambulanshelikoptrar som flög dem till ett sjukhus i land. När Austin och Zavala klättrade ut ur farkosten låg fartygsdäcket praktiskt taget öde, med undantag för några besättningsmän som kom fram och gratulerade dem, innan de hastigt försvann.

Zavala såg sig omkring på det nästan folktomma däcket. "Vad nu då? Ingen mässingsorkester?"

"Hjältemod belönar sig självt", sa Austin högtidligt. "Men jag skulle inte tacka nej till en tequila om nån erbjöd mig."

"Vilket sammanträffande. Jag råkar faktiskt ha en flaska Blue Agave undanstoppad i min väska. Prima vara."

"Vi måste kanske skjuta lite på firandet. Becker är på väg hitåt."

Den danske regeringstjänstemannen kom gående över däck med beslutsamma steg, och hans ansikte strålande av omisskännlig glädje. Han skakade hand med dem, dunkade dem i ryggen och överöste dem med lovord.

"Mina herrar, jag vill verkligen tacka er", sa han andlöst. "Danmark tackar er. Hela *världen* tackar er!"

"Nöjet är helt på vår sida", svarade Austin. "Tack för att vi fick möjlighet att testa 'Nejonöga' under verkliga förhållanden. Den ryska helikoptern befinner sig på NATO-basen tillsammans med transportplanen. Vi slår en signal till dem, så kan vi vara härifrån om några timmar."

Beckers ansikte återfick plötsligt sin vanliga buttra min. "Mr Zavala har sin fulla frihet att åka, men ni blir nog tvungen att skjuta lite på avfärden, är jag rädd. Det har tillsatts en särskild undersökningskommission för att utreda händelsen med kryssaren, och de ska hålla förhör i Tórshavn i morgon. De skulle vilja att ni kommer dit och vittnar."

"Jag förstår inte hur jag skulle kunna hjälpa till. Jag såg ju inte själva förlisningen."

" Nej, men ni har dykt ner till 'Leif Eriksson' två gånger. Ni kan beskriva skadorna i detalj. Det kommer att vara av stor betydelse."

När han såg tvivlet i Austins ansikte sa han: "Jag är rädd att jag måste insistera på att ni blir vår gäst här på öarna tills förhöret är avslutat. Seså, upp med hakan. Amerikanska ambassaden har blivit informerad om vår begäran och kommer att vidarebefordra den till NUMA. Jag har redan ordnat husrum åt er. Vi ska faktiskt bo på samma hotell. Det är väldigt vackert på Färöarna, och ni kommer bara att bli fördröjd i en eller två dagar innan ni kan återvända till ert fartyg. "

"För min del är det inga problem", sa Zavala. "Jag ser till att 'Nejonöga' kommer tillbaka till 'William Beebe' och avslutar testerna."

Austins ögon sköt blixtar av ilska. Han gillade inte att bli tillsagd vad han skulle göra av en beskäftig liten regeringstjänsteman. Och han gjorde heller inga ansträngningar att dölja hur irriterad han var. "Då får jag väl bli er gäst då, mr Becker." Han vände sig mot Zavala. "Vi får skjuta lite på firandet. Jag kontaktar NATO-basen och ber dem sätta i gång."

Det dröjde inte länge förrän luften åter fylldes av motordånet från den jättelika ryska helikoptern. Två lyftslingor gjordes fast under buken på "Nejonöga" och så lyfte den upp undervattensfarkosten från fartygets däck. Sedan gav sig Zavala i väg med NUMA-helikoptern och följde med ubåten till basen där den skulle lastas ombord på ett transportflygplan för returresan.

"En sak till", sa Becker. "Jag skulle vilja att ni låter den där anmärkningsvärda dräkten stanna kvar ombord, ifall undersökningskommissionen behöver fler bevis. Men annars ska vi gladeligen transportera den vart ni vill."

"Vill ni att jag ska göra ett dyk till?"

"Mycket möjligt. Men då kommer jag förstås först att begära klartecken från era överordnade."

"Självklart", sa Austin. Han var för trött för att komma med några invändningar.

Kaptenen steg fram och meddelade att en mindre båt var redo att föra dem i land. Men Austin hade ingen lust att tillbringa mer tid än nödvändigt tillsammans med den danske regeringstjänstemannen. "Jag kommer i land i morgon, om det är okej för er. Kapten Larsen ville visst visa mig några av resultaten från sin valforskning."

Kaptenen såg desperationen som lyste ur ögonen på Austin och spelade med. "Ja, precis som jag nämnde tidigare så tror jag ni kommer att finna vårt arbete intressant. Jag sätter i land mr Austin i morgon."

Becker ryckte på axlarna. "Ni gör som ni vill. Själv har jag tillbringat så mycket tid till sjöss att det räcker för ett helt liv."

Austin såg när den mindre båten satte kurs mot land och vände sig sedan mot kaptenen. "Tack för att ni räddade mig från Becker."

Larsen suckade tungt. "Jag antar att byråkrater som Becker fyller en viktig funktion i systemet."

"Så är det ju även med tarmbakterierna som hjälper till med matsmältningen", sa Austin.

Kaptenen skrattade och lade handen på Austins axel. "Jag tycker vi borde fira ert framgångsrika uppdrag med nåt flytande."

"Det säger jag inte nej till", svarade Austin.

7

Austin fick ett riktigt VIP-mottagande ombord på forskningsfartyget. Efter drinkar i kaptenens hytt blev han bjuden på en utsökt måltid, därefter underhållen med fantastiska filmbilder tagna under vattnet i samband med fartygets valforskning. Han fick en bekväm hytt och sov som en stock, och nästa morgon tog han farväl av kapten Larsen.

Kaptenen verkade uppriktigt ledsen över att han skulle fara. "Vi kommer att stanna här några dagar och göra en del undersökningar av kryssaren. Säg bara till om det är nåt som ni eller NUMA behöver hjälp med."

De skakade hand och Austin klättrade ner i motorbåten för den korta färden till västra hamnen. Glad över att befinna sig på torra land igen efter flera veckor till sjöss, banade han sig väg längs kullerstenskajen och förbi raden av fiskebåtar. Huvudstaden på Färöarna heter Tórshavn, (Tors hamn), efter den mäktigaste asaguden. Trots sin dundrande namne var Tórshavn en stillsam stad, belägen på en udde mellan två livliga hamnar.

Austin skulle ha föredragit att utforska de smala gatorna som gick mellan färgglada gamla hus, men en blick på klockan sa honom att det var bäst att sätta fart om han skulle hinna till förhöret. Han lämnade av väskan på hotellrummet som Becker hade ordnat åt honom. Han räknade inte med att stanna på Färöarna mer än kanske en dag till och bestämde sig för att ge sig av oavsett vad Becker tyckte. På vägen ut bad han receptionisten att boka en flygbiljett åt honom till Köpenhamn två dagar senare.

Platsen han skulle till låg i en backe, strax intill ett torg, i hjärtat av stans kommersiella centrum. Några minuter senare stannade han framför en imponerande artonhundratalsbyggnad i mörkfärgad basalt. Skylten på utsidan talade om att det var rådhuset. Han förberedde sig mentalt för pärsen som väntade. I egenskap av anställd på en federal myndighet var Austin inte främmande för riskerna med att navigera bland byråkratins höga vågor. Undsättningen av männen som varit instängda på "Leif Eriksson" hade kanske varit den enklaste delen av hans äventyr på Färöarna, tänkte han.

Receptionisten i rådhusets foajé talade om för Austin hur han skulle gå för att komma till sessionssalen. Han följde korridoren till en dörr som bevakades av en stor och kraftig polis, och där identifierade han sig. Polismannen bad honom vänta och försvann in i rummet. Ett ögonblick senare återvände han tillsammans med Becker. Becker tog Austin i armen och drog honom med sig utom hörhåll.

"Trevligt att se er igen, mr Austin." Han kastade en blick på polismannen och sänkte rösten. "Det här är en mycket känslig fråga. Känner ni till nåt om Färöarnas styrelseskick?"

"Bara att det har anknytning till Danmark. Jag kan inte detaljerna."

"Det är riktigt. Färöarna är en del av kungariket Danmark, men de har haft självstyre sedan 1948. De är ganska självständiga, de har till och med behållit sitt eget språk. Men när de får ekonomiska problem tvekar de inte att be den danska regeringen om pengar", sa han med ett svagt leende. "Den här incidenten inträffade på färöiskt vatten, men ett danskt krigsfartyg var inblandat."

"Vilket innebär att SOS inte är så populära i Danmark."

Becker avfärdade hans kommentar med en nonchalant handrörelse. "Jag har gjort klart vad jag tycker. De där galningarna borde *hängas* för att de sänkte vårt fartyg. Men jag är realist. Hela den beklagansvärda händelsen skulle aldrig ha inträffat om det inte hade varit för att färingarna så envist håller fast vid sina gamla sedvänjor."

"Ni menar valjakten?"

"Jag vill inte kommentera det moraliska i *grindadrap*. Många i Danmark anser att det är en barbarisk och onödig ritual. Betydligt viktigare är emellertid de ekonomiska övervägandena. Företag som kanske skulle köpa färöisk fisk eller prospektera efter olja vill inte att allmänheten ska tro att de gör affärer med valdödare. Och när färingarna inte kan betala sina räkningar måste de danska skattebetalarna öppna plånboken."

"Så var det med den självständigheten."

Becker log igen. "Den danska regeringen vill klara upp det här snabbt, med så lite internationell publicitet som möjligt. Vi vill inte att de här SOS-anhängarna ska betraktas som modiga martyrer som handlade obetänksamt men till försvar för hjälplösa varelser."

"Vad vill ni att jag ska göra?"

"Att ni ska sträcka er lite längre än till rent tekniska observationer i ert vittnesmål. Vi vet redan *vad* det var som sänkte kryssaren. Ni får gärna betona det mänskliga lidande ni såg. Vårt mål är att Ryan ska få den allmänna opinionen mot sig, att vi ska få ut de här hänsynslösa huliganerna ur landet och försäkra oss om att de inte kommer tillbaka. Vi ser helst att världen betraktar dem som parias snarare än martyrer. Då kanske nåt sånt här inte behöver hända igen."

"Men om nu Ryan skulle vara oskyldig?"

"Hans eventuella oskuld eller skuld är helt ovidkommande för vår regering. Det är större saker som står på spel."

"Som ni säger, en mycket känslig fråga. Jag ska berätta inför rätten vad jag såg. Det är allt jag kan lova."

Becker nickade. "Kör till. Ska vi gå in?"

Polismannen öppnade dörren, och de gick in i sessionssalen. Austin svepte med blicken över den stora, panelklädda salen och noterade kostymmänniskorna, antagligen folk från regering och rättsväsende, som upptog flera stolsrader. Själv var han klädd som han brukade vara på jobbet, i jeans, polotröja och vindtygsjacka, för ombord på ett fartyg hade han inget behov av några tjusiga kläder. Fler kostymklädda satt bakom ett långt bord längst fram i salen. På en stol till höger om bordet satt en man i uniform. Han pratade danska, och det han sa antecknades av en stenograf.

Becker pekade på en stol, slog sig ner bredvid Austin och viskade i hans öra: "Det där är företrädaren för kustbevakningen. Sen är det ni."

Vittnet från kustbevakningen var klar några minuter senare, och Austin hörde sitt eget namn ropas upp. Fyra män och två kvinnor satt vid bordet, jämnt fördelade på färöiska och danska representanter. Domaren, en farbroderlig dansk med ett långdraget vikingaansikte, sa att han hette Lundgren. Han förklarade för Austin att han ville ställa några frågor, och att de andra i utskottet skulle komma med följdfrågor. Det här var bara en utfrågning för att samla information, inte någon rättegång, förklarade han, så det skulle inte bli något korsförhör. Han skulle också översätta om det behövdes.

Austin sjönk ner på stolen och gav en enkel redogörelse för räddningsinsatsen. Han behövde inte bättra på besättningens kval och lidanden i den mörka och praktiskt taget lufttomma graven. Beckers ansiktsuttryck visade att han var nöjd med det han hört. Austin lämnade sin plats efter fyrtiofem minuter, och tackades av utskottet. Han var angelägen att komma därifrån, men beslöt sig för att stanna när rättens ordförande meddelade, på danska och engelska, att kaptenen från "Sea Sentinel" skulle lägga fram sin sak.

Austin blev nyfiken på hur någon skulle kunna försvara sig mot ögonvittnenas redogörelser. Dörren öppnades och två poliser kom in. Mellan dem gick en lång och kraftigt byggd man i fyrtiofemårsåldern. Austin lade märke till den rödblonda skepparkransen, det fönade håret och den guldgalonerade uniformen.

Magistraten bad vittnet sitta ner och presentera sig.

"Jag heter Marcus Ryan", sa mannen, samtidigt som hans grå ögon sökte direktkontakt med dem på åhörarbänkarna. "Jag är verkställande direktör för organisationen Sentinels of the Sea och kapten på deras flaggskepp, 'Sea Sentinel'. För dem som inte känner till oss så är SOS en internationell organisation som verkar för att skydda havet och det marina livet som finns där."

"Var snäll och ge en kort redogörelse för händelserna i samband med er kollision med kryssaren 'Leif Eriksson'."

Ryan började med ett häftigt angrepp mot valjakten. Med bestämd röst uppmanade magistraten honom att hålla sig till själva kollisionen. Ryan bad om ursäkt och beskrev hur "Sea Sentinel" plötsligt hade girat mot kryssaren och gått på den.

"Kapten Ryan", sa Lundgren med ohöljd förtjusning. "Vill ni alltså påstå att ert fartyg *attackerade* och *rammade* kryssaren 'Leif Eriksson' helt av sig självt?"

För första gången sedan Ryan börjat vittna var han inte så tvärsäker. "Öh ... nej, sir. Vad jag säger är att fartygets reglage inte lydde."

"Jag måste höra om jag har förstått saken rätt", sa en kvinna i förhörsutskottet. "Ni menar alltså att fartyget tog kontroll över sig självt och gav sig ut på sin muntra färd?"

Det hördes en skrattsalva från åhörarna.

"Det verkar så", medgav Ryan.

Hans medgivande banade väg för en rad inträngande frågor. Utfrågningen kanske inte var avsedd som en anklagelse, tänkte Austin, men rätten gjorde formligen slarvsylta av Ryan. Han gjorde sitt bästa för att parera frågorna, men för varje svar blev hans situation allt mer hopplös. Till slut satte han upp händerna, som för att säga *nu får det räcka.*

"Jag inser att min förklaring skapar fler frågor än den besvarar. Men en sak vill jag klart och tydligt säga, så det inte blir några missförstånd. Vi rammade *inte* det danska fartyget med avsikt. Jag har vittnen som kan bekräfta det. Ni kan kolla med kapten Petersen. Han kan intyga att jag varnade honom."

"Hur långt före kollisionen kom varningen?" frågade Lundgren.

Ryan drog ett djupt andetag och talade om det. "Mindre än en minut innan vi krockade."

Lundgren ställde inga fler frågor. Ryan fick gå, och i stället kom den kvinnliga reportern från CNN. Hon var lugn när hon berättade om kollisionen, men hon bröt samman och såg anklagande på Ryan när hon beskrev kameramannens död.

Lundgren tecknade åt en medarbetare att stoppa i ett videoband i tv:n, som ställts upp vid ena sidan så att alla skulle se. Bandet började rulla. Det visade Ryan stående på däcket på sitt fartyg omgiven av reportrar och fotografer. Det skämtades om hård sjögång, och sedan kom reporterns röst som sa: "Se bara till att storyn är värd alla de jäkla Dramamine jag har tagit."

Kameran tog en närbild av Ryans skrattande ansikte när han svarade: "Jag kan nästan garantera att ni kommer att få se aktion." När kameran följde hans finger som pekade mot den danska kryssaren, hördes ett mummel bland åhörarna. Det avgör saken, tänkte Austin. Nu är det kört för Ryan.

Bandet tog slut, och Lundgren ställde en fråga till reportern. "Var det er röst på bandet?"

När reportern svarade jakande for Ryan upp.

"Det är oschyst. Ni använder min kommentar helt lösryckt ur sitt sammanhang!"

"Var vänlig och sitt ner, mr Ryan", sa Lundgren med ett roat ansiktsuttryck.

Ryan insåg att hans utbrott skulle förstärka bilden av en impulsiv person som var kapabel att ramma ett fartyg. Han samlade ihop sig. "Jag ber om ursäkt. Jag hade inte fått veta att videon skulle användas som bevismaterial. Jag hoppas jag får tillfälle att kommentera den."

"Det här är ingen amerikansk domstol, men ni ska få alla chanser att lägga fram er sak innan förhöret ajourneras. Utskottet kommer att ställa frågor till kapten Petersen och hans besättning så snart de är i skick för det. Ni kommer att hållas i skyddshäkte på polisstationen till dess. Vi ska göra vårt bästa för att påskynda processen."

Ryan tackade rätten. Sedan lämnade han salen eskorterad av poliserna.

"Var det allt?" frågade Austin Becker.

"Tydligen. Jag trodde kanske att de skulle kalla fram er igen, men det verkar inte som om de behöver er mer. Jag hoppas det inte har stört era planer."

Austin försäkrade honom att det inte var några problem. Han satt kvar på sin plats, medan salen började tömmas på folk, och funderade på Ryans vittnesmål. Antingen hade Ryan sagt sanningen eller så var han en mycket skicklig skådespelare. Det fick bli en uppgift för dem som var klokare än han att avgöra. Först en kopp starkt gott kaffe, sedan skulle han kolla upp om det fanns några tidigare flyg till Köpenhamn. Därifrån skulle han flyga tillbaka till Washington.

"Mr Austin."

En kvinna kom gående mot honom och log med hela ansiktet. Austin lade märke till hennes vältränade och kurviga kropp, det kastanjebruna håret som räckte ner till axlarna, den perfekta hyn och de vakna ögonen. Hon var klädd i en vit islandströja.

De skakade hand. "Jag heter Therri Weld", sa hon med varm och fyllig röst. "Jag är juridisk rådgivare åt organisationen SOS."

"Trevligt att träffas, ms Weld. Vad kan jag hjälpa er med?"

Therri hade sett Austins allvarliga ansiktsuttryck när han vittnade, och hon var helt oförberedd på hans oemotståndliga leende. Med sina breda axlar, sina rena drag och sina blågröna ögon påminde han henne om en sjörövarkapten i en piratfilm. Hon höll nästan på att glömma vad hon skulle säga, men återvann snabbt fattningen.

"Jag undrar om ni skulle ha tid med mig några minuter?" sa hon.

"Jag tänkte precis gå och ta en kopp kaffe. Ni får gärna följa med."

"Tack. Det ligger ett rätt bra kafé om hörnet."

De hittade ett lugnt bord och beställde två cappucino.

"Er berättelse var fascinerande", sa hon medan de smuttade på kaffet.

"Dagens stjärna var ändå er kapten Ryan. Mina ord bleknade i jämförelse med hans historia."

Therri skrattade tyst. Hennes skratt hade en musikalitet som Austin gillade. "I dag hade han inte sin bästa dag, är jag rädd. I vanliga fall brukar han vara ganska vältalig, särskilt om de ämnen som han känner mest för."

"Det är givetvis svårt att försöka förklara för en bunt skeptiker att ert fartyg blev besatt av onda andar. Reporterns vittnesmål och videon gjorde ju inte saken bättre."

"Jag instämmer, och det var faktiskt därför jag ville träffa er."

Austin log mot henne. "Äsch, jag som hade hoppats att min djuriska dragningskraft fick er att känna en oemotståndlig lockelse."

Therri höjde ett av sina vackert välvda ögonbryn. "Det förstås", sa hon. "Men främsta anledningen till att jag ville prata med er var för att höra om ni kunde hjälpa SOS."

"Till att börja med, ms Weld ..."

"*Therri*. Kan jag säga Kurt till dig?"

Austin nickade. "Jag ser vissa problem redan från början, Therri. Först och främst vet jag inte om jag kan hjälpa er. Och för det andra vet jag inte om jag *vill* hjälpa er organisation. Jag gillar visserligen inte slakten på valar, men jag stödjer heller inte radikala galningar."

Therri genomborrade Austin med sin laserskarpa blick. "Henry David Thoreau, John Muir och Edward Abbey betraktades också som radikala galningar på sin tid. Men jag förstår din invändning. SOS är lite för aktivistiskt i mångas smak. Okej, du säger att du inte stödjer radikaler. Men stödjer du *orättvisa*, för det är exakt vad det handlar om här."

"På vilket sätt då?"

"Marcus rammade *inte* det danska fartyget med avsikt. Jag var i styrhytten när det hände. Han och de andra gjorde allt de kunde för att undvika en kollision."

"Har du sagt det till de danska myndigheterna?"

"Ja. De sa att jag inte behövde vittna och bad mig lämna landet."

"Okej", sa Austin. "Jag tror dig."

"Bara så där? Du verkar annars inte vara en person som bara godtar nånting utan vidare."

"Jag vet inte vad jag skulle kunna säga utan att förolämpa dig."

"*Inget* du säger kan förolämpa mig."

"Det var skönt att höra. Men vad får dig att tro att jag skulle intressera mig för om processen mot Ryan är schyst eller inte?"

"Jag begär inte att du ska *intressera dig* för Marcus."

Therris ton antydde att det fanns en järnhård vilja under hennes mjuka yta. Austin höll tillbaka ett leende. "Vad är det du vill att jag ska göra?"

Hon strök bort en hårslinga från ansiktet och sa: "Jag skulle vilja att du dök ner till "Sea Sentinel"."

"I vilket syfte då?"

"Det skulle kunna bevisa att Marcus är oskyldig."

"Hur då?"

Hon slog ut med händerna. "Jag vet inte. Men du kanske hittar nånting; jag vet bara att Marcus säger sanningen. Ärligt talat så är mycket av hans radikalism bara munväder. Han är verkligen en tuff pragmatiker som beräknar oddsen mycket noggrant. Han är inte den som går omkring och rammar örlogsfartyg bara för att han blir arg. Dessutom *älskade* han "Sea Sentinel". Han hade till och med hittat på det där knasiga psykedeliska färgmönstret själv. Ingen på fartyget, inklusive mig själv, hade för avsikt att skada nån."

Austin lutade sig bakåt på stolen, knäppte händerna bakom huvudet och tittade på Therris uppriktiga ansikte. Han tyckte om hennes vackra läppar som drogs upp i ett Mona Lisa-leende även när hon var allvarlig. Hennes framtoning av helylletjej kunde inte dölja den sensuella kvinnan som dolde sig bakom de anmärkningsvärda ögonen. Det fanns tusen anledningar till att han borde nöja sig med att tacka henne för kaffet, skaka hand med henne och önska henne lycka till. Men det fanns tre goda skäl till varför han ändå kanske borde fundera på hennes begäran. Hon var vacker. Hon hade möjligen goda grunder för sina misstankar. Och, rätt eller fel, hon var hängiven sin sak. Hans flyg gick inte förrän om två dagar. Det fanns ingen anledning till att hans korta vistelse på Färöarna skulle behöva vara tråkig.

Med intresserad min sträckte han på sig i stolen och beställde en omgång kaffe till.

"Okej då", sa Austin. "Berätta exakt vad som hände."

8

Några timmar senare befann sig Austin ljusår från värmen inne på kaféet, innesluten i den tjocka och skyddande dykardräkten av aluminium, än en gång på väg ner i det färöiska havet. Han log för sig själv medan han sjönk ner i djupet och föreställde sig hur Becker skulle reagera om han fick veta att ett danskt fartyg användes för att hjälpa Marcus Ryan och Sentinels of the Sea. Det vore inte mer än rätt åt den hycklande lille byråkraten, tänkte Austin med ett skrockande skratt som ekade inne i hjälmen.

Sedan han tagit farväl av Therri Weld hade han gått tillbaka till hotellet, ringt upp kapten Larsen och bett om tillstånd att göra ytterligare en dykning från "Thor". Han sa att han ville ta bilder av räddningsplatsen till en rapport, vilket delvis var sant. Larsen tvekade inte att säga ja och skickade till och med en motorbåt för att hämta Austin till fartyget. Eftersom Becker hade bett Austin att lämna kvar enatmosfärsdräkten fanns allting redan på plats.

Austins djupmätare visade att han närmade sig botten. Han bromsade upp nerfärden genom att upprepade gånger sätta igång de vertikala styrpropellrarna, tills han svävade som en kolibri, omkring femton meter ovanför fören på kryssaren. Havet hade inte spillt någon tid då det gällde att sluta fartyget i sin famn. Ett ludet skikt av undervattensvegetation täckte redan skrovet och överbyggnaden, nästan som en yllepläd. Stim av djuphavsfiskar pilade ut och in genom kryssarens spygatt, ditlockade av havsfaunan som hade gjort sig hemmastadd i fartygets alla vinklar och vrår.

Med hjälp av en digitalkamera tog Austin bilder av hålet som "Nejonöga" hade gjort under räddningsoperationen och av det trekantiga jacket där "Sea Sentinel" hade slagit hål på skrovet. Austin hade frågat kapten Larsen om fartygets senast kända position i förhållande till kryssaren. Genom att använda sig av död räkning under vattnet kunde han ta sig till den ungefärliga förlisningsplatsen.

Han förflyttade sig i ett standardiserat sökmönster i ett antal parallella svep, tills hans strålkastare lyste upp den psykedeliska målningen på fartygsskrovet. I likhet med kryssaren hade SOS-fartyget redan hunnit få en päls av undervattensvegetation. Kombinationen av sjögräs och batikmönster var häpnadsväckande. "Sea Sentinel" hade lagt sig på botten med högra sidan upp, och förutom fartygets intryckta trubbnos verkade det vara i gott skick.

Austin inspekterade den krossade fören och drog sig till minnes Ryans vittnesmål. Maskinerna hade fått spader, sa Ryan, och lydde inte reglagen. Det fanns ingen möjlighet att kolla maskinerna utan att ta sig in i vraket, men styrsystemet kunde lättare undersökas eftersom det delvis låg på utsidan. Styrningen på ett modernt fartyg sköts med en kombination av elektronik och hydraulik. Men även om man har datorer, GPS och autopilot så är själva grundidén inte annorlunda än den var då Columbus hissade segel för att söka efter Indien. I ena änden finns en ratt eller en rorkult. I den andra ett roder. Snurra på ratten och rodret vrider sig och för fartyget i önskad riktning.

Austin svävade ovanför aktern, gjorde en tvärvändning och gick sedan ner några meter tills han befann sig mittför det manshöga rodret.

Egendomligt.

Rodret var intakt, men det var något som inte stämde. Fastsatta med bultar i rodret fanns två vajrar som gick framåt, på ömse sidor om skrovet. Austin följde vajern på styrbordssidan till en plåtlåda, i storlek ungefär som en större resväska, som var fastsvetsad på skrovet. En elledning gick från lådan och in genom skrovet.

Ännu mer egendomligt.

Svetsfogarna kring lådorna liksom elkablarna såg nya ut. Han förflyttade sig bakåt och följde vajern till en identiskt likadan låda på andra sidan. Han lyfte upp kameran och tog några bilder. En gummiöverdragen kabel, tjock som en vuxen mans tumme, förband de två lådorna. En annan kabel gick från lådan på babordssidan och följde skrovets rundning till en punkt som måste ha legat över vattenlinjen när fartyget flöt. I änden satt en platt plastskiva, omkring femton centimeter i diameter. Innebörden i det han såg gick plötsligt upp för Austin.

Det ser ut som om någon är skyldig er en ursäkt, mr Ryan.

Austin knäppte några fler bilder, sedan bände han loss skivan med sina gripklor och stoppade in den i en sorts fodral som var fastsatt på utsidan av enatmosfärsdräkten. Han stannade nere i ytterligare tjugo minuter och utforskade varje kvadratcentimeter av skrovet. Eftersom han inte hittade något mer som avvek från det normala, slog han till reglaget till de vertikala styrpropellrarna och påbörjade färden upp till ytan. Så snart han kommit ut ur dykardräkten tackade han kapten Larsen för att han hade fått använda "Thor" och kördes sedan med båt in till Tórshavn.

Tillbaka på hotellrummet tog han ut minneskortet ur digitalkameran, satte den i den bärbara datorn och fick upp undervattensbilderna på skärmen. Han studerade de förstorade och förstärkta bilderna tills han praktiskt taget hade memorerat dem, därefter ringde han till Therri och bad att få träffa henne på kaféet igen. Han kom dit först och hade satt upp datorn på bordet när hon anlände några minuter senare.

"Goda eller dåliga nyheter?" sa hon.

"Både och." Austin sköt fram datorn över bordet. "Jag har löst ett mysterium, men upptäckt ett annat."

Hon satte sig ner och stirrade på bilden på skärmen. "Vad är det egentligen jag ser?"

"Jag tror att det är en mekanism som är till för att slå ut eller gå förbi styrreglagen på bryggan."

"Är du *säker* på det?"

"Ganska säker."

Med musens hjälp klickade han fram ett antal bilder som från olika vinklar visade lådorna som var fastsvetsade på skrovet. "De här kåporna skulle kunna dölja vinschar som kan dra rodret åt ena eller andra hållet, eller låsa fast det. Titta här. Den här elledningen går utmed sidan på fartyget till en mottagare ovanför vattenlinjen. Nån som inte var ombord kan ha kontrollerat styrningen."

Therri rynkade pannan. "Det ser ut som en liten pajform."

Austin grävde i jackan, drog fram plastskivan son han bänt loss från skrovet och släppte den på bordet. "Inga pajer här, inte. Det är en antenn som kan ha använts för att ta emot signaler."

Therri såg på bildskärmen, sedan tog hon upp skivan och betraktade den. "Det här skulle förklara problemen med styrningen som Marcus hade. Vad tror du om maskinerna han inte kunde stänga av då?"

"Nu sätter du mig på det hala", sa Austin. "Om man kunde ta sig in i fartyget och plocka ner hela maskinrummet, skulle man kanske hitta en mekanism som gjorde att fartygets hastighet också kunde regleras utifrån."

"Jag känner alla på "Sea Sentinel". De är otroligt lojala." Hon körde fram hakan som om hon väntade sig en diskussion. "Det finns ingen i den besättningen som skulle sabotera fartyget."

"Jag har inte kommit med några såna anklagelser."

"Förlåt", sa hon. "Jag antar att jag borde vara öppen för att nån ur besättningen skulle kunna vara inblandad."

"Inte nödvändigtvis. Låt mig få fråga likadant som de gör i säkerhetskontrollen på flygplatser: Var det nån annan som packade ert bagage, eller har ni lämnat det utan uppsikt?"

"Så du tror faktiskt att nån *utifrån* kan ha saboterat fartyget?"

Austin nickade. "Jag hittade en strömförsörjningskabel till vinscharna, som ledde in genom skrovet för att få el från fartyget. Man måste ta sig in i fartyget för att kunna ansluta sånt."

"Nu när du nämner saken", sa hon utan att tveka, "så var det nåt i fartygets maskin som behövde fixas. Det låg i torrdocka i fyra dagar på Shetlandsöarna."

"Vem utförde arbetet?"

"Det vet nog Marcus. Jag ska fråga honom."

"Det skulle kunna vara viktigt." Han knackade på bildskärmen. "Det här kan vara Ryans biljett ut från fängelset. Jag skulle föreslå att du tar kontakt med en kille på mitt hotell som heter Becker och som verkar vara nån sorts höjdare på det danska försvarsdepartementet. Han kanske kan hjälpa till."

"Jag förstår inte. Varför skulle danskarna vilja hjälpa Marcus efter alla hemska saker de har sagt om honom?"

"Det är för allmänhetens öron. Vad de egentligen vill är att sparka ut Ryan från Färöarna och se till att han aldrig visar sig här igen. De vill inte att han ska fortsätta med sin kampanj, för det skulle kunna skrämma bort företag som funderar på att investera på Färöarna. Jag beklagar verkligen om det här sabbar hans martyrplaner."

"Jag ska inte förneka att Marcus hoppades på att göra det här till ett *cause célèbre*."

"Är inte det en riskfylld strategi? Om han driver danskarna för långt, kanske de tvingas döma honom och kasta honom i fängelse. I mina ögon förefaller han inte som nån obetänksam kille."

"Marcus är inte det minsta obetänksam, men han tar en kalkylerad risk om han anser att det som står på spel är tillräckligt viktigt. I det här fallet skulle han ha vägt risken att hamna i fängelse mot möjligheten att stoppa grindvalsjakten."

Austin tog ut minneskortet ur datorn och gav det till Therri. "Säg till Becker att jag kan intyga vad jag såg och bestyrka att jag tog bilderna. Jag ska kolla upp tillverkaren av den här antennen, men det är möjligt att den är hopsatt av standarddelar och inte säger oss nånting."

"Jag vet inte hur jag ska kunna tacka dig", sa Therri och reste sig från stolen.

"Min normaltaxa är att du tackar ja till en middagsinbjudan."

"Jag skulle mer än gärna ..." Hon hejdade sig och kastade en hastig blick över axeln på Austin. "Känner du den där mannen? Han har stirrat på dig en stund."

Austin vände sig om och fick se en tunnhårig man med utstående haka, som såg ut att vara drygt sextio år, och som var på väg fram till bordet.

"Det här är Kurt Austin från NUMA, om jag inte misstar mig", sa mannen med bullrande stämma.

Austin reste sig och sträckte fram handen. "Professor Jørgensen, så roligt att träffa er. Det är tre år sen sist."

"Fyra, faktiskt, sen vi jobbade med det där projektet på Yucatán. Det var en trevlig överraskning! Jag såg på nyheterna om den där mirakulösa räddningen ni gjorde, men jag antog att ni hade gett er av från Färöarna."

Professorn var lång och hade smala axlar. De väldiga hårtofsarna som flankerade hans fräkniga skult påminde om svanvingar. Han pratade engelska med Oxfordaccent, vilket inte var särskilt förvånande eftersom han hade studerat vid det berömda engelska universitetet.

"Jag stannade kvar för att hjälpa ms Weld här med ett projekt." Austin presenterade Therri och sa: "Det här är professor Peter Jørgensen. Doktor Jørgensen är en av världens främsta fiskefysiologer."

"Kurt får det att låta betydligt glamorösare än det är. Jag är så att säga bara en helt vanlig fiskfysiolog. Vad är det som har fört er till den här avlägsna delen av världen, ms Weld?"

"Jag är advokat. Jag studerar rättsväsendet i Danmark."

Austin sa: "Och ni då, professorn? Är ni på Färöarna på arbetets vägnar?"

"Ja, jag har tittat på några märkliga fenomen", sa han utan att ta ögonen från Therri. "Jag vill inte verka påflugen, men jag har en strålande idé. Vi skulle kanske kunna äta middag tillsammans så kan jag berätta om vad jag har gjort."

"Jag är rädd att ms Weld och jag redan är upptagna."

Ett plågat uttryck drog över Therris ansikte. "Åh, Kurt, jag är verkligen ledsen. Jag började säga att jag gärna äter middag med dig, men inte i kväll. Jag kommer att vara upptagen med den där juridiska saken vi diskuterade."

"Där gick jag själv i fällan", sa Austin med en axelryckning. "Det verkar som att ni och jag har en dejt, professorn."

"Utmärkt! Då ses vi i matsalen på hotell Hania vid sjutiden, om det passar." Sedan vände han sig mot Therri och sa: "Jag är förkrossad, ms Weld. Jag hoppas vi träffas igen." Så kysste han hennes hand.

"Han är charmerande", sa Therri efter att Jørgensen hade gått. "Mycket sirlig, på ett gammaldags sätt."

"Jag instämmer", sa Austin, "men jag skulle ändå hellre vilja ha dig som middagssällskap."

"Det var synd. Men kanske när vi kommer tillbaka till USA igen." Hennes ögon mörknade en nyans. "Jag har funderat på din teori om att "Sea Sentinel" kontrollerades utifrån. På vilket avstånd skulle man kunna kontrollera ett fartyg?"

"Det skulle kunna utföras från ganska stort avstånd, men den som gjorde det höll sig troligen i närheten för att se om fartyget svarade på hans kommandon. Några förslag?"

"Det *fanns* några båtar i närheten med pressfolk ombord. Till och med en helikopter."

"Reglagen kan ha manövrerats antingen från havet eller från luften. Det skulle inte ha krävt särskilt mycket i utrustningsväg. En sändare med en joystick, kanske, såna där som man har till tv-spel. Om vi antar att vi vet *hur*, så kan vi prata om *varför*. Vem skulle ha nytta av att bli av med Ryan?"

81

"Har du gott om tid? Den listan skulle kunna göras hur lång som helst. Marcus har skaffat sig fiender över hela världen."

"Till att börja med kan vi begränsa oss till Färöarna."

"Valfångarna skulle hamna överst på listan. Den här frågan sätter känslorna i brand, men färingarna är i grund och botten hyggliga människor, trots sina märkliga sedvänjor. Jag har svårt att tänka mig att de skulle attackera ett örlogsfartyg som har skickats hit för att skydda dem." Hon tystnade och blev tankfull. "Det finns en annan möjlighet, men den är troligen alldeles för långsökt."

"Låt höra."

Hon lade pannan i djupa veck. "Efter *grindadrap*-aktionen planerade Marcus och hans besättning att demonstrera vid en fiskodling som ägs av Oceanus. Sentinels of the Sea motsätter sig också storskalig havsodling, på grund av skadorna på miljön."

"Vad vet du om Oceanus?"

"Inte mycket. Det är ett multinationellt företag som producerar fisk och skaldjur. Tidigare har de köpt in fångster från fiskeflottor runt om i världen, men under de senaste åren har de satsat på fiskodling i stor skala. Deras odlingar i havet är nästan jämförbara med industriellt drivna storjordbruk i USA."

"Tror du att Oceanus kan ha arrangerat alltihop?"

"Åh, det vet jag faktiskt inte. De skulle hur som helst ha tillräckliga resurser. Och, kanske, ett motiv."

"Var ligger deras fiskodling?"

"Inte så långt härifrån, nära ett ställe som heter Skaalshavn. Marcus hade planerat att gå med "Sea Sentinel" fram och tillbaka framför fiskodlingen för kamerornas skull." Therri kastade en blick på klockan. "Det påminner mig om ... att jag måste gå nu. Jag har mycket arbete som väntar."

De skakade hand och lovade att träffas igen. Therri gick i väg mellan borden, men så stannade hon upp ett ögonblick och gav honom en kokett blick över axeln. Gesten var antagligen tänkt att vara uppmuntrande, men den gjorde bara Austin ännu mer sorgsen.

9

Professor Jørgensen hade artigt sett på i flera minuter när Austin försökte stava sig igenom de obegripliga rätterna på menyn, men till slut kunde han inte hålla sig längre. Han böjde sig fram över bordet och sa: "Om ni skulle vilja pröva en färöisk specialitet så rekommenderar jag stekt lunnefågel eller grindvalsbiff."

Austin föreställde sig hur han gnagde på ett ben från en av de knubbiga små fåglarna med papegojnäbb och hoppade över lunnefågel. Efter att ha hört om det blodiga tillvägagångssättet när man slaktade grindvalar på Färöarna, bestämde han att han hellre skulle äta hajtryne, men han beslöt sig till sist för *skerikjøt*, välhängt fårkött. Efter första tuggan önskade han att han tagit lunnefågel.

"Hur är fårköttet?" sa Jørgensen.

"Inte fullt lika segt som skosulor", svarade Austin och tuggade frenetiskt.

"Oj då, jag borde ha rått er att ta *kokt* får, som jag gjorde. De torkar *skerikjøt* i vinden. Det tillreds i allmänhet vid jul och serveras sen under resten av året. Det har sett sina bästa dagar, som man brukar säga." Han lyste upp när han kom att tänka på en annan sak. "Den förväntade medellivslängden på Färöarna är ganska hög, så det måste ändå vara ganska nyttigt."

Austin karvade loss en liten bit och lyckades svälja den. Sedan lade han ifrån sig kniven och gaffeln och gav käkmusklerna en vilopaus. "Vad är det som har fört er till Färöarna, doktor Jørgensen? Det kan knappast vara maten."

Professorns ögon glittrade av förtjusning. "Jag har tittat på rapporter om minskande fiskbestånd runt öarna. Det är sannerligen ett mysterium!"

"På vilket sätt då?"

"Jag trodde först att orsaken till att fisken försvann kanske var föroreningar, men vattnen är förvånansvärt rena omkring Färöarna. Jag har gjort alla tester jag kan utföra på plats, så jag åker tillbaka till Köpenhamn i morgon för att undersöka några vattenprover på labbet. Det kan finnas små spår av kemikalier som skulle kunna ha betydelse för problemet."

"Har ni några teorier om källan till kemikalierna?"

"Det är konstigt", sa han och drog i en av sina hårtofsar. "Jag är säker på att problemet har nånting att göra med en närbelägen fiskodling, men hitintills har jag inte kunnat hitta nån koppling mellan de båda."

Austin hade suttit och betraktat fårköttet och undrat var han kunde få tag på en hamburgare, men han piggnade till av professorns ord. "Sa ni att ni testade vattnet nära en fiskodling?"

"Ja. Det finns flera fiskodlingsanläggningar på öarna som producerar forell, lax och liknande. Jag samlade in prover från vattnen kring en fiskodling i Skaalshavn, ett par timmars körning från Tórshavn längs kusten, utmed Sundini, det långa sundet som skiljer Streymoy från Eysturoy. Det låg en valfångststation där förr i tiden. Odlingen ägs av en stor fiskerikoncern."

Austin gjorde en chansning. "Oceanus?"

"Ja, har ni hört talas om det?"

"Inte förrän helt nyligen. Om jag uppfattar er rätt, professorn, så är alltså fiskbestånden nära odlingen mindre än de borde vara?"

"Det är riktigt", svarade Jørgensen med rynkad panna. "Ett fullkomligt mysterium."

"Jag har hört talas om att fiskodlingar kan vara skadliga för miljön", sa Austin och mindes sitt samtal med Therri Weld.

"Så sant. Avfallsprodukterna från en fiskodling kan vara giftiga. De matar fiskarna med en kemiskt framställd specialdiet för att de ska växa fortare, men Oceanus hävdar att de har ett ytterst avancerat vattenreningssystem. Än så länge har jag inte hittat nåt som motsäger det påståendet."

"Har ni besökt fiskodlingen?"

Jørgensen log så att tänderna syntes. "Inga besökare är tillåtna.

De har säkerhetsåtgärder som om det gällde kronjuvelerna. Jag lyckades få prata med en person från den advokatbyrå som representerar företaget i Danmark. Han försäkrade mig att inga kemikalier används vid fiskodlingen och att man har bästa tänkbara vattenreningsanläggning. Men eftersom jag är en skeptisk vetenskapsman, hyrde jag en liten stuga inte långt från Oceanus anläggning och åkte så nära jag kunde komma med båt för att ta vattenprover. Som jag nämnde så ska jag tillbaka till Köpenhamn i morgon, men ni och er unga kvinnliga vän får gärna åka upp till stugan. Det är en vacker tur."

"Tack, professorn. Tråkigt nog kommer ms Weld att vara upptagen de närmaste dagarna."

"Det var *verkligen* tråkigt."

Austin nickade frånvarande. Han var förbryllad över det Jørgensen hade sagt om den höga säkerheten på Oceanus. Medan många skulle se det som ett hinder, sporrade det i stället Austin att undersöka sambandet mellan Oceanus och den ödesdigra kollisionen mellan SOS-fartyget och kryssaren. "Jag kanske antar ert erbjudande om stugan. För jag skulle gärna vilja se lite mer av Färöarna innan jag åker."

"Så roligt! Stanna så länge ni vill. Öarna är fantastiska. Jag ringer till stugägaren och förvarnar om att ni kommer. Han heter Gunnar Jepsen, och han bor i ett annat hus strax intill stugan. Ni kan ta min hyrbil. Det finns en liten båt som hör till stugan, och det finns mycket annat också. Otroligt fågelliv på klipporna, omgivningar som gjorda för fotvandring, och så finns det några fascinerande arkeologiska lämningar i närheten."

Austin log och sa: "Jag kommer säkert att kunna sysselsätta mig."

Efter middagen tog de en sängfösare i hotellbaren, innan de skiljdes åt med ett löfte om att träffas i Köpenhamn. Professorn skulle bo hos en bekant den natten och resa i väg från öarna nästa morgon. Austin gick upp till sitt hotellrum. Han ville komma i gång tidigt nästa dag. Han gick fram till fönstret och stod där tankfullt en stund medan han tittade ut över den pittoreska staden och hamnen, så tog han upp sin mobiltelefon och slog ett välbekant nummer.

Gamay Morgan-Trout befann sig på sitt kontor i NUMA-högkvarteret i Washington och såg uppmärksamt på datorskärmen när telefonen ringde. Utan att ta ögonen från skärmen lyfte hon luren och mumlade frånvarande "hallå". När hon fick höra Austins röst sprack hennes ansikte upp i ett strålande leende som utmärktes av det lilla mellanrummet mellan framtänderna.

"Kurt!" sa hon med uppenbar förtjusning. "Så roligt att höra av dig."

Med leendet kvar på läpparna strök Gamay en lång, mörkröd hårlänk ur pannan och sa: "Vi har trampat vatten här sen du och Joe åkte. Jag håller just på och läser en ny forskningsrapport om paddfiskarnas nervsystem, vilket skulle kunna bidra till att hjälpa människor med balansproblem. Paul sitter framför datorn och jobbar på en modell av Javagraven. Det var länge sen det hände nåt så spännande. Jag tycker synd om dig och Joe. Den där djärva räddningen måste ha tråkat ut er till döds."

Paul Trouts dator stod mittemot hans frus. Trout satt framför skärmen i sedvanlig pose, med nerböjt huvud – delvis för att han var försjunken i tankar, men också för att han var över två meter lång. Han hade ljusbrunt hår med mittbena, tillbakakammat vid sidorna, på fyrtiotalsmanér. Som vanligt var han oklanderligt klädd i en lätt, italiensk, olivfärgad kostym och en färgglad, matchande fluga som han var mycket förtjust i. Han kikade upp med sina bruna ögon, som om han plirade över ett par glasögon, trots att han hade kontaktlinser.

"Var snäll och fråga vår oförvägne chef när han kommer hem", sa Paul. "Här i NUMA-högkvarteret har det varit tyst som i graven, medan han och Joe har skapat rubriker i tidningarna."

Austin hörde Trouts fråga. "Säg till Paul att jag är tillbaka vid mitt skrivbord om några dagar. Joe kommer senare i veckan, när han har avslutat testerna av sin senaste leksak. Jag ville bara meddela var jag håller hus. Jag kommer att köra längs kusten i morgon, till ett litet samhälle som heter Skaalshavn."

"Vad gäller saken?" sa Gamay.

"Jag vill kolla upp en fiskodling som drivs av ett företag som heter Oceanus. Det kan finnas en koppling mellan Oceanus och förlisningen av de där två fartygen vid Färöarna. Medan jag snokar lite, skulle du då kunna se vad du kan få reda på om det här företaget? Jag har inte mycket att gå på. Kanske Hiram kan hjälpa till." Hiram Yeager var datasnillet som ansvarade för NUMA:s enorma databas.

De pratade några minuter till. Austin berättade för Gamay om räddningen av de danska sjömännen, och efter att Gamay hade lovat att genast göra efterforskningar om Oceanus avslutade de samtalet. Sedan drog hon i korta drag vad Austin hade sagt.

"Kurt kan vissla fram en storm bättre än nån annan jag känner", skrattade Paul, med anspelning på den gamla tron att man genom att vissla ombord på ett skepp kunde dra till sig en storm. "Vad ville han veta om fiskodling – hur man kör traktor under vattnet kanske?"

"Nej, det gällde en självbindare", sa Gamay med stort allvar. "Hur kunde jag glömma att du praktiskt taget är uppvuxen på en fiskebåt."

"Jag är bara en enkel sonson till en fiskare, som Jimmy Buffett skulle säga." Trout var född på Cape Cod, och pappan hade varit fiskare. Han lämnade sina förfäders bana då han, som tonåring, höll till mycket vid den oceanografiska institutionen Woods Hole. Några av forskarna vid institutionen hade uppmuntrat honom att studera oceanografi. Så småningom hade han doktorerat på Scripps oceanografiska institution, med specialisering mot djuphavsgeologi, och han var skicklig på att använda datorgrafik i sina olika undervattensprojekt.

"Jag råkar veta att du, trots din spelade okunnighet, vet mycket mer om fiskodling än du låtsas om."

"Fiskodling är inget nytt. I mina hemtrakter har folk odlat musslor och ostron på de långgrunda stränderna i mer än hundra år."

"Då vet du att det i grund och botten är samma sak, fast utvidgat till fiskar med fenor. Fiskarna föds i tankar och får därefter växa i öppna nätkassar som flyter i havet. Fiskodlingarna kan producera fisk på en bråkdel av den tid det tar för en fiskebåt."

Paul rynkade pannan. "Nu när regeringen klämmer åt yrkesfiskarna på grund av minskande fiskbestånd, så kan den här konkurrensen bli dödsstöten för dem."

"Fiskodlarna skulle knappast hålla med om det. De hävdar att fiskodlingar producerar billigare mat, skapar arbetstillfällen och tillför pengar till ekonomin."

"Vad anser du, i egenskap av marinbiolog, om saken?"

Gamay hade tagit examen i marinarkeologi innan hon bytte ämnesområde och skrev in sig på Scripps, där hon hade doktorerat i marinbiologi och samtidigt träffat och gift sig med Paul.

"Jag tror jag står nånstans i mitten", sa hon. "Fiskodling har faktiskt vissa fördelar, men jag är lite orolig för att man kan förlora kontrollen över dem när de drivs av stora företag."

"Vilket håll blåser vindarna åt?"

"Svårt att säga, men jag kan ge dig ett exempel på vad som kan hända. Tänk dig att du är en politiker som vill bli omvald, samtidigt som fiskodlingsindustrin säger att de planerar att investera flera miljarder dollar i kustsamhällena, och att investeringarna skulle skapa arbetstillfällen och medföra ett stort ekonomiskt uppsving i området. Vilken sida skulle *du* stödja?"

Trout gav till en låg vissling. "*Miljarder?* Jag hade ingen aning om att det var såna pengar inblandade."

"Jag talar bara om en *bråkdel* av världsproduktionen. Det finns fiskodlingar över hela världen. Om du har ätit lax eller räkor eller kammusslor på sista tiden, så kan de ha odlats i Kanada eller Thailand eller kanske Colombia."

"Odlingarna måste ha en otrolig kapacitet för att pumpa ut fisk i såna mängder."

"Det är helt *sanslöst*. I British Columbia produceras sjuttio miljoner laxar i fiskodlingar, jämfört med femtiofemtusen vildfångade."

"Hur kan de vanliga yrkesfiskarna konkurrera med en sån produktion?"

"Det kan de inte", sa Gamay med en axelryckning. "Kurt var intresserad av ett företag som heter Oceanus. Vi ska se vad jag kan hitta."

Hennes fingrar for över tangentbordet. "Konstigt. Det största problemet med Internet brukar vara *för mycket* information. Men det finns nästan ingenting om Oceanus. Det enda jag kan hitta är den här korta notisen, som säger att en laxodling i Kanada har sålts till Oceanus. Jag ska leta lite mer."

Efter en kvart, när Paul var djupt nere i Javagraven igen, hörde han slutligen Gamay säga: "Aha!"

"Vinstlott?"

Gamay tog upp texten. "Jag har hittat några meningar om företagsköpet instoppade i ett nyhetsbrev. Oceanus äger tydligen företag över hela världen som väntas producera mer än tvåhundratusen ton per år. Sammanslagningen ger tillträde till USA-marknaden genom ett amerikanskt dotterbolag. Säljaren räknar med att USA

88

kommer att köpa en fjärdedel av vad de producerar."

"Tvåhundratusen ton! Jag tänker ställa undan mitt kastspö. Men jag skulle inte ha nåt emot att se en av de där anläggningarna. Var ligger den närmaste?"

"Den kanadensiska fiskodlingen jag just nämnde. Den skulle vara intressant att se."

"Vad är det som hindrar oss? Här sitter vi och rullar tummarna medan Kurt och Joe är borta. Världen tycks inte vara i behov av räddning, och är den det, så finns alltid Dirk och Al tillgängliga."

Hon tittade på skärmen. "Anläggningen ligger i Cape Breton, vilket inte är helt nära Potomacflodens stränder."

"När ska du lära dig att lita på oss sinnrika nordstatsbor?" sa Paul med en skämtsam suck.

Medan Gamay såg på med road min, lyfte Paul luren och slog ett nummer. Efter ett kort samtal lade han på, med ett triumferande leende i sitt pojkaktiga ansikte. "Jag pratade med en kille på transportavdelningen. Det går ett NUMA-plan till Boston om några timmar. De har två lediga platser. Du kanske kan charma piloten så han gör en liten extratur till Cape Breton."

"Det är värt ett försök", sa Gamay och tryckte på OFF-knappen på sin dator.

"Hur går det med dina paddfiskar?" sa Paul.

Gamay svarade med en dålig imitation av en paddas kväkande. "Hur går det med Javagraven?"

"Den har funnits där i miljontals år. Så jag tror den kan vänta några dagar till."

Han stängde också av sin dator. Lättade över att långtråkigheten äntligen hade fått ett slut sprang de i kapp fram till dörren.

10

Morgondimman hade lättat, och det var ett av de sällsynta tillfällen då solen lyste över Färöarna och visade upp det storslagna landskapet. Marken tycktes vara täckt av klargrön biljardbordsfilt. Det kuperade landskapet saknade helt och hållet träd, men utspritt lite här och där låg hus med grästak och något enstaka kyrktorn, och kors och tvärs löpte slingrande stenmurar och gångstigar.

Austin körde professorns Volvo på en vindlande kustväg med utsikt mot avlägsna fjäll längre inåt land. Spetsiga grå klippformationer höjde sig ur det blå havet som jättelika, förstenade valfenor. Det vimlade av fåglar i luften kring de höga, branta klipporna där havet hade skulpterat den oregelbundna kustlinjen.

När Austin vid middagstid kom åkande ut ur en vägtunnel fick han syn på en liten by som låg på en fjällsluttning utmed fjorden. Den slingriga vägen ledde neråt i serpentiner, och efter bara några kilometer befann han sig flera hundra meter längre ner. Volvons hjul strök utmed kanterna i hårnålskurvorna, som helt saknade räcken vid sidorna. Austin kände sig lättad när han kom ner på den jämna vägen mellan de skummande bränningarna och de färggrant målade husen, utspridda upp efter sluttningen som åskådare på en amfiteater.

En kvinna höll på att plantera blommor framför en liten kyrka, vars gräsbevuxna tak kröntes av ett lågt fyrkantigt torn. Austin kastade en blick i sin färöiska parlör och klev ur bilen.

Han sa: *"Orsaka. Hvar er Gunnar Jepsen?"* Ursäkta mig, var kan jag få tag i Gunnar Jepsen?

Hon lade ifrån sig planteringsspaden och kom fram till honom. Austin såg att hon var en ståtlig kvinna någonstans mellan femtio och sextio. Hennes silverglänsande hår var uppsatt i en knut, och hon var solbränd och lite rosig på de höga kindknotorna. Hennes ögon var lika grå som det intilliggande havet. Ett brett leende lyste upp hennes smala ansikte, och hon pekade på en mindre väg som ledde ut från samhället.

"Gott taak", sa han. Tack.

"Eingiskt?"

"Nej, jag är amerikan."

"Det kommer inte så många amerikaner hit till Skaalshavn", sa hon på en engelska med typiskt skandinavisk intonation. "Välkommen."

"Jag hoppas jag inte blir den siste."

"Gunnar bor däruppe på fjället. Det är bara att följa den där lilla vägen." Hon log igen. "Jag hoppas ni får ett trevligt besök."

Austin tackade än en gång, satte sig i bilen och följde ett par grusade hjulspår ungefär en halv kilometer. Vägen slutade vid ett stort hus med grästak och stående mörkbrun träpanel. En pickup stod parkerad bredvid huset. Hundra meter längre ner på sluttningen låg ett likadant, fast mindre hus. Austin klev upp på förstukvisten och knackade på.

Mannen som öppnade var av medellängd och aningen fetlagd. Han hade äppelrunda kinder och stripiga testar av rödblont hår kammat över den kala hjässan.

"Ja", sa han med ett vänligt leende.

"Mr Jepsen?" sa Austin. "Jag heter Kurt Austin. Och jag är god vän till professor Jørgensen."

"Mr *Austin*. Kom in." Han skakade Kurts hand som en bilhandlare som hälsar på en presumtiv köpare. Sedan föste han in honom i det rustika vardagsrummet. "Dr Jørgensen ringde och sa att ni skulle komma. Det är långt att köra från Tórshavn", sa Jepsen. "Vill ni ha nåt att dricka?"

"Inte just nu, tack. Kanske senare."

Jepsen nickade och sa: "Är ni här för att fiska?"

"Jag har hört att man kan fånga fisk på torra land på Färöarna."

"Inte riktigt", sa Jepsen med ett skratt, "men närapå."

"Jag jobbade med en fartygsbärgning i Tórshavn och tänkte att fiske skulle vara ett bra sätt att koppla av."

"Fartygsbärgning? *Austin.*" Han svor på färöiska. "Det borde jag ha förstått. Ni är amerikanen som räddade de danska sjömännen. Jag såg det på tv. Mirakulöst! Vänta bara tills folk i byn får veta att jag har en kändis på besök."

"Jag hade hoppats på att få vara i fred."

"Självklart, men det är omöjligt att hemlighålla ert besök för folket i byn."

"Jag mötte en kvinna utanför kyrkan. Hon verkade mycket vänlig."

"Det var nog prästänkan. Hon sköter om posten, hon är den värsta skvallerkärringen av allihop. Vid det här laget vet *alla* att ni är här."

"Är det professorns stuga nere i backen?"

"Ja", sa Jepsen och tog ner en nyckelring från en spik på väggen. "Kom, jag ska visa er." Austin hämtade sin väska från bilen. Medan de gick nerför den hårdtrampade stigen sa Jepsen: "Är ni nära vän med dr Jørgensen?"

"Jag träffade honom för några år sen. Han är berömd för sin fiskforskning över hela världen."

"Ja, jag vet. Jag var mycket smickrad över att ha honom här. Och nu kommer ni också."

De stannade framför stugan, från vars förstukvist man hade utsikt över hamnen, där en pittoresk samling fiskebåtar låg för ankar. "Är ni fiskare, mr Jepsen?"

"På en liten plats som den här, överlever man genom att göra många olika saker. Jag hyr ut min stuga. Och mina omkostnader är inte så stora."

De steg upp på förstukvisten och gick in. Stugan bestod i stort sett av ett rum med en enkelsäng, badrum, kokvrå och ett litet bord och några stolar. Men det såg trivsamt ut.

Jepsen sa: "Det finns fiskeutrustning i garderoben. Säg bara till om ni behöver en guide för fiske eller vandringsturer. Mina rötter går tillbaka till vikingarna, och ingen känner till den här trakten bättre än jag."

"Tack för erbjudandet, men jag har haft så mycket folk omkring mig den sista tiden. Jag skulle behöva vara lite för mig själv. Såvitt jag förstår hör det en båt till stugan också?"

"Tredje båten från pirens slut", sa Jepsen. "En motorsnipa. Nycklarna sitter i."

"Tack för hjälpen. Nu får ni ursäkta, men jag skulle vilja packa upp, och sen tänkte jag gå bort till samhället för att få sträcka lite på benen", sa Austin.

Jepsen sa till Austin att det bara var att säga till om han behövde någonting. "Klä er varmt", sa han när han gick ut genom dörren. "Vädret kan slå om fort här."

Austin lydde Jepsens råd och drog på sig en vindtygsjacka utanpå tröjan. Han gick ut och ställde sig på förstukvisten och drog in den kalla luften. Marken sluttade ner mot havet. Från sin utsiktspost hade han fri sikt över hamnen, fiskepiren och båtarna. Han gick tillbaka uppför stigen till Volvon och körde ner till samhället.

Austin stannade vid den livliga fiskepiren, där några trålare höll på att lossa sina fångster under ett moln av skränande måsar. Han hittade båten förtöjd på det ställe Jepsen hade beskrivit. Det var en välbyggd träbåt med inombordsmotor, omkring sex meter lång och rundad i båda ändar. Han kollade motorn och såg att den var relativt ren och ny. Nyckeln satt i precis som Jepsen hade sagt. Austin startade motorn och lyssnade på den några minuter. När han till sin belåtenhet märkte att den gick jämnt, stängde han av och gick tillbaka till bilen. På vägen stötte han ihop med prästänkan som kom ut från en magasinsbyggnad.

"Hej, amerikanen", sa hon med ett vänligt skratt. "Hittade ni Gunnar?"

"Ja, det gjorde jag."

Hon höll en fisk inslagen i tidningspapper. "Jag kom ner hit för att få lite middag. Jag heter förresten Pia Knutsen."

De skakade hand med varandra. Pias handslag var varmt och fast.

"Trevligt att råkas. Jag heter Kurt Austin. Jag har beundrat utsikten. Skaalshavn är ett vackert ställe. Jag har funderat på vad namnet betyder på engelska."

"Ni talar just med byns inofficiella historiker. Skaalshavn betyder 'Skallehamnen'."

Austin såg ut mot vattnet. "Är viken formad som en skalle?"

"Nej, nej. Det där går långt tillbaka i tiden. Vikingarna hittade skallar i några grottor när de slog sig ner här."

"Hade det varit människor här före vikingarna?"

"Irländska munkar, kanske, eller möjligen ännu tidigare. Grottorna låg på andra sidan udden, där den ursprungliga hamnen var belägen, vid den gamla valfångststationen. Men den blev för liten när fisket växte, och därför flyttade de sina båtar och slog sig ner här i stället."

"Jag skulle vilja fotvandra lite. Kan ni rekommendera några ställen där man har bra utsikt över samhället och de närmaste omgivningarna?"

"Från fågelklipporna ser man många kilometer. Ta stigen som går här bakom", sa hon och pekade. "Då kommer ni över hedarna, förbi några vackra vattenfall och forsar, och fram till en stor sjö. Stigen höjer sig brant när ni har passerat ruinerna efter den gamla bondgården, och sen är ni framme vid klipporna. Gå inte för nära kanten bara, särskilt inte om det är dimma, såvida ni inte har vingar. Klipporna stupar nästan femhundra meter rakt ner. Följ sedan rösena tillbaka och se till att ni har dem på vänster sida. Stigen är brant och leder snabbt neråt. Gå inte för nära kanten mot havet, för ibland slår vågorna upp över klipporna och man kan svepas med."

"Jag ska vara försiktig."

"En sak till. Klä er varmt. Vädret kan slå om fort ibland."

"Gunnar gav mig samma råd. Han verkar ganska kunnig. Kommer han härifrån?"

"Gunnar vill att folk ska tro att han härstammar från Erik den röde", fnös hon. "Han är från Köpenhamn. Flyttade hit för ett par år sen."

"Känner ni honom väl?"

"O, ja", sa hon och himlade med sina vackra ögon. "Gunnar försökte få mig i säng, men den gubben gick inte."

Pia såg verkligen bra ut, och Austin var inte förvånad över Jepsens försök; men han hade inte åkt hela den här vägen för att lyssna på kärleksskvallret i byn. "Jag hörde att det finns nån sorts fiskodling upp efter kusten."

"Ja, den kommer ni att se från klipporna. Fula byggnader av betong och plåt. Hamnen är full av deras nätkassar. De föder upp fisk där och skeppar ut den. Yrkesfiskarna är inte alls förtjusta. Fisket har blivit dåligt omkring den gamla hamnen. Ingen från samhället jobbar där. Inte ens Gunnar nu längre."

"Har han jobbat på fiskodlingen?"

"I början. Då när de byggde alltihop. Men han tog sina pengar och köpte ett par hus, och nu lever han på hyran han får in."

"Kommer det många besökare hit?" Austin såg på en elegant blå lustjakt som stävade in i hamnen.

"Fågelskådare och fiskare." Hon följde Austins blick. "Som männen på den där fina båten. Den ägs av en rik spanjor, hörde jag. De säger att han kom hela vägen från Spanien för att fiska."

Austin vände sig mot Pia igen. "Ni talar väldigt bra engelska."

"Vi får lära oss det i skolan tillsammans med danska. Och min man och jag vistades en del i England när vi var nygifta. Fast jag får sällan tillfälle att prata engelska." Hon lyfte upp fisken under näsan på Austin och sa: "Har ni lust att komma hem till mig och äta middag? Då skulle jag få chans att träna min engelska."

"Om det inte är för mycket besvär."

"Nej, nej. Kom förbi efter promenaden. Jag bor i huset bakom kyrkan."

De kom överens om att träffas några timmar senare, och Austin körde den korta sträckan till stigen. Den steg etappvis, gick över böljande hedar, översållade med vilda blommor, och passerade nära en liten sjö, nästan helt rund, som såg ut som om den vore av kristall. Drygt en kilometer från sjön kom han fram till ruinerna av en bondgård och en gammal kyrkogård.

Stigen blev allt brantare och svårare att urskilja. Precis som Pia hade rått honom följde han de omsorgsfullt upplagda stenrösena som markerade vägen. Han såg fårflockar, så långt borta att de mest liknade bomullstussar. På avstånd höjde sig flerskiktade berg, med vattenfall som störtade ner likt brudslöjor.

Stigen ledde till klipporna, där hundratals sjöfåglar befann sig i luften och skickligt svävade på de uppåtgående luftströmmarna. Ur fjorden höjde sig höga klippformationer vars platta toppar var höljda i dimma. Austin tuggade på en müslibar och tänkte att Färöarna måste vara den overkligaste platsen på jorden.

Han gick vidare tills han stod högst uppe på ett krön, där han hade en vidsträckt utsikt över den sönderskurna kusten. En rundad udde skiljde Skaalshavn från en mindre vik. Längs stranden i den gamla hamnen låg dussintals prydligt ordnade byggnader. Medan han stod där och tittade ut kände han plötsligt en regndroppe på kinden. Mörka, böljande moln drog ner från bergen och dolde solen. Han började gå ner från det oskyddade krönet. Trots att stigen ringlade i serpentiner för att bli mindre brant, var det svårt att ta sig ner, och han tvingades gå sakta tills marken planade ut igen. När han närmade sig havsnivån öppnade sig himlens portar. Han fortsatte att gå i riktning mot lamporna i samhället, och strax var han tillbaka vid bilen.

Pia såg på den genomdränkta och leriga gestalten i hennes dörr och skakade på huvudet.

"Ni ser ju ut som om ni hade kravlat upp ur havet." Hon tog Austin i ärmen, drog in honom och sa till honom att gå in i badrummet och klä av sig. Austin var för blöt för att protestera. Medan han klädde av sig gläntade hon på dörren och slängde in en handduk och torra kläder.

"Jag var säker på att min mans kläder skulle passa", sa hon gillande när Austin vågade sig ut igen, klädd i skjorta och kalsonger. "Han var en stor man precis som ni."

Medan Pia dukade bordet bredde Austin ut sina kläder intill en vedspis, och därefter ställde han sig så nära han kunde och värmde sig, tills hon meddelade att middagen var serverad.

Den ugnsstekta färska torsken smälte i munnen. De sköljde ner middagen med ett hemgjort, lätt vitt vin. Till dessert blev det en söt russinpudding. Medan de åt talade hon om sitt liv på Färöarna, och Austin berättade lite om sitt jobb på NUMA. Hon var fascinerad av hans resor till exotiska platser i samband med NUMA-uppdragen.

"Jag glömde att fråga, men hade ni en fin promenad, trots regnet?" sa Pia medan hon dukade av bordet.

"Jag klättrade upp till toppen på klipporna. Utsikten var otrolig. Jag såg förresten fiskodlingen ni nämnde. Släpper de in besökare?"

"O, nej", svarade Pia med en huvudskakning. "De släpper inte in *någon*. Som jag sa tidigare, så jobbar ingen av männen från samhället där. Det går en väg längs stranden som de använde när de byggde stället, men den är avspärrad med ett högt staket. Allting kommer och går sjövägen. De säger att det är som en egen stad därute."

"Låter intressant. Synd att det inte går att komma in."

Pia fyllde på Austins glas och gav honom en klurig blick. "Jag skulle kunna ta mig in på ett litet kick om jag ville, genom Sjöjungfruns port."

Han skakade på huvudet, osäker på om han hade uppfattat henne rätt. "Sjöjungfruns port?"

"Det var pappas namn på den där grottöppningen vid sidan om gamla hamnen. Han tog med mig ut i båten ibland, och då åkte vi dit. Men han lät mig aldrig följa med in. Det är farligt på grund av strömmarna och klipporna. Några har drunknat när de försökt ta sig igenom öppningen, så yrkesfiskarna håller sig därifrån. Det påstås att de dödas själar spökar där. Man kan höra deras klagan, men det är bara vinden som blåser genom grottorna."

"Er far var tydligen inte rädd för spöken."

"Han var inte rädd för nånting."

"Men vad har de där grottorna med fiskodlingen att göra?"

"Man kan ta sig in den vägen. En grotta står i förbindelse med flera andra, som i sin tur leder till gamla hamnen. Pappa sa att det finns målningar på väggarna. Vänta, ska jag visa er."

Hon gick till en bokhylla och plockade fram ett gammalt fotoalbum. Instoppat mellan sidorna fanns ett pappersark, som hon vecklade upp och bredde ut på bordet. På papperet fanns enkla teckningar av bisonoxar och hjortar. Ännu intressantare i Austins ögon var bilderna av långa smäckra båtar som drevs fram med segel och åror.

"Det här är väldigt gamla bilder", sa Austin, även om han inte kunde placera dem i tiden. "Visade er pappa de här för nån annan?"

"Ingen utanför familjen. Han ville att grottorna skulle förbli en hemlighet, för han var rädd att de skulle bli förstörda om folk kände till dem."

"Så man kan inte ta sig in grottorna från landsidan?"

"Det fanns en väg, men den var blockerad av stenbumlingar. Pappa sa att det inte skulle vara några problem att flytta på dem. Han ville få dit några vetenskapsmän från ett universitet, så att det gjordes rätt, men han omkom i en storm."

"Det var tråkigt."

Pia log. "Som jag sa, han var inte rädd för nånting. Men i vilket fall, efter hans död tog mamma med sig hela vår familj och vi flyttade till släktingar. Långt senare kom jag tillbaka hit tillsammans med min man. Då var jag alldeles för upptagen av barnuppfostran för att bry mig om de där grottorna. Sedan köpte fiskföretaget marken och den gamla valfångststationen, och ingen kunde längre komma dit."

"Finns det fler bilder?"

Hon skakade på huvudet. "Pappa försökte göra en karta över grottorna, men jag vet inte vad som hände med den. Han sa att människorna som gjorde målningarna hade varit smarta. De gjorde bilder av fiskar och fåglar som fungerade som skyltar. Så länge man följer rätt fisk går man inte vilse. Vissa av grottorna leder in i återvändsgränder."

De satt och pratade hela kvällen. Till sist såg Austin på klockan och sa att han var tvungen att gå. Pia släppte inte i väg honom förrän han hade lovat att komma tillbaka på middag nästa kväll igen. Han körde på den ödsliga vägen i den där märkliga halvdagern som ska föreställa natt i nordliga trakter.

En lampa var tänd vid det stora huset, men han såg inte till Jepsen och gissade att han hade gått och lagt sig. Regnet hade upphört. Han gick ut på förstukvisten, blev stående där en stund och tittade ner mot det tysta samhället och hamnen. Sedan gick han in i stugan igen och gjorde sig klar att krypa till kojs. Trots att samhället där nere verkade fridfullt kunde han inte göra sig fri från den obehagliga känslan att det dolde sig mörka hemligheter i Skaalshavn. Innan han somnade försäkrade han sig om att dörrar och fönster var stängda och låsta.

11

Paul Trout slingrade sig fram genom den kaotiska Washingtontrafiken med den axelbreda Humveen, ungefär som en spelare som ska göra en touchdown i Super Bowl. Även om han och Gamay ofta tog den fyrhjulsdrivna Hummern på familjeutflykter på Virginias landsbygd, stötte de aldrig på något i terrängen som kunde jämföras med utmaningen det innebar att köra i landets huvudstad. Det gick ändå ganska fort, för Gamay ropade när hon såg luckor i trafiken och Paul vred på ratten utan att ens titta. Deras förmåga att fungera ihop som ett välsmort maskineri hade varit avgörande under många NUMA-uppdrag, och när amiral Sandecker hade anställt båda två samtidigt visade det på hans skarpsinne.

Paul svängde in på en smal gata i Georgetown och lyckades baxa in Humveen på parkeringsplatsen bakom deras tegelradhus, och så skyndade de fram till dörren. Några minuter senare hoppade de in i en taxi, med sina hastigt packade väskor i händerna. NUMA:s direktionsplan väntade på flygplatsen med motorerna på uppvärmning. Piloten, som skulle flyga en grupp forskare till Boston, kände paret Trout från tidigare uppdrag för specialteamet. Hon fick klartecken från NUMA för att göra en extra avstickare på resan och lämnade in en ny färdplan.

Sedan de släppt av forskarna på Loganflygplatsen fortsatte färden längs Atlantkusten. Med en marschhastighet på nästan åttahundra kilometer i timmen var Cessna Citation-planet framme med makarna Trout i Halifax, Nova Scotia, lagom för en sen middag. De övernattade på ett hotell nära flygplatsen och flög vidare med ett plan från Air Canada till Cape Breton tidigt nästa morgon, därefter hyrde de en bil på Sydneyflygplatsen och körde ut ur stan och vidare längs den bergiga kusten för att leta efter fiskförädlingsanläggningen som Oceanus hade köpt. Gamay hade plockat med sig en reseguide från flygplatsen. Den som hade skrivit avsnittet om den här delen av den avlägsna kusten måste ha varit desperat, för han hade tagit med fiskförädlingsföretaget som en turistattraktion.

Efter att ha kört många kilometer utan att se några livstecken, kom de fram till en kombinerad lanthandel, kafé och bensinstation. Gamay, som just då satt bakom ratten, svängde in bredvid de buckliga pickuperna som stod på rad framför den fallfärdiga byggnaden med uppiffad fasad.

Paul tittade upp från kartan. "Charmigt, men vi har ytterligare några kilometer kvar innan vi är framme vid stans centrum."

"Det här ser ut som skvallerhögkvarteret. Vi är ändå tvungna att stanna och tanka", sa Gamay och knackade på bränslemätaren. "Om du sköter pumpen, så försöker jag pumpa ortsbefolkningen."

Med guideboken under armen tog Gamay ett stort kliv över den skabbiga, svarta labradoren som låg utsträckt på den skrangliga verandan och sköt upp dörren. Hennes näsborrar hälsades av en angenäm doft av piptobak, bacon och kaffe. Affären, som upptog ena halvan av lokalen, var fullproppad med alla möjliga saker, alltifrån köttkonserver till gevärsammunition. Den andra halvan var kafé.

Ett tiotal män och kvinnor satt vid de runda borden med laminatskivor och förkromade ben. Allas ögon vändes mot Gamay. Med sina sextioen kilo fördelade över etthundrasjuttioåtta centimeter, sina smala höfter och sitt ovanligt röda hår, skulle Gamay ha väckt uppmärksamhet till och med på ett strandparty i Malibu. De nyfikna blickarna följde varje rörelse hon gjorde när hon fyllde två plastkoppar med kaffe från en kaffeautomat.

Gamay gick fram för att betala, och den kraftiga unga kvinnan i kassan hälsade henne med ett vänligt leende. "På genomresa?" sa hon, som om hon inte kunde föreställa sig att någon turist skulle stanna längre än det tog att hälla upp en kopp kaffe.

Gamay nickade. "Min man och jag är ute på en biltur längs kusten."

"Jag klandrar er inte för att ni inte stannar", sa kvinnan uppgivet. "Finns inte mycket att se häromkring."

Trots att Gamay var påfallande världsvan, så gjorde hennes mellanvästernrötter att hon ändå hade något okonstlat och jordnära som var svårt att motstå. "Vi tycker naturen är så vacker", sa hon med ett intagande leende. "Vi skulle stanna längre om vi hade tid." Hon slog upp guideboken vid den vikta sidan. "Det står här att det finns en vacker liten fiskehamn och en fiskförädlingsfabrik i närheten."

"*Gör* det?" sa kassörskan misstroget.

De andra människorna i lokalen hade lyssnat på varje ord. En mager vithårig kvinna kacklade som en höna. "Fisket är inte vad det har varit. Och fabriken är såld. Något stort företag köpte den. Sparkade alla som jobbade där. Ingen vet vad de gör. De som jobbar där kommer aldrig in till stan. Ibland ser vi eskimåerna köra omkring med sina stora svarta stadsjeepar."

Gamay kastade en blick i guideboken och letade efter något hon hade missat. "Sa du *eskimåer?* Jag trodde inte vi var så långt norrut."

Hennes oskyldiga fråga satte i gång en diskussion kring borden. Några hävdade bestämt att det var eskimåer som vaktade anläggningen. Andra sa att männen som körde stadsjeeparna var indianer eller kanske mongoler. Gamay undrade om hon hade hamnat på traktens dårhus – en tanke som förstärktes när kassörskan mumlade något om "utomjordingar".

"Utomjordingar?"

Kassörskan blinkade bakom sina tjocka, rundbågade glasögon, och hennes ögon blev allt större. "Det är som det där hemliga ufostället i USA, Område 51, det som finns med i *Arkiv X.*"

"Jag såg ett ufo en gång när jag jagade nära den gamla fabriken", insköt en man som såg ut att vara hundra år gammal. "En stor silvrig sak, och fullt med lyse."

"Men vad fan, Joe", sa den magra kvinnan. "Jag har sett *dig* när du har varit så på lyset att du antagligen har sett skära elefanter."

"Japp", sa mannen och log så att de glesa tänderna syntes. "Jag har sett såna också."

De som satt kring borden började skratta.

Gamay log vänligt och sa till kassörskan: "Det skulle vara jättekul att kunna berätta för våra vänner hemma att vi har sett en ufobas. Är det långt härifrån?"

"Omkring tre mil", sa kassörskan och beskrev vägen till fabriken. Gamay tackade den unga kvinnan, lade en tiodollarsedel i den tomma dricksburken, tog upp kaffekopparna och gick ut genom dörren.

Paul stod lutad mot bilen, med armarna i kors över bröstet. Han tog emot kaffet hon gav honom. "Nån framgång?"

Gamay kastade en blick bort mot kaféet. "Jag vet inte vad jag ska tro. Jag tycks ha hamnat mitt i rollbesättningen till *Twin Peaks*. Under de senaste minuterna har jag fått höra att det i den här delen av världen finns eskimåer som kör omkring i stora svarta stadsjeepar, en ufobas och skära elefanter."

"Det förklarar saken", sa han med låtsat allvar. "Medan du var inne dundrade några stora plommonfärgade varelser förbi här."

"Efter det jag har hört är jag inte det minsta förvånad", sa hon och gled in bakom ratten.

"Tror du att ortsborna roade sig lite på turistens bekostnad?" sa Paul och satte sig på passagerarsidan.

"Det ska jag svara på när vi har hittat stora silverfärgade saker vid Område 51." När hon såg sin mans frågande min skrattade hon och sa: "Jag förklarar medan vi åker."

De körde förbi avfarterna till centrum och hamnen, och kom till ett område med tät tallskog. Trots kassörskans detaljerade anvisningar, som inkluderade varenda stubbe och sten på flera kilometer, var de nära att missa avtagsvägen. Det fanns ingen skylt som visade var de skulle vika av. Det var bara de sönderkörda hjulspåren som skiljde vägen från brandgatorna som löpte genom den täta skogen.

En knapp kilometer från huvudvägen svängde de åt sidan. Kassörskan hade rått Gamay att parkera i en glänta nära ett stort flyttblock och fortsätta till fots genom skogen. Några personer från stan, som hade kört nära fabriksgrindarna, hade blivit stoppade och bryskt ivägkörda. Eskimåerna, eller vad de nu var, hade förmodligen dolda kameror.

Gamay och Paul lämnade bilen och tog sig fram genom skogen parallellt med vägen tills de, efter omkring tvåhundra meter, kunde se hur solen glänste i ett högt nätstängsel. En svart ledning löpte längs överdelen av staketet, vilket visade att taggtråden var strömförande. Inga kameror syntes till, men de kunde vara kamouflerade.

"Vad gör vi nu?" sa Gamay.

"Vi kan fiska vidare eller kapa betet", svarade Paul.

"Jag har aldrig gillat att kapa betet."

"Inte jag heller. Då fiskar vi."

Paul gick ut ur skogen och fram till det gräsbevuxna, avmejade stråket närmast staketet. Hans skarpa blick registrerade en tunn, nästan osynlig vajer i ankelhöjd. Han pekade mot marken. Snubbeltråd. Han bröt av en död gren och släppte den på vajern, därefter slank han tillbaka in i skogen. Han och Gamay lade sig platt på mattan av tallbarr.

Snart hördes ljudet av en motor, och en svart stadsjeep stannade på andra sidan staketet. Dörren öppnades och några kritvita samojedhundar, stora som lejon och med ilsket utseende, hoppade ut och sprang fram till staketet. De frustande hundarna fick i nästa ögonblick sällskap av en svartmuskig, rundkindad vakt i svart uniform. Han höll ett höjt automatgevär i händerna.

Medan hundarna rusade fram och tillbaka utmed staketet, tittade vakten misstänksamt ut mot skogen. Han fick syn på grenen som låg över snubbeltråden. Han mumlade på något obegripligt språk i en walkie-talkie och gick sedan därifrån. Hundarna hade kanske fått vittring på de två människorna i skogen. De morrade, stod stelbenta och stirrade på träden som Paul och Gamay låg gömda bakom. Vakten skrek åt dem, och de hoppade tillbaka in i stadsjeepen som körde därifrån.

"Ingen dålig tid", sa Paul och kollade klockan. "Nittio sekunder."

"Det kanske är dags att sticka härifrån", sa Gamay. "De kommer att skicka nån som tar bort grenen."

Makarna Trout vände tillbaka in i skogen. Omväxlande gående och joggande återvände de till hyrbilen. Några minuter senare var de ute på huvudvägen igen.

Gamay skakade förundrat på huvudet. "Den där vakten, tyckte du att han såg ut som en eskimå?"

"Ja, jag skulle tippa på det. Man sprang inte direkt på så många eskimåer hemma i Cape Cod."

"Vad gör en eskimå så här långt söderut, säljer han kajaker möjligen?"

"Det enda den där killen och hans hundar säljer var en snabbresa till bårhuset. Nu spanar vi in den stora staden."

Gamay nickade, och några minuter senare vek hon av in mot

centrum. Samhället kunde knappast kallas pittoreskt – inte undra på att det bara var en fotnot i resehandboken. Husen var skyddade mot väder och vind med någon sorts väggplattor i trista gröna och ljusbruna nyanser, och taken var täckta med aluminium för att snön lättare skulle glida av. Det syntes nästan inte till några människor eller bilar. I en del av butikerna i det minimala köpcentret hade man satt upp skyltar som talade om att det tills vidare var stängt, och hela samhället såg ganska övergivet ut. Hamnen var emellertid pittoresk, precis som guideboken sa, men det fanns inga båtar, vilket bidrog till det ödsliga intrycket.

Fiskepiren var övergiven med undantag för en flock slumrande måsar. Gamay fick syn på en neonskylt ovanpå en kombinerad bar och restaurang, inhyst i en liten fyrkantig byggnad med utsikt mot hamnen. Paul föreslog att hon skulle ta ett bord och beställa fish & chips åt honom, medan han körde runt och försökte hitta någon som kunde upplysa honom om Oceanusanläggningen.

Gamay steg in i den unkna lokalen och såg att restaurangen var tom sånär som på den kraftige bartendern och en ensam gäst. Hon tog ett bord med utsikt över hamnen. Bartendern kom för att ta upp beställningen. I likhet med dem hon hade träffat i lanthandeln, visade han sig vara en vänlig man. Han ursäktade sig för att han inte hade fish & chips men sa att den varma smörgåsen med ost och skinka var ganska god. Gamay tyckte det lät bra och beställde två smörgåsar och en Molson. Hon gillade det kanadensiska ölet som var starkare än det amerikanska.

Gamay smuttade på sin öl, betraktade de döda flugorna i taket och väggdekorationerna av trasiga fisknät och gamla slitna flöten, när mannen som satt i baren hasade ner från sin stol. Tydligen uppfattade han det som en invit att en ensam, attraktiv kvinna tog en öl i en bar mitt på dagen. Han kom försiktigt fram med en ölflaska i handen och for med blicken över Gamays röda hår och hennes smidiga, vältrimmade kropp. Oförmögen att se vigselringen eftersom hennes vänstra hand vilade i knäet, trodde han att Gamay var lovligt byte.

”Goddagens”, sa han med ett vänligt leende. ”Får jag slå mig ner?”

Gamay lät sig inte skrämmas av hans rättframhet. Hon hade en förmåga att tänka som män och fungerade bra tillsammans med dem. När man såg hennes högresta, smärta gestalt och det långa, uppsatta håret, var det svårt att föreställa sig att Gamay en gång hade varit en pojkflicka, som sprungit omkring tillsammans med ett pojkgäng, byggt trädkojor och spelat baseboll på gatorna i Racine. Hon var också en skicklig prickskytt, tack vare sin pappa, som hade lärt henne att skjuta lerduvor.

"Varsågod", sa Gamay avspänt och visade med handen på en stol.

"Jag heter Mike Neal", sa han. Neal var någonstans mellan fyrtio och femtio år. Han var klädd i arbetskläder och hade svarta gummistövlar. Med sina mörka, markerade drag och sitt tjocka svarta hår skulle Neal ha kunnat beskrivas som klassiskt stilig, om det inte varit för det veka draget kring munnen, och den röda näsan som han fått av för mycket supande. "Du låter amerikansk."

"Det är jag." Hon sträckte fram handen och presenterade sig.

"Vackert namn", sa Neal, imponerad av Gamays fasta grepp. Precis som kassörskan i lanthandeln sa han: "Är du på genomresa?"

Gamay nickade. "Jag har alltid velat se de här kusttrakterna. Är du fiskare?"

"Ja." Han pekade ut genom fönstret och sa med oförblommerad stolthet: "Det är min pärla som ligger där borta vid kajen på skeppsvarvet. 'Tiffany'. Döpte henne efter min förra flickvän – vi gjorde slut förra året – men det betyder otur att byta namn på en båt."

"Har du tagit ledigt från fisket i dag?"

"Inte direkt. Båtvarvet har fixat till några saker i maskinen. Men de vill inte släppa 'Tiffany' förrän jag betalar. De tror väl att jag skulle sticka utan att betala."

"Skulle du det då?"

Han flinade. "Jag blåste dem på några dollar en gång."

"Fast ändå verkar det ju lite kortsynt av dem. Om du hade båten kunde du fiska och betala tillbaka."

Neals leende övergick i en rynkad panna. "Det skulle jag kunna om det fanns nån fisk att sälja."

"Nån i lanthandeln nämnde att fisket är dåligt."

"*Urdåligt*. Resten av fiskeflottan har dragit sig längre upp längs kusten. En del av killarna kommer hem mellan turerna och hälsar på familjen."

"Hur länge har det varit så här?"

"Omkring ett halvår."

"Har du nån aning om varför det har minskat?"

Han ryckte på axlarna. "När vi pratade med myndighetsgubbarna, sa de att fisken måste ha flyttat, för att hitta mer föda. De skickade inte ens hit nån fast vi bad om det. Vill inte blöta ner fötterna, antar jag. Alla marinbiologerna är väl upptagna med att sitta på sina feta arslen och stirra på sina datorer."

"Håller du med om vad de säger?"

Han log. "För att vara turist har du ovanligt många frågor."

"När jag inte är turist är jag marinbiolog."

Neal rodnade. "Förlåt. Jag menade inte ditt feta arsle. Åh, fan också ..."

Gamay skrattade. "Jag förstår precis vad du menar för sorts biologer som aldrig lämnar sin dator och sitt laboratorium. Jag anser att fiskare har mer praktiska kunskaper om havet än nån forskare. Samtidigt skadar det inte med sakkunskap. Jag kanske kunde hjälpa dig att luska ut varför det inte finns nån fisk att fånga."

En mörk skugga drog fram över Neals ansikte. "Jag sa inte att det inte finns *någon* fisk. Det finns det faktiskt."

"Men vad är då problemet?"

"De liknar inte några andra fiskar jag har sett under alla mina år."

"Jag förstår inte."

Neal ryckte på axlarna. Uppenbarligen ville han inte prata om saken.

"Jag har studerat fiskar både över och under vattnet i hela världen", sa Gamay. "Det finns inte mycket som kan göra mig förvånad."

"Det skulle garanterat det här göra."

Gamay höll fram handen. "Okej, vi slår vad. Hur mycket är räkningen för motorreparationen på?"

"Sjuhundrafemtio dollar, kanadensiska."

"Jag betalar det om du visar mig vad du pratar om. Låt mig få bjuda dig på en öl, som bekräftelse på vår överenskommelse."

Neals orakade haka föll ner. "Menar du allvar?"

"Självklart. Hör här, Mike, i havet finns inga staket. Fisken går i stort sett vart den vill. Det finns kanske nåt farligt i de här vattnen som skulle kunna påverka de amerikanska fiskarna också."

"Okej", sa han och skakade hennes hand. "När kan du åka?"

"Vad sägs om i dag?"

Neal log som en belåten katt. Anledningen till hans glädje var inte svår att räkna ut. En vänlig amerikansk kvinna med trevligt utseende som betalade hans räkning för båtreparationen och åkte med ut på hans båt, ensam, där han kunde koppla på sin barska charm. Just då kom Paul Trout in i baren och gick fram till bordet.

"Ursäkta att det tog sån tid", sa Paul. "Hamnen är nästan folktom."

"Det här är Mike Neal", sa Gamay. "Mike, jag skulle vilja presentera dig för min man."

Neal kastade en blick upp på Trouts över två meter långa gestalt, och hans fantasier om Gamay var plötsligt som bortblåsta. Men han var en praktiskt sinnad man – hade man kommit överens om något så hade man. "Trevligt att träffas", sa han. De skakade hand.

"Mike har lovat att ta oss med ut på sin båt och visa oss några ovanliga fiskar", sa Gamay.

"Vi kan ge oss i väg om en timme", sa Neal. "Då hinner ni äta lunch också. Vi ses vid båten." Han reste sig från stolen och började gå.

"Behöver vi ta med nånting?" frågade Paul.

"Nix", sa Neal. Så hejdade han sig och sa: "Möjligen en elefantbössa."

Han tjöt av skratt åt makarna Trouts förbryllade miner. De kunde ännu höra hans skratt sedan han försvunnit ut genom dörren.

12

Med den långskaftade pipan, tänderna som liknade ett trasigt spjälstaket och det väderbitna ansiktet var gamle Eric närmast urtypen för en pensionerad fiskare. Pia hade sagt att han talade engelska och kunde vattnen i närheten bättre än någon torsk eller sill. Nu var han för gammal för att fiska och åtog sig olika småjobb i hamnen. Trots sin bistra uppsyn var han mycket tillmötesgående när Austin nämnde Pias namn.

Austin hade kommit till fiskepiren tidigt, för att försöka få lite goda råd om väder- och vattenförhållandena i området. En blålila rökridå av kvävande avgaser från Skaalshavns fiskeflotta hängde i den fuktiga luften. Fiskare utrustade med regnkläder och stövlar jobbade på i duggregnet och lastade ombord beteshinkar och baljor med hoprullade trållinor på sina båtar, för att förbereda sin arbetsdag på sjön. Austin sa till den gamle sjöbjörnen att han skulle ut och fiska med professor Jørgensens båt.

Gamle Eric kikade på de grå molnen som jagade över himlen och knep tankfullt ihop läpparna. "Regnet borde upphöra, och dimman kommer snart att lätta." Han pekade mot en hög klippformation som skyddade hamninloppet. "Håll styrbord om den där klippan. En distansminut bort är det bra fiske. Vid middagstid blåser det upp, men professorns båt klarar hård sjö. Det borde jag veta, om nån", sa han och log så att tandgluggarna syntes. "För det är jag som har byggt båten. Hon kommer att ta er hem hel och välbehållen."

"Hur är fisket åt andra hållet utmed kusten?"

Den gamle fiskaren rynkade på näsan. "Det stinker från fiskodlingen. En våt tur blir det också, för på hemvägen får man vågorna bakifrån."

Austin tackade Eric för tipsen, lyfte ombord packning för en dag och fiskegrejer, och sedan kollade han bränslet och vattennivån under durken. Inombordsmotorn startade direkt, och motorljudet sjönk genast till ett mjukt brummande. Austin lossade förtöjningarna, stötte ut från kajen och vände fören mot den sextio meter höga skorstensformade klippan som reste sig som en tromb av sten vid hamninloppet. Han gick till vänster i stället för höger om den höga pelaren och hoppades att gamle Eric inte skulle se honom.

Snart passerade båten förbi mäktiga klippor där tusentals häckande sjöfåglar svävade som konfetti i vinden. Motorn spann som en kattunge som just har fått mjölk. Det var krabb sjö, men snipan klöv vågorna och behövde inte alls stånga sig fram. Då och då stänkte det upp över fören. Austin höll sig varm och torr i de gula regnkläderna och stövlarna han hade hittat i båtens lastutrymme.

De höga fjällsluttningarna övergick i branta klippor som blev till låga kullar och när han närmade sig den gamla hamnen var de slutligen ända nere vid havsytan. Han såg inte till några andra båtar. Traktens fiskare höll till på fiskrikare vatten åt andra hållet. Det var först när han rundade en udde som han upptäckte att han inte var ensam.

Den spanska blå lustjakten, som han hade sett gå in i hamnen dagen före, låg för ankar i sundet omkring en halv distansminut från land. Den eleganta båten var över sextio meter lång. De låga, rena linjerna antydde att jakten var byggd såväl för att gå fort som för att erbjuda komfort. Namnet i aktern var "Navarra". Däcken var folktomma. Ingen kom ut och vinkade, vilket var kutym när en båt mötte en annan, särskilt i så avlägsna farvatten. Austin kände hur osynliga ögon iakttog honom bakom de mörktonade fönstren när han fortsatte förbi jakten in mot land. Solljuset som trängde genom molnen reflekterades svagt i de avlägsna plåttaken han hade skymtat från den höga klippan dagen innan.

Någonstans i närheten av byggnaderna höjde sig en prick i luften. Pricken växte hastigt i storlek och blev till en svart helikopter utan beteckningar. Den närmade sig på låg höjd och strök över båten som en ilsken bålgeting, cirklade runt två gånger och hovrade. Under flygkroppen hängde raketer. Och ännu mer sällskap var på väg. En båt närmade sig i hög fart. Den vräkte upp kaskader av skum när den strök fram över vågtopparna. Avståndet mellan dem krympte hastigt och Austin såg att den liknade de snabbgående båtar som ofta användes av narkotikasmugglare i Florida.

Båten saktade in och passerade med långsidan så nära att Austin tydligt såg de tre männen ombord. De var korta och kraftiga, hade runda ansikten och mörk hy. Deras svarta hår var klippt med rak lugg över de nästan asiatiska ögonen. En man stod kvar vid ratten, medan de andra tittade på Austin med ett osunt intresse och gevären höjda till axlarna.

Den snabbgående båten slog av motorerna och stannade, och mannen vid ratten satte en elektronisk megafon till läpparna. Han skrek någonting på ett språk som lät som färöiska. Austin svarade med ett fånigt leende och slog ut med händerna i den välkända gesten för att man inte förstår. Mannen försökte på danska och sedan på engelska.

"Privat område! Tillträde förbjudet."

Austin fortsatte att spela dum och log sitt fåniga leende. Han höll upp fiskespöet över huvudet och pekade på det. De allvarsamma männen med gevären gjorde likadant med sina vapen. Austin vinkade som för att säga att han hade förstått det tysta meddelandet. Han ställde tillbaka fiskespöet i hållaren, varvade motorn, vinkade ett vänligt adjö och styrde ut från hamnen.

En minut senare kastade Austin en blick över axeln och såg båten med hög fart vända tillbaka mot land. Helikoptern vek av och flög snabbt ifrån båten. Han passerade på nytt lustjakten. Däcken var fortfarande folktomma. Han fortsatte längs kusten, mot en udde formad som en papegojnäbb. Några minuter senare siktade han Sjöjungfruns port längst ner vid en brant stupande klippa. Det var förvånansvärt symmetriskt för att vara ett naturligt valv. Öppningen var omkring sex meter hög och något smalare på bredden. Den liknade mest ett råtthål jämfört med den enorma väggen av skrovlig, brunsvart sten.

Trots sitt poetiska namn var Sjöjungfruns port långt ifrån inbjudande. Havet var relativt lugnt, men vågorna slog upp över de huggtandsformade klipporna på ömse sidor om och framför valvet. Skummet stänkte högt upp i luften. Vattnet framför öppningen kokade och virvlade av häftiga strömmar, som en gigantisk tvättmaskin. Blandat med havets dån hörde Austin ett ihåligt sus som kom från grottan. Håret reste sig i nacken på honom. Den dystra klagosången var som han föreställde sig att drunknade sjömäns klagan kunde låta. Tyvärr såg han inte till en enda sjöjungfru.

Austin stannade med båten på behörigt avstånd från porten. Alla försök att ta sig igenom nu skulle vara dömda att misslyckas. Austin kollade klockan, lutade sig tillbaka och började äta av brödet och osten som Pia så omtänksamt hade packat ner åt honom. Han höll som bäst på att avsluta sin frukost när han märkte att havet hade ändrat skepnad. Det var som om kung Neptunus hade viftat med sin treudd. Även om vattnet närmast intill honom fortfarande var oroligt, så slog inte längre vågorna mot valvporten med full artilleristyrka. Pia hade sagt att porten bara kunde passeras säkert när det var stillvatten.

Han säkrade alla lösa föremål i båten, tog på sig flytvästen, satte sig bredbent för att få bättre balans, ökade gasen och vände fören mot porten. Även vid stillvatten krusades vattnet kring öppningen av starka strömvirvlar. Han bet ihop tänderna och bad en stilla bön att Pias barndomsminne av pappans ord stämde. När han befann sig ett par meter från de livsfarliga klipporna gav han full gas, styrde en aning åt höger, som han blivit instruerad, trots att det var farligt nära stenarna. Med bara någon decimeter till godo gled båten genom den trånga öppningen lika lätt som en ål.

Genom att göra en hastig sväng åt vänster i den välvda grottan, åkte han mot en smal öppning i berget och kom in i en kanal som var obetydligt bredare än snipan. Båten stötte emot de tångöverväxta klipphyllorna när den följde kanalen som vred sig i S-form och vidgade sig till en rund lagun, stor som en swimmingpool i en trädgård. Vattenytan var svart av havsväxter, och lukten av hav var nästan överväldigande i det instängda utrymmet.

Austin styrde snipan intill en klippavsats och virade förtöjningslinan omkring en uppskjutande sten. Han tog av sig flytvästen och regnkläderna, klättrade uppför några naturliga trappsteg och klev in genom en öppning som var formad som ett uppochnervänt nyckelhål. Han var nära att storkna då en unken vindpust slog emot honom. Luften förstärktes som en trumpetstöt när den strömmade ut genom öppningen och frambringade den spöklika klagosången från de döda sjömännen.

Han slog på ficklampan och följde en tunnel som så småningom vidgade sig till en stor grotta. Tre mindre håligheter grenade ut sig från den första grottan. På väggen bredvid varje öppning fanns en fisk målad. Med Pias anvisningar i minnet gick han in i grottan märkt med en havsbraxen. Han befann sig snart i en förvirrande labyrint av grottor och tunnlar. Utan de enkla markeringarna skulle han ha varit hopplöst förlorad. Efter att ha gått i några minuter kom han in i en hög sal vars väggar hade jämnats till och var dekorerade med färggranna målningar. Han kände igen bisonoxen och hjorten från teckningarna Pias pappa hade gjort. De ockragula och röda färgerna var fortfarande tydliga.

Bilderna föreställde en jaktscen med antilop, vildhästar och till och med en ullig mammut. Jägare klädda i korta kiltar anföll sitt byte med spjut och pilbåge. Muralmålningen bestod också av skildringar av dagligt liv. Där fanns scener med ståtligt klädda människor i fladdrande dräkter, eleganta segelfartyg, två- och trevåningshus med förnämlig arkitektur. Avbildningen av mammutarna tydde på att bilderna gick tillbaka till stenåldern, men det här var ändå en högt utvecklad civilisation.

Austin följde havsbraxen in i en rad mindre grottor och såg resterna av gamla eldstäder. Han var egentligen mer intresserad av spår efter nutida mänskliga aktiviteter. Någonstans framifrån hördes mummel av röster. Han rörde sig försiktigt med ryggen tryckt mot väggen och kikade fram runt ett hörn och in i en grotta stor som en mindre lagerbyggnad. Salen såg ut som en naturlig grotta som hade utvidgats med hjälp av sprängämne och tryckluftsborr. Strålkastare, som hängde ner från det höga taket, lyste upp hundratals plastlådor staplade på lastpallar.

Inifrån skuggorna iakttog Austin ett tiotal män klädda i svarta overaller som lastade av lådor från en gaffeltruck och ställde dem på ett transportband. Arbetarna var svartmuskiga, precis som männen han hade sett på patrullbåten. De hade kolsvart, rakt hår med lugg, höga kindben och mandelformade ögon. De höll just på att avsluta sin uppgift, och efter en stund försvann halva styrkan ut genom dörren medan resten stannade kvar några minuter för att städa upp. På order från en man vars auktoritativa uppträdande visade att det var han som var chef, troppade de också av, ut genom en dörr.

Austin klev fram från sitt gömställe och inspekterade texten på lådorna. Orden var tryckta med schablon på flera språk och talade om att innehållet bestod av förädlat fiskfoder. Han fortsatte förbi ett godsintag, som troligen användes för att få in fiskfodret i lokalen, och styrde stegen mot dörren som männen hade försvunnit genom.

Nästa rum fungerade som förbindelselänk mellan ett dussintal rör och pumpar. De kom ut från en jättelik, rund behållare kring vilken det löpte flera rännor. Austin drog slutsatsen att fodret tömdes i rännorna, blandades i behållaren och vidarebefordrades genom rören ut till hela fiskodlingen.

Han lånade ett bräckjärn från ett verktygsförråd intill blandningsrummet. Han vägde den platta järnstången i handen och tänkte att den skulle vara ungefär lika effektiv mot automatvapen som en fjäder men stack den ändå innanför bältet. Sedan följde han foderrören från blandningsrummet. Rören gick genom en gång och slutade vid en vägg försedd med en dörr. Austin gläntade lite på dörren och kände hur det drog kallt i ansiktet. Han lyssnade. När han ingenting hörde, gick han ut i det fria. Den friska luften kändes skön efter unkenheten i grottorna.

Rören fortsatte på andra sidan väggen och följde en bred, grustäckt gång som löpte mellan två parallella rader av byggnader. Mindre rör ledde ut från huvudledningen och in i husen. Envåningsbyggnaderna var byggda av slaggbetongblock och hade tak av korrugerad plåt. Fisklukten låg tung i luften, och det svaga brummandet av maskiner hördes från alla håll.

Austin gick fram till det närmaste huset och upptäckte att ståldörren var olåst. Oceanus väntade sig antagligen inte att några tjuvar skulle ta sig förbi både båten och helikoptern. Insidan var bara svagt upplyst av lågt sittande taklampor och försänkt i halvmörker. Brummandet han hade hört kom från elektriska pumpar som fick vattnet att cirkulera i stora blå plasttankar. De var placerade i två rader med en mittgång emellan, och de fortsatte genom hela byggnaden. Tankarna var försedda med vattenledningar, foderrör, pumpar, ventiler och elanslutningar. Austin klättrade upp på en metallstege som gick utmed sidan på en tank. Strålen från hans ficklampa skrämde upp hundratals fiskar, knappast större än ett finger.

Han klättrade ner, slank ut från fiskarnas barnkammare och förflyttade sig från byggnad till byggnad. Alla husen var identiska förutom att fiskarna varierade i storlek och tillhörde olika arter. Han kände igen lax, torsk och andra välbekanta arter. I en centralt belägen, mindre byggnad fanns en stor datacentral. Där var det också folktomt. Han såg på de blinkade visartavlorna och mätarna på manöverbordet och förstod varför han hade sett så få människor under sin rundvandring. Fiskodlingen var nästan helt automatiserad.

När han gick ut från datorrummet hörde han ljudet av kängor som knastrade i gruset. Han slank in bakom ett hörn just som två vakter strosade förbi. Männen hade sina vapen hängande över axlarna, och de skrattade åt någonting, utan att misstänka att en inkräktare lurade mitt ibland dem.

Efter att vakterna hade passerat tog sig Austin fram till hamnen. En pir, som var lång nog för att ta emot stora fartyg, sträckte sig ut från den steniga stranden. Förtöjd vid kajen låg patrullbåten som hade hejdat honom tidigare. Det syntes inga spår efter helikoptern. Längs hamnens ytterkanter kunde man skymta överdelen av hundratals nätkassar. Några män i öppna båtar skötte om nätkassarna under ett moln av skränande måsar. Ett par vakter drev omkring på kajen och betraktade ointresserat det som pågick.

Austin såg på klockan. Han var tvungen att ge sig av genast om han skulle hinna tillbaka till Sjöjungfruns port innan stillvattnet upphörde. Han gjorde en kringgående rörelse runt anläggningen och kom till en byggnad snarlik de andra, frånsett att den låg lite för sig själv. Det satt varningsskyltar på utsidan. Han undvek huvudingången och hittade ytterligare en dörr på baksidan. Till skillnad från byggnaderna med fiskyngel var det här huset låst.

Med hjälp av bräckjärnet bröt Austin upp låset så tyst som möjligt och sköt upp dörren. I den svaga belysningen såg han att tankarna var dubbelt så stora som dem han sett tidigare, och det fanns bara hälften så många. Det var något med platsen som oroade honom, men han kunde inte sätta fingret på vad det var. För första gången sedan han hade börjat sina utforskningar, kände han hur det kröp i skinnet.

Han var inte ensam i byggnaden. En patrullerande vakt gick fram och tillbaka utmed fisktankarna. Austin tog tid på honom, väntade tills han befann sig längst bort på sin runda, lade sedan ifrån sig bräckjärnet, klättrade upp på en stege på den närmaste tanken och kikade över kanten.

Det luktade starkt av fisk. Han lutade sig fram och hörde det mjuka skvalpet av virvlande vatten. Tanken var tydligen bebodd.

Han lyste med ficklampan för att se vad som fanns inuti, och då formligen exploderade vattnet. Något suddigt, vitt blixtrade till och han såg en gapande mun full av vassa tänder. Austin böjde sig reflexmässigt bakåt. Han kände något vått och kladdigt som snuddade vid hans huvud. Då tappade han fotfästet och halkade från stegen. Hans fäktande händer fick tag i en plastslang, som slets av, och han föll ner på cementgolvet. Vattnet rann från den trasiga slangen. Han kravlade sig upp, och i sitt omtumlade tillstånd såg han en röd lampa som blinkade ovanför tanken. Han svor för sig själv. Den avslitna slangen hade utlöst larmet.

Vakten hade hört oväsendet och kom springande åt hans håll. Austin smet in i utrymmet mellan två tankar och var nära att snubbla över en hög med rörstumpar. Vakten sprang förbi Austin men stannade när han fick se det forsande vattnet. Austin tog upp ett rör och klev ut bakom vakten. Mannen måste ha anat Austins närvaro. Han vände sig halvt om och började lossa på gevärsremmen, men röret träffade honom i huvudet och han föll ihop på golvet.

Med det omedelbara hotet avvärjt var Austins första impuls att ge sig i väg, men han bestämde sig för att göra en avledande manöver. Genom att svinga rörstumpen som en slägga slog han metodiskt sönder flera rörkopplingar av plast. Nu hade de röda varningslamporna börjat blinka över flera tankar, och vatten från de trasiga rören rann ut på golvet i en strid ström.

Austin plaskade fram genom pölarna mot dörren. Vattnets forsande hade dränkt alla andra ljud, och han hörde inte de klampande stegen från den andre vakten. De möttes där två rader av tankar korsade varandra och var nära att springa ihop som ett par clowner på cirkus. Den komiska aspekten förstärktes ytterligare när båda halkade och föll omkull. Men Austin kunde hålla sig för skratt när den andre kom på fötter och slet upp en pistol ur bältet.

Austin gjorde en svepande rörelse med röret samtidigt som han reste sig upp och pistolen flög i väg. Mannen spärrade upp ögonen av förvåning över Austins snabbhet. Han trevade under den svarta uniformsskjortan och drog fram en kniv med långt blad, gjort av något vitt material. Han tog ett steg bakåt och intog försvarsställning. I det ögonblicket fick Austin tillfälle att studera sin motståndare.

Han var ett par decimeter kortare än Austin. Hans huvud tycktes sitta direkt på de muskulösa axlarna, vilket gav en antydan om styrkan i den bastanta kroppen. Precis som de övriga vakterna hade han ett brett, runt ansikte, rak lugg och mandelformade ögon, lika svarta och hårda som obsidian. Hans höga kindben pryddes av vertikala tatueringar. Under den platta näsan hade han breda, köttiga läppar. Han log så att alla tänderna syntes, men det fanns ingen glädje i leendet, bara grymhet.

Austin var inte på humör för att le i kapp med honom. Han hade tiden emot sig. Det kunde komma fler vakter vilken sekund som helst. Han kunde inte retirera. Han var tvungen att klara av det här hindret och be en bön för att det inte dök upp fler. Hans grepp om röret hårdnade. Hans ögon måste ha avslöjat vad han tänkte göra, för mannen störtade fram utan förvarning. Vakten rörde sig kvickt som en skorpion trots sin undersätsiga kropp. Austin kände en svidande smärta på vänstra sidan av bröstkorgen. Han hade hållit röret som en slugger från Louisville, men kniven hade kommit innanför garden. Austin kände att det blev blött där bladet hade trängt igenom tröjan och skjortan.

Mannens leende blev allt större, och han höjde den blodfläckade kniven för att hugga en gång till. Austin reagerade rent reflexmässigt och svingade röret som om han skulle slå ett frivarvsslag. Det hördes ett otäckt krasande ljud när röret träffade mannens näsa, och ben och brosk gick sönder. Blodet sprutade som från en fontän. Austin trodde knappt sina ögon! Efter ett slag som skulle ha fällt en tjur, stod mannen fortfarande på benen. Han fick något förvirrat i blicken, och i nästa sekund föll kniven ur hans slappa grepp och han segnade ner på golvet.

Austin skyndade mot utgången, men han hörde rop och smet in bakom en fisktank. Flera vakter kom inrusande genom dörren och sprang bort mot de blinkande röda lamporna. Austin stack ut huvudet och hörde upprörda röster från hamnen. Han smet ut i det fria, fortsatte runt huset och återvände till byggnaderna med fiskyngel. Eftersom alla hade uppmärksamheten riktad mot förödelsen som Austin hade lämnat efter sig, kunde han ta sig tillbaka till lagret med fiskfoder.

Austin kände sig lättad när han såg att lagret fortfarande var folktomt. Han fortsatte genast in i labyrinten av grottor. Han höll handen tryckt mot bröstet men lyckades inte helt stoppa blodflödet. Och vad värre var – han lämnade ett spår av bloddroppar efter sig.

En siren tjöt på avstånd. Han lunkade förbi gaffeltrucken när en tanke slog honom. Han gjorde det alldeles för lätt för dem.

Han gled in på truckens förarplats, startade motorn, riktade gaffelklorna mot en stor trave med foderkartonger och trampade gasen i botten. Fordonet krängde till framåt och brakade in i lådorna med tillräckligt stor kraft för att de skulle välta. Lådorna rasade ner över transportbandet och blockerade ingången. Han slog omkull några travar till framför dörrarna. Som kronan på verket rände han in den ena gaffelklon i transportbandets kontrollpanel.

I nästa ögonblick skyndade han genom grottorna. Han stannade upp i salen med väggmålningarna och lyssnade. Förutom sin egen tunga andhämtning hörde han rop, och vad värre var – hundar som skällde. De hade redan forcerat hans primitiva barrikad. I jämn fart följde han den guppande ljuskäglan från ficklampan. Men i hastigheten såg han fel, tog en fiskmarkering för en annan och förlorade dyrbara sekunder när han letade sig tillbaka. Ropen och hundskallet hördes starkare nu, och han kunde ana ett ljussken bakom sig. Grottorna förstärkte och gav eko åt rösterna, vilket skapade ett intryck av att han hade en hel armé efter sig.

Knattret av ett automatvapen ekade genom grottorna. Austin kastade sig ner, och en skur av kulor studsade mot väggarna utan att göra någon skada. Han försökte strunta i den brännande smärtan i bröstet och kravlade sig upp igen. Ännu en gevärssalva perforerade luften, men vid det laget hade han kommit runt en krök och skyddades av den vinklade väggen. Några sekunder senare pressade han sig igenom den sista smala passagen, sedan var han ute och klättrade nerför den naturliga trappan till båten.

När han försökte starta motorn hostade den bara till. Han sträckte ner högerhanden i det kalla vattnet, rensade bort sjögräset som hade trasslat in sig i propellern och försökte igen. Den här gången startade den. Han kastade loss och vände båten mot kanalen ut till Sjöjungfruns port. Samtidigt kom två svartklädda gestalter klättrande ner mot bassängens kant. Ljuskäglorna från deras ficklampor fångade honom, men de lyste också upp öppningen till kanalen.

Austin siktade mot klyftan och dunsade emot kanterna i kanalen, så att stora träflisor slets bort. Han såg det grå dagsljuset framför sig, och sedan passerade båten ut genom Sjöjungfruns port. Han vred häftigt på ratten. Båten gjorde en kraftig högergir mot öppningen, men stillvattnet hade upphört och det djävulska sammanflödet av tidvatten och strömmar var tillbaka igen. Båten krängde sidledes ner i en vågdal och var på väg att slås i spillror mot den bortre kanten men räddades när ännu en stor våg slungade tillbaka den mot kanalens mitt.

Austin gav full gas och försökte få kontroll. Båten krängde som om den haft bananskal under sig. Han gjorde ett häftigt ryck med ratten för att undvika ett spetsigt klipputsprång som skulle ha kluvit båten på mitten. Propellern slog emot ett undervattensgrund. Han vände båten igen, men vågorna fångade den och slängde i väg den som en frisbee. Snipan tappade styrfarten och pressades tillbaka in i grottan. Austin försökte bedöma tidvattenläget hos det forsande vattnet, och i desperation styrde han mot ett V som markerade ett lugnare område mellan strömmarna.

När båten guppade fram mot öppningen, såg Austin att han hade fått sällskap. Hans förföljare hade tagit sig fram längs klipphyllorna på kanalens sidor. De stod på klipporna bara några meter från öppningen.

En av männen siktade med ett gevär mot Austin, som var en enkel måltavla. Men hans kumpan tryckte ner pipan, häktade loss en handgranat från bältet, bollade med den i luften ett par gånger, som en kastare i baseboll under uppvärmningen, och när Austin passerade, drog mannen ur säkerhetssprinten och höll in handtaget. Austins blick gick från granaten till det obarmhärtiga ansiktet hos mannen som hade knivhuggit honom. Hans näsa var en enda blodig klump och på kinderna hade han intorkat blod. Han måste ha haft fruktansvärda smärtor, men hans ansikte sprack upp i ett stort leende när han utan brådska slängde ner handgranaten i Austins båt. Sedan tog han och den andre skydd bakom ett klipputsprång och höll för öronen.

Granaten föll skramlande ner i snipan och hamnade praktiskt taget på Austins fötter. Austin pressade motorn så mycket det gick. Båten planade och reste sig i brant vinkel, och granaten rullade över durken tills det tog stopp mot ett spant.

Båten forsade fram genom den trånga passagen och ut på öppet vatten. I valet mellan handgranaten och det mörkblå havet valde Austin instinktivt det senare: han föredrog att frysa ihjäl på några minuter framför att sprängas i bitar, så han kastade sig ur båten.

Han dök ner i det iskalla vattnet, och i nästa sekund hörde han den dova smällen av granaten, sedan exploderade bränsletankarna med en ny knall. Austin stannade under så länge han kunde och kom upp till ytan i ett regn av träsplitter. Båten var borta, och han dök igen för att undkomma det brinnande bränslet som flöt på vattenytan. När han kom upp för andra gången var han stel av köld, men överlevnadsinstinkten brände i hans bröst. Han började simma mot land men hade inte tagit mer än några simtag förrän det kändes som om någon hade hällt flytande syre i hans leder.

Över vågtopparna uppfattade han en skymt av en båt som kom mot honom: hans förföljare var utan tvivel på väg för att avsluta sitt jobb. Ett bubblande skratt trängde upp ur hans strupe. När de väl var framme, skulle han vara som en jättestor isglass.

13

Sekunderna innan Austin sjönk ner under ytan avbröts emellertid hans enkelresa till de sälla jaktmarkerna. En hand sträcktes ner från motorbåten och fick tag i håret på honom. Hans tänder skallrade som ett par kastanjetter, och håret kändes som om det skulle slitas loss med rötterna. Sedan var det andra händer som tog tag under armarna på honom och i kragen, och han halades upp ur vattnet, spottande och fräsande som en kattunge som fallit ner i en brunn.

Hans ben dinglade fortfarande i vattnet när båten sköt fart och jagade fram över vågorna med dånande motorer och fören högt över ytan. Som genom ett töcken såg Austin till sin förvåning att de körde upp långsides med den blå lustjakten. Halvt medvetslös baxades han upp på däck och blev buren till något som måste ha varit sjukhytten. Han befriades från sina blöta kläder, sveptes in i varma handdukar och undersöktes av en bister man med stetoskop. Sedan föstes han in i en bastu, där han så småningom började kunna röra på fingrar och tår. Han undersöktes ännu en gång och fick en blå fleecetröja att ta på sig. Tydligen skulle han överleva.

Hans övergång från nära-döden till nära-livet skedde under övervakning av två män, byggda som professionella brottare och som pratade spanska med varandra. Samma vakthundar eskorterade honom när han på ostadiga ben ledsagades till en luxuös hytt. De placerade honom i en bekväm vilstol, lade över honom en mjuk filt och lämnade honom där för att vila.

Austin somnade av utmattning. När han vaknade, märkte han att han var iakttagen av ett par mörka ögon. En man satt i en fåtölj och tittade på honom från en meters håll, som om han vore ett preparat på ett objektglas.

Mannen skrattade när han såg Austins ögonlock fladdra. "Bra. Ni är vaken", sa han. Hans röst var djup och klangfull, och han pratade amerikansk-engelska med bara en antydan till brytning.

Mannen sträckte sig mot ett sidobord efter en långhalsad, vacker flaska och hällde upp en drink till Austin. Med darrande fingrar snurrade Austin runt den gröngult bärnstensfärgade likören på botten av konjakskupan, andades in doften och tog en djup klunk. Den brännande örtlikören rann ner genom strupen, och värmen spred sig genom kroppen.

Austin kastade en blick på flaskan. "Det här smakar alldeles för gott för att vara avfrostningsmedel, men effekten är densamma."

Mannen skrockade och tog en klunk direkt ur flaskan. "Grön Izarra håller femtio procent", sa han och torkade sig om munnen med baksidan av handen. "Det brukar serveras i glas som knappt är större än en fingerborg. Vi tänkte att en skvätt extra kunde vara till nytta i ert fall. Hur känns såret?"

Austin förde ner handen och snuddade vid revbenen. Han kunde känna ett stelt bandage under skjortan, men det gjorde inte ont, inte ens när han tryckte med fingrarna. Han mindes skymten av något vitt när elfenbenskniven hade trängt in i honom.

"Hur illa var det?"

"En centimeter djupare och vi hade fått begrava er till havs." Den ruskiga analysen åtföljdes av ett leende.

"Det känns rätt hyfsat."

"Min skeppsläkare är expert på att behandla sårskador. Han sydde ihop er och kylde ner såret."

Austin såg sig omkring, och minnet började sakta återvända. "Skeppsläkare? Vi är ombord på den blå lustjakten, inte sant?"

"Det stämmer. Mitt namn är Balthazar Aguirrez. Det här är min båt."

Med sin breda bringa och sina stora händer såg Aguirrez mer ut som en hamnarbetare än som ägaren till en jakt som antagligen hade kostat flera miljoner dollar. Han hade en bred panna, tjocka svarta ögonbryn och kraftig näsa, därtill en bred mun som ofta drogs till ett leende, och en haka som påminde om en klipphylla.

Hans ögon var svartlila som mogna oliver. Han var klädd i en ljusblå träningsoverall, identiskt lik den han hade lånat ut till Austin. En svart basker satt käckt på sned över hans tjocka svarta hår med grå stänk i.

"Trevligt att råkas, mr Aguirrez. Jag heter Kurt Austin. Tack för er gästfrihet."

Aguirrez sträckte ut handen i ett benknäckargrepp.

"Ingenting att tala om, mr Austin. Vi tycker om att ha gäster." Hans mörka ögon lyste av förtjusning. "Men de flesta kommer ombord på ett mer konventionellt sätt. Får jag hälla upp en Izarra till?"

Austin gjorde en avböjande gest. Han ville vara klar i huvudet.

"Kanske efter att ni har fått lite mat. Är ni hungrig?"

Austin hade arbetat upp en väldig aptit sedan brödet och osten han hade ätit som kombinerad frukost och lunch. "Ja, nu när ni nämner saken. Jag skulle inte säga nej till en smörgås."

"Jag vore en dålig värd om jag inte kunde åstadkomma bättre än en smörgås. Om ni känner er stark nog, skulle det vara trevligt om ni ville göra mig sällskap vid en lättare måltid i salongen."

Austin hävde sig upp ur stolen och ställde sig på darriga ben. "Det är ingen fara."

Aguirrez sa: "Utmärkt. Ni får några minuter på er. Kom när ni är klar." Han reste sig och gick ut från hytten. Austin såg på den stängda dörren och skakade på huvudet. Hans hjärna kändes fortfarande vattendränkt. Och han var svag av blodförlusten. Han gick in i badrummet och tittade sig i spegeln. Han såg mest ut som en annons för halloweenmakeup. Inte särskilt förvånande efter att han blivit knivhuggen, beskjuten och nästan sprängd i luften. Han tvättade ansiktet först med kallt, och sedan varmt vatten. Därefter rakade han bort skäggstubben med en rakapparat som låg i badrummet. När han kom ut i hytten igen såg han att han hade fått sällskap.

De tuffa uppassarna som hade eskorterat honom tidigare väntade på honom. Den ene öppnade dörren och gick före, medan den andre bildade eftertrupp. Promenaden gav Austin ett bra tillfälle att mjuka upp sig, och han kände hur benen blev allt starkare för varje steg. De kom till salongen på huvuddäck, och en av männen gjorde tecken åt Austin att gå in. Sedan lämnade de honom ensam igen.

Austin steg in i salongen och höjde på ögonbrynen. Han hade varit ombord på många lustjakter och märkt att inredningen var sig ganska lik. Krom och läder och rena, moderna linjer var normen. Men salongen ombord på "Navarra" påminde snarast om en bondgård.

Väggarna och taket var gjorda av vit stuck, med inläggningar av grovhuggna bjälkar, och golvet bestod av rött tegel. I en stor öppen spis, inbyggd i ena väggen, sprakade en brasa. Ovanför spiselkransen hängde en målning föreställande några män som spelade ett spel som Austin gissade var *jai alai*. Han gick fram till ett stilleben med olika frukter och var just i färd med att undersöka signaturen när en djup röst sa: "Är ni intresserad av konst, mr Austin?"

Aguirrez hade kommit bakifrån utan att ge ett ljud ifrån sig. Austin sa: "Jag samlar på duellpistoler, enligt min mening en sorts konst."

"Utan tvekan! Dödlig konst är också konst. Jag införskaffade den där Cézannetavlan till min lilla samling förra året. De andra har jag hittat på auktioner eller köpt genom privata kanaler."

Austin vandrade förbi tavlor av Gauguin, Degas, Manet och Monet. Den "lilla samlingen" var mer omfattande än vad man hittade på många museer. Sedan förflyttade han sig till en vägg som var fylld av stora fotografier.

"Är de här också original?"

"Det är några av mina företag", sa Aguirrez med en axelryckning. "Skeppsvarv, stålverk och så vidare." Han lät som en blaserad servitör som rabblar upp rätter på en meny. "Men nog om affärer." Han tog Austin i armen. "Middagen är serverad."

Han gick före genom ett par skjutdörrar och in i en elegant matsal. Mitt i rummet stod ett ovalt mahognybord dukat för tolv. Aguirrez tog av sig baskern och singlade, med en välavvägd knyck med handleden, i väg den till en stol längst bort i rummet. Han visade med en storslagen gest på två stolar mittemot varandra, nära ena kortändan av bordet. När de två männen intog sina platser uppenbarade sig en servitör från ingenstans och fyllde deras höga glas med vin.

"Jag tror ni kommer att tycka om den här kraftiga spanska riojan", sa Aguirrez. Han höjde sitt glas. "För konsten."

"För "Navarras" befälhavare och hans besättning."

"Det var vänligt av er", sa Aguirrez med tydlig förtjusning. "Ah, så bra", sa han och hans ögon lyste upp. "Jag tror att festen kan börja."

Det serverades ingen aperitif, utan de högg genast in på huvudrätten – en kraftig anrättning med bönor, paprika och revbensspjäll som serverades med kål till. Austin berömde kocken och frågade vad rätten hette.

"Den kallas för *alubias de tolosa*", sa Aguirrez och åt av maten med stort välbehag. "Vi basker har ett gott öga till den rätten."

"*Basker*. Naturligtvis. Navarra är ju en baskisk provins. Och så var det den där *jai alai*-målningen. Och den svarta baskern."

"Jag är imponerad, mr Austin! Ni tycks veta en hel del om mitt folk."

"Alla som är intresserade av havet vet att baskerna var de största upptäckarna, de dugligaste sjömännen och de främsta skeppsbyggarna i världen."

Aguirrez klappade händer. "*Bravo*." Han fyllde på Austins vinglas och lutade sig framåt. "Säg mig, på vilket sätt är *ni* egentligen intresserad av havet?" Han fortsatte att le men naglade fast Austin med sin genomträngande blick.

Austin imponerades av hur Aguirrez hade lyckats med den subtila glidningen i samtalet. Innan han kände sin värd bättre, och visste varför den blå lustjakten befann sig nära Oceanus fiskodling, tänkte Austin inte spela med öppna kort.

"Jag är bärgningsspecialist", sa han. "Jag har jobbat med ett projekt på Färöarna. Nu har jag kommit till Skaalshavn för att fiska."

Aguirrez lutade sig bakåt och tjöt av skratt. "Ursäkta mitt ofina sätt", sa han med tårar i ögonen. "Men det var faktiskt *mina* grabbar som fiskade upp *er* ur havet."

Austin drog förläget på munnen. "Ett iskallt bad ingick inte i planeringen."

Aguirrez blev allvarlig igen. "Efter vad vi kunde se, inträffade det en explosion på er båt."

"Ventilationen i motorrummet var otillräcklig, och det hade samlats bensinångor. Sånt händer ibland med inombordare", sa Austin.

Aguirrez nickade. "Konstigt. Enligt min erfarenhet brukar den sortens explosioner inträffa när en båt har legat vid kaj ett tag. Och era skador hade orsakats av kringflygande metallsplitter, förstår jag."

"Självklart", sa Austin och höll masken, väl medveten om att skeppsläkaren måste ha sett att det inte fanns några brännmärken på huden, och att såret var alldeles för prydligt för att ha orsakats av ett vasst metallstycke. Austin visste inte varför Aguirrez lekte denna verbala katt och råtta-lek med honom, men han fortsatte att spela med. "Tur för mig att ni fanns i närheten."

Med en allvarsam nick sa Aguirrez: "Vi såg ert tidigare möte med patrullbåten, och att ni fortsatte längs kusten. När vi gick förbi där en stund senare hade ni försvunnit. Inte långt därefter kom ni farande ur den där grottan som skjuten ur en kanon." Han slog ihop sina stora händer. *"Bom!* Båten var i spillror och ni själv låg i vattnet."

"Det är en rätt bra sammanfattning", sa Austin med ett blekt leende.

Efter att ha erbjudit Austin en kort, tjock cigarr, som han tackade nej till, tände Aguirrez själv en mörk cigarr som luktade som en förgiftad soptipp. "Nå, min vän", sa han och blåste ut rök genom näsborrarna. "Lyckades ni ta er in i grottorna?"

"Grottorna?" sa Austin och spelade oskyldig.

"Men för guds skull, människa, det är ju därför jag är här – för att hitta grottorna. Nog måste ni väl ha undrat vad min båt gör på det här gudsförgätna stället?"

"Tanken har föresvävat mig."

"Låt mig då få förklara. Mina företag har gått mycket bra."

"En klar underdrift. Ni har haft stora framgångar. Gratulerar."

"Tack. Min förmögenhet ger mig tid och möjlighet att göra vad jag vill. Vissa män i samma situation väljer att lägga sina pengar på unga, vackra kvinnor. Men jag har valt att bli amatörarkeolog."

"Lovvärda hobbyer båda två."

"Jag uppskattar fortfarande vackra kvinnors sällskap, särskilt om de är intelligenta också. Men när det gäller mitt historieintresse, så är det mer än bara en hobby." Han såg ut som om han vore på väg att flyga upp från stolen. "Det är en *passion*. Som ni nämnde tidigare var baskerna framgångsrika på havet. De var först med torskfiske och valfångst utanför Nordamerika, och det var flera decennier före Columbus. En av mina förfäder, Diego Aguirrez, blev förmögen på det."

"Han skulle vara stolt över att se sin ättling föra arvet vidare."

"Ni är alldeles för vänlig, mr Austin. Han var en man med stort mod och fasta principer, egenskaper som gav honom problem med spanska inkvisitionen. Han retade upp en av de mest skoningslösa inkvisitorerna."

"Så han blev avrättad?"

Aguirrez log. "Han var påhittig också. Diego såg till att hans hustru och barn kom i säkerhet. Jag är släkt i rakt nedstigande led med hans äldste son. Enligt släkttraditionen flydde han på ett av sina skepp, men hans öde har förblivit ett mysterium."

"Havet är fullt av olösta mysterier."

Aguirrez nickade. "Men han lämnade spår efter sig som visar att han hade tänkt förpassa sig långt bortom inkvisitionens räckvidd. Den gängse Nordamerikarutten för baskerna innefattade ett stopp här på Färöarna. Så jag började utforska den kopplingen. Känner ni föresten till ursprunget till namnet Skaalshavn?"

"Jag har fått berättat för mig att det betyder 'Skallehamnen'."

Aguirrez reste sig leende från bordet och plockade fram en utsirad trälåda ur ett skåp. Han öppnade locket och drog fram ett kranium, som han höll i ena handen likt Hamlet som begrundar Yoricks öde. "Det här kommer från en av de där grottorna. Jag har låtit experter undersöka det. Det har tydliga baskiska drag." Han kastade skallen till Austin som om det varit en boll, troligen i förhoppning om att chocka honom.

Austin fångade kraniet elegant och snurrade det i handen, ungefär som en geograf som studerar en jordglob. "Det kanske är er förfader Diego." Han slängde tillbaka skallen.

"Jag undrade detsamma och lät DNA-testa den. Men den här herrn och jag är inte släkt med varandra, måste jag tyvärr erkänna." Aguirrez lade tillbaka skallen i lådan och gjorde åter Austin sällskap vid bordet. "Det här är mitt andra besök i Skaalshavn. Första gången räknade jag med att grottorna skulle vara tillgängliga från land. Jag blev bestört när jag fick veta att hamnen och området runt grottorna hade köpts upp för att användas som fiskodling. Jag lyckades hitta en man som hade deltagit i arbetet när fiskodlingen byggdes. Han berättade att när ägarna sprängde i berget för att skapa lagerutrymmen, så kom de in till grottorna. Jag försökte övertala ägarna att låta mig genomföra arkeologiska undersökningar, men de vägrade. Jag drog i alla trådar jag kunde komma på, men inte ens med mina kontakter lyckades jag få Oceanus att ge med sig. Så därför åkte jag tillbaka för att ta mig en ny titt."

"Ni är verkligen ihärdig."

"Det här har nästan blivit som en fix idé hos mig. Vilket är anledningen till att jag är intresserad av ert äventyr. Jag misstänkte att det naturliga valvet kanske var en ingång till grottorna, men vattnet utanför var för riskabelt för våra motorbåtar. Uppenbarligen hittade ni en väg in."

"Ren tur", sa Austin korthugget.

Aguirrez skrockade. "Jag tror det var mer än bara tur. Snälla ni, berätta vad ni såg. Jag mutar er med lite mera vin."

Han knäppte med fingrarna. Servitören kom med en ny flaska, öppnade den och fyllde på deras glas.

"Det behövs inga mutor", sa Austin. "Betrakta det som en del av återbetalningen för er gästfrihet och den goda måltiden." Han smuttade på vinet och njöt av hur spänningen steg. "Ni har rätt, det finns en väg in till grottorna genom valvet. Lokalbefolkningen kallar det för 'Sjöjungfruns port'. Grottorna bildar ett helt system. Jag såg bara en del av dem."

Austin beskrev i detalj grottmålningarna, men han sa inget om sin lilla utflykt till fiskodlingen. Aguirrez lyssnade uppmärksamt på varje ord.

"Liknande målningar som är tolvtusen år gamla har hittats i grottor i Baskien", mumlade han vid ett tillfälle. "De andra bilderna tyder på att en högt utvecklad civilisation måste ha använt grottorna."

"Det intrycket fick jag också. Man tror att Färöarna var obebodda innan de irländska munkarna och vikingarna slog sig ner här. Men historikerna kanske har fel."

"Det skulle inte förvåna mig. Forskarna har ingen aning om var mitt folk kom ifrån. Vårt språk har inga föregångare vare sig i Europa eller i Asien. Baskerna har högst andel av blodgruppen rh-negativ i hela världen, vilket fått somliga att spekulera i om vi härstammar direkt från cromagnonmänniskan." Han slog lätt med knytnäven i bordet. "Jag skulle ge vad som helst för att komma in i de där grottorna."

"Ni såg vilket varmt välkomnande jag fick."

"Ni tycks ha rört om i ett getingbo. Medan ni sov, kom patrullbåtarna ut från land och begärde tillstånd att få komma ombord. Vi vägrade förstås."

"På båten jag såg hade några av männen automatvapen."

Aguirrez gestikulerade mot konsten som hängde på väggen. "När de förstod att mina killar hade bättre vapen och var betydligt fler gav de sig snabbt i väg."

"De hade en helikopter också. Utrustad med raketer."

"Så var det visst, ja", sa han, som om han talade om en irriterande mygga. "Jag lät mina killar vifta med sina bärbara luftvärnsrobotar, och då slutade helikoptern att besvära oss."

Luftvärnsrobotar och automatvapen. "Navarra" hade beväpning som ett krigsfartyg.

Aguirrez läste Austins tankar. "Förmögna människor kan lätt bli måltavla för kidnappare. "Navarra" skulle vara ett lockande byte för pirater, så jag har sett till att vi kan bita ifrån oss. Därför omger jag mig med lojala och välbeväpnade män."

"Varför tror ni Oceanus är så kinkiga med folk som kommer och snokar?" sa Austin. "Vi talar om en fiskodling, inte några diamantgruvor."

"Jag har frågat mig samma sak", sa Aguirrez med en axelryckning.

En av männen som hade hållit vakt över Austin kom in i matsalen. Han räckte Aguirrez en plastpåse och viskade något i hans öra.

Aguirrez nickade och sa: "Tack för att ni var så meddelsam om ert besök i grottorna, mr Austin. Är det nåt mer jag kan göra för er?"

"Jag skulle inte ha nåt emot att få skjuts tillbaka till samhället."

"*Redan fixat.* Jag fick veta att vi just nu passerar den höga klippan och att vi ankrar om några minuter." Han räckte fram plastpåsen. "Era kläder och personliga tillhörigheter har legat på tork."

Austin visades tillbaka till sin hytt så att han kunde byta om. I påsen låg också hans plånbok, där det fotoförsedda ID-kortet från NUMA låg väl synligt i sitt plastfönster. Aguirrez var iskall. Han hade vetat att Austins historia om att han sysslade med fartygsbärgning var gripen ur luften, och ändå hade han inte låtsats om det. I påsen fanns ett visitkort med hans värds namn och ett telefonnummer. Austin stoppade ner kortet i plånboken.

Aguirrez väntade på däck för att säga adjö.

"Jag uppskattar er gästfrihet", sa Austin och skakade hand med sin värd. "Jag hoppas ni inte tycker jag är oförskämd som bara stannar och äter och sen måste sticka i väg så här."

"Inte alls", sa Aguirrez med ett gåtfullt leende. "Jag skulle inte bli förvånad om våra vägar korsas igen."

"Konstigare saker har inträffat", sa Austin med ett skratt.

Några sekunder senare befann sig Austin i den lilla motorbåten, på väg genom den tysta hamnen.

14

Sexhundra meter över hamnen i Skaalshavn började helikoptern av typ Bell 206 Jet Ranger, som hade följt efter lustjakten längs kusten, att hovra och riktade sin högupplösta Wescam övervakningskamera mot den lilla motorbåten. Mannen på förarplatsen tittade i en monitor och såg när en ensam passagerare steg i land från båten.

Helikopterpiloten hade ett runt ansikte med höga kindknotor markerade med vertikala, tatuerade streck, och hans kolsvarta hår var klippt i lugg som hängde ner i den låga pannan. Dessa egenskaper kunde kanske ha fått en flyktig iakttagare att ta honom för en urinvånare från tundran i norr. Men dragen som normalt förknippas med eskimåer var inte riktigt som de brukade. I stället för ett vänligt leende hade han ett grymt och lömskt ansiktsuttryck. Ögonen, som skulle ha glittrat av oskuldsfullt gott humör, var hårda. Den brunröda hyn var gropig, som om det moraliskt fördärvade inom honom hade trängt ut genom porerna. Ett hastigt tejpat bandage över hans krossade näsa förstärkte den groteska bilden.

"Vi har målet i sikte", sa han med ett nasalt morrande, på ett urgammalt språk som hade sitt ursprung under norrskenet.

Den elektroniska signalen från kameran, placerad i en kapsel under cockpit, omformades till mikrovågor och sändes ögonblickligen till ett mörklagt rum på andra sidan jorden, där ett par blekgrå ögon tittade på samma bild som de såg från helikoptern.

"Jag ser honom tydligt", sa mannen med de grå ögonen. Hans

sammetslena röst var lugn och kultiverad, men den hade samma dova hotfullhet som en skallerorm. "Vem är den här personen som tog sig förbi våra säkerhetssystem så lätt?"

"Han heter Kurt Austin."

Det blev tyst. "Samme Austin som räddade de danska sjömännen från det sjunkna fartyget?"

"Ja, store Toonook. Han är mariningenjör vid Nationella byrån för undervattens- och marinarbeten."

"Är du *säker* på det? En vanlig ingenjör skulle inte ha varit så modig eller haft såna kunskaper att han kunnat ta sig in i vår anläggning. Och varför skulle NUMA vara intresserat av vår verksamhet?"

"Jag vet inte, men vår observatör har bekräftat hans identitet."

"Och den där lustjakten som plockade upp honom och jagade bort dina mannar. Är det ett NUMA-fartyg?"

"Såvitt vi vet är det privatägt, registrerat i Spanien. Vi håller på att kolla upp ägaren genom våra kontakter i Madrid."

"Se till att det går fort. Vad är den senaste skaderapporten från vår anläggning?"

"En vakt död. Vi lyckades laga de trasiga rören och rädda de första exemplaren."

"Vakten förtjänade att dö för att han var oförsiktig. Jag vill att de viktiga exemplaren flyttas till Kanada omedelbart. Våra experiment är för viktiga för att äventyras."

"Ja, store Toonook."

"En idiot kan ju fatta hur det har gått till. Mr Austin har på nåt sätt kopplat ihop Oceanus med den där kollisionen vi så behändigt arrangerade."

"Det är omöjligt ..."

"Beviset finns mitt framför ögonen på dig, Umealiq. Det är inget att snacka om. Du måste reda upp situationen!"

Piloten tog ett fastare grepp om spakarna, redo att låta helikoptern dyka. De elaka ögonen som tittade på monitorn följde gestaltens promenad från fiskepiren till den parkerade bilen. Inom några sekunder kunde han avfyra raketerna eller bestryka målet med förintande kulspruteeld och göra slut på en besvärlig person. De tunna läpparna drogs till ett grymt leende.

"Ska vi döda Austin nu när vi har honom i våra sikten?"

"Jag tycker mig ana en längtan efter hämnd för din dyrbara

näsa." Rösten hade en hånfull ton. Utan att vänta på svar sa han: "Jag *borde* egentligen döda honom för alla problem han har orsakat mig. Om han hade låtit de danska sjömännen dö, skulle världsopinionen ha vänt sig mot Sentinels of the Sea i stället och pressen skulle ha tappat intresset för Oceanus."

"Jag gör det nu ..."

"*Nej!* Var inte så otålig. Vi får inte låta hans död dra till sig mer uppmärksamhet än nödvändigt."

"Han bor i en avsides belägen stuga. Det skulle vara det perfekta stället. Vi kunde kasta ner kroppen från ett stup."

"Gör det då. Men ordna så att det ser ut som en olycka. Austin får inte tillåtas att basunera ut sina upptäckter över hela världen. Vårt projekt är inne i ett kritiskt skede."

"Jag återvänder till basen och förbereder våra mannar. Jag ska se till att Austin får en utdragen död, att han upplever stor smärta och skräck när livet flyr hans kropp ..."

"Nej. Låt nån annan sköta det. Jag har andra planer för dig. Du måste genast åka till Kanada för att se till att provexemplaren kommer fram säkert, sen ska du till Washington och eliminera den där senatorn som motsätter sig vårt lagförslag. Jag har fixat en täckmantel för dig och dina mannar."

Piloten kastade en längtansfull blick på monitorn och rörde vid den ömma klumpen där näsan hade suttit. "Som du vill", sa han motvilligt.

Hans händer rörde på styrspaken, och i nästa ögonblick flög helikoptern därifrån i riktning mot den gamla hamnen.

Utan att veta hur hotande nära han varit att dö, satte sig Austin bakom ratten i professor Jørgensens Volvo och funderade på vad han skulle göra. Det bekymrade honom lite att stugan låg så avsides. Han såg på lamporna som lyste inbjudande i samhället, så tog han sin väska och klev ur bilen igen. Han kom in i byn utan att stöta på en enda människa och gick till huset bakom kyrkan.

Pia strålade av glädje när hon öppnade dörren och bad honom stiga in. Dagens ansträngningar måste ha synts tydligt i hans ansikte. När han kom in i ljuset försvann hennes leende. "Hur är det fatt?" sa hon med bekymrad röst.

"Inte värre än att ett glas akvavit skulle hjälpa."

Skrockande som en höna ledde hon honom till köksbordet, hällde upp ett högt glas med akvavit, och sedan såg hon på honom medan han drack. "Nå?" sa hon slutligen. "Fick ni mycket fisk?"

"Nej, men jag åkte och hälsade på sjöjungfrurna."

Pia skrek till av skratt, klappade i händerna och slog i mer sprit åt honom. "Jag visste väl det!" sa hon med ivrig röst. "Var grottorna så där underbara som min pappa sa?"

Hon lyssnade som ett barn när Austin beskrev hur han tog sig in genom Sjöjungfruns port när det var stillvatten och den fortsatta färden in i grottsystemet. Han förklarade att han skulle ha stannat längre, men att beväpnade män hade jagat i väg honom. Hon svor till med kraft på färöiska och sa: "Ni kan inte återvända till stugan i kväll. Gunnar påstår att han inte jobbar för de där människorna längre, men jag tror att han gör det."

"Jag tänkte faktiskt på samma sak. Bilen står vid fiskepiren. Jag borde kanske åka härifrån."

"Nej, för guds skull! Ni kommer att köra av vägen och ner i havet. Nej, ni stannar här i natt och åker tidigt i morgon."

"Är ni verkligen säker på att ni vill ha en herre som stannar över natt? Folk kommer att prata", sa Austin med ett brett leende.

Hon log tillbaka, och hennes ögon lyste av barnsligt okynne. "Det hoppas jag *verkligen*."

Strax före gryningen vaknade Austin och reste sig från soffan. Pia hörde honom röra sig och steg upp för att göra frukost. Hon lagade till en enorm potatisomelett med rökt fisk och kakor vid sidan om. Sedan packade hon ner lunch bestående av kallskuret, ost och äpple och skickade i väg honom, men först sedan hon fått honom att lova att komma tillbaka.

Samhället hade börjat vakna till liv när han gick ner mot fiskepiren i den fuktiga morgonen. Några fiskare på väg till jobbet vinkade åt honom från sina lastbilar. Han hade just öppnat bildörren, och när han vinkade tillbaka gled nycklarna ur handen. Han böjde sig ner för att plocka upp dem men uppfattade en stark lukt och tyckte sig höra ett svagt *dripp dropp*. Han lade sig ner på knä och kikade in under bilen – där var lukten ännu kraftigare. Det droppade från bromsledningen som helt tydligt hade blivit avsågad. Austin muttrade tyst för sig själv, sedan gick han bort till fiskepiren och frågade efter en bra bilmekaniker. Hamnkaptenen sa att han skulle ringa, och efter en stund dök det upp en lång och mager medelålders man.

Sedan mekanikern inspekterat skadan reste han sig upp och höll fram en bit av bromsledningen till Austin. "Det är visst nån som inte gillar dig."

"Finns det ingen möjlighet att det var en olyckshändelse?"

Den tystlåtne färingen pekade upp mot en plats där vägen från samhället passerade ovanför ett stup, och så skakade han på huvudet. "Jag skulle tippa att du hade flugit rätt ut däruppe i första kurvan. Men det är inga problem att fixa till."

Bilmekanikern lagade bromsarna på direkten. När Austin gick för att betala honom, viftade han avvärjande med händerna. "Det är bra ändå, du är ju bekant till Pia."

Austin sa: "De som gjorde det här visste kanske att jag var hos Pia. Jag undrar om jag borde prata med polisen."

"Finns ingen polis här. Men var inte orolig, hela byn kommer att hålla ett vakande öga på henne."

Austin tackade honom än en gång, och några minuter senare satt han i bilen på väg därifrån. Medan han betraktade den pelarlika klippan i backspegeln räknade han tyst för sig själv upp händelserna under hans korta vistelse i Skaalshavn. Han åkte därifrån med fler frågor än svar. Se saken från den ljusa sidan, intalade han sig själv med ett leende. Han hade fått några mycket trevliga nya vänner.

15

Paul Trout steg ombord på Neals trålare, som var byggd i trä, och betraktade båten med expertblick. Det han såg gjorde honom förvånad. Neal var en charmerande slarver och suput, men han var samtidigt en duktig fiskare som var stolt över sin båt. Överallt såg man tecken på hans ömma omvårdnad. Träet glänste av ny färg. Däcket var renskrubbat från oljefläckar. Rosten hölls i schack. Styrhytten var försedd med det senaste i fråga om fisksöknings- och navigationsinstrument.

När Trout gav Neal beröm för att båten var så välhållen, strålade fiskaren som en far som har fått höra att hans förstfödde är en levande avbild av honom. Det dröjde inte länge förrän han och Neal berättade skepparhistorier för varandra. Vid ett tillfälle, när Neal var utom hörhåll, höjde Gamay på ena ögonbrynet och sa: "Du och Mike verkar ju förstå er på varandra hur bra som helst. Det dröjer väl inte länge förrän ni börjar byta recept också."

"Det är en intressant kille. Se på hans båt. Den är lika välutrustad som nån annan båt jag varit ombord på."

"Skönt att du säger det. För numera äger NUMA en del av 'Tiffany'."

Lösesumman för att få loss trålaren från varvet hade varit närmare tusen dollar än sjuhundrafemtio. Efter en hastig bränslepåfyllning, som Gamay också betalade för, lade Neal trålaren på en kurs som ledde ut mot öppna havet.

"Det är inte så långt till fiskebanken", ropade Neal genom maskindunket. "Omkring sju distansminuter. Tio famnar djupt. Botten är slät som en barnrumpa. Perfekt för trålning. Snart framme."

Efter en stund kollade Neal deras position på GPS:en, minskade gasen och släppte i trålen – ett strutformigt nät, omkring fyrtiofem meter långt, utformat för att släpas utefter havsbottnen. De gjorde två vändor och fick mängder av sjögräs, men ingen fisk.

"Det var konstigt", sa Trout när han undersökte den smala fickan i änden av trålen, där fångsten brukade samlas. "Jag förstår att man kan få *liten* fångst, men det är ytterst ovanligt att man inte får *nånting*. Inte ens skräpfisk. Trålen är fullkomligt tom."

Ett menande leende drog över Neals ansikte. "Man kan nästan önska att den *förblev* tom."

Trålen sänktes ner igen, drogs utmed bottnen och vinschades sakta upp till båten. En lastbom användes för att lyfta upp trålens smala ände på däck där den eventuella fångsten kunde tömmas ut. Den här gången var det något som sprattlade vilt i nätmaskorna. Glimtar av silvervita fjäll syntes genom nättrasslet, när en stor fisk kämpade ursinnigt för att ta sig loss. Neal ropade ut en varning samtidigt som han förberedde sig för att tömma ut trålens innehåll på däck.

"Håll i er, gott folk, vi har fått en levande!"

Den stora fisken landade på däck med en våt duns. När den var befriad från nätet kämpade den ännu mer ursinnigt, den halkade omkring på däck och vred sig och piskade med sin långa kropp, medan de runda ögonen stirrade elakt och det öppna gapet högg i luften. Den slog emot fiskbehållaren, en sorts upphöjd låda som satt fast i däck. Men i stället för att bli lugnare, tycktes den bara bli ännu vildare. Ryckningarna i kroppen blev våldsammare, och den sprattlade i väg över det halkiga däcket.

"Tjohoo!" tjöt Neal och klev hastigt ur vägen för de huggande käftarna. Han sänkte ner handtaget på en huggkrok nära fiskens huvud. Med ett blixtsnabbt hugg bet fisken av handtaget.

Paul och Gamay stod som trollbundna och såg på, säkert placerade uppe på en stor hög med nät. "Det är den största lax jag nånsin har sett!" sa Paul. Fisken var omkring en och en halv meter lång.

"Det här är inte klokt", sa Gamay. "Laxar uppför sig inte så här när de blir fångade. De har klena tänder som skulle gå sönder om de försökte göra så där."

"Säg det till den satans fisken", sa Neal och höll upp det avbitna skaftet. Han slängde det åt sidan och slet åt sig en högaffel, spetsade fisken bakom gälarna så att den fastnade i däcksplankorna. Fisken fortsatte att kämpa. Då tog Neal fram ett gammalt baseboll trä och drämde till den i huvudet. Den blev som bedövad i en sekund, sedan började den hugga omkring sig igen, om än inte lika våldsamt.

"Ibland måste man smälla till dem flera gånger innan de lugnar ner sig", förklarade Neal.

Med försiktiga rörelser lyckades han slå en ögla om stjärten. Sedan petade han in linan i ett block som hängde över däcket, ryckte loss högaffeln, hissade upp fisken och svängde in den ovanför den öppna fiskbehållaren, fortfarande noga med att hålla sig undan för käftarna. När fisken befann sig rakt över behållaren, tog han en filékniv och skar av linan. Fisken föll ner i behållaren där man kunde höra hur den slog mot kanterna.

"Det var den läskigaste fisk jag nånsin har sett", sa Paul och skakade på huvudet. "Den uppförde sig mer som en barracuda än en lax."

"Den påminde om en atlantlax, men jag är inte säker på vad det var. De där konstiga vita fjällen. Nästan som en albino." Gamay kikade ner i dunklet i fiskbehållaren. "Vet ni vad jag tror. Den är alldeles för stor och aggressiv för att vara en normal fisk. Det verkar nästan som nån sorts mutant." Hon vände sig mot Neal. "När började ni få upp såna här?"

Neal tog ut cigarrstumpen han haft mellan tänderna och spottade över relingen. "De första började man få upp i garnen för omkring ett halvår sen. Killarna kallade dem för 'djävulsfiskar'. De slet sönder garnen fullständigt, men de var så stora att vi styckade dem och sålde dem till grossisten. Jag antar att köttet var okej, för det var ingen som dog", sa han med ett flin. "Ganska snart fick vi inget annat. De mindre fiskarna bara försvann." Han viftade med cigarren mot fiskbehållaren. "Det där är förklaringen."

"Kontaktade ni fiskerimyndigheterna och berättade vad ni fick upp?"

"Ja då. Vi var i kontakt med dem. Men de skickade inte hit nån."

"Varför inte?"

"Ont om folk, sa de. Jag antar att man måste se det från deras håll. Du är ju marinbiolog. Skulle *du* ge dig ut från ditt kontor om nån ringde och sa att en stor djävulsfisk höll på att äta upp hela beståndet?"

"Ja, jag skulle ha varit här på en minut."

"Du är annorlunda än de andra. De ville att vi skulle forsla dit en sån här sötnos så att de fick titta på den."

"Varför gjorde ni inte det?"

"Vi hade tänkt göra det, men efter det som hände med Charlie Marstons var det många som blev rädda och sa att de gav fan i det och drog vidare."

"Vem är Charlie Marstons?" sa Paul.

"Charlie var gammal i gamet. Han fiskade i de här vattnen, och han fortsatte i flera år efter att han fått problem med ena benet och knappt kunde gå. Men han var en envis gammal gubbe och gillade att sticka ut ensam. De hittade honom – eller det som var kvar av honom – några distansminuter öster ut härifrån. Efter vad det såg ut, så måste han ha fått upp några såna här baddare, kommit för nära och kanhända att hans dåliga ben vek sig. Det fanns knappt nåt kvar att begrava."

"Menar du att fiskarna dödade honom?"

"Finns ingen annan förklaring. Det var då killarna började ge sig av. Jag skulle också ha följt med, om jag bara hade haft min båt. Lustigt", sa han med ett skratt. "En av de här sötnosarna blir min biljett härifrån."

Gamay hade redan börjat tänka framåt. "Jag vill ta med den till labbet för analyser."

"Det är inga problem", sa Neal. "Vi packar in den så snart det är riskfritt."

Han vände "Tiffany" tillbaka mot land. När de lade till vid kajen var fisken praktiskt taget död, men den lyckades ändå göra några sporadiska hugg, tillräckligt för att den skulle få ligga kvar på båten ett tag till. Neal rekommenderade ett pensionat där de kunde övernatta. Gamay gav honom hundra dollar i bonus, och de kom överens om att träffas nästa morgon.

Ett vänligt medelålders par gav dem ett varmt mottagande på pensionatet, som låg i en viktoriansk byggnad i utkanten av stan. Att döma av det entusiastiska mottagandet de fick, drog Paul och Gamay slutsatsen att det var glest mellan kunderna. Rummet var billigt och rent, och värdparet lagade till en kraftig middag. De sov gott på natten, och nästa morgon, efter en stadig frukost, gav de sig i väg för att träffa Neal och ta hand om fisken.

Kajen var tom. Bekymmersamt nog såg de inte skymten av vare sig Neal eller "Tiffany". De frågade på skeppsvarvet, men ingen hade sett honom sedan dagen innan då han hade betalat för reparationen. Några sysslolösa karlar stod och hängde nere i hamnområdet för att de inte hade något bättre för sig. Ingen hade sett Neal den morgonen. Bartendern de hade träffat föregående dag kom gående förbi, på väg för att öppna restaurangen. De frågade om han hade någon aning om var Neal kunde hålla hus.

"Han vårdar nog sin baksmälla just nu", sa bartendern. "Han kom in i går kväll med en hundring. Det mesta använde han till att köpa drinkar åt sig själv och stammisarna. Han var rätt på lyset när han gick. Men han har gjort så förut, så jag var inte orolig för honom. Neal navigerar bättre full än många gör när de är nyktra. Han gick vid elvatiden, och det var det sista jag såg av honom. Han bodde på båten, till och med när den låg på varvet."

"Har ni nån aning om varför 'Tiffany' inte är här?" frågade Paul.

Bartendern svepte med blicken över hamnen och svor tyst. "Jävla idiot, han var inte i skick för att köra en båt."

"Kan nån av de andra som var i baren veta var han finns?"

"Nej, de var ännu fullare. Den ende som inte drack nåt var Fred Grogan, och han gick före Mike."

Trouts analytiska öra lyssnade efter motsägelser i det han sa. "Vem är Grogan?"

"Ingen ni vill träffa", sa bartendern med förakt. "Han bor i skogen nära den gamla fabriken. Han är den ende från trakten som de nya ägarna behöll när de tog över. Ganska förvånande, för Fred är en rätt underlig typ. Håller sig mest för sig själv. Ibland smyger han sig in till stan med nån av de där stora svarta stadsjeeparna man ser vid fabriken."

Bartendern tystnade och tittade ut över vattnet, samtidigt som han skuggade med handen för ögonen. En liten båt hade kommit in i hamnen och var på väg mot kajen i hög fart. "Det är Fitzy som kommer in. Han är fyrvaktare. Ser ut att ha väldigt bråttom."

En jolle med utombordsmotor lade till vid kajen, och den vitskäggige mannen i båten kastade i land en lina. Han var upprörd och väntade inte ens tills han hunnit klättra ur båten förrän orden började forsa osammanhängande ur honom.

"Lugna ner dig, Fitzy", sa bartendern. "Jag begriper inte ett ord."

Den skäggige mannen hämtade andan och sa: "Jag hörde en väldig smäll sent i går kväll. Det var så att rutorna skallrade. Jag tänkte att det kanske var ett jetplan som flög lågt. Men i morse åkte jag ut för att titta. Och det låg träbitar överallt. Se här bara." Han slet undan en presenning, drog fram en avbruten plankstump och höll upp den över huvudet. De målade bokstäverna "Tif" syntes tydligt.

Bartenderns läppar stramades åt. Han gick in i baren och ringde polisen. Medan han väntade på att de skulle komma, ringde han flera andra telefonsamtal. Strax anlände några pickuper, och så organiserade man en brokig skara av båtar som skulle delta i sökandet. Med Fitzy i täten hade flottiljen hunnit ut när polischefen kom. Polischefen pratade med bartendern och fick höra hans historia. Vid det laget var några av båtarna redan på väg tillbaka. De hade med sig mer träspillror som identifierade båten, men det fanns inga spår efter Neal.

Polischefen kontaktade kustbevakningen, och de skulle skicka en helikopter, men allas uppfattning tycktes vara att Neal hade blivit full, beslutat sig för att ta en nöjestur och troligen kört på en klippa nära udden och kapsejsat. Makarna Trout kommenterade inte den förklaringen, men medan de körde tillbaka till sitt pensionat kretsade deras samtal kring betydligt mer ödesdigra möjligheter.

Gamay sa det rent ut. "Jag tror att Mike blev mördad."

"Jag antar att jag inte var den ende som såg att träet var förkolnat i kanterna. Jag skulle gissa att hans båt sattes i brand eller helt enkelt sprängdes. Neals skryt om fisken han hade fångat kanske blev hans död."

"Är det vad det handlar om?" sa Gamay med ögonen blixtrande av ilska. "Skulle Neal ha blivit dödad på grund av en *fisk*?"

"Kanske."

Hon skakade på huvudet. "Stackars honom. Jag kan inte låta bli att tänka att vi på nåt sätt är ansvariga ..."

"De enda som är ansvariga är de som dödade honom."

"Och jag kan lova att Oceanus hade ett finger med i spelet."

"Om du har rätt, kanske det är vår tur nästa gång."

"Då skulle jag föreslå att vi hämtar våra grejer och åker härifrån."

Paul stannade med hyrbilen framför pensionatet, och de gick in, betalade räkningen och tog sina väskor. Ägarna tyckte uppenbarligen det var tråkigt att de skulle åka och följde dem ut till bilen. Medan värdparet pladdrade på om hur tråkigt det var att de skulle ge sig i väg, drog Gamay Paul i ärmen och föste honom till förarsidan. Sedan klev hon själv också in och vinkade farväl.

"Ledsen att förstöra vår avskedsfest. Men medan vi pratade såg jag en svart Tahoe köra förbi."

"Det verkar som om vargarna samlas", sa Paul. Han svängde ut på vägen och kastade en blick i backspegeln. "Ingen följer efter oss."

Förutom några enstaka bilar såg de inte till mycket trafik, och så snart de hade lämnat samhället bakom sig var det tomt på den tvåfiliga vägen. Den slingrade fram genom tät tallskog och höjde sig gradvis så att de snart körde högt över havet. På ena sidan av vägen var det skog, på den andra ett lodrätt stup på kanske hundra meter.

De befann sig ungefär tre kilometer från samhället när Gamay vände sig om för att titta på vägen bakom dem och sa: "Hoppsan."

Paul kastade en blick i backspegeln och såg en svart Tahoe som närmade sig. "De måste ha stått på en infartsväg och väntat på att vi skulle passera."

Gamay spände säkerhetsbältet. "Okej då, visa dem vad du går för."

Paul gav henne en klentrogen blick. "Du inser väl att vi åker i en sexcylindrig familjebil som antagligen bara är hälften så stor och tung som det där svarta vidundret bakom oss."

"Tusan också, Paul, var inte så analytisk. Tänk att du är en galen Massachusettsbilist. Spiken i botten."

Trout himlade med ögonen. "Ja, frun", sa han.

Han tryckte hårdare på gaspedalen. Bilen accelererade till hundratrettio kilometer i timmen. Tahoen hängde med utan problem och fortsatte att knappa in på dem. Paul lyckades pressa ur motorn ytterligare femton kilometer i timmen, men stadsjeepen kom allt närmare.

Vägen började gå i kurvor som följde det bergiga kustlandskapets konturer. Hyrbilen var ingen sportbil, men den hade bättre väghållning i kurvorna än den stora stadsjeepen, som lutade kraftigt när kurvorna blev skarpare. Trout tvingades bromsa för att inte köra av vägen, men Tahoen var ännu mer svårmanövrerad.

Stadsjeepen hejdades av serpentinkurvorna och sackade efter. Trout lade band på sin glädje. Han höll ögonen limmade på vägen och händerna i ett fast grepp om ratten, pressade bilen så mycket han kunde utan att tappa kontrollen över den och fortsätta rakt fram i en kurva. Han visste att ett enda misstag – en grusfläck på vägen, en nerfallen stenbumling eller en missbedömning – kunde leda till att båda blev dödade i en våldsam krasch.

Gamay höll koll på deras förföljare och gav fortlöpande kommentarer. Bilens däck tjöt varje gång Trout vred på ratten. Men han höll den stadigt på vägen. Han körde mellan hundra och hundratio kilometer i timmen och var på väg nerför en lång backe, när han möttes av en ofattbar syn.

En bit framför dem hade en svart Tahoe dykt fram bakom ett stort klippblock och svängt ut på vägen. För ett ögonblick trodde han att stadsjeepen bakom dem hade tagit en genväg.

Sedan skrek Gamay: "Det är *två* stadsjeepar. De försöker stänga in oss."

Fordonet framför makarna Trouts bil saktade ner för att blockera vägen, och den andra Tahoen närmade sig snabbt bakifrån. Trout försökte köra om, men varje gång han stack ut hyrbilens nos i den mötande körbanan, svängde stadsjeepen ut framför honom. Han trampade på bromsen för att inte köra in i baken på den. Den förföljande stadsjeepen brakade in i deras bakre stötfångare så att den trycktes in i bagageutrymmet, och det fick bilen att kasta med bakvagnen som en vilt slående fiskstjärt.

Paul kämpade med ratten och lyckades undvika att bilen tappade väggreppet. Tahoen körde in i baken igen. Lukten av bensin från den trasiga tanken trängde in i kupén. Stadsjeepen gjorde ett nytt utfall, men den här gången såg Gamay när den kom och skrek: "Höger!"

Trout vred ratten och Tahoen bara snuddade vid stötfångaren. Gamay tittade efter de båda stadsjeeparna, som hade dragit sig undan en bit.

"De tvekar av nån anledning."

"Det varar inte länge", sa Paul.

"Då är det bäst vi hittar på nåt snart. Hyrfirman kommer att undra varför deras bil bara är en halvmeter lång. Jäklar, nu kommer han igen. Vänster!"

Trout ryckte till med ratten. Bilen gick ut i mötande fil, och Trout såg något som fick håret att resa sig. Vägen gjorde en skarp sväng åt höger. Bilen framför skulle skymma kurvan för dem. Sedan skulle den sakta ner för att klara svängen, och bilen bakom skulle knuffa ut dem över branten som en biljardkö som krockar en biljardboll.

Paul skrek åt Gamay att hålla i sig, och han greppade ännu hårdare om ratten med sina svettiga handflator. Han försökte slå bort alla tankar ur hjärnan, bara lita till instinkterna, och hålla skarp uppsikt i backspegeln. Tajmingen skulle bli avgörande.

Fordonet bakom började accelerera. Trout gjorde sitt drag. När stadsjeepen bara befann sig någon halvmeter från bilens stötfångare, slet han ratten åt höger.

Bilen for ut på den lösa sandvallen vid sidan om vägen och fortsatte upp på den lutande vägrenen, ungefär som en tävlingsbil på en doserad motorbana. Den brakade fram genom buskar och sly. Grenarna gnisslade mot plåten.

De såg en skymt av något svart när Tahoen flög förbi dem till vänster. Sedan hördes ett fruktansvärt tjut av bromsar och en smäll. Stadsjeepen som hade legat bakom hade dundrat in i bakdelen på fordonet framför, så att stötfångarna hade fastnat i varandra. Den främre bilen försökte sakta ner och svänga, men kraften hos den påkörande stadsjeepen gjorde det omöjligt att svänga. Båda bilarna for ut över klippkanten som projektiler från en slangbella och störtade djupt ner i en gemensam dödsfälla.

Trout hade nog av sina egna bekymmer. Vägrenen följde vägen, och nu vek den av medan bilen fortsatte i en bana rakt fram. Han tappade kontrollen helt och bilen slungades upp i luften. Centrifugalkraften pressade honom mot dörren på förarsidan. Bilen landade snett, så att hjulen säckade ihop, med ett ljud som från ett skrotupplag. Han försökte kasta en blick på Gamay, men krockkuddarna löstes ut och det enda han kunde se var ett stort sjok av exploderande vit plast.

Sedan blev allt svart.

16

"Välkommen tillbaka till Tórshavn, mr Austin", sa den vänlige receptionisten på Hotel Hania. "Fisketuren gick bra, hoppas jag." "Ja, tack. Jag stötte på några väldigt ovanliga fiskar."

Den effektive receptionisten räckte fram ett kuvert till Austin tillsammans med rumsnyckeln. "Det här kom tidigare i dag."

Austin öppnade kuvertet och läste meddelandet som var prydligt utskrivet på ett papper med hotellets brevhuvud: *Jag är i Köpenhamn. Bor på Palace. Gäller fortfarande erbjudandet om middag? Therri.*

Austin log när han tänkte på Therris otroliga ögon och hennes smekande röst. Han måste komma ihåg att spela på lotteri. Fru Fortuna tycktes le mot honom just nu. På ett blankt brevpapper skrev han till svar: *I kväll på Tivoli?* Han vek papperet, gav det till receptionisten och bad honom skicka meddelandet.

"Skull ni vilja vara snäll och boka ett rum till i kväll på Palace Hotel?" sa han.

"Det ska jag gärna göra, mr Austin. Jag gör räkningen klar, så att ni kan checka ut."

Austin gick upp till sitt rum, där han tog en dusch och rakade sig. Telefonen ringde medan han torkade sig. Receptionisten sa att det var klart med rummet på Palace, och att han hade tagit sig friheten att avboka den tidigare rumsbokningen på ett hotell vid flygplatsen. Austin packade sin väska och ringde till professor Jørgensen. Professorn hade lektion, så Austin lämnade ett meddelande och bad att få träffa honom senare under dagen om det gick. Han sa att han var på väg till Köpenhamn och föreslog att Jørgensen skulle lämna ett svar i receptionen på Palace Hotel.

Austin gav receptionisten generöst med dricks, sedan tog han helikoptern som gick i skytteltrafik mellan Tórshavn och flygplatsen Vágar och fortsatte med Atlantic Airways till Köpenhamn. Senare samma dag släppte taxin av honom på Rådhusplatsen, i hjärtat av Köpenhamn. Han gick förbi statyn av Hans Christian Andersen och fontänen med vattensprutande drakar och fram till det pampiga gamla Palace Hotel som vette ut mot det livliga torget. Två meddelanden låg och väntade på honom. Det ena var från Therri: *Tivoli blir bra! Vi ses klockan sex.* Det andra meddelandet var från professor Jørgensen, som sa att han skulle vara på sitt kontor hela eftermiddagen.

Austin lämnade av väskan på hotellrummet och ringde till professorn för att meddela att han var på väg. När Austin gick ut från hotellet slog det honom att jeans och polotröja knappast lämpade sig för att gå ut och äta middag med en vacker kvinna. Han stannade vid en herrekiperingsaffär och valde, med hjälp av en kunnig försäljare, hastigt ut vad han ville ha. En rejäl dusör till försäljaren och skräddaren garanterade att kläderna skulle vara klara klockan fem.

Köpenhamns universitetsområde låg bara en kort taxiresa från Rådhusplatsen. Det marinbiologiska laboratoriet tillhörde zoologiska institutionen. Stora gräsmattor omgav den två våningar höga tegelbyggnaden. Professorns lilla modul hade nätt och jämnt plats för skrivbord, dator och två stolar. Väggarna täcktes av diagram och tabeller, och överallt låg det travar av kompendier.

"Ursäkta röran", sa han. "Mitt riktiga arbetsrum har jag på högskolan i Helsingør. Den här skrubben använder jag bara när jag undervisar här." Han flyttade undan en pappersbunt från ena stolen för att göra plats för Austin. Aningen uppgiven över vad han skulle göra åt röran, lade han försiktigt bunten ovanpå en lutande papperstrave på skrivbordet. "Trevligt att träffas igen", sa han och log med sina stora tänder. "Det var roligt att ni fick tillfälle att komma till vår vackra stad."

"Det är alltid ett nöje att besöka Köpenhamn. Tyvärr går mitt flyg tillbaka till USA i morgon, så jag har bara en kväll här."

"Bättre än ingenting alls", sa Jørgensen och klämde sig in i det trånga utrymmet bakom skrivbordet. "Säg mig, hörde ni nånsin nåt mer från den där förtjusande kvinnan, advokaten som ni drack kaffe med i Tórshavn?"

"Therri Weld? Faktum är att jag ska äta middag med henne i kväll."

"Turgubbe där! Hon blir säkert ett betydligt angenämare sällskap än jag var", sa Jørgensen och skrockade. "Förresten, ja, hade ni trevligt i Skaalshavn?"

"*Trevligt* är kanske inte rätta ordet. Skaalshavn är ett häpnadsväckande ställe. Tack för att jag fick låna er stuga och er båt."

"Nöjet är helt på min sida. Det är ett *otroligt* landskap, inte sant?"

Austin nickade. "På tal om Skaalshavn, så undrar jag vad labbtesterna gav för resultat?"

Professorn grävde i pappersberget på skrivbordet. Som genom ett under hittade han papperen han letade efter. Han tog av sig glasögonen och satte tillbaka dem igen. "Jag vet inte om ni känner till min huvudsakliga inriktning. Jag har specialiserat mig på effekterna av syrebrist – hur syrebrist och temperaturförändringar påverkar fiskpopulationer. Jag gör inte anspråk på att vara expert inom alla områden, så jag har undersökt mina prover tillsammans med kolleger inom bakterie- och virusforskning. Vi har testat dussintals vattenprover och fiskar fångade på olika platser nära Oceanusanläggningen för att försöka upptäcka avvikelser. Vi undrade om det fanns nån parasit. Men vi hittade ingenting."

"Hur gick det med er ursprungliga teori om att det kanske fanns spår av kemikalier i vattnet?"

"Det var faktiskt tvärtom. Företrädarna för Oceanus överdrev inte när de skröt om att deras vattenreningsanläggning var förstklassig. Vattnet är absolut *rent*. De andra fiskodlingarna jag undersökte släppte ut foderrester och annat. Kort sagt hittade jag ingenting som skulle kunna påverka fiskbeståndet i Skaalshavn."

"Vilket osökt leder fram till frågan: Vad är det då som decimerar fiskbeståndet?"

Jørgensen sköt upp glasögonen i pannan. "Det kan finnas andra förklaringar som vi inte har snuddat vid. Rovdjur, försämring av den naturliga miljön, minskning av tillgången på föda."

"Har ni helt uteslutit ett samband med fiskodlingen?"

"Nej, det har jag inte, och det är därför jag ska återvända till Skaalshavn för att göra flera tester."

"Det kan bli problematiskt", sa Austin med ett understatement. Han fortsatte med att ge professorn en förkortad version av sin utforskning av fiskodlingen, hur han med knapp nöd klarade sig undan och blev räddad. "Jag ska givetvis ersätta er för den förlorade båten", tillade han.

"Båten är det *minsta* av mina bekymmer. Ni kunde ha blivit *dödad*." Jørgensen var chockad. "Jag stötte på patrullbåtar när jag gjorde mina tester. De såg skrämmande ut, men de angrep eller hotade mig inte."

"De kanske inte gillade min uppsyn. Jag *vet* att jag inte gillade deras."

"Ni kanske har märkt att jag inte precis är nån filmstjärna", sa professorn. "Ingen försökte döda mig."

"Det är ju möjligt att de visste att era tester skulle ge negativt resultat. I så fall fanns det ingen anledning att skrämma i väg er. Diskuterade ni ert arbete med Gunnar?"

"Ja, han var alltid på plats när jag återvände från mina fältstudier och verkade mycket intresserad av vad jag höll på med." Plötsligt gick det upp ett ljus för professorn. "Nu förstår jag! Ni tror att han är informatör åt Oceanus?"

"Jag vet inte säkert, men jag fick höra att han jobbade för Oceanus när fiskodlingen anlades. Det är givetvis möjligt att han har fortsatt att jobba för företaget också efter att anläggningen blev färdigbyggd."

Jørgensen rynkade pannan. "Har ni berättat det här för polisen?"

"Inte än. Rent formellt gjorde jag ju intrång på privat område."

"Men man försöker ju inte *döda* nån bara för att de snokar!"

"Det vore faktiskt att överreagera. Men jag har svårt att tro att den färöiska polisen skulle intressera sig för saken. Oceanus skulle förneka att vår lilla sammandrabbning nånsin har ägt rum. Deras häftiga reaktion på lite oskyldigt snokande säger mig att de måste ha nåt att dölja. Jag skulle vilja snoka runt i lugn och ro, och polisen skulle bara röra till det."

"Som ni vill. Jag vet ingenting om intriger. Mitt område är vetenskapen." Han rynkade tankfullt pannan. "Den där varelsen i fisktanken som skrämde vettet ur er. Ni tror inte att det var en haj?"

"Det enda jag vet är att den var stor och glupsk och blek som ett spöke."

"En *spökfisk*. Intressant. Jag måste fundera på saken. Under tiden ska jag förbereda mig för min nästa resa till Färöarna."

"Är ni säker på att ni vill åka dit? Det kan vara farligt efter min konfrontation med dem."

"Den här gången ska jag åka med ett forskningsfartyg. Förutom att det är betryggande att vara många, så har man tillgång till komplett forskningsutrustning. Jag skulle hemskt gärna ha med en arkeolog för att undersöka de där grottorna."

"Det är ingen särskilt bra idé, professorn, men det finns en person i samhället som kan vara till hjälp på det området. Hennes far besökte grottorna, och hon berättade hur man skulle komma in. Hon heter Pia."

"Prästens fru?"

"Ja, har ni träffat henne? Hon är en underbar kvinna."

"Ja, *det* vill jag lova", sa Jørgensen innan han kom på sig själv. Rodnaden på hans kinder avslöjade hela historien. "Vi har träffats några gånger i byn. Man kan inte missa henne. Ni har inte möjlighet att lägga om era planer och återvända till Skaalshavn tillsammans med mig?"

Austin skakade på huvudet. "Tack för erbjudandet. Men jag måste återvända till mina plikter på NUMA. Jag överlåter åt Joe att avsluta testerna med 'Nejonöga'. Var snäll och håll mig underrättad om era upptäckter."

"Visst, självklart." Jørgensen stödde hakan i handen och fick en fjärrskådande blick.

"Min vetenskapliga skolning protesterar mot allt vad omen heter. Jag är utbildad till att inte dra några slutsatser såvida jag inte har fakta att stödja mig på. Men det är nåt som inte stämmer här. Jag känner det i benen. Nåt *ogudaktigt*."

"Om det är nån tröst så har jag haft samma känsla. Det är nåt betydligt större än bara några killar som springer omkring med vapen." Han böjde sig fram med en stadig blick i sina blågröna ögon. "Jag vill att ni lovar mig en sak när ni åker tillbaka till Skaalshavn."

"Självklart. Säg bara vad det är."

"Var försiktig, professorn", sa Austin, på ett bestämt sätt som inte lämnade något utrymme för missförstånd. "Var *mycket* försiktig."

17

Känslan av förebud fortsatte att förfölja Austin även efter att han lämnat Jørgensens kontorsbyggnad och kommit ut i det klara danska solskenet. Flera gånger under taxiresan tillbaka till hotellet kom han på sig själv med att kasta blickar ut genom bakrutan. Till sist slutade han med det och lutade sig bakåt för att njuta av färden. Om faran förföljde honom, så skulle han ändå aldrig se något för all trafik.

Austin stannade vid klädaffären för att hämta sina inköp. Han bar de prydligt igenknutna kartongerna till sitt rum och ringde till Therri. Klockan var 17.30. "Jag har ett rum på våningen under dig. Jag tyckte jag hörde dig sjunga förväntansfullt inför middagen."

"Då måste du ha hört när jag *dansade* också."

"Det är otroligt hur min charm påverkar kvinnor", sa Austin. "Vi ses nere i lobbyn. Vi kan låtsas att vi har haft ett kärleksförhållande en gång och att vi stöter ihop med varandra av en slump."

"Du är förvånansvärt romantisk, Kurt."

"Jag har blivit kallad för värre saker. Du känner igen mig på den röda nejlikan på kavajslaget."

När hissdörrarna öppnades gjorde Therri entré som på en scen och drog omedelbart till sig männens uppmärksamhet, inklusive Austins. Han kunde inte ta ögonen ifrån henne när hon skred fram genom lobbyn. Therris kastanjebruna hår föll ner över de tunna axelbanden på hennes vita, hellånga spetsklänning som smet åt om hennes smala midja och lår.

Therris varma leende visade att hon också uppskattade sin dejt. Hon inspekterade den enkelknäppta duvgrå kavajen i europeisk stil, vars lite insydda midja framhävde Austins axlar som en militäruniform. Den blå skjortan och den vita sidenslipsen bröt av mot hans kraftiga solbränna, hans blågröna ögon och det bleka håret. Fastsatt i kavajslaget hade han en röd nejlika.

Hon räckte fram handen och Austin kysste den lätt. "En sån trevlig överraskning", sa hon med brittisk överklassaccent. "Jag har inte sett dig sen i ..."

"Biarritz. Eller var det Casablanca?"

Therri slog handen för pannan. "Hur ska man kunna komma ihåg det? Platserna flyter ihop efter ett tag, inte sant?"

Austin böjde sig tätt intill hennes öra och viskade: "Vi kommer alltid att minnas Marrakech."

Sedan tog han henne under armen, och de gick ut genom dörren som om de hade känt varandra i evigheter. De promenerade över det livliga torget mot Tivoli, det berömda nöjesfältet från artonhundratalet som var känt för sina attraktioner och sin underhållning. Den populära parken glittrade av neonljus, och det var fullt av besökare som gick på teater, dansade och lyssnade på en symfoniorkester. De stannade och tittade på en folkdanstrupp i några minuter. Therri föreslog att de skulle äta middag på en restaurang med uteservering, och de slog sig ner vid ett bord med utsikt mot pariserhjulet.

Austin tog upp menyn. "Eftersom du valde restaurang, väljer jag vad vi ska äta, om du inte har nåt emot det."

"Inte alls. Jag har levt på *smørrebrød*."

När servitören kom fram till bordet beställde Austin räkor till förrätt. Som huvudrätt valde han, till sig själv, ugnsstekt skinka med knaprig svål, serverad med kål, och till Therri tog han fläskfilé med champinjonsås. Till att dricka valde han Carlsberg pilsner hellre än vin.

"Den beställningen klarade du av snabbt", sa Therri beundrande.

"Jag fuskade. Jag åt på den här restaurangen förra gången jag var i Köpenhamn på ett NUMA-uppdrag."

"Två själar, en tanke, som man brukar säga."

De höjde sina skummande glas i en skål och smuttade på den kalla, friska ölen. Räkorna kom. Therri slöt ögonen av välbehag efter första tuggan. "Så *underbart* gott."

"Hemligheten när man lagar till skaldjur är att aldrig låta smaksättningen dränka den milda smaken. De här är smaksatta med lime och kryddade med färsk peppar."

"Ännu en sak att sätta upp på min tacksamhetslista."

"Ditt goda humör verkar inte bara gälla maten. Mötet med Becker gick bra, förmodar jag."

"Din vän Becker var faktiskt riktigt charmerande. Han kan inte ösa nog med beröm över dig och han var mycket imponerad av bilderna du tog av 'Sea Sentinel'. På min uppmaning gjorde de en egen undersökning av skeppet och fann att den hade blivit utsatt för sabotage, exakt som du beskrev. Vi träffade en uppgörelse. De gick med på att lägga ner åtalet mot Marcus."

"Gratulerar. Är det inte förenat med några villkor?"

"Jo, det kan du lita på. Marcus och alla andra som har anknytning till Sentinels of the Sea, inklusive undertecknad, måste vara ute ur Danmark inom fyrtioåtta timmar. Vi är inbokade och flyger hem med Concorde i morgon."

"Concorde? SOS knusslar visst inte när det gäller resor, va?"

Hon ryckte på axlarna. "De som bidrar med miljoner till SOS verkar inte ha några invändningar, så länge haven skyddas."

"Jag ska testa den taktiken med NUMA:s kamrer som ska godkänna reseräkningarna. Du äter lunch på Kinkaid's medan jag får gummikyckling på tiotusen meters höjd. Men säg mig, vad ställde Becker mer för villkor?"

"Inga presskonferenser tillåtna på dansk mark. Det får inte göras några försök att bärga "Sea Sentinel". Och enda möjligheten för oss att nånsin få sätta vår fot i Danmark igen, är att vi kommer hit som gästarbetare. Jag kan inte nog tacka dig för vad du har gjort."

"Allting har ett pris. Berätta allt du vet om Oceanus."

"Självklart, det ska jag gärna göra. Som jag sa förra gången så är Oceanus ett multinationellt företag som sysslar med fiskprodukter och transporter. De äger flera fiskeflottor och ett antal transportfartyg runt om i världen."

"Den beskrivningen skulle stämma in på ett dussin olika företag."

Austin log. "Varför har jag en känsla av att du döljer nånting?"

Therri såg chockad ut. "Är det så uppenbart?"

"Bara för den som är van att handskas med människor som tror att de genom att berätta halva sanningen kan slippa loss från kroken."

Hon rynkade pannan och sa: "Det var kanske inte mer än jag

hade förtjänat. Sånt blir lätt till en vana för en jurist. Vi advokater tycker om att ha kvar nåt i reserv. Men SOS står faktiskt i stor tacksamhetsskuld till dig. Vad är det du vill veta?"

"Vem *äger* företaget, till att börja med?"

"SOS frågade sig samma sak. Vi stötte på en snårskog av intrasslade bolagskonstruktioner, brevlådeföretag och skumma stiftelser. Ett namn återkom hela tiden: Toonook."

"Ha! Det namnet påminner mig om en film jag såg som barn, en gammal dokumentär som hette *Nanook från norr*. Är han eskimå?"

"Jag gissar det. Vi vet inte helt säkert, men vi har fått fram indicier som pekar i den riktningen. Det krävdes otroligt mycket efterforskningar. Vi vet att han är kanadensisk medborgare, och att han är väldigt duktig på att hålla sitt ansikte dolt. Det är allt jag kan berätta om honom – och det är *hela* sanningen."

Austin nickade och tänkte på de svartmuskiga vakterna som hade skjutit mot honom. "Låt oss återvända till Oceanus. Vad var det som först gjorde att de drog till sig SOS:s uppmärksamhet?"

"Det var ett av de få företag som struntade i vår bojkott mot Färöarna. Vi var medvetna om att fiskodling är en miljöfråga, men det var företagets försök att dölja sin verksamhet som gjorde Marcus intresserad. När han fick höra om fiskodlingen på Färöarna, tänkte han att han kanske skulle röra upp nånting om han satte strålkastarljuset på företaget."

"Det ligger två fartyg på havets botten som bevisar att han hade rätt."

"Låt mig nu få fråga *dig* en sak", sa Therri och spände ögonen i honom. "Vad vet *du* om Oceanus som du inte har berättat för *mig*?"

"Det är inte mer än rätt. Medan du förhandlade med mr Becker, snokade jag lite på en av Oceanus fiskodlingar på Färöarna."

"Fick du veta nånting?"

Austin kände ett styng av smärta i det oläkta såret. "Jag lärde mig att de inte gillar folk som snokar i deras affärer. Jag skulle råda dig och dina vänner att hålla er på avstånd."

"Vem är det nu som slingrar sig, om jag får fråga?"

Austin bara log. Samtidigt som han ville lita på Therri, så visste han inte hur stor hennes lojalitet var mot SOS och dess ledare. "Jag har berättat tillräckligt för att ni ska slippa problem."

"Du måste väl fatta att du genom att kasta åt mig en liten smakbit information bara väcker min nyfikenhet."

"Det är hälsosammare att inte vara alltför nyfiken."

"Tack för varningen." Hon log sitt förföriska leende.

"Ingen orsak. Vi kanske kan fortsätta det här samtalet när vi kommer tillbaka till Washington."

"Jag kan komma på hur många hotellobbyer som helst som skulle lämpa sig för ett oavsiktligt rendezvous. Då kunde vi lova att inte prata jobb."

"Jag tycker vi börjar direkt." Austin viftade åt servitören och beställde två Peter Heering körsbärslikör.

"Vad skulle du vilja prata om då?" sa Therri.

"Berätta om Sentinels of the Sea."

"Det skulle kunna tolkas som jobb."

"Okej, jag ska ställa en personlig fråga. Hur kom det sig av du blev involverad i dem?"

"Ödet", sa hon med ett leende. "Innan jag blev valkramare var jag trädkramare. Min framtid var utstakad från det ögonblick jag föddes. Mina föräldrar döpte mig till Thoreau efter Henry David."

"Jag undrade just var Therri kom ifrån."

"Jag hade väl tur att de inte döpte mig till *Henry*. Pappa var miljöaktivist redan innan ordet var uppfunnet. Mamma kom från en gammal nordstatssläkt som blev rik på slavar och rom. När jag tog examen från Harvard förväntades det att jag skulle fortsätta med släktens smutsiga affärer. Nu är det min tur. Hur hamnade du på NUMA?"

Austin gav Therri den tillrättalagda versionen av sin karriär.

"Det finns ett oförklarligt tidsglapp i din levnadshistoria", sa hon.

"Du är alldeles för uppmärksam. Jag jobbade för CIA under den perioden. Min enhet blev upplöst efter det kalla krigets slut. Jag kan inte berätta mer än så."

"Det gör inget", sa hon. "Det mystiska hos dig bidrar till din attraktionsförmåga."

Austin kände sig som en ytterfältare i baseball på väg att fånga en enkel, högtflygande boll. Therri hade fört in samtalet på en något intimare nivå, och han tänkte just svara in natura när han märkte att hon tittade över hans axel. Han vände sig om och såg att Marcus Ryan kom gående mot deras bord.

"Therri!" sa Ryan med sitt matinéidolsleende. "Vilken trevlig överraskning."

"Hej, Marcus. Du minns Kurt Austin från förhöret i Tórshavn, förmodar jag."

"Naturligtvis! Mr Austin lämnade det enda objektiva vittnesmålet under hela det där fiaskot."

"Du kan väl också slå dig ner?" sa Therri. "Det har du inget emot, va, Kurt?"

Austin hade väldigt mycket emot det. Sammanträffandet luktade arrangerat möte lång väg, men han var nyfiken på anledningen till upplägget. Han pekade på en stol och skakade hand med Ryan. Handslaget var överraskande fast.

"Bara ett kort ögonblick", sa Ryan. "Jag vill inte komma och störa er middag, men jag är glad att jag fick tillfälle att tacka mr Austin för att han hjälpte SOS."

"Er uppskattning riktar sig mot fel person. Jag gjorde det inte för att hjälpa er. Det var en personlig tjänst åt miss Weld. Det var hon som övertalade mig att ta en närmare titt på er båt."

"Jag känner inte många som kan motstå hennes övertalningsförmåga, och hon förtjänar stort beröm. Men i vilket fall gjorde ni en stor insats för varelserna i havet."

"Bespara mig lovtalen, mr Ryan. Jag gav Therri bevisen för sabotage därför att det var det enda rätta, inte för att jag tror på er sak."

"Då vet ni att jag var helt oskyldig till kollisionen."

"Jag vet att ni avsiktligen jagade upp stämningen, i hopp om att nåt skulle hända så att ni skulle komma med på tv."

"Desperata situationer kräver desperata åtgärder. Efter vad jag vet om NUMA, så är inte er organisation heller främmande för att ta till oortodoxa metoder för att uppnå sina mål."

"Det finns en stor skillnad. Alla vi som jobbar där, ända upp till amiral Sandecker, är beredda att ta ansvar för våra handlingar. Vi gömmer oss inte bakom affischer med söta små grönlandssälar."

Ryans ansikte fick samma färg som en rödbeta. "Jag har alltid varit beredd att ta konsekvenserna av mina handlingar."

"Visst, så länge ni visste att det fanns en väg ut."

Ryan log åt hans ilska. "Ni är en svårflörtad man, mr Austin."

"Jag sätter en ära i det."

Servitören kom med deras varmrätter.

"Ja, jag ska inte förstöra kvällen för er", sa Ryan. "Det var roligt att få prata med er, mr Austin. Jag ringer dig senare, Therri."

Med en käck vinkning blandade han sig i folkvimlet som passerade förbi restaurangen.

Austin såg Ryan gå därifrån och sa: "Din vän har en hög uppfattning om sig själv. Jag trodde att havet redan hade en gud – Neptunus eller Poseidon, beroende på vilket språk man föredrar."

Han väntade sig att Therri skulle försvara Ryan, men i stället skrattade hon. "Gratulerar, Kurt. Det är skönt att veta att Marcus inte är den ende som har en förmåga att irritera folk."

"Det går helt av sig självt. Det borde du tala om för honom nästa gång ni arrangerar ett slumpmässigt möte."

Hon sneglade på pariserhjulet för att undvika hans skarpa blick, och sedan lekte hon med gaffeln innan hon svarade. "Var det så genomskinligt?"

"Genomskinligt som nyputsat fönsterglas."

Hon suckade tungt. "Jag är ledsen för det klumpiga försöket att lura dig. Det har du inte förtjänat. Marcus ville träffa dig så att han fick tacka. Där var han helt uppriktig. Men jag hade inte väntat mig att ni skulle börja tjafsa med varandra. Snälla du, du måste godta min ursäkt."

"Bara om du tackar ja till en sängfösare i sällskapsrummet på Palace, efter att vi tagit en lång promenad i grannskapet."

"Du är en tuff förhandlare."

Austin log sitt mest djävulska leende mot henne. "Som din vän mr Ryan sa – jag är en svårflörtad man."

18

Köpenhamn verkade mitt uppe i något stort firande, men det var bara en helt normal kväll i en av Europas livligaste städer. Musik strömmade ut från massvis av kaféer. Parker och torg längs den långa gågatan Strøget vimlade av flanörer och gatuartister. Feststämningen var behaglig, men det var svårt att föra ett samtal. Austin föreslog att de skulle svänga in på en tyst gata, som var kantad av stängda småbutiker, och ta sig tillbaka till hotellet.

Den folktomma gatan var mörk förutom några skyltfönster och svagt glödande gatlyktor. Austin lyssnade på Therri, som höll på att berätta en anekdot om Becker, när han lade märke till en rörelse längre fram på gatan och såg två gestalter kliva fram ur skuggorna och ut i det gula ljuset.

Austin visste att danskar var lågmälda och kultiverade, och att Köpenhamn var relativt förskonat från kriminalitet. Därför bekymrade det honom inte när de två männen blockerade trottoaren. De kanske hade fått för mycket akvavit. Han tog Therri i armen och gjorde en ansats att gå runt de två männen. Men han tänkte om när de slet fram var sin lång påk som de hållit gömda bakom ryggen.

Ljudet av skrapande fötter fick Austin att kasta en blick över axeln. Ytterligare två män, som också viftade med påkar, närmade sig bakifrån. Therri hade blivit medveten om hotet utan att riktigt förstå vad som hände, och hon hade slutat prata. Med vad som liknade en väl inövad strategi började männen omringa dem.

Austin såg sig omkring efter ett vapen. Han tänkte att vad som helst var bättre än inget och högg tag i ett soptunnelock. Till sin glädje såg han att det bastanta locket var gjort av tjockt, massivt aluminium. Han ställde sig beskyddande framför Therri och använde tunnans överdel som en medeltida infanterists sköld, för att parera ett slag från den närmaste angriparen. Mannen höjde påken för att slå till igen, men Austin övergick från försvar till anfall och smällde det tunga locket rakt i ansiktet på honom. Mannen skrek till av smärta, och knäna vek sig under honom. Austin lyfte locket med båda händerna och drämde det rätt i huvudet på honom, så att det lät som en gonggong. Det smärtade i händerna av det hårda slaget, men för angriparen var det ännu värre och han segnade ner på trottoaren.

Ännu en angripare närmade sig hastigt. Austin försökte slå locket i ansiktet på honom, men han var beredd – backade hastigt undan och kunde enkelt parera slaget. Austin ansträngde sig för att skydda den ömma vänstersidan av bröstkorgen. Angriparen märkte hans tvekan och fick in ett snabbt slag mot huvudet. Det fick Austin att se virvlande stjärnor. I samma ögonblick hörde han Therris skrik. En av männen höll fast henne medan en annan drog henne bakåt i håret så att strupen blottades. Ett hårt slag mot luftstrupen kunde bli ödesdigert.

Austin blinkade för att stjärnorna skulle försvinna och försökte rycka till undsättning. Angriparen tog ett steg fram mot honom och måttade ett slag med påken som om han svingade ett bredbladigt tvåhandssvärd. Austin lyckades parera slaget, men locket slogs ur hans hand och han tappade balansen. Med ena knäet i marken sträckte Austin upp armen för att skydda huvudet. Han såg breda ansikten och glimmande ögon, påkar som höjdes i luften och stålsatte sig för att ta emot en skur av slag mot huvudet. Men i stället hörde han dunsar och stönanden och män som skrek på två olika språk, det ena obegripligt, det andra spanska. Männen som hade omringat honom smälte bort som snöflingor.

Han kämpade sig upp på fötter och såg några gestalter som sprang *bort* från honom. Det skramlade när påkarna föll till marken. Skuggor rörde sig åt alla håll, och han påmindes om en scen i filmen *Ghost* där skuggorna från de döda leder de fördömda till dödsriket. Sedan försvann skuggorna. Han och Therri var ensamma, förutom den hopsjunkna gestalten som han hade klappat till. Hans kumpaner hade tydligen övergivit honom.

"Hur gick det?" sa Austin och tog Therri i armen.

"Jo, det är bra, men som du förstår är jag skakad. Hur är det med dig då?"

Han snuddade försiktigt vid huvudet. "Mitt huvud känns som en rå hamburgare och inuti är det fullt av kvittrande sparvar, men förutom det känns det bra. Det kunde ha varit värre."

"Jag vet", sa hon med en rysning. "Tack gode gud för att de där männen räddade oss."

"*Vilka män?* Jag var fullt upptagen med att leka Ivanhoe."

"De kom från ingenstans. Jag tror de var två stycken. De gav sig på de andra och jagade i väg dem."

Austin sparkade till det buckliga soptunnelocket. "Fan också, jag som trodde att jag skrämde bort dem med min skallmosare." Han borstade bort smutsen från sina sönderrivna byxor. "Skit, det här var den första nya kostymen jag har köpt på flera år."

Therri kunde inte låta bli att skratta. "*Otroligt.* Du var nära att bli ihjälslagen, och så bekymrar du dig för din kostym." Hon lade armarna om honom och gav honom en varm kram.

Therri höll hårt om honom. Han klagade inte fast hon tryckte sig mot hans knivsår. Han tänkte att hon luktade väldigt gott, när hon plötsligt stelnade till, drog sig baklänges från honom och såg över hans axel med fasa i ögonen.

"Akta dig, Kurt!"

Austin vände sig om och såg att angriparen som hade legat på trottoaren långsamt höll på att resa sig. Mannen stirrade på honom i några sekunder, uppenbarligen var han fortfarande omtumlad. Austin knöt nävarna och började gå mot honom, redo att på nytt förpassa honom till drömmarnas rike. Han hejdade sig mitt i steget när en liten intensivt röd fläck uppenbarade sig i mannens panna.

"Ner på marken!" skrek Austin åt Therri. När hon tvekade, drog han henne mot trottoaren och skyddade henne med sin kropp.

Mannen började röra sig mot dem, men plötsligt stannade han som om han gått in i en osynlig vägg, sjönk ner på knä och föll med ansiktet före mot trottoaren. Austin hörde steg och såg en gestalt springa gatan bort. Han drog upp Therri på fötterna igen och bad om ursäkt för att han hade vräkt omkull henne.

"Vad hände?" Hon verkade förvirrad.

"Nån sköt vår vän. Jag såg pricken från ett lasersikte."

"Varför skulle nån göra det?"

"Företaget måste kanske skära ner på personalen."

"Eller så ville de inte att han skulle prata", sa hon, samtidigt som hon stirrade på den döda kroppen.

"Hur det än är, så är det här inte nåt hälsosamt ställe att vara på."

Austin tog Therri i armen och ledde henne bort från platsen. Austin höll skarp utkik ifall angriparna skulle komma tillbaka och slappnade inte av förrän ljuset från Palace Hotel kom inom synhåll. Hotellets cocktailbar var som en annan värld. Austin och Therri slog sig ner i ett hörnbås omgivna av röster på alla möjliga språk och klinkandet från en jazzpianist som spelade Cole Porter. Austin hade beställt två dubbla whisky.

Therri tog en stor klunk och såg sig omkring bland de andra gästerna. "Hände det där ute på gatan verkligen på riktigt?"

"Det var inte en uppsättning av *West Side Story*, om det är det du menar. Kan du berätta vad du kommer ihåg?"

"Allt gick så fort. Två av de där männen med påkarna slet tag i mig." Hon rynkade pannan. "*Titta* vad de jävlarna gjorde med mitt hår." Hennes rädsla ersattes av ilska. "Vad var det för idioter?"

"Attacken var välkoordinerad. De visste att vi var i Köpenhamn och måste ha hållit oss under uppsikt i kväll för att kunna lägga sig i bakhåll. Vad är din gissning?"

Hon svarade utan att tveka. "Oceanus?"

Austin nickade bistert. "På Färöarna fick jag erfara att Oceanus har såna gangstrar, att de gärna tar till våld och att de har den organisation som behövs. Vad hände sen?"

"De släppte mig. Helt utan vidare. Sen rusade de därifrån, med de andra männen efter sig." Hon skakade på huvudet. "Jag önskar att våra barmhärtiga samariter hade stannat så att jag hade kunnat tacka dem. Ska vi berätta för polisen vad som hände?"

"Normalt sett skulle jag säga ja. Men jag vet inte om det skulle vara till nån glädje. De kanske skulle avfärda det som ett rånförsök. Och med tanke på dina relationer till de danska myndigheterna, skulle du kanske bli kvarhållen här längre än du har nån lust med."

"Det har du rätt i", sa Therri. Hon drack ur det sista i glaset. "Nu är det bäst att jag går till mitt rum. Mitt flyg går tidigt i morgon bitti."

Austin följde Therri till hennes dörr, där de stannade. "Är du säker på att du klarar dig?"

"Tack, det går fint. Och tack för en intressant kväll. Du vet sannerligen hur man underhåller en tjej."

"Det där var väl ingenting. Vänta bara till vår nästa dejt."

Hon log och kysste honom lätt på munnen. "Den ser jag fram mot."

Han var imponerad över hur fort Therri hade återhämtat sig. Hon hade visat sig vara en fjäril av stål. "Ring om du behöver nånting."

Hon nickade. Austin önskade henne god natt och gick bort mot hissen. Hon tittade efter honom tills hissdörrarna hade gått igen. Sedan drog hon nyckeln ur låset, gick genom korridoren och knackade på en annan dörr, som öppnades av Marcus Ryan. Hans leende försvann när han märkte hur spänd hon såg ut. "Hur är det med dig?" sa han med bekymrad röst. "Du ser lite blek ut."

"Inte värre än att det går att kurera med lite makeup." Hon svepte förbi honom och sträckte ut sig på soffan. "Gör en kopp starkt te till mig, kom sen och sätt dig så ska jag berätta alltihop för dig."

De satte sig ner, och hon berättade om överfallet och räddningen.

Efter att ha hört hennes historia pressade Ryan fingertopparna mot varandra och stirrade rakt framför sig. "Austin har rätt. Det *är* Oceanus. Jag är *säker* på det."

"Jag med. Men jag är inte lika säker på vilka våra räddare var."

"Och Austin visste inte det?"

Hon skakade på huvudet. "Han sa i alla fall att han inte gjorde det."

"Talade han sanning?"

"Han kanske misstänker vilka de var, men jag pressade honom inte om det. Kurt verkar inte vara den som ljuger."

"Oj då, min osentimentala juridiska rådgivare har också en mjuk sida när allt kommer omkring. Du gillar honom, eller hur?" sa Ryan med ett slugt leende.

"Det vill jag inte förneka. Han är … annorlunda."

"Jag är också annorlunda, det måste du medge."

"Om!" sa hon med ett leende. "Det är därför vi är kolleger och inte ett par."

Ryan suckade teatraliskt. "Jag antar att det är mitt öde att ständigt vara brudtärna, men aldrig brud."

"Du skulle bli en hemsk brud. För övrigt hade du chansen att bli det. Som du minns, hade jag ingen lust att spela andra fiolen i förhållande till Sentinels of the Sea."

"Det klandrade jag dig inte för. Jag är nåt av en krigarmunk när det gäller dem."

"Skitsnack! Kom inte dragandes med det där munklarvet nu igen. Jag råkar veta att du har en flickvän i varje hamn."

"Men va fan, Therri, även en munk måste få komma ut från klostret och slå klackarna i taket ibland. Men låt oss prata om din intressanta relation med Austin. Tror du han har fallit för din charm, tillräckligt mycket för att du ska kunna linda honom runt ditt finger?"

"Efter vad jag har sett så låter sig Kurt inte lindas runt *någons* finger." Hennes ögon smalnade. "Vad är det egentligen som försiggår i den där härvan av ränker och listiga planer som du kallar för själ?"

"Bara en tanke. Jag skulle vilja ha NUMA på vår sida. Vi behöver muskler om vi ska tampas med Oceanus."

"Och om vi inte kan få NUMA att hjälpa oss då?"

Han ryckte på axlarna. "Då måste vi klara det själva."

Therri skakade på huvudet. "Vi är inte stora nog för att göra det. Det är inget vanligt ligistgäng vi har att göra med. De är alldeles för stora och mäktiga. Du såg hur enkelt de saboterade vårt fartyg. Om en person som Kurt Austin är nervös, så borde vi dra öronen åt oss. Vi kan inte riskera några fler liv."

"Du ska inte underskatta SOS, Therri. Muskler är inte allt. Styrka kan också komma ur kunskap."

"Tala inte i gåtor."

Han log. "Vi har kanske ett trumfkort på hand. Josh Green ringde i går. Han har snubblat över nåt stort, och det gäller en Oceanusanläggning i Kanada."

"Vad då för anläggning?"

"Josh visste inte. Han hade hört det från Ben Nighthawk."

"Praktikanten på vårt kontor?"

Ryan nickade. "Nighthawk är som du vet kanadensisk indian. Han har fått flera konstiga brev från sin familj North Woods. Ett företag köpte upp ett stort landområde nära deras by. För att vara schyst mot Ben kollade Josh upp ägarskapsförhållandena. Marken hade köpts av ett bulvanföretag med kopplingar till Oceanus."

Therri blev ivrig och sköt alla farhågor åt sidan. "Det här kan vara ledtråden vi söker efter."

"Mm. Jag tänkte detsamma. Och det var därför jag bad Josh kolla upp saken."

"Skickade du upp honom dit ensam?"

"Han var på väg till Kanada för att träffa Ben när han ringde. Nighthawk vet hur landet ligger. Var inte orolig. De är försiktiga."

Therri bet sig i läppen när hon tänkte tillbaka på den vilda attacken på en stilla gata i Köpenhamn. Hon respekterade Ryan för hundra olika saker, men ibland kunde hans iver att uppnå ett mål stå i vägen för omdömet.

Rädslan fördunklade hennes blick. "Jag hoppas det", mumlade hon.

19

De jättelika trädstammarna höjde sig över dem som pelare i ett antikt tempel. Täta grenar stängde ute solljuset och skapade en konstgjord skymning nere på marken. Långt nedanför trädtopparna krängde och skakade den buckliga gamla pickupen som en båt i storm där den tog sig fram över trädrötter och stenar.

Joshua Green satt på passagerarsidan och skumpade på det hårda sätet. Han höll ena handen över huvudet för att dämpa stötarna när skallen stötte i lastbilens innertak. Green var expert på miljölagstiftning hos Sentinels of the Sea. Han hade sandfärgat hår och smalt ansikte, och de stora glasögonen tillsammans med den näbbliknande näsan fick honom att se ut som en utmärglad uggla. Han hade med stor beslutsamhet uthärdat åkturen utan att klaga ända tills lastbilen körde i ett gupp som nästan fick honom att flyga genom taket.

"Jag känner mig som ett majskorn i en popcornmaskin", sa han till föraren. "Hur mycket längre måste jag uthärda den här tortyren?"

"Omkring fem minuter; sen är det dags att börja gå", svarade Ben Nighthawk. "Jag kan verkligen förstå om du känner dig sjuk av den här skakiga åkturen. Jag beklagar transportsättet. Det var det bästa min kusin kunde få fram."

Green nickade uppgivet och riktade på nytt uppmärksamheten mot de djupa skogarna som trängde sig på från alla håll. Innan han började jobba på SOS-högkvarteret hade han varit fältaktivist. Han hade blivit rammad och beskjuten, och han hade upplevt korta men oförglömliga vistelser i fängelser som inte varit bättre än medeltida fängelsehålor. Han hade skaffat sig rykte om att hålla huvudet häpnadsväckande kallt även under beskjutning, och hans professionella uppträdande dolde en tuff insida. Men det onaturliga mörkret runt omkring dem gjorde Green mer nervös än någonting han hade stött på till sjöss.

"*Vägen* bekymrar mig inte. Det är de här satans *skogarna*", sa han och stirrade in bland träden. "Jäkligt kusligt! Det är mitt på dagen, solen skiner, och ändå är det mörkt som i Hades därute. Som nånting hämtat ur en Tolkienbok. Det skulle inte förvåna mig om en orch hoppade upp framför oss. Hoppsan, jag tror just jag såg Shrek."

Nighthawk skrattade. "Jag antar att skogarna är lite kusliga om man inte är van vid dem." Han kikade ut genom vindrutan, men i stället för ängslan syntes något som liknade vördnad i hans runda, brunaktiga anletsdrag. "Det är annorlunda när man har vuxit upp här i trakten. Skogen och mörkret är ens vänner för de erbjuder skydd." Han tystnade och sa tankfullt: "För det mesta."

Några minuter senare bromsade Nighthawk in med lastbilen, och de klev ut i det kyrkliknande dunklet. Moln av små flugor svirrade runt huvudet på dem. Den starka talldoften var nästan kvävande, men för Nighthawk var det som den ljuvaste parfym. Han sög i sig synintrycken och dofterna med ett glädjestrålande uttryck i ansiktet, sedan tog han och Green på sig ryggsäckarna med kameror och film, överlevnadsverktyg, vatten och proviant.

Utan att titta på någon kompass började Nighthawk gå. "Den här vägen", sa han, lika säker som om han följt en prickad linje på marken.

De förflyttade sig under tystnad över den tjocka mattan, som bestod av årtionden av nerfallna tallbarr, och kryssade fram mellan trädstammarna. Luften var varm och tryckande, och deras skjortor var blöta av svett efter bara några minuter. Med undantag för ormbunkssnår och mossiga kullar fanns det ingen undervegetation. De tog sig fort framåt när det inte fanns några snår och taggbuskar som sinkade dem. Medan Green med långa kliv gick efter Nighthawk, funderade han över hur det hade gått till när han förflyttades från bekvämligheten på sitt luftkonditionerade kontor till den här dystra skogen.

Förutom att han jobbade för SOS undervisade Green också på deltid vid Georgetown University i Washington, och det var där han hade träffat Ben Nighthawk, som deltog i hans undervisning. Den unge indianen hade fått stipendium för att gå på college. Han ville utbilda sig för att rädda miljön i North Woods, vilken hotades av exploatering. Green hade slagits av Bens intelligens och entusiasm och bett honom att bli forskningsassistent på SOS-kontoret.

Det skiljde bara några år mellan den magre miljövännen och den undersätsige unge indianen, och de hade snart blivit inte bara kolleger, utan också goda vänner. Nighthawk som bara kunde åka hem sporadiskt var glad för vänskapen. Hans familj bodde vid en stor sjö i en avlägsen och närmast onåbar del av östra Kanada. Ett sjöflygplan som ägdes gemensamt av byborna gjorde varje vecka en tur till närmaste stad för att inhandla förnödenheter och få hjälp med brådskande saker, förutom att det tog med sig post fram och tillbaka.

Nighthawks mamma hade fortlöpande hållit honom informerad om ett större byggprojekt vid sjön. Antagligen var det någon som höll på att bygga en lyxig jaktstuga, hade Nighthawk uppgivet tänkt. Det var den sortens projekt han tänkte föra krig mot när han gick ut från college. Men så, veckan före, hade hans mamma skrivit ett upprörande brev. Hon hade antytt att det pågick något skumt och bett sin son komma hem så fort han kunde.

Green sa åt Nighthawk att ta ledigt så länge han behövde. Några dagar efter att Nighthawk hade gett sig av till Kanada, ringde han till SOS-kontoret. Han lät desperat. "Jag behöver din hjälp", sa han bönfallande.

"Självklart", svarade Green, för han trodde att hans unge vän behövde pengar. "Hur mycket behöver du?"

"Jag behöver inga pengar. Jag är orolig för min *familj*!"

Nighthawk förklarade att han hade åkt till den stad som låg närmast byn och fått höra att sjöflygplanet inte varit där på två veckor. Stadsborna gissade att det blivit fel på planet, och att någon så småningom skulle komma traskande ut ur skogen för att skaffa reservdelar.

Han lånade en lastbil av en släkting som bodde i stan och körde den dåliga vägen som ledde till byn. Då upptäckte han att vägen var avstängd med ett staket, och att det bevakades av några råa typer som sa att marken nu var privat. När han sa att han ville åka till sin by, motade de bort honom med sina vapen och varnade honom för att komma tillbaka.

"Jag förstår inte", hade Green sagt i telefon. "Bodde inte din familj i ett reservat?"

"Det finns bara ett fåtal kvar av vårt folk. Ett storföretag ägde marken. Formellt sett var vi markockupanter, men företaget lät oss hållas. De använde sig till och med av vår stam i annonser för att visa hur generösa de var. Men så sålde de marken, och de nya ägarna har arbetat med ett stort projekt på andra sidan sjön."

"Det är deras mark, så de kan göra vad de vill."

"Jag vet, men det förklarar inte vad som har hänt med min familj."

"Bra synpunkt. Har du vänt dig till myndigheterna?"

"Det var det första jag gjorde. Jag talade med den lokala polisen. De sa att de hade blivit kontaktade av en advokat i stan som förklarade att byborna hade blivit avhysta."

"Men vart hade de tagit vägen?"

"Polisen frågade samma sak. Advokaten sa att de hade dragit vidare. Antagligen hade de trängt in på nån annans mark, sa han. Du måste förstå att mitt folk betraktas som en excentrisk kvarleva från svunna tider. Polisen säger att de inget kan göra. Jag behöver hjälp."

Under tiden de pratade kollade Green i sin almanacka. "Jag låter företagets plan flyga mig dit upp i morgon förmiddag", sa han. Sentinels of the Sea leasade ett jetplan som alltid stod redo.

"Menar du verkligen det?"

"Varför inte? Eftersom Marcus är upptagen i Danmark så är det formellt jag som är chef, och uppriktigt sagt håller jag på att bli tokig på alla stora egon och på rivaliteten som frodas här på kontoret. Berätta var du är."

Precis som han utlovat hade Green flugit till Quebec nästa dag. Han fortsatte sedan med ett mindre anslutningsplan till staden som Nighthawk hade ringt ifrån. Ben väntade på den lilla flygplatsen, med lastbilen packad med campingutrustning och redo att ge sig i väg. De körde flera timmar på småvägar och övernattade i tält.

När Green tittade på kartan i skenet från en lykta, såg han att skogen upptog ett enormt område, som var sönderbrutet av stora sjöar. Bens familj levde av det som naturen gav, de fiskade och jagade för sin försörjning och fick inkomster i reda pengar från sportfiskare och jägare.

Green hade föreslagit att de skulle hyra ett sjöflygplan för att komma dit, men Nighthawk sa att de tungt beväpnade vakterna han stött på hade gjort klart att inkräktare blev skjutna. Men vägen som de vaktade var inte den enda vägen till byn, förklarade Nighthawk. Nästa morgon hade de fortsatt att köra några timmar till, utan att möta ett enda fordon, tills de kom fram till hjulspåren som ledde rakt in i skogen.

Efter att de hade lämnat lastbilen, promenerade de omkring i en timme, rörde sig som skuggor i tystnaden bland de höga träden, tills Nighthawk stannade och satte upp handen. Han blev stående blickstilla, med halvslutna ögon, och rörde huvudet fram och tillbaka likt en radarantenn som fokuserar ett mål som närmar sig. Han tycktes ha kopplat bort de vanliga syn- och hörselsinnena och använde i stället någon inre riktningsangivare.

Medan Green fascinerad tittade på, tänkte han: Man kan tvinga ut en indian från skogen, men man kan inte ta skogen ur en indian. Till slut slappnade Nighthawk av, stack ner handen i packningen och skruvade av korken på en fältflaska. Han räckte den till Green.

"Jag avskyr att hålla på och gnälla", sa Green och tog en klunk av det varma vattnet, "men hur mycket längre måste vi gå?"

Nighthawk pekade mot några träd. "Omkring hundra meter åt det hållet finns en stig som leder till sjön."

"Hur vet du det?"

Ben knackade sig på näsan. "Det är inte så märkvärdigt. Jag har följt vattenlukten. Testa själv."

Efter ett par sniffningar märkte Green till sin förvåning att han kunde urskilja den svaga lukten av ruttnande vegetation och fisk blandat med väldoften från tallarna. Nighthawk tog lite vatten och stoppade tillbaka fältflaskan i ryggsäcken. Sedan sänkte han rösten och sa: "Vi måste vara väldigt försiktiga från och med nu. Jag gör tecken med händerna."

Green tecknade ett okej till honom, och så satte de sig i rörelse igen. Nästan genast började landskapet förändras. Träden blev lägre och tunnare allteftersom jorden under deras fötter blev allt sandigare. Undervegetationen tätnade, och de fick tränga sig fram genom taggbuskar som rispade kläderna.

Genom öppningarna i grenverket silade ljuset ner. Och plötsligt kunde de se vattenblänk. På en signal från Nighthawk böjde de sig ner och började krypa på alla fyra ner mot sjön.

Efter ett ögonblick reste sig Nighthawk och gick fram till strandkanten, med Green efter sig. Ett äldre Cessna sjöflygplan låg förtöjt vid en ranglig brygga. Nighthawk inspekterade planet och tyckte att allt verkade vara i sin ordning. Han öppnade motorhuven och flämtade till när han såg motorn.

"Titta här, Josh!"

Green kikade på motorn. "Ser ut som om nån har använt en yxa."

Slangarna och ledningarna hade blivit avhuggna och hängde löst. Själva motorn hade märken på säkert tio ställen där den hade träffats av någonting hårt.

"Så det var därför ingen kunde flyga härifrån", sa Nighthawk. Han pekade på en upptrampad stig som ledde bort från flygplansbryggan. "Den där stigen går till byn."

Efter några minuter kom de fram till en glänta. Nighthawk höll ut handen för att Green skulle stanna. Sedan satte han sig på huk och tittade med sin skarpa blick genom buskarna. "Det finns ingen här", sa han slutligen.

"Är du säker på det?"

"Ja, tyvärr", sa Nighthawk. Han gick obekymrat ut i gläntan. Green följde tveksamt efter.

Byn bestod av ett dussintal robusta timmerhus, de flesta med verandor. De var byggda på ömse sidor om ett öppet stråk av hårdtrampad jord, vilket i viss mån påminde om huvudgatan i en småstad, försedd med lanthandel och allt. Green väntade sig att någon skulle rusa ut genom ytterdörren vilket ögonblick som helst, men det var tyst som i graven – både i affären och de andra husen.

"Det här är mitt hus, här bodde mina föräldrar och min syster", sa Nighthawk och stannade framför en av de större byggnaderna. Han steg upp på verandan och gick in. Efter några minuter kom han ut och skakade på huvudet. "Inte en människa. Alla saker finns på sin plats. Som om de bara hade gått ut en liten stund."

"Jag stack in huvudet på några andra ställen", sa Green. "Samma sak. Hur många bodde det här?"

"Ett fyrtiotal."

"Vart kan de ha tagit vägen?"

Nighthawk gick fram till strandkanten några meter längre bort. Han stannade, lyssnade till det tysta vågskvalpet. Efter ett ögonblick pekade han på den motsatta stranden och sa: "Kanske där borta?"

Green kikade ut över sjön. "Hur kan du vara säker på det?"

"Mamma skrev att det försiggick nåt konstigt på andra sidan sjön. Vi måste kolla upp det."

"Vad då för konstigt?"

"Hon sa att det kom stora helikoptrar och lastade av material dag och natt. När byns män åkte över för att undersöka saken, blev de bortjagade av vakter. Så en dag kom några killar med vapen över till byn och såg sig omkring. De skadade ingen, men mamma förstod att de skulle komma tillbaka."

"Vore det inte bättre att kontakta myndigheterna? De kunde skicka hit nån med flygplan."

"Jag tror inte det finns tid för det", sa Nighthawk. "Hennes brev är skrivet för mer än två veckor sen. Dessutom känner jag att det finns fara och död i luften."

Green ryste till. Han var fast mitt ute i vildmarken, och den enda person som kunde ta honom därifrån lät som en medicinman i en B-film.

Nighthawk, som märkte sin väns nervositet, log och sa: "Var inte orolig, jag tänker inte börja uppföra mig som en inföding. Det var förresten ett bra förslag det där med poliserna. Men jag skulle känna mig lugnare om vi kollade upp saken själva först. Kom", sa han och så vände de tillbaka till kullen de hade klättrat över några minuter tidigare. De kom till en naturligt utskjutande klippa. Nighthawk drog bort några grenar som täckte öppningen. Uppochnervänd på en enkel ställning låg en kanot av björknäver. Nighthawk drog kärleksfullt med handen över den blanka ytan.

"Jag har gjort den själv. Bara använt traditionella material och traditionell teknik."

"Så vacker den är", sa Green. "Direkt från *Den siste mohikanen*."

"Bättre upp. Jag har åkt över hela sjön med den."

De släpade ner kanoten till stranden, åt konserverat kött och vilade medan de väntade på att solen skulle gå ner.

När skymningen föll, lade de ner sina packningar i kanoten, sköt ut den i vattnet och började paddla. Det var helt mörkt när de närmade sig andra stranden. Plötsligt stötte kanoten emot något hårt i vattnet.

Nighthawk sträckte sig ner i tron att de hade paddlat på en sten. "Det är nån sorts metallbur. Som en fisksump." Han spanade ner i vattnet med sin skarpa blick. "Vattnet är fullt av dem. Jag känner att det luktar fisk, i stora mängder. Det måste vara nån sorts fiskodlingsanläggning."

De hittade en öppning i den flytande barriären och styrde kanoten in mot land. Något rörde sig och plaskade i metallburarna, vilket bekräftade Nighthawks teori om fiskodling. Så småningom kom de fram till en flytbrygga, upplyst av svaga, lågt placerade lampor som de hade sett från vattnet. Där låg flera vattenskotrar och snabbgående motorbåtar förtöjda. Bredvid de mindre farkosterna fanns en stor katamaran. Den var försedd med ett transportband ungefär mitt på och Nighthawk gissade att den användes till fiskodlingen.

"Jag har ett förslag", sa Green. Metodiskt drog han ur tändningsnycklarna från vattenskotrarna och båtarna och slängde dem i vattnet. Sedan gömde de kanoten mellan de andra farkosterna, täckte över den med en presenning de hittade och klättrade upp på bryggan.

Där bryggan mötte land övergick den i en asfalterad gångväg som ledde bort från sjön. Nighthawk och Green beslöt sig för att hålla sig till skogen. Efter ett par minuters promenad stötte de på ett brett grusspår, som om en stor bulldozer hade plöjt fram genom skogen. De följde spåret och kom fram till några lastbilar och schaktmaskiner, uppställda i prydliga rader bakom en lagerbyggnad. I skydd av huset kikade de fram runt hörnet och såg att de befann sig i kanten av ett öppet område som hade huggits ut i skogen. Det var klart upplyst av flyttbara halogenlampor placerade i ring. Ett par schaktmaskiner höll på att jämna till marken, och stora vägmaskiner lade ut strängar av asfalt. Arbetare utrustade med skyfflar slätade till den varma asfalten innan den plattades till av en ångvält.

Nighthawk sa: "Vad gör vi nu?"

"Hur långt är det kvar till gryningen?"

"Omkring fem timmar tills det börjar ljusna. Det vore nog bäst om vi var ute på sjön igen vid det laget."

Green satt med ryggen mot ett träd. "Vi håller ett öga på vad som händer fram till dess. Jag tar första vakten." Strax efter midnatt var det Bens tur. Green sträckte ut sig på marken och slöt ögonen. Det röjda området var nästan folktomt nu, förutom några beväpnade män som strosade omkring. Nighthawk blinkade med ögonen och sträckte sig fram för att klappa Green på axeln.

"Hallå, Josh ..."

Green satte sig upp och tittade bort mot den öppna platsen.

"Vad i helvete ...?"

Bortom gläntan, där det tidigare bara varit skog, fanns nu en jättelik kupolformad konstruktion vars spräckliga yta glödde blåaktigt vit. Den tycktes ha kommit dit som genom ett trollslag.

"Vad är *det där* för nåt?" viskade Ben. "Och var kom det ifrån?"

"Ingen aning", sa Green.

"Ett hotell kanske."

"Nej", sa Green. "Det ser alldeles för funktionellt ut. Skulle du vilja bo på ett hotell som såg ut så där?"

"Jag är uppvuxen i en timmerstuga. Allting som är större än det, ser ut som ett hotell i mina ögon."

"Det är inte min mening att nervärdera din hemtrakt, men kan du tänka dig fiskare och jägare flockas här? Den där saken hör hemma i Las Vegas."

"Här är det Nordpolen som gäller. Det ser ut som en förvuxen igloo."

Green fick lov att medge att kupolen hade samma linjer som eskimåboningarna han hade sett i *National Geographic*. Men i stället för hård snö verkade ytan vara av något halvgenomskinligt plastmaterial. Byggnaden var försedd med ett par väldiga hangarportar som vette mot den stora torgliknande platsen.

Medan de låg där och tittade, syntes plötsligt tecken på ny aktivitet. Den öppna platsen blev full med folk igen. Arbetarna hade återvänt, tillsammans med ännu fler beväpnade män, som tittade upp mot natthimlen. Strax därefter kunde man höra motorljud uppifrån. Sedan rörde sig ett gigantiskt föremål över natthimlen och skymde stjärnorna.

"Titta på kupolen" sa Nighthawk.

Det hade bildats en smal, vertikal öppning högst upp i byggnaden. Den vidgades till en kil, och hela överdelen av kupolen föll bakåt, som en apelsinklyfta, tills taket var helt öppet. Från kupolens inre strömmade ett starkt ljus som lyste upp det silverfärgade skalet på ett ofantligt stort, torpedformat föremål som sakta kom åkande och stannade rakt över öppningen.

"Vi hade fel båda två", sa Nighthawk. "Las Vegas-hotellet var en luftskeppshangar."

Green hade studerat konturerna på den enorma flygfarkosten. "Har du sett den där gamla journalfilmen om "Hindenburg", det där stora tyska luftskeppet som fattade eld och brann upp på 1930-talet?"

"Men vad skulle ett sånt göra *här*?"

"Det får vi kanske snart veta", sa Green.

Luftskeppet sänkte sig ner i kupolen och taksektionerna gled tillbaka på sina platser och återfick den runda formen. Strax därpå öppnades dörrarna ut mot den torgliknande platsen, och en grupp män kom ut. De var klädda i svarta uniformer, och alla hade svartmuskiga ansikten. De flockades runt en man med tjurnacke.

Mannen gick över den öppna platsen och inspekterade hur arbetet framskred. Nighthawk hade inte fäst så mycket uppmärksamhet vid arbetarna tidigare. Men nu kunde han se att de, till skillnad från övriga, var klädda i jeans och arbetsskjortor och vaktades av beväpnade, uniformerade vakter.

"Fan också", viskade han.

"Vad är det?" sa Green.

"Det där är män från min by. Där ser jag min bror och min pappa. Men jag kan inte se mamma eller nån av de andra kvinnorna."

Ledaren fortsatte sin inspektionstur och gick längs kanten på den öppna platsen. De beväpnade vakterna följde honom med blicken. En av fångarna utnyttjade deras ouppmärksamhet och drog sig försiktigt mot skogen. I detsamma släppte han spaden och rusade mot friheten. Något i hans sätt att springa, ett lätt haltande, verkade välbekant för Nighthawk.

"Det där är min kusin", sa han. "Jag känner igen hans sätt att springa. Han skadade sig illa i foten när vi var barn."

En av vakterna kastade en blick bakåt och fick syn på den flyende mannen. Han höjde geväret för att skjuta men sänkte det igen, på order från mannen med tjurnacken. Ledaren klev över några verktyg och slet åt sig en järnstång med vass spets. Han vägde den i händerna, drog armarna bakåt som en spjutkastare och kastade i väg stången med all den kraft hans muskulösa kropp kunde prestera.

Projektilen flög genom luften som något konturlöst, metalliskt.

Den slungades i väg med stor skicklighet, i en hög, krökt bana, något framför den springande mannen, och kastet var så vältajmat att det träffade honom mellan skulderbladen. Han föll omkull, fastnaglad som en uppmonterad fjäril. Vid det laget hade ledaren redan vänt ryggen till och såg inte ens när han föll.

Hela händelseförloppet – från det misslyckade flyktförsöket till avrättningen av hans kusin – hade bara tagit några sekunder. Nighthawk hade sett på, som fastvuxen i marken, men nu reagerade han och trots Greens försök att hålla tillbaka honom, så sprang han fullt synlig fram mot sin kusin.

Green kastade sig efter den unge indianen och fällde honom med en flygande tackling. I nästa ögonblick var han på fötter igen och drog upp Nighthawk med ett grepp om nackskinnet. De var klart synliga i det skarpa ljusskenet. Nighthawk såg vapnen som var riktade åt deras håll, och nu tog instinkterna över.

Både han och Green rusade mot skogen. Det hördes flera skott, och Green föll. Nighthawk stannade och gick fram för att hjälpa sin kollega, men kulan hade träffat Green i bakhuvudet och slitit upp skallen. Nighthawk vände och sprang, så att jorden sprutade om hans fötter. Han dök in i skogen, samtidigt som en gevärssalva från den öppna platsen trasade sönder grenarna ovanför huvudet på honom. I ett regn av kvistar och löv pilade han fram mellan träden, tills han kom ner till sjön och fötterna dunsade mot bryggan.

Han såg vattenskotrarna och önskade att Green hade lämnat en tändningsnyckel. Nighthawk drog upp en jägarkniv från bältet och skar sönder förtöjningslinorna. Sedan knuffade han ut farkosterna från bryggan så långt han kunde. Han slet undan presenningen från kanoten, sköt ifrån och började paddla ursinnigt. Han befann sig på öppet vatten när han såg mynningsflammor från någonstans i närheten av bryggan och hörde knattret av automatvapen. Skyttarna sköt i blindo, och deras kulor slog ner i vattnet långt åt ena sidan.

Kanoten flög fram över sjön tills den var utom skotthåll. Nighthawk fortsatte att paddla av alla krafter. När han väl hade nått andra sidan, kunde han hålla sig undan i de stora skogarna. Eftersom vattnet fångar upp och förstärker också den obetydligaste ljusglimt, blir det aldrig helt mörkt på sjön. Men nu började vattenytan lysa som om den blivit indränkt med något självlysande kemiskt ämne. Han vred på huvudet och såg att ljuset inte kom från sjön, utan att det var en reflektion.

Bakom honom lyste ett brett ljusstråk rakt upp mot himlen. Kupolen höll på att öppna sig. Luftskeppet höjde sig sakta upp i luften. När zeppelinaren befann sig ett hundratal meter över träden började den röra sig mot sjön. Badande i det spöklika ljuset nerifrån liknade luftskeppet ett hämndlystet monster från någon gammal saga. I stället för att närma sig på en rak linje, gjorde farkosten en sväng och åkte längs stranden. Kraftiga strålkastare lyste från undersidan och sökte av vattenytan.

Efter första svepet vände luftskeppet och flög tillbaka i en parallell bana. Det genomförde en metodisk sökning av sjön och följde en sorts gräsklippningsmönster. Nighthawk paddlade för allt han var värd, men det skulle bara vara en fråga om minuter innan strålkastarna som svepte över vattnet fångade kanoten.

Luftskeppet gjorde en ny sväng och började flyga tillbaka på en kurs som skulle leda rakt över kanoten. Så snart kanoten blev upptäckt skulle han vara en enkel måltavla. Nighthawk visste att han bara hade ett alternativ. Han drog upp sin jägarkniv och skar hål i botten. Det kalla vattnet forsade in så att det skvalade runt midjan. Vattnet nådde upp till halsen när luftskeppet plötsligt skymde himlen ovanför honom. Det dova bullret från motorerna dränkte alla andra ljud.

Nighthawk doppade huvudet och drog ner den vattenfyllda kanoten under ytan. Ovanför lyste vattnet vitt av de förbipasserande strålkastarna, så blev det svart igen. Han stannade under så länge han kunde, och sedan, kippande efter andan, stack han upp huvudet ur vattnet.

Luftskeppet var på väg att vända för att göra ett nytt svep. Då kunde Nighthawk höra ett annat ljud blanda sig med bullret från zeppelinaren. Tjutet av vattenskotrar. Någon måste ha haft reservnycklar. Nighthawk simmade snett åt sidan, bort från byn.

Ett par minuter senare såg han strålkastare som i hög fart jagade fram över sjön, när vattenskotrarna åkte raka vägen mot den övergivna byn. Nighthawk simmade vidare tills han kände mjuk lera under fötterna. Han kravlade upp på stranden, utmattad efter simturen, men han vilade bara så lång stund det tog att vrida vattnet ur skjortan.

Han såg lampor som närmade sig längs stranden.

Nighthawk kastade en sista, sorgsen blick över sjön, innan han försvann in i skogen som en genomblöt skugga.

20

Ett brett leende spred sig över Austins solbrända ansikte när taxin rullade in på den långa, grusade infarten i Fairfax, Virginia. Austin betalade resan från Dullesflygplatsen och sprang uppför trappan till det viktorianska båthuset, som en gång tillhört en gammal egendom vid Potomacfloden. Han slängde väskorna innanför dörren, svepte med blicken över det kombinerade vardags- och arbetsrummet och kom att tänka på en berömd rad av Robert Louis Stevenson.

Sjömannen är hemma, hemma från sjön.

Precis som Austin själv var hans hus en studie i kontraster. Han var en handlingens man vars fysiska styrka, mod och snabbhet gjorde honom till en kraft att räkna med. Ändå hade han ett analytiskt intellekt, och han lät sig ofta inspireras av de stora tänkarna från tidigare århundraden. I jobbet kom han ofta i kontakt med de senaste högteknologiska apparaterna, men hans vördnad för historien tog sig exempelvis uttryck i de två duellpistolerna som hängde över öppna spisen. De tillhörde en samling på mer än tvåhundra par som han ständigt utökade, trots sin begränsade statstjänstemannalön.

Tudelningen i hans personlighet återspeglades i de bekväma, mörka trämöblerna i kolonialstil, vilka stod i skarp kontrast mot de rena vita väggarna – som på ett konstgalleri i New York – prydda med moderna tavlor i original. Hans stora bokhyllor protesterade under tyngden av hundratals böcker, bland annat förstautgåvor av Joseph Conrad och Herman Melville, och vältummade volymer som innehöll de stora filosoferna. Samtidigt som han kunde tillbringa timmar med att studera Platons och Kants verk, så låg tyngdpunkten i hans omfattande musiksamling åt det modernare hållet – modern jazz. Underligt nog fanns det nästan ingenting som antydde att han tillbringade det mesta av sin arbetstid på eller under havet, förutom en målning av ett klipperskepp och ett par andra segelfartyg, samt ett foto av hans catbåt med hissat segel.

Austin hade kärleksfullt förvandlat båthuset till en bostad, och mycket av jobbet hade han gjort själv. Hans uppdrag för NUMA, och dessförinnan CIA, förde honom över hela jordklotet. Men när arbetet var avklarat kunde han alltid återvända till sin trygga hamn, hala seglen och kasta ankar. Allt som behövdes för att göra den nautiska analogin fullständig, tänkte han, var en toddy.

Han gick in i köket och hällde upp ett glas mörk rom och jamaicansk ingefärsdricka. Isbitarna klirrade hemtrevligt i glaset när han slängde upp dörrarna för att vädra ut den instängda lukten. Han fortsatte till altanen, där han fyllde lungorna med den friska flodluften och blickade ut över den stilla Potomacfloden medan skymningen sänkte sig. Inget hade förändrats. Floden var lika vacker och fridfull som alltid.

Han sträckte ut sig i en däcksstol, lutade sig bakåt och såg upp i himlen som om stjärnorna skulle kunna berätta vad som låg bakom de senaste dagarnas händelser. Hans missöden på Färöarna och i Köpenhamn skulle ha känts som en dröm, om det inte varit för klådan på bröstet, där knivsticket höll på att läka, och den ömma svullnaden i hårbotten där han hade träffats av en påk. Han kunde dra en rät linje från sabotaget mot SOS-fartyget till överfallet på en tyst gata i Köpenhamn. De mörka impulser som hade inspirerat sabotaget mot fartyget var uppenbarligen ett medel för att nå ett bestämt mål. Enkelt uttryckt: någon ville få bort SOS. När Austin hade börjat snoka hade han blivit en måltavla, först i Skaalshavn och senare i Köpenhamn.

Situationen kunde summeras med ett enkelt samband: när någon kom för nära ett företag som hette Oceanus kunde resultaten bli katastrofala. Hans tankar gick tillbaka till fiskodlingen på Färöarna och varelsen i fisktanken som nästan hade skrämt vettet ur honom. En stinkande utdunstning av ren ondska tycktes sväva över företaget Oceanus. Vad var det Jørgensen hade sagt? *Ogudaktigt*. Sedan var det den där baskiske industrimannen, Balthazar Aguirrez, och hans donquijotiska sökande. Vad handlade *det* egentligen om?

Austin gick igenom de senaste dagarnas händelser i tankarna tills han kände att ögonlocken började bli tunga. Han drack upp det sista i glaset, gick uppför trappan till sovrummet uppe i tornet, och kröp till kojs. Han sov gott och var uppe och påklädd tidigt nästa morgon, uppiggad av en natts sömn och en kanna starkt Kona-kaffe. Sedan ringde han till en gammal kompis på CIA för att försäkra sig om att han var på plats, och därefter till NUMA-kontoret för att meddela att han skulle bli försenad.

Till skillnad från sin kollega Dirk Pitt, som samlade på veteranbilar och njöt av att köra med dem, var Austin helt ointresserad av transporter till lands. Han brukade använda en helt vanlig personbil från NUMA:s bilpool, ganska intetsägande, förutom den turkosa färgen, och nu körde han i riktning mot Langley, längs en väg som han kunde utan och innan sedan sina dagar på CIA, och parkerade bredvid dussintals andra tjänstebilar. Säkerheten kring det stora byggnadskomplexet hade skärpts efter den 11 september.

Herman Perez, som han hade ringt till tidigare, väntade på den plats dit man hänvisade besökare. Perez var en spensligt byggd man med olivfärgad hy och mörkbruna ögon som matchade hans glesnande hår. Perez hjälpte till att påskynda proceduren med att ta sig igenom säkerhetskontrollen och ledde Austin genom en labyrint av korridorer till ett kontorsrum helt fritt från papperslappar. De enda föremålen på skrivbordet var en datorskärm, en telefon och ett foto på en vacker kvinna och två söta barn.

"Vad roligt att se dig, Kurt!" sa Perez och pekade på en stol åt Austin. "Har du funderat på att hoppa av Sandeckers skuta och återvända till Firman? Vi skulle gärna vilja ha dig tillbaka. Såna där skumraskhistorier som du är så bra på har börjat accepteras igen här på Langley."

"Amiral Sandecker skulle kanske ha vissa invändningar. Men jag får erkänna att jag fortfarande blir tårögd när jag tänker på hur roligt vi hade på vårt senaste uppdrag."

"Den där hemliga missilen vi räddade utanför Gibraltar", sa Perez med ett pojkaktigt flin. "Oj oj oj, det var tider, det."

"Jag tänkte på det när jag körde hit förut. Hur länge sen är det?"

"*Alldeles* för jäkla länge. Vet du en sak, Kurt, jag hör fortfarande små flamencodansöser inne i huvudet så snart jag dricker spanskt vin." Perez fick något drömmande i blicken. "Vi hade mycket roligt tillsammans, eller hur?"

Austin nickade instämmande. "Världen har förändrats mycket sen dess."

Perez skrattade till svar. "Inte för *dig*, gamle gosse! Fan, jag läste om den där otroliga räddningen du gjorde på Färöarna. Du har inte förändrats ett dugg, din gamle sjöbjörn. Fortfarande samme äventyrlige Austin."

Austin stönade. "För varje minut jag är ute på äventyr får jag sitta en hel timme vid skrivbordet och skriva rapporter nu för tiden."

"Det menar du inte! Jag skulle gärna slippa allt pappersarbete, även om jag faktiskt har börjat gilla mina nio till fem-tider sen vi fick barn. Två små telningar, kan du tänka dig? Det är faktiskt inte så tokigt att vara skrivbordsryttare. Du kanske skulle pröva?"

"Nej, tack. Hellre låter jag tatuera mig i ögonen."

Perez skrattade. "Nåväl, du har väl inte kommit hit för att prata om gamla tider, antar jag. Du sa i telefon att du sökte bakgrundsinformation om Balthazar Aguirrez. Varför är du intresserad av honom, om du ursäktar att jag frågar?"

"Det gör ingenting. Jo, jag stötte på Aguirrez på Färöarna. Han var en fascinerande person. Jag vet att han är ett stort namn inom varvsbranschen, men jag misstänkte att det låg en hund begraven där."

"Har du *träffat* honom?"

"Han fiskade. Och det gjorde jag också."

"Det borde jag ha förstått", sa Perez. "Problem drar till sig mer problem."

"Varför är han ett problem?"

"Vad känner du till om den baskiska separatiströrelsen?"

"Att den har funnits länge. Lite då och då spränger baskiska separatister en offentlig byggnad eller mördar nån oskyldig regeringsföreträdare."

"Det är en rätt bra sammanfattning", sa Perez. "Det har talats i årtionden om en självständig baskisk stat mellan Spanien och Frankrike. Den mest radikala separatistgruppen, ETA, började slåss för ett självständigt Baskien 1968. När Franco dog 1975, gav den nya spanska regeringen baskerna ett större politiskt inflytande, men ETA vill ha mer än så. De har dödat mer än åttahundra personer sen de inledde sin kamp. Alla som inte är på deras sida är en fiende."

"En välbekant historia över hela världen, dessvärre."

"Den politiska grenen av separatiströrelsen heter batasunapartiet. Vissa har jämfört det med Sinn Fein, som är IRA:s ansikte utåt. Den spanska regeringen reagerade med fasa efter att fler mord inträffat, och man upptäckt en stor vapengömma som tillhörde ETA. Autonomin fungerade inte, så de förbjöd batasunapartiet och började slå ner hela separatiströrelsen."

"Var passar Aguirrez in i den här blodiga bilden?"

"Dina instinkter hade rätt när du misstänkte att det låg en hund begraven. Han har gett ekonomiskt stöd till batasunapartiet. Regeringen har beskyllt honom för att finansiera terrorism."

"Jag gillade honom. Han såg inte ut som en terrorist", sa Austin och mindes sin välgörares rättframma och jordnära sätt.

"Självklart inte, och Josef Stalin liknade någons farfar."

Austin kom ihåg lustjaktens råbarkade besättning och den kraftiga beväpningen som fanns ombord på fartyget. "Är anklagelserna sanna?"

"Han medger öppet att han stödde batasunapartiet men påpekar att det var ett legalt parti när han gav dem pengar. Regeringen misstänker att han fortfarande förser rörelsen med pengar. Men man saknar bevis, och Aguirrez har alldeles för bra kontakter för att dras inför domstol med klen bevisning."

"Vad är din uppfattning om honom?"

"Under alla mina år i Spanien träffade jag honom aldrig, och det var därför jag blev så förvånad när du sa att du hade gjort det. Jag tror han är sansad och skulle vilja se en fredlig lösning för separatisterna, men ETA:s många mord har försvagat hans sak. Han är rädd att konflikten ska blossa upp igen och att oskyldiga medborgare ska utsättas för fara. Han kan ha rätt."

"Det låter som om han går en mycket svår balansgång."

"Vissa påstår att pressen har gjort honom sinnesrubbad. Han har talat om att försöka få med sig den europeiska opinionen till förmån för en baskisk nation. Gav han dig några antydningar om vad han har i tankarna?" Perez mörka ögon smalnade. "Jag förmodar att ni inte bara pratade om fiske."

"Han var påfallande stolt över sitt baskiska ursprung – hans lustjakt heter "Navarra". Han nämnde inte ett ord om politik. Vi pratade mest om arkeologi. Han är amatörarkeolog med stort intresse för sina egna förfäder."

"Du får honom att låta som en kandidat till posten som knasig professor. Men jag måste utfärda en varning, gamle vän. Den spanska polisen skulle väldigt gärna lägga vantarna honom. De har inga direkta bevis som binder honom till terroristhandlingar, men när de väl får det ska man nog hålla sig ur vägen."

"Jag ska komma ihåg det. Tack för varningen."

"Äh, vad fan, Kurt, det var väl det minsta jag kunde göra för en vapenbroder."

Innan Perez började minnas gamla tider igen, såg Austin på klockan. "Nu måste jag röra på mig. Tack för att du hade tid med mig."

"Det var ingenting. Vi kan väl äta lunch tillsammans nån gång. Vi saknar dig här. Bossen är fortfarande förbannad för att Sandecker plockade dig till NUMA."

Austin reste sig från stolen. "Nån gång kanske det blir ett nytt samarbetsprojekt."

Perez log. "Det skulle vara kul", sa han.

Washingtontrafiken hade avtagit, och strax såg Austin solen blänka i glasfasaden på den trettio våningar höga NUMA-byggnaden som vette mot Potomacfloden. Han stönade när han kom in i sitt kontorsrum. Mitt på skrivbordet hade hans effektiva sekreterare travat upp alla de skära lapparna med folk han skulle ringa upp. Dessutom skulle han bli tvungen att gräva sig igenom ett berg av mejl innan han kunde förbereda en rapport om testerna av "Nejonöga".

Åh, vad spännande livet var för en äventyrare! Han bläddrade igenom sina mejl, raderade hälften för att de var oviktiga och tittade igenom de skära lapparna. Det fanns ett meddelande från Paul och Gamay. De hade åkt till Kanada för att undersöka ett Oceanusföretag. Zavala hade lämnat ett meddelande på telefonsvararen där han sa att han skulle komma hem samma kväll, i lagom tid för en het dejt. Vissa saker förändras visst aldrig, tänkte Austin och skakade på huvudet. Hans stilige och charmerande kollega var mycket eftersökt bland Washingtons damer. Austin suckade och började skriva en rapport om Oceanusäventyret. Han höll just på att avsluta den när telefonen ringde.

"Hej, Kurt. Jag hoppades du skulle vara på ditt kontor."

Austin log vid ljudet av Therris röst. "Jag längtar redan ut på de stora haven. Flygresan hem med Concorde gick bra, förmodar jag."

"Ja, men jag vet inte varför jag hade så bråttom tillbaka. Korgen för inkommande post är full med protokoll och dossierer. Men jag ringde inte för att klaga. Jag skulle vilja träffa dig."

"Jag är redan halvvägs ut genom dörren. En promenad kanske. Cocktail och middag. Och vem vet vad det blir mer?"

"Vi får vänta med det där andra tills vidare. Det här gäller jobbet. Marcus vill prata med dig."

"Jag börjar verkligen ogilla din vän. Han går ständigt i vägen för det som kanske kan bli århundradets kärleksaffär."

"Det här är viktigt, Kurt."

"Okej, jag träffar honom, men på ett villkor. Att vi stämmer tid för en dejt i kväll."

"Överenskommet."

Hon gav Austin en tid och en plats där de skulle träffas. Oberoende av Therris charm hade han gått med på att prata med Ryan, för han hade hamnat i en återvändsgränd och tänkte att han kanske kunde få veta något nytt. Han lade på, lutade sig bakåt i sin svängbara skrivbordsstol och knäppte händerna bakom huvudet. Det var inte särskilt svårt att få tankarna att gå till Oceanus. Varje gång han lyfte armen värkte det i bröstet, och smärtan var en effektiv påminnelse.

Han undrade om Paul och Gamay hade hittat någonting. De hade inte ringt sedan de lämnade sitt meddelande. Han försökte nå dem på deras mobiltelefoner men fick inget svar. Det oroade honom inte – Paul och Gamay var fullt kapabla att ta vara på sig själva. Därefter ringde han till Rudi Gunn, NUMA:s ställföreträdande chef, och kom överens om ett lunchmöte. Rudis berömda analytiska förmåga kanske kunde vägleda honom genom den täta snårskogen som omgav det mystiska företaget.

Gunn skulle säkert sikta in sig på Aguirrez och fråga om det fanns någon koppling mellan baskisk terrorism och Oceanus våld. Aguirrez hade nämnt sin anfader, Diego. Austin funderade över baskens oerhörda intresse för sin förfader och tänkte att Aguirrez kanske hade kommit på någonting. Av egen erfarenhet visste Austin att det förgångna alltid är nyckeln till nuet. Han behövde någon som kunde ledsaga honom fem sekler bakåt. En person dök genast upp i hans tankar. Austin tog upp luren och knappade in ett nummer.

21

Den världsberömde marinhistorikern och gourmeten S:t Julien Perlmutter satt och våndades. Han befann sig utanför en trehundra år gammal toskansk villa från vars skuggiga terrass man hade en hänförande utsikt över böljande vingårdar. Långt i fjärran syntes domkyrkan, som var det mest framträdande i renässansstaden Florens. Det stora ekbordet framför honom dignade av italiensk mat, alltifrån lokalt tillverkad stark korv, till tjock blodig florentinsk biff. Där fanns så mycket underbar mat och så många ljuvliga färger och dofter, att han hade svårt att bestämma sig för vad han skulle börja med.

"Ta dig samman nu, gamle man", mumlade han och strök sitt grå skägg medan han såg på festmåltiden. "Det duger inte att svälta ihjäl bland allt det här."

Risken för att Perlmutter, med sina etthundraåttio kilo, skulle tyna bort var ganska liten. Sedan han kom till Italien tio dagar tidigare, hade han ätit sig upp genom den italienska stöveln på en PR-resa för en italiensk-amerikansk mattidning. Han hade traskat genom vinodlingar, trattorior och rökerier, poserat för fotografering i kylrum fullhängda med prosciutto och hållit föreläsningar om matens historia ända bak till etruskerna. Han hade ätit överdådiga festmåltider vart han än kommit. Sinnena hade drabbats av övermättnad, vilket lett till hans nuvarande dödläge.

Mobiltelefonen i hans kavajficka vibrerade. Tacksam för ett avbrott i sitt dilemma fällde han upp telefonen. "Tala om ert ärende kort och koncist."

"Du är svår att få tag i, S:t Julien."

De himmelsblå ögonen strålade av glädje i det rödblommiga ansiktet när han hörde Kurt Austins välbekanta röst.

"Tvärtom, min gosse. Jag är som Hans och Greta. Följ brödsmulorna så hittar du mig knaprande på pepparkakshuset."

"Det var lättare att följa din hushållerskas förslag. Hon berättade att du var i Italien. Hur går resan?"

Perlmutter klappade sig på sin väl tilltagna mage. "Den är mycket tillfredsställande, minst sagt. Allt är bra i District of Columbia, hoppas jag?"

"Såvitt jag vet. Jag kom hem med flyg från Köpenhamn i går kväll."

"Ah, Hans Christian Andersens och *Den lille Havfrues* stad. Jag minns när jag var där för några år sen, då åt jag på en restaurang som ..."

Austin avbröt Perlmutter innan han började beskriva måltiden rätt för rätt. "Det skulle vara trevligt att höra. Men just nu behöver jag dina historiska kunskaper."

"Jag är alltid beredd att prata om mat eller historia. Sätt i gång." Perlmutter blev ofta ombedd att dela med sig av sina kunskaper till NUMA.

"Har du nånsin stött på en baskisk sjöfarare vid namn Diego Aguirrez? Fjorton- eller femtonhundratalet."

Perlmutter letade i sitt encyklopediska minne. "Jo då, det var nånting med *Rolandssången*, den episka franska dikten."

"*Chanson de Roland?* Den kämpade jag mig igenom när jag läste franska på high school."

"Då känner du till legenden. Roland var brorson till Karl den store. Han höll stånd mot saracenerna vid Roncesvalles med hjälp av sitt magiska svärd, Durendal. När Roland var döende, slog han sitt svärd mot en sten för att det inte skulle falla i fiendens händer, men det ville inte gå sönder. Då blåste han i sitt horn för att kalla på hjälp. När Karl den store hörde det kom han med sina arméer, men det var för sent. Roland var död. Med tiden blev Roland en hjälte för baskerna, en symbol för deras envishet."

"Hur kommer vi från Roland till Aguirrez?"

"Jag minns att familjen Aguirrez finns omnämnd i en avhandling från sjuttonhundratalet om Amerikafärder före Columbus. Aguirrez påstods ha gjort många fisketurer till vattnen utanför Nordamerika, flera decennier före Columbus resa. Dessvärre råkade han i konflikt med den spanska inkvisitionen. Det förekom obekräftade uppgifter om att han hade anförtrotts kvarlevorna efter Roland."

"Så du menar att historien om Roland inte bara var en legend? Att svärdet och hornet fanns i verkligheten."

"Inkvisitionen trodde uppenbarligen det. De fruktade att relikerna kunde användas för att samla baskerna."

"Vad hände med Aguirrez och relikerna?"

"Både Aguirrez och relikerna försvann. Det finns ingen notering om nåt skeppsbrott, vad jag kan påminna mig. Får jag fråga vad som föranleder ditt intresse för den här saken?"

"Jag träffade en ättling till Diego Aguirrez. Han är i färd med att upprepa sin sen länge bortgångne förfaders sjöresa, men han sa ingenting om heliga reliker."

"Det förvånar mig inte. Baskiska separatister utför fortfarande bombattentat i Spanien. Gud vet vad som skulle hända om de fick tag på såna kraftfulla symboler."

"Kommer du ihåg nåt mer om Aguirrez?"

"Inte så här på rak arm. Jag ska titta i mina böcker när jag kommer hem." Perlmutter hade en av världens finaste samlingar av historisk, marin litteratur. "Jag är tillbaka i Georgetown om några dagar, efter ett stopp i Milano."

"Du har varit till stor hjälp som vanligt. Vi pratas vid senare. *Buon appetito.*"

"*Grazie*", sa Perlmutter och stängde av telefonen. Han riktade åter uppmärksamheten mot bordet. Han skulle just hugga in på ett fat med marinerade kronärtskocksbottnar, då hans värd, som ägde villan och den omgivande vingården, kom med vinflaskan som han gått i väg efter.

Mannen såg lätt chockad ut. "Ni rör ju inte maten. Är ni sjuk?"

"Åh, nej, *senor* Nocci. Jag blev bara distraherad av ett telefonsamtal som rörde en fråga av historisk natur."

Den silverhårige italienaren nickade. "Kanske att en smakbit av mitt *chingali*, vildsvin, kan hjälpa er på traven. Såsen är gjord på tryffel som har plockats i skogen."

"Ett utmärkt förslag, min vän." När fördämningen väl brast, högg Perlmutter in på maten med sin vanliga aptit. Nocci var artig och lade band på sin nyfikenhet medan hans gäst slukade maten. Men när Perlmutter klappade sig lätt om munnen och lade servetten åt sidan, sa Nocci: "Jag är amatörhistoriker. Det är nästan omöjligt att inte vara det, när man bor i ett land som är omgivet av lämningar efter otaliga civilisationer. Jag kanske kan hjälpa er med er fråga."

Perlmutter försåg sig med ännu ett glas Chianti 1997 och återgav sitt samtal med Austin. Italienaren lade huvudet på sned. "Jag vet ingenting om den där basken, men er historia får mig att tänka på nåt jag stötte på när jag gjorde efterforskningar på *Biblioteca Laurenziana.*"

"Jag besökte det biblioteket för många år sen. Alla deras handskrifter var fascinerande."

"Över tiotusen mästerverk", sa Nocci och nickade med huvudet. "Som ni vet grundades biblioteket av familjen Medici för att härbärgera deras ovärderliga samling av dokument. Jag har skrivit en avhandling om Lorenzo den store som jag en dag hoppas kunna publicera, även om jag tvivlar på att nån vill läsa den."

"Ni kan vara lugn för att *jag* kommer att läsa den", sa Perlmutter storsint.

"Då kommer det att ha varit mödan värt", sa Nocci. "Hur som helst, en av farorna med forskning är frestelsen att fladdra i väg från huvudspåret, och medan jag var på biblioteket, följde jag ett sidospår som ledde fram till Medici-påven Leo X. Efter kung Ferdinands död 1516 blev hans sjuttonårige efterträdare Karl V utsatt för påtryckningar för att han skulle begränsa inkvisitionens makt. I enlighet med familjen Medicis humanistiska anda, valde påve Leo att begränsa inkvisitorernas inflytande. Men kung Karls rådgivare övertalade den unge kungen att inkvisitionen var nödvändig för att han skulle bli kvar vid makten, och så fortsatte förföljelserna i ytterligare trehundra år."

"Ett sorgligt kapitel i mänsklighetens historia. Det är trösterikt att veta att Aguirrez hade mod att säga sin mening, men de mörka krafterna är starka."

"Och värst av alla var en spanjor vid namn Martinez. Han skickade ett brev till kungen där han uppmanade honom att stödja inkvisitionen och utöka dess makt. Såvitt jag kan förstå vidarebefordrades brevet till Leo för en kommentar och hamnade sedan i biblioteket tillsammans med påvens övriga papper." Han skakade på huvudet. "Det är ett fanatiskt, rasande monster vi ser. Martinez hatade baskerna och ville radera ut dem från jordens yta. Jag kommer ihåg att Roland omnämndes, vilket jag minns att jag tyckte var anmärkningsvärt i sammanhanget."

"I vilket sammanhang nämndes han?"

Nocci gav till en djup suck och knackade sig i huvudet med pekfingret. "Det kan jag inte komma ihåg. Det är en av följderna av att bli gammal."

"Ni kanske minns om ni tar lite mer vin."

"Jag litar mer på vinet än på minnet", sa Nocci med ett leende. "Den biträdande intendenten på biblioteket är en god vän till mig. Ni kan koppla av, så ringer jag ett telefonsamtal." Han var tillbaka efter några minuter. "Hon säger att hon gärna tar fram det där brevet, och vi får komma och titta på det när vi vill."

Perlmutter sköt ut sin väldiga kroppshydda från bordet och reste sig. "Jag tror kanske att lite motion skulle vara nyttigt för mig."

Färden till Florens tog mindre än en kvart. Nocci brukade vanligen åka i en Fiat, men inför Perlmutters besök hade han hyrt en Mercedes, som bättre lämpade sig för hans gästs stora midjemått. De parkerade nära stånden med lädervaror och souvenirer som fanns i överflöd på Piazza San Lorenzo och gick genom en ingång till vänster om familjen Medicis gamla kapell.

När de kom in i den tysta pelargången, lämnade de den larmande kommersen bakom sig och klev uppför Michelangelos trappa till läsesalen. Den kraftiga benstommen som bar upp Perlmutters väldiga kroppshydda medgav en större rörlighet än vad som borde vara möjligt enligt gravitationens lagar. Han pustade av ansträngning då han gick uppför trappan, och han höll med när Nocci sa att han skulle komma och hämta honom om en stund. Perlmutter strosade förbi rader av utsirade bänkar med raka ryggstöd och gassade sig i solljuset som silade in genom de höga fönstren medan han andades in den unkna lukten av antikviteter.

Nocci återvände efter en stund med en ståtlig medelålders kvinna. Han presenterade henne som Mara Maggi, den biträdande intendenten. Hon hade rödblont hår och sådan där ljus florentinsk hy som så ofta dök upp i Botticellis målningar.

Perlmutter skakade hand med henne. "Tack för att ni kunde ta emot oss med så kort varsel, *senora* Maggi."

Hon hälsade Perlmutter med ett strålande leende. "Åh, det var ingenting. Det är ett sant nöje att visa våra samlingar för en så ansedd person. Var snälla och följ med mig. Brevet ni vill se finns på mitt kontor."

Hon gick före till ett rum vars fönster vette ut mot trädgården med pelargången och installerade Perlmutter i ett litet förrum där det fanns ett ledigt skrivbord och några stolar. Flera skrynkliga pergamentblad låg i en öppen velängklädd trälåda. Hon lämnade de två männen ensamma och bad dem säga till om de behövde hjälp.

Nocci lyfte varsamt upp det första pergamentbladet och höll det i kanterna. "Jag är rätt hyfsad på spanska. Om jag får ..."

Perlmutter nickade, och Nocci började läsa. Medan Perlmutter lyssnade, tänkte han att han sällan hade hört en text som dröp så av ondska och blodtörstigt hat. Skriften var en litania av anklagelser riktade mot baskerna – bland annat för häxeri och satanism. Till och med det unika i deras språk användes som argument. Martinez var uppenbarligen en galning. Men bakom hans galenskaper fanns ett listigt politiskt budskap till den unge Medicikungen: att begränsa inkvisitionen skulle samtidigt minska kungens makt.

"Ah", sa Nocci och rättade till sina läsglasögon, "här är avsnittet jag pratade om. Martinez skriver":

> Men det är deras tendens till uppror som jag fruktar mest. De är fästa vid reliker. De har Svärdet och Hornet, vilka de tillskriver stor makt. Det ger dem kraft att protestera. Vilket hotar kyrkans och ert kungadömes auktoritet, Ers Nåd. Det finns en bland dem, en man som heter Aguirrez, som är centralgestalten i det här upproret. Jag har svurit på att förfölja honom till världens ände, för att ta tillbaka dessa reliker. Ers Majestät, om vårt heliga uppdrag inte tillåts fortsätta tills kätteriet är utrotat i landet, fruktar jag att signalen från Rolands horn kommer att samla våra fiender till strid och att hans svärd kommer att ödelägga allt vi håller kärt.

"Intressant", sa Perlmutter och rynkade pannan. "För det första tycks han säga att relikerna finns på riktigt. Och för det andra, att den där Aguirrez hade dem i sin ägo. Det här ger definitivt stöd åt de legendariska berättelserna om Rolands fall."

Senora Maggi stack in huvudet genom dörren och frågade om de behövde någonting. Nocci tackade henne och sa: "Det här är ett fascinerande dokument. Har ni några fler skrifter författade av denne Martinez?"

"Jag beklagar verkligen, men inget som jag kan komma på."

Perlmutter pressade samman fingertopparna och sa: "Martinez framstår i sina skrifter som en man med stort ego. Jag skulle bli förvånad om han inte hade fört dagbok över sina dagliga aktiviteter. Det skulle vara underbart om det existerade en sån bok och vi kunde få tag på den. Kanske i de statliga arkiven i Sevilla."

Senora Maggi lyssnade bara med ett halvt öra. Hon höll på att läsa ett papper som hade legat instoppat i lådan tillsammans med de andra förteckningarna. "Det här är en lista över alla manuskripten i lådan. Uppenbarligen har ett av dokumenten tagits bort av en tidigare intendent och skickats till statsarkivet i Venedig."

"Vilken typ av dokument?" frågade Perlmutter.

"Det beskrivs här som ett 'Ett frikännande av en havets man', skrivet av en engelsman, kapten Richard Blackthorne. Det skulle ha returnerats, men det finns mer än nittio kilometer arkiv som täcker tusen år av historien, så ibland faller saker ner i springorna."

"Jag skulle hemskt gärna vilja läsa Blackthornes redogörelse", sa Perlmutter. "Jag ska vara i Milano i morgon, men jag skulle kunna göra en avstickare till Venedig."

"Det kanske inte är nödvändigt." Hon tog med sig mappen in på sitt kontor, och de kunde höra det mjuka knackandet från hennes tangentbord. Efter en kort stund återvände hon. "Jag har kontaktat statsarkivet i Venedig och begärt en datorsökning av registren. Så snart dokumentet är funnet kan det kopieras och överföras via Internet."

"Snyggt gjort!" sa Perlmutter. "Och ett hjärtligt tack."

Senora Maggi kysste Perlmutter på hans runda kinder, och sedan dröjde det inte länge förrän han och Nocci återigen var på väg genom Florens förorter. Utmattad av dagens aktiviteter tog Perlmutter en tupplur och vaknade i lagom tid för middagen. Han och Nocci åt på terrassen. Hans aptit var som vanligt igen, och han hade inga problem att få i sig kalv- och pastarätterna. Efter att ha avrundat med en spenatsallad och en enkel *dolci* av färsk frukt, såg de solen gå ner, medan de under tystnad smuttade på ett glas med *limoncello*.

Telefonen ringde och Nocci gick för att svara, medan Perlmutter satt i mörkret och insöp doften av jord och vinrankor, som fördes till hans känsliga näsa av den lätta kvällsbrisen. Nocci dök upp några minuter senare och bad Perlmutter följa med in i ett toppmodernt litet datorrum.

När Nocci märkte sin gästs höjda ögonbryn, sa han: "Också ett så litet företag som mitt måste utnyttja det senaste i fråga om kommunikationer för att överleva på världsmarknaden. Det var *senora* Maggi", sa han och slog sig ner framför bildskärmen. "Hon bad om ursäkt för dröjsmålet, men dokumentet ni efterfrågade var tvunget att hämtas från *Museo Storico Navale*, marinmuseet, där det hade legat och skräpat. Här", sa han och reste sig för att ge plats åt sin gäst.

Den stadiga trästolen protesterade högljutt när Perlmutter sjönk ner. Han ögnade igenom titelsidan, där författaren förklarade att dokumentet var "en redogörelse från en ovillig legosoldat i spanska inkvisitionens tjänst".

Perlmutter böjde sig framåt, tittade på skärmen och började läsa orden som hade skrivits fem århundraden tidigare.

22

Bryggarbilen rundade en skarp kurva och föraren ställde sig på bromsen för att inte krocka med det buckliga bilvraket på vägen. Bilen som låg på sidan några meter från kanten såg ut som om den hade släppts ner från hög höjd. Ytterligare två bilvrak låg och rykte nedanför den branta sluttningen, ett hundratal meter längre ner. Föraren skyndade ut från lastbilen och kikade in genom bilfönstret. Han blev förvånad när han upptäckte att människorna inuti fortfarande levde.

Lastbilschauffören kallade på hjälp via sin kommunikationsradio. Räddningsmanskapet tvingades använda mekaniska domkrafter för att få ut makarna Trout, och därefter fördes de till ett litet men välutrustat sjukhus. Paul hade brutit handleden, Gamay hade fått hjärnskakning, och båda två hade fått massor av bulor och blåmärken. De hölls under observation hela natten, genomgick ännu en undersökning nästa morgon och blev utskrivna. De var just i färd med att checka ut i sjukhusets reception, när två män klädda i skrynkliga kostymer anlände, presenterade sig som poliser och bad att få prata med dem.

De slog sig ner i ett ledigt besöksrum och makarna Trout blev ombedda att berätta vad som hade hänt. Den äldre polisen hette MacFarlane. I ett klassiskt upplägg där den ene var schyst, den andre otrevlig, var han den vänlige som daltade med dem, medan hans kollega, en man som hette Duffy, var den stridslystne polismannen som försökte slå hål på deras berättelse.

Efter att ha svarat på en särskilt kritisk fråga såg Gamay – som aldrig kunde tas för en blyg viol – på Duffy och log mot honom. "Jag kan ha fel, konstapeln, men det låter som om vi är anklagade för nåt."

MacFarlane vred sina händer. "Det är inte det, frun, men försök se saken från vårt perspektiv. Ni och er man kommer till stan från ingenstans. Inom tjugofyra timmar försvinner en fiskare som ni har setts i sällskap med tillsammans med sin båt. Sedan blir fyra män dödade i en mycket ovanlig olycka."

"En riktig jävla pest, skulle jag säga", muttrade Duffy.

"Vi har berättat allt för er", sa Paul. "Vi var på semester och åkte ut tillsammans med en fiskare, Mike Neal, som vi mötte på restaurangen nere vid kajen. Ni kan kolla med bartendern. Mr Neal sökte arbete och erbjöd att ta oss med på en kryssning."

"Ganska dyr kryssning", sa Duffy hånfullt. "Båtvarvet säger att ni betalade Neals räkning på nästan tusen dollar."

"Vi är havsforskare båda två. När vi fick höra om problemen som fiskarna har haft med dåliga fångster, bad vi mr Neal att hjälpa oss med en undersökning."

"Vad hände sen?"

"Vi bodde över natt på ett bed & breakfast. Nästan morgon fick vi höra att mr Neal och hans båt hade försvunnit. Vi fortsatte vår resa och blev inträngda mellan två väldigt dåliga förare i två väldigt stora bilar."

"Efter vad ni har berättat", sa Duffy, utan att göra något försök att dölja sin skepsis, "låter det som om de där personerna försökte tränga er av vägen."

"Det verkar så."

"Det är det vi har svårt att förstå", sa Duffy och kliade sig i skäggstubben på hakan. "Varför skulle de försöka döda ett par oskyldiga turister?"

"Det får ni fråga dem om", sa Paul.

Duffys röda ansikte blev ännu rödare. Han öppnade munnen för att svara.

MacFarlane satte upp handen för att tysta sin kollega. "De är inte i skick för att svara på frågor", sa han med ett blekt leende. "Men ni förstår, då ställs vi inför ett annat problem. Den unga damen här stannade vid en lanthandel och frågade om en fiskfabrik i stan. De fyra herrarna som dödades är samtliga anställda på den fabriken."

"Jag är marinbiolog", sa Gamay. "Att jag är intresserad av fisk är inte det minsta konstigt. Det är inte min mening att tala om för er hur ni ska sköta ert jobb", sa hon, med en ton som visade att det var just det det var, "men ni borde kanske prata med nån på fabriken."

"Det är också en sak som är konstig", sa Duffy. "Fabriken är stängd."

Gamay dolde sin förvåning med en axelryckning och beredde sig på fler frågor, men i detsamma ringde MacFarlanes mobiltelefon och räddade dem från ännu en omgång av korsförhör. Han ursäktade sig, reste sig och gick ut i korridoren, utom hörhåll. Några minuter senare kom han tillbaka in och sa: "Tack för att ni hade tid med oss. Ni kan gå nu."

"Jag vill inte bråka, men skulle ni kunna tala om för oss vad som pågår?" sa Paul. "För en minut sen var vi samhällets fiender nummer ett och två."

Den bekymrade minen som MacFarlane haft tidigare hade ersatts av ett vänligt leende. "Det var stationen. Vi gjorde några förfrågningar när vi såg ID-korten i era plånböcker. De hade just fått ett samtal från Washington. Det verkar som om ni är ett par ganska betydelsefulla personer på NUMA. Vi gör i ordning ett par rapporter och skickar dem till er för kompletteringar och underskrifter. Kan vi skjutsa er nånstans?" Han verkade lättad över att den besvärliga situationen hade löst sig.

"En hyrbilsfirma kunde vara en bra början", sa Gamay.

"Och en pub skulle vara en bra avslutning", sa Paul.

På vägen till biluthyrningsfirman lade Duffy bort rollen som otrevlig polis och beskrev vägen till en pub där ölen och maten var både billig och bra. Poliserna, som just skulle gå av sitt pass, bjöd in sig själva också, och när de började på sitt andra glas hade de blivit ganska pratsamma. De hade följt makarna Trouts spår bakåt, pratat med bed & breakfast-innehavarna och några av stamgästerna nere i hamnen. Mike Neal saknades fortfarande, och en man som hette Grogan hade också försvunnit. Det fanns inget telefonnummer till Oceanusanläggningen. De försökte fortfarande komma i kontakt med företagets internationella kontor, men med liten framgång.

Gamay beställde en öl till efter att poliserna hade gått. Hon blåste av fradgan överst och sa, i anklagande ton: "Det var sista gången jag tog en biltur på landet med dig."

"*Du* bröt ju åtminstone inga ben. Jag är tvungen att dricka öl med vänster hand. Och hur ska jag kunna knyta min slips?"

"Stackars dig. Gud förbjude att du använder färdigknutna slipsar. Förresten, har du sett den mörka ringen under ögat på mig? Det brukade vi kalla för blåtira när jag var liten."

Paul böjde sig fram och kysste sin fru lätt på kinden. "På dig ser det bara exotiskt ut."

"Jag antar att det är bättre än inget", sa Gamay med ett milt leende. "Vad gör vi nu? Vi kan ju inte åka tillbaka till Washington utan nåt annat att visa upp än några bulor och en reparationsräkning för en icke existerande båt."

Han smuttade på sin öl. "Vad hette den där forskaren Mike Neal försökte kontakta?"

"Throckmorton. Neal sa att han fanns på McGill University."

"Montreal! Varför inte slinka förbi och hälsa på honom, när vi ändå är i grannskapet?"

"Strålande idé!" sa Gamay. "Njut av ölen, fast det blir med vänstern. Jag ska informera Kurt om våra planer."

Gamay gick med mobiltelefonen till ett relativt ostört hörn av puben och ringde till NUMA. Austin var inte inne, så hon lämnade ett meddelande och sa att de följde Oceanusspåret till Quebec och skulle höra av sig. Hon bad Austins sekreterare att ta reda på telefonnumret till Throckmorton och se om hon kunde skaffa flygbiljetter till Montreal. Några minuter senare ringde sekreteraren tillbaka, lämnade telefonnumret och meddelade att hon hade reserverat två flygbiljetter senare samma dag.

Gamay ringde till Throckmorton. Hon sa att hon var marinbiolog på NUMA och undrade om han hade tid att prata lite om sitt arbete. Han blev förtjust och smickrad, sa han, och skulle vara ledig efter sin sista lektion. Flygplanet från Air Canada landade på Dorvalflygplatsen mitt på eftermiddagen. De lämnade av sitt bagage på Queen Elizabeth Hotel och tog en taxi till McGill University, som bestod av en samling äldre grå granitbyggnader och några modernare hus på Mont Royals sluttning.

När makarna Trout anlände, hade professor Throckmorton just avslutat sin föreläsning och kom ut från klassrummet omgiven av en flock ivrigt pratande studenter. Throckmortons blick uppfångade Gamays förbluffande röda hår och Pauls långa gestalt. Han föste i väg studenterna och kom fram för att hälsa på nykomlingarna.

"Doktorerna Trout, förmodar jag", sa han och skakade hand med dem.

"Tack för att ni hade tid att träffa oss med så kort varsel", sa Gamay.

"Men det är väl självklart", sa han varmt. "Det är en ära att få träffa forskare från NUMA. Jag är smickrad över att ni är intresserade av mitt arbete."

Paul sa: "Vi var på en resa i Kanada, och när Gamay fick höra om er forskning insisterade hon på att vi skulle ta den här omvägen."

"Jag hoppas jag inte har förorsakat äktenskaplig osämja", sa han, med de buskiga ögonbrynen hoppande som skrämda fjärilslarver.

"Inte alls", sa Gamay. "Montreal är en av våra favoritstäder."

"Jaha, och nu när vi har rett ut den saken – ska ni inte följa med upp på labbet och se vad som ligger på bänken, som de säger."

"Sa de inte så i *The Rocky Horror Picture Show*?" sa Gamay.

"Stämmer precis! Några av mina kolleger har börjat kalla mig den galne vetenskapsmannen Frank N. Furter."

Throckmorton var kortare än medellängd, knubbig snarare än fet, och den runda kroppshyddan upprepades i hans månformiga ansikte och de runda glasögonen. Ändå rörde han sig snabbt som en idrottsman, när han gick före till labbet.

Han visade in makarna Trout genom en dörr till ett stort, klart upplyst rum och tecknade åt dem att sätta sig vid en labbänk. Det fanns flera olika arbetsstationer med datorer runtom i rummet. Längs bortre väggen stod en hel rad akvarier med bubblande luftpumpar, och en salt lukt av fisk låg över rummet. Throckmorton hällde upp iste i tre glasbägare och satte sig vid labbänken.

"Hur har ni hört talas om mitt arbete?" sa han efter att ha smuttat på innehållet i bägaren. "Var det nåt i en vetenskaplig tidskrift?"

Makarna Trout gav varandra en hastig blick. "Om vi ska vara uppriktiga", sa Gamay, "så vet vi faktiskt inte vad ni arbetar med."

Paul, som såg Throckmortons förbryllade min, ingrep och sa: "Vi fick ert namn av en fiskare som hette Mike Neal. Han sa att han hade kontaktat er för sin och sina kollegers räkning. Fångsterna hade minskat kraftigt, och de trodde det kunde ha nåt att göra med en underlig sorts fisk som de fick upp."

"Visst, ja, mr Neal! Hans samtal kopplades till mitt kontor, men jag pratade aldrig med honom. Jag var utomlands när han ringde, och jag har varit alltför upptagen för att ringa till honom. Det lät ganska spännande. Nåt om en 'djävulsfisk'. Jag kanske kan slå en signal till honom senare i dag."

"Då hoppas jag att ni har billiga fjärrsamtal", sa Paul. "För Neal är död."

"Jag förstår inte riktigt."

"Han dödades i en båtexplosion", sa Gamay. "Polisen vet inte vad det berodde på."

Throckmorton såg alldeles lamslagen ut. "Stackars man." Han tystnade, sedan sa han: "Jag hoppas jag inte verkar okänslig, men nu kommer jag väl aldrig att få veta nåt om den där konstiga djävulsfisken."

"Vi berättar gärna vad vi vet", sa Gamay.

Throckmorton lyssnade uppmärksamt när Gamay och Paul turades om att beskriva sin båtfärd med Neal. Ju fler detaljer som avslöjades desto mindre muntert blev Throckmortons rödkindade ansikte. Han såg allvarligt från Gamay till Paul. "Är ni absolut säkra på allt det här ni har berättat för mig? Fiskens storlek och den underliga vita färgen. Och dess aggressivitet?"

"Se själv", sa Paul och räckte fram videofilmen de hade tagit ombord på Neals båt.

Efter att ha sett filmen reste sig Throckmorton med allvarsam min från stolen och började vanka fram och tillbaka, med händerna knäppta bakom ryggen. Gång på gång mumlade han: "Det här var inte bra, inte alls bra."

Gamay hade ett avväpnande sätt att gå rakt på sak. "Berätta vad det är som pågår, professorn."

Han upphörde med sitt vankande och satte sig ner igen. "Som marinbiolog måste ni ha hört talas om genmodifierade fiskar", sa han. "Den första utvecklades praktiskt taget på er bakgård, på Biotekniska institutet på University of Maryland."

"Jag har läst några artiklar, men jag kan inte påstå att jag är nån expert på ämnet. Såvitt jag har förstått så injicerar man gener i fiskarnas ägg för att få dem att växa fortare."

"Det stämmer. Generna kommer från andra arter, till och med från insekter och människor."

"Människor?"

"Jag använder inte mänskliga gener i mina experiment. Där håller jag med kineserna, som har kommit långt inom den genetiska fiskforskningen, att det är oetiskt att använda mänskliga gener på det här sättet."

"Hur används generna?"

"De producerar onormalt höga halter av tillväxthormoner och stimulerar fiskens aptit. Jag har utvecklat genmodifierade fiskar tillsammans med det federala fiske- och havslaboratoriet i Vancouver. Laxarna som odlas där matas tjugo gånger om dagen. Det ständiga matandet är väsentligt. Dessa superlaxar är programmerade att växa åtta gånger fortare och att bli fyrtio gånger större än normalt under det första året. Ni inser vilken fördel det vore för en fiskodlare. Han får en fetare fisk att sälja på en bråkdel så lång tid."

"De försäkrar sig alltså om en större vinst?"

"Definitivt. De som vill börja saluföra genmodifierade fiskar kallar det för 'Den blå revolutionen'. De medger att de vill öka vinsterna, men de säger sig också ha ett altruistiskt motiv. Genförändrad fisk skulle ge en billig och riklig livsmedelskälla för världens fattiga länder."

"Jag vill minnas att jag hörde samma argument för genmodifierade grödor", sa Gamay.

"Det är ingen tillfällighet. Genmodifierad fisk är en logisk utveckling av den bioteknik som används inom jordbruksproduktionen. Om man kan manipulera majs, varför då inte göra samma sak med högre levande organismer? Men det kommer sannolikt att bli betydligt mer kontroversiellt. Protesterna har redan börjat. Motståndarna hävdar att genmodifierad fisk kan skada miljön, slå ut det vilda fisket och göra yrkesfiskarna arbetslösa. De kallar den här biotekniska skapelsen för 'frankenfisk'."

"Träffande namn", sa Paul, som hade lyssnat med intresse på samtalet. "Det kommer knappast att gå att sälja alltför många fiskar."

"Var står ni i den här frågan?" sa Gamay.

"Eftersom jag har skapat vissa av de här fiskarna, har jag ett särskilt ansvar. Jag vill ha mer forskning innan vi börjar med uppfödning i fiskodlingar. Trycket för att kommersialisera det vi har fått fram oroar mig. Vi behöver en omfattande riskbedömning innan vi utlöser nåt som kan bli en katastrof."

"Ni låter riktigt orolig", sa Gamay.

"Det är det jag *inte* känner till som bekymrar mig. Utvecklingen skenar i väg utom kontroll. Dussintals kommersiella företag kämpar för att föra ut just *sin* fisk på marknaden. Det bedrivs forskning kring mer än tjugo fiskarter utöver lax. Potentialen är enorm, även om vissa fiskodlare har lämnat genmodifiering bakom sig därför att det är så kontroversiellt. Men flera stora företag har trätt in på marknaden. Det finns massor av patent på genförändringar i Kanada och USA."

"En ekonomisk och vetenskaplig ångvält som den här är svår att stoppa när den väl fått fart."

"Jag känner mig som kung Knut den store när han försökte överrösta havet." Frustrationen i hans röst var tydlig. "Flera miljarder dollar står på spel, så pressen är enorm. Det är därför den kanadensiska regeringen bekostar forskning om genmodifiering. Den allmänna uppfattningen är att om inte vi visar vägen, så gör andra det. Vi vill vara beredda när fördämningarna brister."

"Om trycket är så stort och så mycket pengar inblandade, vad är det då som håller tillbaka flodvågen av genförändrad fisk?"

"Att det kan bli en potentiell PR-mardröm. Låt mig ge er ett exempel. Ett nyzeeländskt företag som heter King Salmon utvecklade genmodifierad fisk, men det läckte ut uppgifter om tvehövdade fiskar och fiskar fulla med knölar, och massmedierna piskade upp en formlig lynchstämning hos allmänheten. King blev tvunget att sluta med sina experiment och förstöra allting, därför att folk var rädda att frankenfiskarna skulle rymma ut i naturen och börja para sig med normala fiskar."

"Skulle nåt sånt vara möjligt?" sa Gamay.

"Inte om man använder särskilda bassänger, men det råder ingen tvekan om att genmodifierade fiskar skulle rymma om de placerades i nätkassar i havet. De är aggressiva och hungriga. Precis som en fånge som längtar efter friheten, så hittar de så småningom en väg ut. De statliga fiskerilaboratorierna i Vancouver är lika säkra som Fort Knox. Vi har elektroniska larm, säkerhetsvakter och dubbla tankar för att förhindra att fiskarna tar sig därifrån. Men ett privat företag kan vara mindre försiktigt."

Gamay nickade. "Vi har haft invasioner av främmande arter i USA, med potentiellt skadliga följder. Den asiatiska sumpålen har hittats i några delstater – det är en rovgirig varelse som kan förflytta sig över torra land. Asiatisk karp finns i Mississippifloden, och man befarar att de kan ta sig till Michigansjön. De kan bli drygt en meter långa, och det finns historier om att de har hoppat upp ur vattnet och knuffat människor ur båtar, men det verkliga bekymret är att de suger upp plankton som dammsugare. Sedan har vi drakfisken, som är en riktig sötnos. Den har taggar som kan förgifta människor, och den konkurrerar om födan med naturligt förekommande arter."

"Det är en viktig synpunkt, men problemet med genmodifierad fisk är långt mer komplicerat än en tävlan om föda. Några av mina kolleger är mer oroade för effekten av 'den trojanska genen'. Ni kommer ihåg historien om den trojanska hästen, förstås."

"Trähästen som var full av grekiska soldater", sa Paul. "Trojanerna trodde det var en gåva, drog in den innanför stadsmurarna – och det var slutet för Troja."

"En passande analogi i det här fallet", sa Throckmorton.

Han knackade med fingret på en tjock häftad rapport som låg på bordet. "Den här publicerades av *English Nature*, en grupp som ger råd till den brittiska regeringen i naturvårdsfrågor. Här finns resultaten av två studier. Till följd av upptäckterna motsätter sig *English Nature* utplantering av genmodifierad fisk, såvida de inte görs ofruktsamma, och en kommitté i överhuset vill ha ett omedelbart förbud mot genförändrad fisk. Den första undersökningen gjordes vid Purdue University, där forskarna upptäckte att genmodifierade hannar är fyra gånger mer framgångsrika vid fortplantningen. Honorna parar sig hellre med större fiskar."

"Vem påstår att inte storleken har nån betydelse?" sa Paul med sin vanliga torra humor.

"Den råkar vara *mycket* betydelsefull hos fiskar. Forskarna tittade på den japanska risfisken, vars genmodifierade avkomma var tjugotvå procent större än sina halvsyskon. Dessa större hannar svarade för åttio procent av fortplantningen jämfört med tjugo procent för de mindre hannarna."

Gamay lutade sig fram med rynkad panna. "Det skulle så småningom bli ödesdigert för den vilda populationen."

"Inte bara ödesdigert. Snarare en *katastrof*. Om man har en genförändrad fisk i en population på etthundratusen, så kommer den genmodifierade att utgöra femtio procent av populationen inom sexton generationer."

"Vilket inte är så särskilt lång tid i fisktermer räknat", kommenterade Gamay.

Throckmorton nickade. "Man kan minska den tiden ännu mer. Datormodeller har visat att om man planterade in sextio genmodifierade fiskar i en population på sextio tusen, skulle det bara ta fyrtio generationer att förorena genuppsättningen så att den dör ut."

"Ni sa att det fanns en undersökning till."

Throckmorton gned händerna mot varandra.

"Ja, där framgår det ännu tydligare. Forskare vid universiteten i Alabama och Kalifornien gav tillväxtbefrämjande gener från lax till några dvärgmalar. De upptäckte att de genmodifierade fiskarna var bättre på att undvika rovfiskar än deras naturliga motsvarigheter."

"För att uttrycka det kortfattat, så tror ni alltså att en av dessa superfiskar skulle kunna smita ur fångenskapen, tränga ut de naturliga arterna och få dem att dö ut."

"Just det."

Paul skakade misstroget på huvudet. "Med tanke på vad ni just har berättat för oss", sa han, "varför skulle då *någon* regering eller *något* företag vilja hålla på och laborera med sån här genetisk dynamit?"

"Jag förstår vad ni menar, men i händerna på en fackman kan dynamit vara ytterst användbart." Throckmorton reste sig från stolen. "Kom ska ni få se, dr Frankensteins arbetsbänk är här borta."

Han tog dem med till andra änden av laboratoriet. Fiskarna som simmade i akvarierna varierade i storlek från en decimeter till närmare en meter. Han stannade framför ett av de större akvarierna. En silverfjällig fisk med en mörk, upphöjd rand längs ryggraden simmade sakta från ena änden av akvariet till den andra.

"Nå, vad tycker ni om vårt senaste genmodifierade monster?"

Gamay böjde sig så att näsan bara var några centimeter från glaset. "Den ser ut som vilken välgödd lax som helst i Atlanten. Kanske lite tjockare på mitten än normalt."

"Skenet kan bedra. Hur gammal skulle ni gissa att den här bjässen är?"

"Jag skulle tippa på omkring ett år."

"Faktum är att den för bara några veckor sen var ett ägg."

"*Omöjligt.*"

"Jag skulle instämma med er om jag inte hade agerat barnmorska vid födseln. Vad ni ser är en ätmaskin. Vi har lyckats ge extra skjuts åt fiskens metabolism. Om den där varelsen släpptes ut i det fria, skulle den snabbt äta rent bland de naturliga bestånden. Dess lilla hjärna upprepar gång på gång samma budskap. 'Mata mig, jag är hungrig!' Titta här."

Throckmorton öppnade ett kylskåp, tog fram en hink med småfisk och kastade i några fiskar i akvariet. Laxen var blixtsnabbt framme vid fiskarna, och på några ögonblick hade den slukat allihop. Sedan satte den i sig de kringflytande slamsorna.

"Jag är praktiskt taget uppvuxen på en fiskebåt", sa Paul med vitt uppspärrade ögon. "Jag har sett hajar som gett sig på torskar som fastnat på kroken och stim av blåfisk som drivit upp småfisken på stranden, men jag har aldrig stött på nåt liknande. Är ni säker på att ni inte har injicerat några pirayagener i er lilla gullegris?"

"Ingenting så komplicerat, även om vi faktiskt gjorde vissa fysiska manipulationer. Laxen har klena, sköra tänder, så vi gav den här modellen vassare och mer hållbart tandgarnityr som gör att den kan äta fortare."

"Otroligt", sa Gamay, också hon imponerad av demonstrationen.

"Den här fisken är bara lite modifierad. Vi har skapat några verkliga monster också, riktiga frankenfiskar. Vi avlivade dem genast, så att det inte skulle finnas nån risk att de kom ut i naturen. Vi upptäckte att vi kunde kontrollera storleken, men jag började bli orolig när jag såg hur aggressiva våra skapelser var, även om de såg ganska normala ut."

Gamay sa: "Fisken vi fångade var *både* aggressiv och onormalt stor."

Det bekymrade ansiktsuttrycket kom tillbaka i Throckmortons ansikte. "Jag kan bara dra en enda slutsats. Er djävulsfisk var en mutant som skapats i ett laboratorium. Nån bedriver forskning som de har tappat kontrollen över. I stället för att avliva mutanterna har de släppt ut dem i naturen. Det är synd att fisken ni fångade försvann. Man kan bara hoppas att den var steril."

"Vad skulle hända om genmanipulerade fiskar som den vi såg började föröka sig?"

"En biotekniskt skapad fisk är i grunden en främmande art. Det är egentligen inte mer annorlunda än en exotisk livsform som tagits hit från Mars och planterats ut i vår natur. Jag ser framför mig miljömässiga och ekonomiska skador av en tidigare aldrig skådad omfattning. Det kan leda till undergång för hela fiskeflottor och orsaka enorma ekonomiska påfrestningar, som för mr Neal och hans kolleger. Det skulle slå ut den naturliga balansen i vattnen utmed våra kuster, där de mest produktiva områdena finns. Jag har ingen aning om vad de långsiktiga följderna skulle bli."

"Låt mig spela djävulens advokat", sa Gamay efter en stunds eftertanke. "Antag att de här så kallade superfiskarna faktiskt tränger undan den naturliga populationen. Då skulle yrkesfiskarna i praktiken bli rovdjuren som höll populationen inom rimliga gränser. Det skulle fortfarande finnas fiskar som kunde fångas och säljas på marknaden. De skulle bara vara större och köttigare."

"Och elakare", påpekade Paul.

"Det finns alldeles för många okända faktorer för att ta den risken", sa Throckmorton. I Norge hade man hybridlaxar som rymde ut i havet och med framgång fortplantade sig med de naturliga laxarna, men de hade sämre överlevnadsförmåga i vilt tillstånd. Så man kan få en situation där superfisken som ersätter det vilda beståndet dör ut som art och eliminerar sig själv såväl som den naturliga populationen."

En hånfull röst sa: "Min käre Throckmorton, försöker du skrämma vettet ur de här stackars människorna med dina hemska varningar?"

En man klädd i labbrock hade tyst kommit in i rummet. Han stod och tittade på dem med ett stort leende. "Frederick!" sa professor Throckmorton glädjestrålande. Så vände han sig till makarna Trout och sa: "Det här är min högt ansedde kollega, dr Barker. Frederick, det här är doktorerna Trout från NUMA." I en hörbar sidoreplik sa Throckmorton: "De må kalla mig för Frankenstein, men det här är dr Strangelove."

Båda männen skrattade åt det gemensamma skämtet. Barker kom fram och skakade hand. Han var drygt femtio år, med en imponerande fysik, rakat huvud och solglasögon som dolde ögonen. Hans hy hade en urblekt färgton.

"Det är ett stort nöje att få träffa nån från NUMA. Ni får inte låta Throckmorton skrämma er. Ni kommer aldrig mer att våga äta en *salmon amondine* efter att ha lyssnat på honom. Hur kommer det sig att ni besöker McGill?"

"Vi var på semester och hörde talas om dr Throckmortons arbete", sa Gamay. "Eftersom jag är marinbiolog, tänkte jag att det kanske var nåt som NUMA kunde ha intresse av."

"En arbetssemester! Då måste jag få försvara mig mot det här förtalet. Jag är en varm förespråkare av genmodifierad fisk, vilket gör mig suspekt i min väns ögon."

"Doktorn är mer än en förespråkare. Han är knuten till några av bioteknikföretagen som driver på för att föra ut de här varelserna på marknaden."

"Du får det att låta som nån sorts konspiration. Min vän glömmer att berätta att jag arbetar med den kanadensiska regeringens goda minne, och att den stödjer mig ekonomiskt."

"Dr Barker skulle vilja skapa en specialdesignad lax, så att folk kan få olika smak under veckans alla dagar."

"Det är faktiskt ingen dum idé. Har du nåt emot att jag lånar den?"

"Bara om du tar på dig det fulla ansvaret för att ha skapat ett sånt monster."

"Professorn oroar sig alldeles för mycket." Han gestikulerade mot akvariet. "Det där fina exemplaret är ett bevis för att man inte behöver skapa en genmodifierad fisk av monsterstorlek. Och som han sa: biotekniskt skapade fiskar har sämre förmåga att överleva i naturen. Det är tämligen enkelt att sterilisera fiskarna så att de inte ska reproducera sig."

"Ja, men steriliseringsteknikerna är inte hundraprocentigt tillförlitliga. Du kanske inte är lika oberörd när du får höra nyheterna som makarna Trout kommer med."

Throckmorton bad Gamay och Paul att berätta sin historia och visa videofilmen igen. När de var klara sa han: "Vad tror du om det där, Frederick?"

Barker skakade på huvudet. "Jag är rädd att jag bär en del av skulden. Jag fick aldrig tillfälle att prata med Neal när han ringde. Då hade vi blivit varnade."

"Och vad tror du?"

Barkers leende hade försvunnit. "Jag skulle säga att det var omöjligt, om det inte hade bevittnats av två kvalificerade observatörer och videofilmats. Det här uppvisar alla tecken på ett genmodifieringsexperiment som har gått snett."

"Vem skulle vara så ansvarslös och låta en sån fisk slippa ut i naturen? Tydligen finns det fler, om vi ska tro på vad yrkesfiskarna säger. Vi måste få ut nån på fältet omedelbart."

"Jag instämmer helhjärtat. Det är uppenbart att den här vita djävulsfisken redan konkurrerar med de vilda arterna om födan.

Huruvida den kan föra sina gener vidare är en annan fråga."

"Det är det som har bekymrat mig ända från början med det här projektet, att det är så oförutsägbart", sa Throckmorton.

Barker kastade en blick på klockan. "Vad som inte är oförutsägbart är min nästa lektion, som börjar om några minuter." Han bugade sig lätt och skakade hand med Paul och Gamay. "Jag är ledsen men jag måste rusa. Roligt att träffa er."

"Er kollega är fascinerande", sa Gamay. "Han ser mer ut som en professionell brottare än en genetiker."

"O, ja, Frederick är nånting alldeles för sig. De kvinnliga studenterna älskar honom. Han åker motorcykel också, och det tycker de är coolt."

"Har han nåt fel på ögonen?"

"Ni lade märke till solglasögonen givetvis. Frederick lider till viss del av albinism. Som ni kan se på hans avsaknad av ansiktsfärg, undviker han solen, och hans ögon är mycket känsliga för ljus. Hans handikapp har dock inte hindrat hans prestationer. Allting jag sa om hans begåvning är sant, även om han, till skillnad från mig, använder sina expertkunskaper inom den privata sektorn. Han kommer antagligen att bli miljonär. Hur som helst, så måste vi båda tacka er för att ni slog larm. Jag ska genast börja sätta ihop en fältarbetsgrupp."

"Nu har vi upptagit tillräckligt mycket av er tid", sa Gamay.

"Inte alls. Det har varit ett sant nöje att prata med er. Jag hoppas vi träffas nån mer gång."

Throckmorton frågade om han fick kopiera videon. Några minuter senare satt Paul och Gamay i en taxi på väg nerför sluttningen, i riktning mot hotellet.

"Intressant eftermiddag", sa Paul.

"Mer än du kan ana. Medan Throckmorton och jag kopierade bandet, frågade jag honom vem Barkers arbetsgivare är. Jag tänkte att det inte kunde skada att ha nån mer ledtråd att följa. Han sa att företaget heter Aurora."

"Vackert namn", sa Paul med en gäspning. "Vad är det med det?"

Gamay log hemlighetsfullt. "Han sa att Aurora är dotterbolag till ett större företag."

Paul blinkade. "Säg inte att ..."

Hon nickade. "Oceanus."

Han funderade ett ögonblick, sedan sa han: "Jag försökte se på det här som om det handlade om att framställa datorgrafik, men problemet påminner mer om en bildgåta för barn. Barker är en punkt, killarna som försökte tränga oss av vägen en annan. Om vi förbinder de båda så kan vi börja rita upp en bild. Vårt tillvägagångssätt är alltså ganska självklart."

"Hur då?" sa Gamay skeptiskt.

Paul log ett snett leende mot henne. "Vi måste leta reda på fler punkter."

Platsen Ryan hade föreslagit för ett möte låg bara några minuter från NUMA-högkvarteret. Austin körde längs George Washington Parkway till en skylt på vilken det stod "Theodore Roosevelt Island". Han parkerade bilen, gick över gångbron som sträckte sig över ett smalt vattendrag, Little River, och följde en gångväg till Roosevelt Memorial – en stor öppen plats kantad av låga bänkar. Ryan stod med ryggen mot bronsstatyn av presidenten och höll utkik efter Austin.

Ryan vinkade honom till sig. "Det var snällt att ni kom."

Ryan vände sig om och kikade upp på statyn. TR stod med benen brett isär och knytnäven uppsträckt i luften. "Gamle Teddy däruppe var den som ledde in mig i den här galna branschen. Han gav federalt skydd åt miljontals tunnland mark, räddade hotade fåglar från jägare och gjorde Grand Canyon till nationalpark. Han var inte rädd för att tänja på lagen när han trodde att han handlade för det allmännas bästa. Varje gång jag tvivlar på vad jag håller på med, tänker jag på den här killen som klämde åt de rovlystna jägarna."

Austin kunde inte låta bli att få en känsla av att Ryan poserade som inför en fotografering. "Det är svårt att tro att ni tvivlar på nånting."

"Jo, det gör jag, lita på det. Särskilt när jag tänker på den uppgift jag har tagit på mig. Att skydda världshaven och varelserna som lever där."

"Om jag minns min mytologi rätt, så har posten som havsgud varit upptagen under de senaste tvåtusen åren."

Ryan log fånigt som ett skuldmedvetet barn. "Ja, jag antar att jag låter gudalik ibland. Men mytologin berättar också för oss att gudarna vanligtvis utnämner sig själva till sina poster."

"Det ska jag komma ihåg om jag nån gång blir av med jobbet på NUMA. Therri sa att ni ville prata med mig om nåt viktigt."

"Ja", sa Ryan och tittade förbi Austins axel. "Faktum är att hon kommer där borta."

Therri kom gående över den öppna platsen tillsammans med en ung man som Austin gissade var strax över tjugo år. Han hade rödbrun hudfärg, brett ansikte och höga kindben.

"Trevligt att se dig igen, Kurt", sa Therri och sträckte fram handen. I närvaro av de andra männen var hennes sätt affärsmässigt, men hennes ögon sa Austin att hon inte hade glömt godnattkyssen i Köpenhamn; eller det var i alla fall vad han hoppades på. "Det här är Ben Nighthawk. Ben är forskningsassistent på vårt kontor."

Ryan föreslog att de skulle förflytta sig en bit bort från monumentet. När han var säker på att de befann sig utom hörhåll för alla flanerande turister, förspillde han ingen tid. "Ben har upptäckt några viktiga saker om Oceanus", sa han.

Efter en nick från Ryan började den unge indianen berätta sin historia.

"Jag kommer från en liten by i norra Kanada. Den ligger ganska avlägset, vid en stor sjö, och vanligtvis är det ganska tyst däruppe. För ett par månader sen skrev mamma ett brev till mig och talade om att nån hade köpt ett stort markområde tvärs över sjön från byn sett. Nåt stort företag, trodde hon. Jag hoppas kunna kämpa mot överexploatering av den kanadensiska vildmarken när jag går ut från college, så jag blev väldigt intresserad när hon sa att de höll på och byggde dygnet runt vid sjön. Helikoptrar och sjöflygplan kom och gick hela tiden. Jag bad mamma att hålla mig underrättad, och sista gången jag hörde ifrån henne var för mer än två veckor sen. Då var hon verkligen orolig."

"Varför då?" sa Austin.

"Det sa hon inte, bara att det hade nåt att göra med det som pågick på andra sidan sjön. Så jag blev orolig och åkte hem för att ta mig en titt – och då var min familj borta."

"Menar du att de hade försvunnit?" sa Austin.

Nighthawk nickade. "Alla i byn hade försvunnit."

"Kanada är ett stort land, Ben. Var ligger din by?"

Nighthawk kastade en blick på Ryan. "Om en stund", sa Ryan. "Berätta för mr Austin vad som hände sen, Ben."

"Jag åkte och letade efter min familj", fortsatte Nighthawk. "Jag upptäckte att de hölls fångna på andra sidan sjön. Killar med vapen tvingade männen från min by att röja mark omkring en stor byggnad."

"Vet du vilka de var?"

"Jag hade aldrig sett dem förut. De var klädda i svarta uniformer." Han såg på Ryan för att få stöd, sedan fortsatte han. "Det är helskumt, men när vi kom dit ..."

"Vi?"

Ryan sa: "Josh Green, min närmast underlydande, följde med Ben. Var inte rädd för att berätta om allt du såg för mr Austin, oavsett hur vansinnigt det låter."

Nighthawk ryckte på axlarna. "Okej då. Först när vi kom dit, såg vi inget annat än skog, förutom där de just höll på och röjde. Sen dök det plötsligt upp en jättelik byggnad från ingenstans." Han hejdade sig, och väntade att Austin skulle svara med ett klentroget skratt.

Austin höll sina blågröna ögon stadigt riktade mot honom. "Fortsätt", sa han med oberörd min.

"Det var det som var grejen. I stället för träd stirrade vi på en enorm kupol. Josh och jag tyckte det såg ut som en igloo, fast hundratals gånger större. Medan vi tittade på den öppnades överdelen, så här." Han formade händerna som ett öppet musselskal. "Det visade sig att det var en hangar för ett luftskepp."

Austin sa: "Nåt i stil med Goodyear-luftskeppet?"

Nighthawk drog tankfullt på svaret. "Nej. Större och längre. Det var mer som en raket i formen. Det hade till och med ett namn på fenan. "Nietzsche"."

"Som den tyske filosofen?"

"Ja, jag antar det", sa Ben. "Vi såg hur det landade i hangaren, och taket stängdes igen, och sen kom det ut ett gäng killar genom ytterdörren. Min kusin fanns med i arbetslaget och han försökte fly, men ett av de där svinen dödade honom." Nighthawks röst stockade sig av sinnesrörelse.

Ryan lade handen på Nighthawks axel. "Det räcker nu, Ben."

Austin sa: "Jag hjälper gärna till. Men jag behöver mer detaljer."

Ryan sa: "Det ska ni så gärna få, men informationen har ett pris."

Austin höjde ena ögonbrynet. "Jag har ont om växel i dag."

"Vi är inte intresserade av pengar. Vi vill att SOS och NUMA ska samarbeta för att stoppa Oceanus. Vi delar med oss av allt vi vet. Ni låter oss delta i den här affären."

Austin log så att tänderna syntes. "Ni skulle nog ha större glädje av marinkåren. NUMA är en vetenskaplig organisation som arbetar med att samla in kunskap. Det är ingen militär organisation."

"Lägg av, nu är ni inte uppriktig", sa Ryan med ett menande leende. "Vi har forskat lite i ert jobb på NUMA. Specialteamet ni leder har ställts inför några ganska tuffa fall. Ni stoppade knappast de stygga gossarna genom att drämma till dem i huvudet med en vetenskaplig avhandling."

"Ni smickrar mig. Jag har inte befogenhet att fatta beslut om ett gemensamt uppdrag. Det måste jag diskutera med mina överordnade."

Ryan tog svaret som ett ja, med viss reservation. "Jag *visste* väl att ni skulle ställa upp", sa han triumferande. "Tack så mycket."

"Spara era tack. Jag har inga som helst planer på att gå till mina chefer."

"Varför inte?"

"NUMA skulle sätta sitt anseende på spel om man samarbetade med en sån alternativrörelse som SOS. *Ni*, å andra sidan, skulle vinna allmänhetens förtroende om NUMA gav organisationen legitimitet. Beklagar. Det är ingen schyst överenskommelse."

Ryan strök tillbaka håret. "Vi har inte berättat allt än. Jag har ett personligt intresse av det här också. Det var inte bara Bens kusin – också Josh Green blev dödad."

"Det var mitt fel", sa Ben. "Jag sprang ut ur skogen och han försökte stoppa mig. De sköt honom."

"Du gjorde bara vad vem som helst skulle ha gjort i din situation", sa Ryan. "Josh var en modig man."

"Nu pratar ni om *två* mord", sa Austin. "Har ni anmält det till polisen?"

"Nej. Vi vill ta hand om det här själva. Och det finns en annan sak som kanske kan få er att tänka om. Vi spårade den nye ägaren

till marken runt Bens sjö. Det var ett brevlådeföretag i fastighets-
branschen ... och i bakgrunden fanns Oceanus."

"Är ni säker på det?"

"Ja. Ställer ni upp nu då?"

Austin skakade på huvudet. "Innan ni spänner fast era sexpipiga
revolvrar och rider i väg, vill jag påminna om vad ni har emot er.
Oceanus har pengar, förbindelser över hela världen, och som ni
har sett tvekar de inte att begå kallblodiga mord. De skulle krossa
både er och oss som flugor. Jag beklagar verkligen Bens kusin och
er kollega som blev dödade, men det bevisar bara vad jag säger.
Ni skulle utsätta andra för liknande fara." Han kastade en tydlig
blick mot Therri.

"De är beredda att ta vilka risker som helst för miljön", sa Ryan.
"NUMA ger tydligen blanka tusan i den."

"Ta det lugnt, Marcus", sa Therri. Hon hade sett hur Austins
käkar spändes. "Det ligger nåt i vad Kurt säger. Vi kunde kanske
erbjuda en kompromiss. SOS skulle kunna samarbeta med NUMA
bakom kulisserna."

"Så talar en sann advokat", sa Austin.

Therri hade inte väntat sig att bli så snäsigt avfärdad av Austin.
"Vad ska det betyda?" sa hon, med antydan till kyla i rösten.

"Jag tror att det här handlar mindre om valar, valrossar och döda
vänner än om din väns ego." Han vände sig åter mot Ryan. "Ni är
fortfarande arg för förlusten av "Sea Sentinel". Hon var er stolthet.
Ni hade tänkt spela martyr inför tv-kamerorna, men danskarna
snuvade er på konfekten när de lade ner åtalet och i all tysthet
sparkade ut er ur landet."

"Det är inte sant", sa Therri. "Marcus är ..."

Ryan tystade henne med en handrörelse. "Ingen mening med
att tala för döva öron. Det är tydligt att mr Austin är en vän i med-
gång."

"Bättre det än ingen vän alls", sa Austin. Han pekade på Roo-
seveltstatyn. "Ni kanske borde gå tillbaka och läsa den där killens
levnadsbeskrivning igen. Han bad inte andra riskera livet. Tråkigt
att höra om din kusin, Ben, och om Josh Green. Kul att träffa dig
igen, Therri."

Austin hade fått nog av Ryans självgodhet. Han hade blivit hopp-
full när han hörde Nighthawks historia men arg på Ryan för att
han stängde dörren till en tänkbar ledtråd. Han var på väg därifrån

med långa kliv när han hörde steg närma sig bakifrån. Therri hade följt efter honom från monumentet. Hon hann i fatt honom och tog honom lätt i armen. "Snälla Kurt, du kan väl tänka om. Marcus behöver verkligen din hjälp."

"Jag förstår det. Men jag kan inte gå med på hans villkor."

"Vi kan väl fundera ut nånting", vädjade hon.

"Om du och Ben vill ha hjälp av NUMA, så måste ni frigöra er från Ryan."

"Jag kan inte det", sa hon och riktade sin allra ljuvaste blick mot honom.

"Det tror jag nog du kan", sa Austin och tittade tillbaka med sin egen, lika intensiva blick.

"Fan också, Austin", sa hon mycket irriterat, "du är en envis jäkel."

Austin skrockade. "Betyder det att du inte vill gå ut och äta middag med mig?"

Therris ansikte mörknade av ilska, och hon vände på klacken och gick med arga steg gångvägen bort. Austin såg efter henne tills hon försvann runt ett hörn. Han skakade på huvudet. Vilka uppoffringar jag gör för NUMA, tänkte han. Han började gå mot parkeringsplatsen, men i nästa ögonblick tvärstannade han. En gestalt dök fram mellan träden. Det var Ben Nighthawk.

"Jag hittade på en förevändning för att komma i väg", sa Nighthawk andtrutet. "Jag sa till Marcus att jag var tvungen att gå på toa. För jag måste få prata med dig. Jag förstår om du inte vill samarbeta med SOS. Marcus har låtit publiciteten stiga honom åt huvudet. Han tror han är Wyatt Earp. Men jag såg de där killarna döda min kusin och Josh. Jag försökte förklara för honom vad han har emot sig, men han vill inte lyssna. Om SOS ingriper, är min familj dödens lammungar."

"Tala om var de finns, så ska jag se vad jag kan göra."

"Det är svårt att förklara. Jag blir tvungen att rita en karta. Äh, fan också ..."

Ryan kom gående mot dem med beslutsamma steg, och han hade ett ilsket uttryck i sitt stiliga ansikte. "Ring mig", sa Austin.

Ben nickade och gick fram till Ryan. Det uppstod en häftig diskussion. Sedan lade Ryan armen om Ben och ledde honom tillbaka till monumentet. Han vände sig om en gång och blängde på Austin, som skakade av sig det onda ögat och gick tillbaka till sin bil.

Tjugo minuter senare promenerade Austin in på Air & Space Museum på Independence Avenue. Han tog hissen till tredje våningen och var på väg mot biblioteket då han stötte ihop med en medelålders man i skrynklig brun kostym, som hade kommit ut från ett intilliggande rum.

"Kurt Austin, så sant som jag lever och andas!" sa mannen.

"Jag undrade just om jag skulle stöta på dig, Mac."

"Chanserna för det är ganska stora här i huset. Jag praktiskt taget bor innanför de här väggarna. Hur står det till med NUMA:s stolthet nu för tiden?"

"Bra. Och hur är det med Smithsonians svar på S:t Julien Perlmutter?"

MacDougal bara skrattade. Han var lång och mager, hade fint ljusbrunt hår och ett smalt ansikte med örnnäsa – den fysiska motsatsen till Perlmutter. Men det han möjligen saknade i omfång kompenserade han med närmast encyklopediska kunskaper om flyghistoria, fullt jämförbara med Perlmutters kunskaper om havet.

"S:t Julien har mycket större, ööh, tyngd i den historiska världen än jag har", sa han med en glimt i de grå ögonen. "Hur kommer det sig att du är här på arkivavdelningen?"

"Jag gör vissa efterforskningar om ett gammalt luftskepp. Jag hade hoppats kunna hitta nåt i biblioteket."

"Onödigt att gå till arkiven. Jag är på väg till ett möte, men vi kan väl prata på vägen."

Austin sa: "Har du nånsin hört talas om ett luftskepp som hette 'Nietzsche'?"

"Javisst. Det är bara ett luftskepp som har hetat så – det som gick förlorat under en hemlig polarexpedition 1935."

"Du känner alltså till det?"

Han nickade. "Det gick rykten om att tyskarna hade skickat ett luftskepp till Nordpolen på ett hemligt uppdrag. Om det hade lyckats, så var det meningen att skrämma de allierade och att visa upp den överlägsna tyska tekniken i propagandakriget. Tyskarna förnekade det hela, men de kunde inte förklara hur två av deras största luftskeppspionjärer, Heinrich Braun och Herman Lutz, hade försvunnit. Så kom kriget och historierna förbleknade."

"Var det allt?"

"Nej då. Efter kriget hittade man dokument som tydde på att

flygturen faktiskt hade ägt rum, med ett likadant luftskepp som 'Graf Zeppelin'. Luftskeppet skickade förmodligen ett radiomeddelande när det närmade sig polen. De hade upptäckt nåt intressant på isen."

"De sa inte vad?"

"Nej. Och somliga tror att det var hopdiktat. Kanske nåt som Josef Goebbels hittade på."

"Men *du* tror på rapporten."

"Det är fullt möjligt. Man hade definitivt det tekniska kunnandet."

"Vad kan ha hänt med luftskeppet?"

"Det finns många olika möjligheter. Motorhaveri. Plötsligt oväder. Is. Mänskliga misstag. 'Graf Zeppelin' var en mycket framgångsrik flygfarkost, men här talar vi om en flygning under extrema omständigheter. Det finns andra luftskepp som mött liknande öden. Det kan ha kraschat mot packisen, förts i väg hundratals kilometer och försvunnit i havet när isen har smält." Hans ansikte lyste upp. "Säg ingenting! Har du hittat lämningar efter det på havets botten?"

"Dessvärre inte. Nån nämnde det för mig ... och, tja, min vetenskapliga nyfikenhet tog överhanden."

"Jag förstår exakt vad du menar." Han stannade framför en dörr. "Härinne är mitt möte. Kom förbi en annan gång, så får vi prata mer."

"Det ska jag. Tack för hjälpen."

Austin var glad för att Mac inte hade pressat honom mer. Han tyckte inte om att vara undvikande mot gamla vänner.

MacDougal hejdade sig med handen på dörrhandtaget. "Lustigt att du skulle nämna Nordpolen. Som av en slump är det en stor mottagning i kväll för att inviga en ny utställning om eskimåernas konst och kultur. 'Människor i de kalla polartrakterna', eller nåt liknande. Det blir hundspannstävlingar och hela baletten."

"Hundspannstävlingar i Washington?"

"Jag sa detsamma, men tydligen är det så. Du kan väl komma förbi och se själv?"

"Jag kanske gör det."

När Austin lämnade museet, stannade han vid informationsdisken och tog en broschyr om utställningen, som i själva verket hette *Invånare i de kalla polartrakterna*. Mottagningen på premiärkvällen var bara för inbjudna gäster. Han lät blicken glida över broschyren och stannade upp vid namnet på sponsorn: Oceanus.

Han stoppade ner broschyren i fickan och åkte tillbaka till sitt kontor. Några telefonsamtal senare hade han snackat sig till en inbjudan, och efter att ha gjort klar sin rapport till Gunn åkte han hem för att byta om. När ha gick förbi bokhyllorna i sitt kombinerade vardags- och arbetsrum, drog han med fingrarna över ryggarna på de prydligt uppställda böckerna. Rösterna från Aristoteles, Dante och Locke tycktes tala till honom.

Austins fascination för de stora filosoferna gick tillbaka till collegetiden och en särskilt intressant professor han hade haft. Senare hade filosofin gett honom avkoppling från jobbet och hjälpt till att kasta ljus över de mörkare delarna i den mänskliga själen. Under flera av sina uppdrag hade Austin dödat människor och skadat andra. Hans känsla för plikt och rättvisa parat med hans självbevarelsedrift hade skyddat honom från att drabbas av alltför allvarliga tvivel på sig själv. Men Austin var ingen känslokall person, och filosofin gav honom en moralisk kompass att följa när han prövade riktigheten i sina handlingar.

Han drog ut en tjock volym ur hyllan, slog på stereon och lät tonerna från John Coltranes saxofon strömma ur högtalarna, därefter gick han ut på altanen och slog sig ner på en stol. Han bläddrade hastigt i boken och hittade citatet han hade tänkt på sedan Mac-Dougal hade nämnt ett luftskepp vid namn "Nietzsche".

Den som slåss mot monster bör akta sig så att han under processen inte själv blir ett monster. Och när du ser ner i en avgrund, ser också avgrunden in i dig.

Han stirrade ut i luften några ögonblick och undrade om han hade sett avgrunden, eller kanske ännu viktigare – om den tittade tillbaka på honom. Sedan slog han igen boken, ställde tillbaka den i hyllan och började göra sig i ordning för mottagningen.

24

En stor banderoll med texten *Invånare i de kalla polartrakterna* hängde över ingången till National Museum of Natural History. För att ingen skulle kunna missta sig på vad utställningen handlade om, hade man också målat figurer klädda i pälsjackor med kapuschong, som körde hundslädar över det ogästvänliga arktiska landskapet. I bakgrunden tornade väldiga isberg upp sig.

Austin passerade genom ingången och kom in i museets enorma, åttkantiga rotunda. I mitten av den tjugofem meter breda salen stod ett uppstoppat mästerprov: en afrikansk elefant som rusade fram över en tänkt savann. Det tolv ton tunga djuret fick den lilla nätta museiguiden, som stod under djurets uppsträckta snabel, att se ännu mindre ut.

"God afton", sa den unga kvinnan med ett leende och räckte Austin ett program. Hon var klädd i en lättare variant av en traditionell eskimådräkt. "Välkommen till utställningen *Invånare i de kalla polartrakterna*. Gå in genom den där dörren så får ni se föremålen i utställningshallen. En film om eskimåernas kultur visas var tjugonde minut i filmsalen. Tävlingarna med hundspann och harpun kommer att gå av stapeln på The Mall om ungefär en kvart. Det blir säkert spännande!"

Austin tackade guiden och följde efter de andra gästerna in i utställningshallen. De väl upplysta utställningsmontrarna var fyllda av eskimåkonst och snideriarbeten i elfenben, redskap för jakt och fiske, sinnrikt formgivna skinndräkter och stövlar som skulle hålla ägaren varm och torr i de kallaste arktiska temperaturer, drivvedsslädar, kanoter och valfångstbåtar. Ett sorgset mässande ackompanjerat av en tamtamtrumma hördes ur högtalarna.

De ivrigt samtalande gästerna bestod av den vanliga blandningen av Washingtonpolitiker, regeringstjänstemän och journalister. Trots sin stora betydelse i världen var Washington fortfarande en relativt liten stad, och Austin såg flera välbekanta ansikten. Han stod och pratade med en historiker från Navy Museum som var kajakentusiast, då han hörde någon ropa hans namn. Angus Mac-Dougal från Air & Space Museum banade sig fram genom folk-vimlet. Han tog Austin i armen.

"Kom med hit bort, Kurt, det är nån jag vill att du ska träffa."

Han ledde fram Austin till en gråhårig man med värdigt utseende och presenterade honom som Charles Gleason, utställningskom-missarie.

"Jag berättade för Chuck att du var intresserad av eskimåer", sa MacDougal.

"De föredrar faktiskt att bli kallade för 'inuiter', vilket betyder 'människor'", sa Gleason. "'Eskimå' var ett namn som indianerna gav dem. Det betyder 'de som äter rått kött'. Deras namn på sig själva är *nakooruk* vilket betyder 'god'." Han log. "Jag ber om ursäkt för min långa utläggning. Jag undervisade på college i många år, och pedagogen i mig fortsätter att göra sig hörd ibland."

"Det behövs inga ursäkter", sa Austin. "Jag tycker bara det är roligt att få lära mig nånting nytt."

"Det var vänligt av er. Har ni några frågor om utställningen?"

"Jag undrade på en sak om sponsorn", sa Austin. I detsamma såg han en skylt om att föremålen i montern var utlånade av Oceanus, och han beslöt sig för att ta en rövare. "Jag har hört att chefen för Oceanus är en man som heter Toonook."

"*Toonook?*"

"Just det."

Gleason gav honom en vaksam blick. "Menar ni allvar?"

"I högsta grad. Jag skulle vilja träffa denne gentleman."

Gleason svarade med ett konstigt leende och gav till ett ljud som lät som ett mellanting av ett skrockande och ett fnissande. Oförmögen att lägga band på sig brast han ut i ett gapskratt. "Ursäkta", sa han, "men jag skulle knappast kalla Toonook för en *gentleman*. Toonook är inuiternas namn på en ond ande. Han anses vara skaparen och förstöraren."

"Menar ni att Toonook är ett *mytologiskt* namn?"

"Just precis. Inuiterna säger att han finns i havet, i jorden och i luften. Varje gång det hörs ett oväntat ljud, som när is krasar under foten, så är det Toonook som letar efter ett offer. När vinden tjuter som en flock hungriga vargar, då är det Toonook."

Austin var förbryllad. Toonook var det namn Therri hade gett honom på chefen för Oceanus. "Jag kan förstå om min fråga gjorde er full i skratt", sa Austin med ett förläget leende. "Då måste jag ha missuppfattat saken."

"Det råder inga missförstånd vad inuiterna beträffar", sa Gleason. "När de färdas ensamma så håller de utkik efter Toonook. De bär en benkniv och svänger runt med den för att hålla Toonook på avstånd."

Austins blick sökte sig över axeln på Gleason. "Nåt i stil med den där lilla svinslaktarkniven i montern?"

Gleason knackade på glaset framför det snirkligt utsirade vita bladet. "Det där är ett mycket sällsynt och ovanligt föremål."

"På vilket sätt då?"

"De flesta inuitknivar var verktyg som främst användes till att flå med. Den där kniven är gjord i ett enda syfte, nämligen att döda människor."

"Underligt", sa Austin, "jag har alltid hört att eskimåerna var ett fredligt och vänskapligt sinnat folk."

"Det är riktigt. De lever nära inpå varandra i en ogästvänlig och krävande miljö, där humöret lätt kan flamma upp och övergå i våldsamheter. Men de vet att samarbete är nödvändigt för överlevnad, och därför har de utvecklat en hel massa ritualer och traditioner för att bli av med aggressioner."

"Nåt mer aggressivt än den där kniven är svårt att tänka sig."

Gleason nickade instämmande. "Inuiterna lyder under samma mörka drifter som resten av mänskligheten. De som gjorde det där vapnet tillhörde en stam som bröt det fridfulla mönstret. Vi tror att de kom från Sibirien under förhistorisk tid och slog sig ner i norra Quebec. De ägnade sig åt våldtäkter, plundring, människooffer ... mycket otrevliga saker. Men för många år sen slöt sig de andra stammarna samman och körde i väg dem. De kallade dem för *kiolya*."

"Det säger mig ingenting."

"Det är inuiternas namn för norrsken, vilket de arktiska folken

216

betraktar som en manifestation av ondskan. Det riktiga namnet på stammen är det ingen som vet."

"Vad hände med kiolyastammen?"

"De spred ut sig över Kanada. Många av dem hamnade i städerna, där deras ättlingar började ägna sig åt kriminell verksamhet. Beställningsmord och utpressning, huvudsakligen. Vissa av dem höll fast vid stammens gamla sedvänjor, såsom vertikala tatueringar på kindknotorna, tills de upptäckte att det inte var nån svårighet för polisen att identifiera dem."

"Nu blir jag faktiskt nyfiken. Hur får man ihop en utställning som den här?"

"På många olika sätt. I just det här fallet var det en PR-firma från Oceanus som kontaktade museet och frågade om vi var intresserade av att upplåta plats åt utställningen. De sa att sponsorerna hade ett stort intresse av att informera allmänheten om inuitisk kultur, och de skulle organisera utställningen och betala alla kostnader. Ja, det kunde vi inte motstå. Det är en fascinerande utställning, inte sant?"

Austin såg på kiolyakniven – den var identisk med det vapen som hade skurit upp hans bröst vid fiskodlingen på Färöarna. Han tänkte på de vertikala tatueringarna i ansiktet på mannen som hade hanterat kniven. "Jo, den är fascinerande", sa han.

"Eftersom jag inte kan presentera er för Toonook, skulle ni kanske vilja träffa företrädaren för Oceanus?"

"Är han här?"

"Jag pratade med honom för några minuter sen i dioramarummet. Följ med mig."

Ljuset i dioramarummet hade tonats ner för att efterlikna den arktiska natten. Med hjälp av laser projicerade man en rörlig bild av norrsken i taket. Framför ett diorama som föreställde en säljakt i naturlig storlek stod en lång, välbyggd man med rakat huvud alldeles ensam. För ögonen hade han mörka solglasögon.

Gleason gick fram till mannen och sa: "Dr Barker, jag skulle vilja presentera er för Kurt Austin. Mr Austin arbetar på Nationella byrån för undervattens- och marinarbeten. Det har ni säkert hört talas om."

"Man måste väl komma från en annan planet för att inte känna till NUMA."

De skakade hand. Austin tyckte det kändes som om fingrarna grep tag om ett fruset köttstycke.

"Jag hoppas ni inte har nåt emot om jag berättar om vårt lilla skämt", sa Gleason till Austin. "Mr Austin trodde att chefen för Oceanus hette Toonook."

"Mr Gleason förklarade att Toonook inte var nån människa, utan en ond ande", sa Austin.

Barker såg på Austin genom de mörka glasögonen. "Det är mer komplicerat än så", sa han. "Toonook anses vara ond i den inuitiska kulturen. Han är förkroppsligandet av den där vackra ljusuppvisningen i taket. Och i likhet med många andra i historien så dyrkade människorna i norr det de fruktade mest."

"Så Toonook är en gud, alltså?"

"Ibland. Men jag försäkrar er att chefen för Oceanus är väldigt mänsklig."

"Jag erkänner mitt misstag. Om namnet inte är Toonook, vad är då hans riktiga namn?"

"Han föredrar att hålla sin identitet hemlig. Om ni har lust att kalla honom för Toonook, så är det fritt fram att göra det. Han har blivit kallad värre saker av sina konkurrenter. Han håller sig borta från rampljuset, och i stället får hans anställda representera honom. Jag för min del jobbar för ett företag som heter Aurora, ett dotterbolag till Oceanus."

"Vilken typ av arbete håller ni på med på Aurora?"

"Jag är genetiker."

Austin såg sig omkring i rummet. "Det här är ganska långt från genetik."

"Jag gillar att komma ut från labbet. Det var jag som föreslog att Oceanus skulle sponsra den här utställningen. Jag har ett personligt intresse för *kiolya*. Min farfars farfar var kapten på en valfångstbåt i New England. Han bodde hos stammen och försökte stoppa valrossjakten som ledde till att arten försvann."

"Mr Gleason berättade att de andra eskimåerna körde bort kiolya-stammen därför att de var tjuvar och mördare."

"De gjorde bara vad de var tvungna att göra för att överleva", sa Barker.

"Jag skulle väldigt gärna vilja fortsätta den här diskussionen", sa Gleason, "men ni får ursäkta mig. Jag ser en medhjälpare som behöver min hjälp. Ni kan väl slå en signal nån gång, mr Austin, så får vi prata vidare."

När Gleason hade gått sa Austin: "Säg mig, dr Barker, vilken typ av verksamhet håller Oceanus på med som kräver en genetiker?"

Det frusna leendet försvann. "Lägg av, Austin. Vi är ensamma nu, så vi behöver inte spela teater längre. Ni vet mycket väl vad Oceanus gör. Ni bröt er in på vår anläggning på Färöarna, ställde till stor förödelse och dödade en av mina mannar. Det ska jag sent glömma."

"Jösses", sa Austin. "Nu gör ni mig förvirrad. Ni tar mig tydligen för nån annan."

"Jag tror inte det. Det fanns bilder på er överallt i de danska tidningarna. Ni blev en hjälte i Danmark när ni undsatte sjömännen efter den där kollisionen."

"En kollision som ert företag låg bakom", sa Austin som hade slutat låtsas.

"Och som skulle ha fungerat om inte ni hade lagt näsan i blöt." Den mjuka, kultiverade rösten hade blivit till ett morrande. "Men det är slut med det nu. Ni har blandat er i mina affärer för sista gången."

"*Era* affärer? Jag trodde ni var en underdånig anställd på Oceanus, dr Barker ... eller ska jag kalla er Toonook?"

Barker tog av sig glasögonen och såg på Austin med sina blekt grå ögon. De rörliga färgerna spelade över hans askgrå anletsdrag som om de projicerats på en duk. "Vem jag är saknar betydelse. *Vad* jag är har däremot en avgörande betydelse för er framtid. Jag är ett redskap för er död. Vänd er om."

Austin kastade en blick över axeln. Två svartmuskiga män stod bakom honom och blockerade vägen. De hade stängt dörren för att hålla övriga gäster borta. Austin undrade vilket som gav honom störst chans: att knuffa Barker mot glasmontern eller stånga sig fram mellan männen vid dörren. Han hade redan bestämt att han inte gillade något av alternativen och famlade efter ett tredje, när det knackade på dörren och MacDougal stack in huvudet.

"Hej, Kurt", ropade han. "Jag letar efter Charlie Gleason. Ursäkta att jag kommer och stör."

"Det gör ingenting", sa Austin. MacDougal var inte mycket till förstärkning, men han fick duga.

Vakterna såg avvaktande på Barker. Han satte tillbaka solglasögonen, log ett iskallt leende mot Austin och sa: "Vi ses snart igen." Sedan gick han mot dörren. Vakterna klev åt sidan för att släppa fram honom, och i nästa sekund hade alla tre männen försvunnit i folkvimlet.

Austins återförening med MacDougal varade inte länge. När de kom ut bland allt folk, fick Mac syn på en senator som brukade vara välvilligt inställd mot Smithsonian, och han skyndade fram för att diskutera nya anslag. Austin minglade med de andra gästerna tills han hörde ett högtalarmeddelande om att hundspannstävlingen strax skulle börja. Han var på väg tillbaka till rotundan då han uppfattade en skymt av kastanjebrunt hår som böljade ner över ett par bara axlar. Therri måste ha känt hans uppmärksamhet. Hon vände sig om och tittade åt hans håll. Sedan log hon.

"Kurt, en sån trevlig överraskning", sa hon. När de skakade hand, såg hon på honom uppifrån och ner. "Du ser riktigt stilig ut i smoking."

Austin hade inte väntat sig ett så vänligt bemötande efter den hätska stämningen när de skiljdes åt på Roosevelt Island. "Tack", sa han. "Hoppas den inte luktar för starkt av malkulor."

Hon rättade till hans ena kavajslag som om hon vore hans bordsdam på en examensfest. "Du luktar faktiskt riktigt gott."

"Det gör du också. Betyder de här vänliga komplimangerna att vi är vänner igen?"

"Jag var aldrig arg på dig. Möjligen *frustrerad*." Hon trutade med munnen, men ögonen tindrade. Hennes helylleframtoning kunde inte dölja den underliggande sensualiteten.

"Vi kan väl utlysa vapenvila och börja om på nytt."

"Det gör jag så gärna." Therri såg sig omkring bland allt folk. "Jag är nyfiken på vad som fick dig att gå på den här mottagningen."

"Samma sak som lockade dig. Det undgick väl knappast din uppmärksamhet att utställningsföremålen ägs av Oceanus."

"Det är den främsta anledningen till att vi är här." Therri kastade en blick bort mot utkanten av rotundan där Ben Nighthawk stod. Han såg besvärad ut i sin svarta smoking, som om han inte riktigt visste var han skulle göra av händerna, och han flyttade kroppstyngden från den ena foten till den andra. Hon vinkade åt honom att komma.

"Du minns väl Ben", sa Therri.

"Kul att träffa dig igen", sa Austin och skakade hand med honom. "Snygg smoking."

"Tack", sa Nighthawk utan entusiasm. "Jag har hyrt den." Han såg sig omkring på de andra gästerna. "Det här är inte riktigt min grej."

"Var inte orolig", sa Austin. "De flesta som kommer till såna här tillställningar gör det för maten och skvallret."

"Ben gick med på att eskortera mig", sa Therri. "Marcus trodde att Ben kanske skulle se nåt som friskade upp hans minne."

"Har han gjort det?"

"Inte än", sa Therri. "Och du då? Har du lärt dig nånting?"

"Ja", sa han med ett stramt leende. "Jag har lärt mig att du inte lyssnar på varningar för eventuella faror."

"Det är ingen nyhet", sa Therri, som om hon försökte ha tålamod med ett irriterande barn. Austin såg den utmanande blicken och insåg att det var slöseri med kraft att försöka få henne att ändra sig.

"Jag är på väg ut för att se på hundspannstävlingen", sa han. "Har ni lust att följa med?"

"Så gärna", sa hon och stack in sin arm under Nighthawks. "Vi var ändå på väg åt det hållet."

En guide visade dem ut. Trafiken på Madison Drive hade stoppats för att åskådarna skulle kunna gå över till National Mall. Det var en vacker kväll. De röda sandstenstornen på Smithsonian Castle var upplysta med strålkastare och syntes tydligt på andra sidan om den tvåhundrafemtio meter breda gräsmattan. Åt Potomachållet till reste sig den släta, vita spiran på Washingtonmonumentet mot kvällshimlen.

Ett stort område på gräsmattan hade spärrats av med gul polistejp och var starkt upplyst av flyttbara lampor. Innanför avspärrningen hade man placerat ut orangefärgade koner i en rektangel. Hundratals gäster från mottagningen, klädda i aftondräkter, och förbipasserande som lockats dit av lamporna och allt folk hade samlats runtomkring. Det syntes några uniformer från National Park Service. Från andra sidan tävlingsbanan, där flera lastbilar stod uppställda, lät det som från en kennel vid matningsdags. Sedan dränktes det upphetsade gläfsandet och skallet av en manlig högtalarröst.

"Välkomna till utställningen *Invånare i de kalla polartrakterna*, mina damer och herrar", sa speakern. "Ni kommer strax att få se den mest spännande delen av utställningen – hundspannstävlingen. Det här är inte bara en kappkörningstävling. Deltagarna, från två olika inuitsamhällen i Kanada, kommer att demonstrera flera av de färdigheter som behövs för att överleva i Arktis. Jägaren måste köra så fort han kan och använda sin harpun med osviklig precision. Som ni vet, snöar det inte så mycket i Washington den här tiden på året." Han tystnade, för att släppa fram skratten. "Så de tävlande kommer att ha hjul på slädarna i stället för medar. Njut av föreställningen!"

En massa människor stimmade omkring runt lastbilarna och bildade sedan två grupper, som sköt var sin släde genom en öppning in på det avspärrade området. Slädarna, den ena klarblå, den andra knallröd, fördes fram till startlinjen och placerades sida vid sida. De vargliknande slädhundarna hämtades från lastbilarna och spändes fast i selarna, mer och mer upphetsade inför den förestående tävlingen. Skällandet nådde ett crescendo när hundarna otåligt slet i sina selar. De nio hundarna i spannet, fyra par och en ledarhund, utvecklade en häpnadsväckande muskelkraft när de spändes för en släde. Trots att bromsarna var tillslagna och hundskötarna höll i rörde sig slädarna sakta framåt.

Två män, uppenbarligen förarna, lösgjorde sig från de andra och tog plats i slädarna. I nästa sekund gick startskottet. Förarna skrek kommandon, hundarna tog spjärn med tassarna och slädarna for i väg som två raketer. Hundarna började genast springa för fullt. Eftersom förarna var osäkra på underlaget på gräsbanan, saktade de ner en aning när de kom till första kurvan. De sladdade lite, men slädarna kom ut ur kurvan sida vid sida och höll sig jämsides in i andra kurvan, som de klarade galant.

Slädarna körde i full fart igen och närmade sig platsen där Austin stod tillsammans med Therri och Ben bakom den gula tejpen. Förarna manade på hundarna med höga smackljud. Men hänsyn till den varma kvällen var förarna inte klädda i pälsjackor med kapuschonger, i stället hade de skinnbyxor som de stoppat ner i stövlarna. Svetten glänste om deras bara överkroppar.

Slädarna var en modifierad version av de stålrörskonstruktioner man brukade använda för att träna hundarna, när det inte finns någon snö för medarna att glida på. Ett cirka två meter långt och en meter brett ståltrådsnät vilade mellan de fyra gummihjulen som kom från ett flygplan. Slädarna styrdes med en liten ratt högst upp på en liten upprättstående rörställning. Förarna stod med fötterna placerade på smala plattor på ömse sidor om ståltrådsnätet, och de hade kroppen nerhukad över styranordningen för att minska luftmotståndet och sänka tyngdpunkten. När slädarna svepte förbi med vinande hjul, var förarnas ansikten bara som ett töcken.

Förarna låg fortfarande jämsides när de kom in i tredje kurvan. Den röda släden låg innerst. I ett försök att dra ifrån försökte föraren svänga snävt i kurvan. Men släden fastnade i en kant, och hjulen på andra sidan lättade en decimeter över marken. Föraren kompenserade det skickligt med kroppstyngden och en lätt inbromsning. Utmanaren i den blå släden drog nytta av den misslyckade chansningen. Han kunde ha följt ytterspåret men manövrerade genom kurvan med beundransvärd skicklighet och ledde med en kvarts längd på raksträckan.

Folk i publiken hejade på som galna och blev fullkomligt vilda när den blå släden utökade ledningen till en halv längd. Någon meter till och den blå släden skulle kunna svänga in framför den röda, blockera vägen och ta kontrollen över tävlingen. Den blå föraren kastade ständigt blicken över axeln och sökte efter ett tillfälle. Han fick chansen i fjärde och sista kurvan.

Ledarekipaget, som låg i ytterspår, gick in i kurvan med perfekt fart och vinkel för att slutgiltigt ta sig förbi motståndaren. Men den röda släden girade plötsligt åt höger, och dess ena framhjul fastnade i ledarekipagets vänstra bakhjul. Den blå släden krängde till av stöten, och föraren kämpade för att få kontroll över den. Hundarna anade pisksnärten som skulle komma när som helst och försökte kompensera genom att dra hårdare, men centrifugalkraften visade sig vara alltför stark.

Den blå släden gick upp på två hjul och gjorde en knyck. Föraren flög i väg genom luften, som en cirkusartist skjuten ur en kanon. Han landade hårt i gräset, rullade flera varv och blev liggande orörlig. Hundarna fortsatte att springa och drog släden liggande på sidan tills det tog stopp. Sedan började de slåss med varandra. Hundskötarna böjde sig under den gula tejpen och rusade fram för att ta hand om föraren och sära på hundarna. Föraren i den röda släden körde vidare i full fart, trots att han redan hade vunnit loppet, och han saktade inte ner förrän han hade passerat över mållinjen. Släden rörde sig fortfarande när han hoppade av och slet åt sig en harpun från en tunna. Utan att stanna och sikta kastade han i väg spjutet mot en bågskyttetavla som hade satts upp nära banan. Spjutet träffade mitt i prick. Sedan tog han en yxa från bältet och slungade också den mot måltavlan. Fullträff igen.

Den segrande föraren sträckte armarna i luften och gav till ett segervrål, sedan struttade han omkring utanför tävlingsbanan med ett stort leende på läpparna, så att ansiktet såg ut som en ondskefull pumpagubbe. Hans uppträdande undanröjde alla tvivel om att kollisionen hade varit en olycka. Någon i den häpna publiken började bua, sedan tillkom fler och det växte till en arg kör när åskådarna visade sitt missnöje med vinnarens taktik. Många kände obehag efter tävlingen och började dra sig tillbaka mot museet.

Föraren gestikulerade åt åskådarna som gick därifrån, som om han utmanade någon att kliva fram. Hans blick svepte över publiken – och letade efter någon som var modig eller dumdristig nog att utmana honom – tills den fastnade på Austin. De mörka ögonen smalnade till springor. Austin stelnade till. Bara ett par meter ifrån honom stod mannen som hade knivskurit honom och kastat en handgranat i hans båt vid Sjöjungfruns port. Han skulle ha känt igen honom på hatet i hans djuriska ögon också utan de vertikala strecken som var tatuerade på kindbenen och näsan som var så illa tilltygad efter att Austin hade drämt till honom.

De tjocka läpparna i det mörka, breda ansiktet formade ett ljudlöst ord. *Austin.*

Austin häpnade över att mannen visste hans namn, men han dolde sin förvåning.

Med sitt allra hånfullaste tonfall sa han: "Det var länge sen, Nanook. Du är skyldig mig för plastikoperationen jag gjorde i ditt fagra nylle."

Föraren klev närmare tills de bara var en halvmeter från varandra, enbart åtskiljda av den gula tejpen. Austin kunde känna mannens stinkande andedräkt.

"Jag heter *Umealiq*", sa han. "Jag vill att du ska ropa mitt namn när du ber om nåd."

"Jag kan förstå om du är missnöjd med näsoperationen", sa Austin oberört. "Men det fanns inte så mycket kvar att jobba med. Betala mig för båten du sprängde så är vi kvitt."

"Den enda betalning du kommer att få är *döden*", morrade mannen.

Hans tjocka fingrar rörde sig ner mot bältet och han började dra upp benkniven ur slidan. Även om de flesta åskådarna hade gått, var det fortfarande klungor av människor kvar. Men det gjorde inte Austin tryggare, för mannen skulle inte tveka att döda honom, inte ens inför tiotals vittnen. Han knöt högra näven, redo att slå till på den brutna näsan, där den skulle förorsaka mest skada och smärta.

Sedan såg han en plötslig rörelse i ögonvrån. Ben Nighthawk hade kastat sig över slädföraren. Men indianen var för lätt och tacklingen alldeles för lös för att göra någon skada. Föraren grymtade, och hans satta kropp skälvde till en aning av stöten, men han stod kvar på fötterna och slog till Nighthawk hårt så att han flög åt sidan.

Återigen trevade handen efter kniven. Han tog ett steg framåt, men så hördes oväsen och han stelnade till. Föraren från den blå släden var på väg över The Mall, åtföljd av några ilskna hundskötare. Hans ansikte var smutsigt och blodigt. Umealiq snodde runt och vände sig mot nykomlingarna. De växlade några arga ord, tydligen grälade de om tävlingstaktiken. Med ett hatiskt ögonkast på Austin trängde sig föraren från den röda släden fram mellan de nyanlända och marscherade bort mot lastbilarna.

Therri låg på knä och tog hand om Nighthawk. Austin gick fram till henne och såg att indianens enda skada var ett blåmärke under ögat, där slaget hade träffat. När de hjälpte Ben på fötter, spottade han fram: "Det var han som dödade min kusin."

"Är du *säker* på det?" sa Therri.

Nighthawk nickade stumt. Hans förvirrade blick riktades mot gestalten som gick över The Mall, och han snubblade framåt. Austin såg vart han var på väg och ställde sig i vägen för honom. "Han och hans kompisar kommer att döda dig."

"Det struntar jag i."

"Nu är inte rätta tillfället", sa Austin med en röst som visade att han inte tänkte ge efter.

Nighthawk insåg att hans beslutsamhet inte var tillräcklig för att ta sig förbi Austins breda axlar. Han svor på sitt modersmål och började i stället gå över The Mall mot museet.

Therri sa: "Tack för att du stoppade Ben. Vi borde meddela polisen."

"Ingen dum idé. Men det kan bli problematiskt."

En grupp män kom gående på The Mall i riktning från museet. I täten gick den långe dr Barker. Han hälsade på Austin som en sedan länge saknad vän.

"Kul att träffa er igen, Austin. Jag var på väg ut och ville bara stanna för att säga adjö."

"Tack, men vi ska ingenstans."

"Jo, visst ska ni det. Umealiq väntar på er och er vän. Ni ska få lära er varför han har fått namn efter det spjut med stenspets som inuiterna använder vid säljakt."

Barker pekade bort mot Scarface som stod mitt på tävlingsbanan. Sedan gick han därifrån, eskorterad av två livvakter, fram till en väntande limousin, och lämnade resten av sitt följe kvar.

Flera andra kom springande bortifrån de parkerade lastbilarna. Austin räknade som hastigast och uppskattade att de var omkring tjugo man allt som allt. Inte särskilt bra odds. Deras utsikter blev inte bättre när några män sprang fram till de flyttbara lamporna som hade lyst upp tävlingsbanan och stängde av dem.

The Mall hade blivit en stor och ödslig plats. Närmaste polis var en trafikpolis på Madison Drive som stoppade bilarna så att gästerna kunde återvända till museet. De återstående museibesökarna var på väg tillbaka till mottagningen, och de förbipasserande hade gått vidare på sina promenader. Austins skarpa blick följde skuggorna som rörde sig över gräset i en klassisk kniptångsmanöver.

Han tog Therri i armen och försökte leda henne mot museet, men Barkers män blockerade vägen. Det var en upprepning av händelsen i Köpenhamn, men den här gången hade Austin inget soptunnelock att använda som sköld och vapen. Han kunde se flera flanörer och till och med några av National Park Services anställda, som gick genom The Mall omedvetna om dramat som utspelades, men bestämde sig för att inte ropa på hjälp. Alla han pratade med skulle försättas i omedelbar fara.

En lampa hade lämnats tänd. Mitt på den upplysta fläcken, som en skådespelare i strålkastarljuset, stod Umealiq. Hans hand vilade på slidan. Hans mannar närmade sig från sidorna och bakifrån. Austin hade inget val. Han tog Therris hand, och så började de sakta gå mot en säker död.

25

Trots att det låg död i luften lyckades Austin hålla sig förvånansvärt lugn. Han hade utvecklat en förmåga att slå om hjärnan till ett slags mental överväxel. Samtidigt som hans synapser fortsatte att spraka, bromsade en inre röst hans tankeprocesser – lugnt tog de in detaljer som matades in av sinnena och formulerade en handlingsplan.

Han och Therri stod inför två möjliga öden. På en signal från sin ledare kunde männen som befann sig på båda sidorna hacka dem i småbitar med sina yxor. Fast Austin ansåg det mer troligt att Scarface själv skulle utföra jobbet, precis som han hade lovat. Austin funderade på ett tredje alternativ, även om det knappast var uppenbart för deras väktare. Han såg sig skräckslaget omkring, för att ge intryck av att vara helt blockerad av panik och förvirring, medan han mentalt lade upp en flyktplan och beräknade oddsen.

Therri kramade hans hand tills det gjorde ont i knogarna. "Kurt, vad ska vi göra?" sa hon med lätt darr på rösten.

Frågan fick Austin att känna en viss tillförsikt. Den sa honom att Therri, långt ifrån att ha gett upp hoppet, också försökte hitta en väg ut ur den svåra situationen. Hennes beslutsamhet tydde på att hon ännu hade outtömda reserver. De kommer att behövas, tänkte Austin.

"Fortsätt att gå. Tänk på det hela som en vanlig promenad i parken."

Therri kastade blickar åt sidorna på de tysta vakterna. "Vilken promenad sen. Och vilken park! Jag har inte haft så roligt sen vi träffades i Köpenhamn."

Gnistan av humor var ett gott tecken. De tog några steg till. Austin mumlade: "När jag säger *masch*, vill jag att du följer efter mig."

"Sa du *masch*?"

"Just det. Håll dig nära mig. Trampa mig på hälarna om du måste. Oavsett vart jag går, så håll dig tätt intill mig."

Therri nickade, och de fortsatte att gå med långsamma steg. Austin och Therri hade kommit tillräckligt nära Scarface för att se de hårda ögonen glittra som svarta diamanter under den raka luggen. De andra verkade inte ha någon brådska, antagligen försökte de dra ut på pinan så länge som möjligt. I sina svarta overaller såg männen ut som sörjande på en likvaka. Austin betraktade dem bara som farliga hinder – antingen skulle de röjas ur vägen eller undvikas. Men fokus för hans uppmärksamhet låg en bit till vänster. Den röda hundsläden hade lämnats obevakad. Hundarna satt eller låg hoprullade på gräset, med halvslutna ögon och gapet öppet i ett hundgrin.

Austin drog ett djupt andetag. Tajmingen skulle bli helt avgörande.

Ännu ett steg närmare slutet på deras liv.

Scarface gjorde sig beredd. Hans hand rörde sig mot handtaget på benkniven i sin slida, den grymma munnen drogs till ett leende, likt någon som slickar sig om munnen vid åsynen av en mör biff. Han sa något på ett obegripligt språk. Det var bara några ord, antagligen en skadeglad anmärkning, men den fångade hans mannars uppmärksamhet och allihop tittade åt ledarens håll.

Austin högg tag i Therris hand. "Beredd?" viskade han.

Hon kramade tillbaka.

"Masch!"

Austin tog ett steg åt vänster, ryckte mer eller mindre omkull Therri och störtade fram mot en lucka i raden av yxor. Vakterna såg dem göra en utbrytning och försökte hindra dem, som defensiva linjebackar som går ihop för att stoppa en springande back. De rusade mot den krympande öppningen. I sista sekunden ändrade Austin riktning. Han gjorde sig fri från Therris hand, och samtidigt som han lade hela kroppstyngden bakom axeln, dundrade han in i mellangärdet på vakten till vänster. Mannen gav till ett ljud som en krånglande ångmaskin och vek sig dubbel.

De andra vakterna kom rusande, med höjda yxor. Genom att utnyttja studsen från den första krocken kom Austin upp ur sin hukande ställning och rände in axeln i en annan vakt. Smällen lyfte mannen från marken. Hans yxa flög i väg över gräset.

Therri befann sig alldeles bakom honom. Några steg till och de var framme vid släden. Hundarna märkte att de kom och spetsade öronen. Austin högg tag i slädens upprättstående ram och höll fast hårt. Han ville inte att hundspannet skulle sätta i väg direkt. Utan instruktioner kastade sig Therri på ståltrådsnätet, satte sig upp med benen utsträckta framåt och så grep hon tag med händerna i stolparna framför sig. Austin sparkade loss bromsen.

"Dra!" ropade han med klar, befallande röst.

Slädens ordinarie förare använde förmodligen något inuitiskt kommando, men hundarna förstod på tonfallet vad Austin ville. Slädförare använder inte ordet *masch* för att få hundarna att sätta fart. Det är alldeles för mjukt. Austin var en havets man, men han var inte helt bortkommen när det gällde färdigheter till lands heller. Att köra hundspann hade han dessvärre aldrig lärt sig. Han hade provat på att köra hundsläde ett par gånger för skojs skull på skidresor, men efter att ha blivit avslängd i snödrivor några gånger upptäckte han att det var svårare än det såg ut. Föraren måste balansera på medar tunna som knivblad, samtidigt som han ska försöka hålla ordning på en flock djur som härstammar från vargarna. Slädhundarna såg kanske inte så stora ut, men hopsatta i ett spann utvecklade de en otroligt explosiv kraft med sina korta ben.

Han visste också att en hundspannsförare måste ge intryck av att vara flockens ledare om de viljestarka hundarna skulle reagera på hans kommandon. Hundarna var på benen redan innan han hade ropat kommandot. Draglinan som förband hundarna med släden spändes och ratten nästan slets ur hans händer. Austin sprang några steg för att hjälpa släden i gång, sedan hoppade han ombord och lät hundarna göra jobbet. De skällde högt, lyckliga över att få springa allt vad tygen höll.

Från det ögonblick han lagt handen på släden, hade hela proceduren bara tagit några sekunder. Ärransiktets män försökte genskjuta dem. Men hundarna var för snabba. De skällde glatt när de sprang ifrån sina förföljare. Så snart de hade fått ett försprång testade Austin styrningen. Han prövade med kommandona *gee* och *haw* för att få hundarna att svänga åt höger respektive vänster, och han märkte till sin glädje att hundspannet var flerspråkigt. Styrningen krävde ett lätt handlag med ratten, särskilt i kurvorna. Svängde man för tvärt uppförde sig släden som änden på en piska, även om tyngden av två personer höll alla fyra hjulen på marken. Deras sammanlagda vikt drog också ner farten. Austin hade inte betraktat det som något problem, eftersom han räknade med att de bara skulle behöva köra ifrån springande människor, närmare bestämt den kraftige Scarface och hans kortbenta kumpaner. Men hans antagande fick sig en knäck när han tittade bakåt. Umealiq förföljde dem med den andra släden. Austin styrde bort från gräset och in på en asfalterad gångväg. Släden ökade farten på den släta asfalten. Men plötsligt var han tvungen att samsas om utrymmet med andra, och det blev problem när han tvingades sicksacka sig fram mellan hindren som en slalomåkare. Han missade med knapp nöd ett ungt par, sedan strök han tätt förbi en man som rastade en gläfsande dvärgpudel. Han trängde ut en kvinna med rullskridskor på gräset, och hon svor efter honom så det osade. Ilskna rop och förbannelser hördes när han pressade hundarna till allt högre fart. Han försökte räkna ut hur länge de skulle orka i den farten och gissade att han inte hade så mycket tid på sig. Slädhundar är vana vid kyla och snö, och med sina tjocka pälsar skulle de snabbt bli överhettade i den varma kvällen. Han såg sig omkring för att ta reda på var han befann sig. De var på väg över The Mall, bort från museet, i riktning mot Castle och den fyrkantiga gården vid Smithsonian. Han tittade bakom sig. Umealiq hade knappat in på dem, och det skulle bara vara en tidsfråga innan han var i kapp.

”Sakta”, kommenderade han hundarna och tryckte på bromsen för att ge eftertryck åt sitt kommando. De saktade ner.

”Vad gör du?” sa Therri.

”Hoppa av!”

”Va?”

”Hoppa av och spring bort mot gatlyktorna och allt folk runt Smithsonian. Jag kan inte köra ifrån honom med dig ombord. Det är mig han är ute efter.”

Therri övervann motvilligt sin naturliga böjelse för att argumentera. Hon insåg faran, rullade av från släden, kom snabbt på fötter och började springa. Austin skrek åt hundarna att sätta fart. Spannet satte sig i rörelse med en knyck som kändes i nacken. Han svängde i rät vinkel in på en annan gång. Släden kändes mer lättmanövrerad och det gick fortare än förut. Han blev lättad när han såg att Scarface fortfarande jagade honom. Therri var i trygghet, men efter uppehållet för att släppa av henne hade Umealiq kommit närmare.

Austin såg lite suddigt av svetten som rann ner i ögonen. Han torkade sig med smokingärmen och kastade en blick över axeln. Scarface hade tagit in halva försprånget. Austin vek undan för ännu en fotgängare och tittade framåt. Lång borta kunde han se den vita spiran på Washingtonmonumentet. Det kanske fanns beväpnade säkerhetsvakter omkring monumentet, men han skulle aldrig ta sig så långt. Hundarna började bli trötta. Han märkte att de hade dragit ner på farten, och släden uppförde sig som en bil på väg att få bensinstopp. Han manade på hundspannet med det där smackljudet han hade hört förarna använda under tävlingen.

På gatan framför körde det bilar. Med lite tur och bra tajming skulle han kunna få trafiken mellan sig och sin förföljare. Släden lämnade The Mall och åkte ut på trottoaren. Austin såg en lucka mellan två rullande bilar och styrde mot den, i hopp om att slinka emellan till andra sidan gatan. Hundarna tvekade, men han manade på dem. Ledarhundens tassar hade lämnat trottoarkanten när en av de många limousiner som rullade på Washingtons gator plötsligt kom från ingenstans och befann sig rakt framför honom.

Austin vred hårt på ratten. Men ledarhunden hade reagerat fortare och rusade nu åt höger med resten av spannet och släden efter sig. Släden gjorde en överhalning som en båt som seglar dikt bidevind. Austin höll emot med kroppstyngden, och släden slog ner på alla fyra hjulen igen och rätade upp sig. Hundarna fortsatte trottoaren fram. Scarface hade sneddat i kurvan och jagade efter Austin på bara ett par meters avstånd.

De två slädarna for fram på trottoaren som triumfvagnarna i filmen *Ben Hur*. Hundarna vek undan för fotgängare. Austin hade i det närmaste släppt kontrollen – han insåg att hundarna styrde bäst själva och koncentrerade sig i stället på att hålla sig kvar. Även om han varit i toppform skulle han inte haft en chans mot den andre föraren. Slädarna åkte sida vid sida, nästan så nära att de kunde röra vid varandra. Då höjde Scarface insatsen och riktade en pistol mot Austin från bara någon meters avstånd.

Austin fick en känsla av att någon just hade målat en pricktavla i pannan på honom. Men att sikta skulle inte bli lätt. Scarface höll i ratten med vänsterhanden och hade pistolen i den högra. Utan två händer som höll i ratten svängde släden från sida till sida, och Scarface märkte att det var omöjligt att hålla pistolen stilla. Han försökte skjuta i alla fall.

Kulan gick över Austin, och missen fick honom att känna en viss tröst. Scarface skulle fortsätta tills han hade tömt magasinet. Men även om det flygande blyet missade Austin, kunde någon annan bli skadad eller dödad. Instinktivt tryckte han hastigt på bromsen. Eskimåns släde hamnade lite framför honom. Då lånade Austin en sida ur Umealiqs bok om fula trick och girade med släden åt höger. Hans ena framhjul brakade in i bakhjulet på den andra släden, och Scarface kämpade för att inte förlora kontrollen.

Det var en riskfylld manöver, men den fick önskad effekt. Med bara en svettdrypande hand på ratten lyckades inte Scarface förhindra att hjulen släppte från asfalten. Slädens framhjul kanade åt sidan. Själva släden började kränga och tog ett skutt, så att Scarface kastades av och pistolen flög ur hans hand och landade med ett rasslande på trottoaren. Han rullade runt flera varv innan han låg stilla. Hans hundar sprang vidare med den välta släden efter sig, innan de gav upp.

Det var inte läge för Austin att fira. Hans hundar stormade fram mot Constitution Avenue. Han skrek åt dem att stanna och stampade ner foten på bromsen, men det hjälpte inte. Hundarna hade blivit skrämda av skottet och nervösa av Austins underliga körning, och han insåg att det bara var att följa med. De rusade ut på den trafikerade boulevarden utan att titta.

Släden flög ut över trottoarkanten, fortsatte genom luften och landade på alla fyra hjulen. Austins tänder skallrade. Det hördes ett öronbedövande tjut när en enorm stadsjeep tvärbromsade, med den stora förkromade grillen alldeles inpå släden. Austin såg en skymt av det skräckslagna ansiktet bakom ratten, och förarens ögon var nära att tränga ur sina hålor när han såg en man i smoking köra ett hundspann över Washingtons mest trafikerade gata.

Det bästa Austin kunde göra var att hålla sig fast och undvika att släden välte. Hans öron fylldes av skriket från bromsar, och sedan hörde han en duns när någon brakade in i baken på en annan bil. Det hördes fler dunsar när kedjereaktionen fortsatte. Luften stank av bränt gummi. Sedan var han i säkerhet på andra sidan gatan, och hundarna hoppade upp på den motsatta trottoaren. Släden rörde sig nu så sakta att han kunde hoppa av innan den slog emot trottoarkanten. Hundarna var utmattade av att springa i den ovana värmen och hade ingen önskan att fortsätta. De bara lade sig ner där de var, medan bröstkorgarna hävde sig och tungorna droppade som vattenkranar.

Austin vände sig om och tittade på kaoset han lämnat efter sig på Constitution Avenue. Trafiken på hans sida hade stannat, och ilskna människor klev ur sina bilar för att ge varandra registrerings- och körkortsnummer. Scarface stod på den motsatta trottoaren med blodet strömmande nerför ansiktet. Han drog upp kniven ur bältet. Med kniven tätt mot bröstet klev han ner från trottoarkanten, men hejdade sig vid ljudet av sirener. Sedan tvärbromsade en av hundtransportbilarna som Austin hade sett nära tävlingsbanan, så att eskimån var skymd under några sekunder. När den körde i väg ett ögonblick senare, hade mannen försvunnit.

Austin gick bort till de flämtande hundarna och klappade var och en på huvudet.

"Det här måste vi göra om nån gång, men inte alltför snart", sa han.

Han borstade av knäna och armbågarna på sin smoking, men insåg att han måste ha sett ut som om han hade festat hela helgen. Med en resignerad axelryckning gick han tillbaka till museet. Therri stod på Constitution Avenue-sidan av den fyra våningar höga granitbyggnaden. Hennes oroliga ansiktsuttryck försvann när hon såg Austin komma traskande mot henne, och hon sprang fram och slog armarna om honom.

"Tack gode gud att du att du lever", sa hon och gav honom en hård kram. "Vad hände med den där avskyvärde mannen?"

"Han fick sig en liten flygtur i Washingtontrafiken, och sen hade han fått nog. Jag är ledsen att jag var tvungen att sparka av dig där borta."

"Det gör inget. Jag har blivit dumpad av killar tidigare – men aldrig från en hundsläde."

Therri berättade att hon efter att så bryskt ha blivit avslängd från släden hade hittat en parkerad polisbil nära Castle. Hon hade talat om för polisen att hennes vän löpte risk att bli mördad på The Mall, och trots att polismännen hade tittat på henne som om hon vore galen, hade de gått i väg för att undersöka saken. Hon hade återvänt till museet för att titta efter Ben, men han syntes inte till. När hon försökte bestämma vad hon skulle ta sig till hörde hon sirenerna, gick ut på boulevarden och såg Austin komma gående med tunga steg. De delade en taxi tillbaka till sina bilar och skiljdes åt med en långdragen kyss och ett löfte om att höra av sig nästa dag.

En turkosfärgad NUMA-bil stod på Austins infart när han kom hem, och ytterdörren var olåst. Han gick in i huset och hörde Dave Brubeck Quartet spela "Take Five" på stereon. I Austins favoritfåtölj av svart läder satt Rudi Gunn, nummer två i rang på NUMA, med en drink i handen. Gunn var en senig liten man, smärt, med smala axlar och dito höfter. Han var en mästare på logistik, med examen från Annapolis, och före detta kommendörkapten i flottan.

"Hoppas du inte har nåt emot att jag tog mig in i ditt hus", sa Gunn.

"Inte alls. Det var ju därför jag gav dig koden."

Gunn pekade på glaset. "Du börjar ha ont om skotsk maltwhisky", sa han med sitt typiska spjuveraktiga leende.

"Jag ska prata med butlern om det." Austin kände igen boken som Gunn höll i. "Inte visste jag att du gillade Nietzsche."

"Jag hittade den på soffbordet. Ganska tung sak."

"Kanske till och med tyngre än du tror", sa Austin och gick fram till baren för att blanda till en drink åt sig själv.

Gunn lade boken åt sidan och tog upp en mapp från ett sidobord. "Tack för rapporten du skrev till mig. Jag tyckte den var betydligt intressantare än Nietzsches skriverier."

"Jag misstänkte det", sa Austin och slog sig ner i en soffa med sin drink.

Gunn sköt upp sina tjocka, hornbågade glasögon i det glesnande håret och bläddrade i mappen. "Vid såna här tillfällen inser jag vilket tråkigt liv jag lever", sa han. "Du har verkligen valt fel jobb. Du borde skriva manus till tv-spel i stället."

Austin tog en stor klunk av sin drink och njöt av den kraftiga smaken av mörk rom blandad med den lätt stickande jamaikanska ingefärsdrickan. "Nej. De här grejerna är alldeles för långsökta."

"Det håller jag då rakt inte med om, gamle gosse. Vad är det för långsökt med ett mystiskt företag som sänker fartyg med en fjärrkontroll? En sedan länge bortglömd grotta med fantastiska väggmålningar på Färöarna? Eller en varelse som hämtad ur *Hajen* som får dig att dratta på ändan." Han började skratta hejdlöst. "*Det* skulle jag ha velat se."

"Folk har ingen respekt nu för tiden", klagade Austin.

Gunn återvann fattningen och bläddrade vidare i rapporten. "Listan bara fortsätter. Mordiska eskimåbusar som jagar människor i stället för sälar. Oj då, en kvinnlig advokat som är med i en radikal miljöaktivistgrupp." Han tittade upp från papperet. "Hon har väl långa, slanka ben, antar jag."

Austin tänkte på Therris figur. "Omkring medellängd, skulle jag säga, men ganska välformad."

"Man kan väl inte få allt, antar jag." Gunn lade mappen i knäet och kastade en flyktig blick på Austin, såg hans utslitna skor, flugan som satt på sniskan och hålet på knäet. "Blev du utkastad från den där mottagningen på museet? Du ser lite, öh, tilltufsad ut."

"Mottagningen var trevlig. Men det märktes att det går utför med Washington."

"Det är inget nytt. Hoppas smokingen inte var hyrd", sa Gunn.

"Värre än så", svarade Austin. "Den är min. Men NUMA kanske köper en ny åt mig."

"Jag ska ta upp det med amiral Sandecker", sa Gunn.

Austin fyllde på glaset, sedan berättade han om mötet med Marcus Ryan och om kvällens händelser.

Efter att ha lyssnat på redogörelsen utan kommentarer, knackade Gunn på rapporten i sitt knä. "Några teorier om hur ditt slädäventyr passar in i den här vilda skrönan?"

"Jag har många teorier, men ingenting sammanhängande. Jag ska sammanfatta allt jag vet i en enda mening: Oceanus gör processen kort med alla som kommer i dess väg."

"Det skulle bli min slutsats också, grundat på vad du har sagt." Gunn stannade upp ett ögonblick, med rynkad panna. Han hade förmågan att tänka lika kallt och klart som en dator. Han bearbetade berget av information, skiljde agnarna från vetet. Efter en stund sa han: "Vad tror du om den där baskiske figuren, Aguirrez?"

"Intressant kille. Han är en joker i leken. Jag pratade med en bekant på CIA om det. Aguirrez kanske eller kanske inte samarbetar med baskiska separatister. Perlmutter ska kolla upp familjebakgrunden åt mig. Allt jag vet för ögonblicket är att han antingen är baskisk terrorist eller amatörarkeolog. Välj själv."

"Han kanske kunde luska reda på den saken åt oss. Synd att du inte kan komma i kontakt med honom."

Austin satte ner drinken, drog upp plånboken ur fickan och tog fram kortet som Aguirrez hade gett honom när han lämnade baskens lustjakt. Han räckte kortet till Gunn, som lade märke till telefonnumret på baksidan. "Varför inte?" sa han och lämnade tillbaka kortet.

Austin tog upp en telefon och knappade in numret. Efter kvällens ansträngningar var hans förväntningar små, och han blev ganska förvånad när han hörde den välbekanta basrösten i andra änden.

"Vilken trevlig överraskning, mr Austin. Jag kände på mig att vi skulle pratas vid igen."

"Hoppas jag inte avbryter nåt viktigt."

"Inte alls."

"Är ni kvar på Färöarna?"

"Jag är i Washington i affärer."

"Washington?"

"Ja, fisket på Färöarna levde inte upp till sitt rykte. Vad kan jag hjälpa er med, mr Austin?"

"Jag ringde för att tacka för att ni räddade mig från vissa svårigheter i Köpenhamn."

Aguirrez gjorde inga försök att förneka att det var hans män som jagat i väg de påkviftande busarna som hade överfallit Austin och Therri Weld. Han bara skrattade och sa: "Ni har en förmåga att försätta er i besvärliga situationer, min vän."

"De flesta av mina problem har att göra med ett företag som heter Oceanus. Jag hade hoppats att vi kunde prata mer om det. Ni kanske också kan berätta det senaste om er arkeologiska undersökning."

"Det ska jag gärna göra", sa Aguirrez. "Jag har möten på förmiddagen, men i morgon eftermiddag skulle passa bra."

De bestämde en tid, och Austin klottrade ner vägbeskrivningen som Aguirrez gav honom till en adress i Washington. Han lade på och började berätta för Gunn om det korta samtalet, när telefonen ringde. Det var Zavala, som hade kommit tillbaka från Europa. Joe hade fixat problemen med "Nejonöga", men hoppat av när "William Beebe" hade bjudits in av det danska fartyget "Thor" för att delta i ett forskningsprojekt på Färöarna.

"Jag ville bara tala om att jag är hemma. Jag har hämtat Corvetten och ska ut och ta en nattfösare med en vacker ung dam", sa Zavala. "Nåt nytt sen vi träffades senast?"

"Bara det gamla vanliga. I kväll var det en galen eskimå med hundsläde som jagade mig på The Mall med mord i sinnet. Bortsett från det är allt lugnt."

Det blev tyst i andra änden. Sedan sa Zavala: "Du skojar väl inte, va?"

"Nix. Rudi är här. Kom förbi så ska du få höra hela historien."

Zavala bodde i ett litet hus i Arlington, Virginia, som en gång i tiden hade inhyst ett bibliotek. "Jag tror jag ställer in den där dejten. Jag kommer om några minuter", sa han.

"En sak till. Har du kvar den där tequilaflaskan vi skulle knäcka på Färöarna?"

"Visst, den ligger i min väska."

"Då är det bäst du tar med den."

26

Nästa morgon stannade Austin vid Museum of Natural History på vägen till NUMA-högkvarteret. Gleason befann sig i utställnings-hallen när Austin kom, och han såg inte glad ut. Gästerna, musi-ken och maten från mottagningen var borta, men det var inte den främsta anledningen till hans bekymmer. Utställningsmontrarna var tomma. Inte en enda affisch fanns kvar.

Gleason var alldeles utom sig. "Det här är fruktansvärt", sa han.

"Ni tycks ha haft utförsäljning", sa Austin.

"Värre än så. Det här är en fullkomlig katastrof. Sponsorerna har dragit tillbaka utställningen."

"Kan de göra så?" Austin insåg redan när orden lämnade hans mun, att det var en dum fråga.

Gleason viftade med armarna. "Ja, enligt det finstilta i kontrak-tet de insisterade på att vi skulle skriva under. De har tillåtelse att avbryta utställningen när de vill och ge oss en liten ekonomisk kompensation i stället."

"Varför drog de tillbaka utställningen?"

"Om jag det visste. PR-firman som satte upp alltsammans sa att de bara lydde order."

"Men dr Barker då?"

"Jag försökte få tag i honom, men han har gått upp i rök."

"Ni har kommit närmare Oceanus än de flesta", sa Austin som nu hade kommit fram till den verkliga anledningen till att han stannat vid museet. "Vad vet ni om dr Barker?"

"Inte mycket, är jag rädd. Jag vet betydligt mer om hans anfader."

"Valfångarkaptenen som han nämnde?"

"Ja, Frederick Barker senior. En av kiolyaknivarna ni såg utställda hade ursprungligen tillhört honom. Den var mer än hundra år gammal. Fasanfull sak, och rakbladsvass. Jag fick ont i magen bara av att titta på den."

"Var kan jag söka information om kapten Barker?"

"Ni kan börja på mitt kontor." Gleason kastade en sorgsen blick på de tomma utställningsmontrarna. "Kom. Här finns inte mycket jag kan göra."

Kontoret låg i administrationsflygeln. Gleason tecknade åt Austin att sätta sig, sedan plockade han ner en gammal volym från hyllan. Titeln var *Valfångarkaptener från New Bedford*. Han slog upp en sida i boken och lade ner den framför Austin.

"Jag grävde fram den här från vårt bibliotek när det först blev tal om utställningen. Det där är kapten Barker. Valfångarkaptenerna i New England var en tuff samling. Många blev kaptener innan de fyllt trettio. Myterier, förödande stormar, fientlig befolkning – allt det där var vardagsmat för dem. Motgångarna gjorde somliga till odjur, andra till filantroper."

Austin studerade det korniga svartvita fotografiet i boken. Barker var klädd i eskimådräkt och det var svårt att se hans utseende. En pälskapuschong inramade hans ansikte, och ögonen täcktes av ett par märkliga glasögon med horisontella skåror. Hakan pryddes av vit skäggstubb.

"Intressanta glasögon", sa Austin.

"Det är solglasögon. Inuiterna var mycket medvetna om riskerna för snöblindhet. Glasögonen bör ha varit särskilt viktiga för Barker, vars ögon var känsliga för ljus. Det fanns nämligen albinism i Barkers släkt. Det påstås att det var därför han tillbringade så många vintrar i kylan uppe i norr, för att undvika det direkta solljuset."

Gleason förklarade att Barkers fartyg, "Orient", förliste 1871 och att kaptenen var den ende överlevande. "Infödingarna räddade Barkers liv, och han tillbringade vintern i en eskimåby. Han berättar hur hövdingens hustru drog av honom stövlarna och tinade upp hans frusna fötter med värmen från sin nakna barm."

"Jag kan tänka mig värre sätt att tina upp. Var kommer kiolyastammen in i bilden?"

"Det var de som räddade honom."

"Det verkar inte alls stämma med vad ni berättade om deras blodtörstighet. Jag skulle ha väntat mig att de dödade en främling."

"Det hade varit det normala, men glöm inte att Barker skiljde sig från den genomsnittlige valfångaren. Med sitt kritvita hår, sin bleka hy och sina bleka ögon måste han ha sett ut som nån sorts snögud."

"Toonook, kanske."

"Mycket möjligt. Barker gick inte in i detalj på vissa saker. Kväkarförsamlingen i New Bedford skulle inte ha gillat om en av deras medlemmar uppträdde som gud. Men erfarenheten förändrade honom."

"På vilket sätt?"

"Han blev en övertygad naturvän. När han kom hem, övertalade han sina valfångarkolleger att sluta jaga valross. Då trängde kiolyastammen in på de tidigare valrossområdena, likt ett kriminellt gäng som utökar sitt revir. De tog också kvinnor och redskap från dem de besegrade. Följden blev att de andra inuitstammarna praktiskt taget svalt, tills de gick samman och fördrev kiolyastammen. Barker såg den här konflikten om valrossköttet och ville sätta stopp för den. Han var tacksam mot kiolyafolket och tänkte att om valrossen räddades, så kanske de skulle sluta med sina plundringar."

"Fick han rätt?"

"Barker var naiv, enligt min åsikt. Jag tror inte att nånting skulle ha förändrat deras uppträdande, annat än fysiskt våld."

Austin funderade över svaret. Som hängiven läsare av filosofi trodde han starkt på teorin om att det förgångna ständigt är närvarande. Kiolyastammen skulle kunna vara nyckeln till att reda ut den trassliga härvan runt Oceanus.

"Vart kan jag vända mig för att få reda på mer om stammen?"

"Kanadensiska polisrapporter till största delen, skulle jag tippa. Det finns inte särskilt mycket uppgifter mellan tidpunkten då de fördrevs och vår tid, men jag hittade en knasig historia som bekräftar det jag sa tidigare om att han sågs som en gud." Han grävde i ett dokumentskåp och fick fram ett tidningsurklipp från *The New York Times* från 1935, instoppat i en plastficka. Rapporten kom från Hudson Bay. Austin ägnade en minut åt att läsa historien:

Utforskningen av Arktis har utmynnat i ännu ett mysterium, då en halvt förvirrad tysk kom stapplande utifrån den frusna tundran och hävdade att han var den ende överlevande från en luftskeppskatastrof. Enligt kanadensiska myndigheter fick tysken, som sa att han hette Gerhardt Heinz, hjälp av en grupp okända eskimåer som tydligen hade räddat honom. *The Times* hittade mr Heinz på en sjukhusavdelning, där han avled en kort tid efteråt. I intervjun sa mr Heinz:

"Jag deltog i en hemlig färd till Nordpolen till fosterlandets ära. Vi landade vid polen, men på tillbakavägen siktade vi ett fartygsvrak som var fastfruset i isen. Kaptenen insisterade på att vi skulle gå ner på isen för att undersöka saken. Det var ett mycket gammalt fartyg, troligen hundratals år gammalt. Vi bärgade ett fruset lik, som vi lade i luftskeppets kylrum tillsammans med några ovanliga föremål.

Efter att ha lyft igen och färdats en bit, fick vi tekniska problem och tvingades landa. De överlevande beslöt sig för att försöka gå över isen, men jag stannade för att vakta zeppelinaren. Jag var nära döden när några infödingar hittade mig och jag fick vård och blev frisk."

Mr Heinz sa att infödingarna inte pratade engelska, men han fick veta att de kallades för *kiolya*. Han hävdade att de trodde att han var en gud som kommit från himlen, och när han med hjälp av teckenspråk bad dem föra honom till närmaste samhälle så lydde de.

Tyska myndigheter som kontaktats av *The Times* säger att de varken känner till något om mr Heinz eller någon luftskeppsfärd till Nordpolen.

Austin bad Gleason att ta en kopia av artikeln och tackade honom för hjälpen. "Jag beklagar verkligen utställningen", sa han på vägen ut.

"Tack." Gleason skakade på huvudet. "Det är verkligen besynnerligt att de bröt upp så plötsligt. Förresten, har ni hört om senator Graham? Det var ännu en katastrof. En av våra starkaste supportrar."

Austin sa: "Jag tror jag såg Graham på mottagningen i går kväll."

"Det gjorde ni. När han var på hemväg i sin bil till Virginia, blev han prejad av en lastbil. Hans tillstånd är kritiskt. Den andre föraren smet."

"Det var också tråkigt att höra."

"Fan också", sa Gleason. "Hoppas det inte är sant, det där med att alla onda ting är tre."

"Det kan finnas en enklare förklaring till alla era olyckor", sa Austin.

"Jaså, vad skulle det vara?"

Austin pekade upp i himlen och sa, helt allvarlig: "Toonook."

27

S:t Julien Perlmutter klev in i sitt stora vagnslider i Georgetown och kastade en uppskattande blick omkring sig på alla de hundratals volymerna, gamla såväl som nya, vilka fyllde de sviktande vägghyllorna och flöt vidare i en mäktig flod av ord, som delade sig i flera bifloder och rann in i vartenda rum.

En vanlig mänsklig varelse som konfronterades med detta skenbara kaos skulle ha flytt från platsen. Ett förnöjt leende syntes på hans läppar, när hans blick förflyttade sig från den ena traven till den andra. Han kunde rabbla upp titlar, till och med citera hela sidor, från det som vanligen ansågs vara världens mest kompletta samling av litteratur om historiska skepp.

Han var utsvulten efter Atlantflygningens vedermödor. Att få plats med hans stora kroppshydda ombord på ett flygplan var inget problem; han reserverade helt enkelt två stolar. Men det kulinariska utbudet var, till och med i första klass, enligt Perlmutters sätt att se på saken, jämförbart med kyrkans soppkök. Han satte kurs mot köket som en värmesökande missil och såg till sin glädje att hushållerskan hade följt hans instruktioner.

Trots att det var tidigt på dagen satt han strax därpå och åt späckat lamm i provensalsk stil, med potatis smaksatt med timjan, och sköljde ner alltsammans med en enkel men välbalanserad bordeaux. Styrkt av detta klappade han sin röda mun och sitt praktfulla grå skägg med en servett då telefonen ringde.

"Kurt!" sa han när han kände igen rösten i andra änden. "Hur i helskotta kunde du veta att jag var tillbaka?"

"Det var ett inslag på CNN om att pastan hade tagit slut i Italien. Så jag antog att du skulle komma hem för att få ett ordentligt skrovmål."

"Nej", dundrade Perlmutter. "Jag återvände faktiskt därför att jag saknade att bli smädad i telefon av ohövliga unga spolingar som borde veta bättre."

"Du verkar vara i god form, S:t Julien. Det måste ha varit en lyckad resa."

"Det var det, och jag *känner* mig faktiskt som om jag hade ätit upp all pasta i hela Italien. Men det är skönt att vara i hemtrakterna igen."

"Jag undrar om du har fått fram nåt om min historiska förfrågan."

"Jag hade tänkt ringa till dig senare i dag. Fascinerande material. Har du tid att komma förbi? Jag gör lite kaffe, så kan vi prata om mina upptäckter."

"Fem minuter. Jag råkar faktiskt köra genom Georgetown just nu."

När Austin kom, serverade Perlmutter två enorma koppar med caffe latte. Han sköt undan en trave böcker för att frigöra en stol åt Austin och ännu en bokhög för att göra plats för sin egen breda bak i den väl tilltagna soffan.

Perlmutter smuttade på sitt kaffe. "Jaha, om vi skulle komma till saken då ... Efter att du ringde mig i Florens diskuterade jag din förfrågan om Rolands reliker med min värd, en *signor* Nocci. Han mindes en historisk hänvisning han hade sett i ett brev till Medici-påven, skrivet av en man vid namn Martinez som var en fanatisk anhängare av den spanska inkvisitionen, särskilt när den riktade sig mot baskerna. Mr Nocci satte mig i förbindelse med en biträdande intendent på *Biblioteca Laurenziana*. Hon grävde fram ett manuskript skrivet av Martinez där han öste sin galla över Diego Aguirrez."

"Anfadern till Balthazar, mannen jag träffade. Snyggt jobbat."

Perlmutter log. "Det är bara början. Martinez säger rent ut att Aguirrez hade Rolands svärd och horn, och att han skulle förfölja honom, och jag citerar, 'till världens ände' för att ta tillbaka föremålen."

Austin gav till en låg vissling. "Det visar att Rolands reliker verkligen existerade, och att de fanns hos familjen Aguirrez."

"Det tycks bekräfta ryktet att Diego var i besittning av svärdet och hornet."

Perlmutter räckte fram en mapp. "Det här är en kopia av ett manuskript från statsarkivet i Venedig. Det hittades på marinmuseet i en akt som handlade om galärfartyg."

Austin läste titeln på första sidan. *Ett frikännande av en havets man.* Publiceringsåret var 1520. I inledningen beskrevs arbetet som *En redogörelse av Richard Blackthorne, en ovillig legosoldat i spanska inkvisitionens tjänst, en ödmjuk sjöman som alltid har ställt upp till försvar för Hennes Majestäts namn, i vilken han bevisar att de skändligheter som har anförts mot honom är osanna och varnar alla och envar för att aldrig lita på de blodtörstiga spanjorerna.*

Han tittade upp på Perlmutter. "Blackthorne är sannerligen en mästare på meningar som aldrig tar slut, men vad har han med Roland och den sen länge döde Aguirrez att göra?"

"Massor, min vän. *Massor.*" Han tittade ner i botten på sin kaffekopp. "När du ändå är uppe, gamle gosse, skulle du kunna hämta lite påtår till mig? Det känns som om jag håller på att tyna bort efter den här resan. Ta själv också."

Austin hade inte alls tänkt resa sig, men han gick ändå och hämtade påtår. Han visste att Perlmutter fungerade bäst när han åt och drack.

Perlmutter smuttade på kaffet och drog med handen över manuskriptet som om han läste det med fingrarna. "Du kan läsa det här när du får tid, men jag ska ge dig en snabb sammanfattning nu. Tydligen hade Blackthorne utsatts för ryktesspridning – han påstods godvilligt ha tjänat den hatade spanjoren och ville få det tillrättalagt."

"Det framkom klart och tydligt redan i inledningen."

"Blackthorne var rädd för att få en fläck på sitt namn. Han kom från en respekterad köpmannafamilj i Sussex. Han gick till sjöss som tonåring och jobbade sig upp från hyttuppassare till kapten på ett handelsfartyg som gick på Medelhavet. Han tillfångatogs av berbiska pirater och tvingades bli roddare på en algerisk galär. Galären led skeppsbrott och han räddades av genuesare, som överlämnade honom till spanjorerna."

"Påminn mig om att jag aldrig ska bli räddad av genuesare."

"Blackthorne var en het potatis. Enligt inkvisitionen var alla engelsmän kättare och utsattes för arrestering, tortyr och avrättning. Engelska och holländska sjömän försökte undvika spanska hamnar av rädsla för att bli arresterade. Om man ertappades med ett exemplar av kung James bibel eller ägde nån gammal klassiker som ansågs kättersk, så var det klippt."

Austin kastade en blick på papperen. "Antingen överlevde Blackthorne eller så skrevs hans memoarer av en spökskrivare."

"Han hade nio liv, vår kapten Blackthorne. Han flydde faktiskt en gång från spanjorerna men tillfångatogs igen. Han släpades så småningom ut från sin mörka cell i bojor för att ställas inför rätta. Åklagaren kallade honom för en fiende till den sanna tron och 'andra skymfliga namn', som han uttryckte saken. Han dömdes till döden och var på väg till pålen, när ödet ingrep i den osannolika skepnaden av *El Brasero*."

"Är inte det namnet på en mexikansk restaurang i Falls Church?"

"Du frågar fel person. Jag har alltid ansett att orden 'mexikansk' och 'restaurang' i samma mening som lika motsägelsefullt som 'militär begåvning'. *El Brasero* betyder 'glödpanna' på spanska. Det var ett öknamn som den tidigare nämnde Martinez hade fått på grund av sin iver att sätta eld på kättare."

"Ingen man skulle bjuda till en grillfest."

"Nej, men han visade sig bli Blackthornes räddare. Engelsmannen imponerade på Martinez med sin rådighet, och sin förmåga att prata spanska. Men, viktigast av allt – Blackthorne var förtrogen med galärer och segelfartyg."

"Det visar hur långt Martinez var beredd att gå för att få fast Aguirrez, om han till och med skonade ett offer."

"Javisst. Vi vet från hans skriverier att han ansåg Aguirrez särskilt farlig, eftersom denne hade fått ansvaret för Rolands reliker och skulle kunna utnyttja dem till att hetsa sina landsmän mot spanjorerna. När Aguirrez flydde med sitt skepp just som han skulle arresteras, for Martinez efter honom. Blackthorne förde befälet på Braseros ledargalär när de hann i fatt Aguirrez på hans karavell utanför Frankrikes kust 1515. Trots att han råkade ut för stiltje, var underlägsen i antal och beväpning, lyckades Aguirrez sänka två galärer och jaga Martinez på flykten."

"Ju mer jag hör om Diego, desto mer gillar jag honom."

Perlmutter nickade. "Hans strategi var lysande. Jag har tänkt ta med den drabbningen i en samling klassiska sjöslag som jag håller på och förbereder. Olyckligtvis hade Brasero en informatör som visste att Aguirrez alltid stannade på Färöarna för att vila innan han fortsatte över havet till Nordamerika."

Austin böjde sig framåt i stolen och mumlade: "Skaalshavn."

"Känner du till det?"

"Jag var i Skaalshavn för några dagar sen."

"Kan inte påstå att jag känner till stället."

"Det är inget att säga om, för det ligger rätt avsides. En pittoresk liten fiskeby med en naturlig skyddad hamn. Det finns några intressanta grottor i närheten."

"Grottor?" De blå ögonen glittrade av förtjusning.

"Ett ganska omfattande system. Jag har sett dem. Av väggmålningarna att döma skulle jag säga att de har varit bebodda till och från sedan urminnes tider. Baskerna, eller några andra, kan ha använt dem i hundratals, eller kanske rent av tusentals år."

"Blackthorne nämner grottorna i sin berättelse. I själva verket var de av stor betydelse i hans historia."

"På vilket sätt då?"

"Aguirrez kunde med lätthet ha seglat ifrån sina förföljare och flytt till Nordamerika, där Brasero aldrig skulle hitta honom. Baskerna var de enda sjöfararna som var modiga nog för att segla över Atlanten på den tiden. Men Diego visste att Brasero skulle ge sig på hans familj. Och han förstod att även om han gömde undan relikerna i Nordamerika, skulle Brasero vänta på honom när han återvände till Europa."

"Han kanske bestämde sig för att sätta sig till motvärn av den mest grundläggande av alla orsaker", sa Austin. "Han ville ha revansch på den man som hade förstört hans liv och stulit hans förmögenhet."

"På den punkten är vi helt överens. Brasero var lika fast besluten att avsluta det jobb han hade påbörjat. Han hade bytt från sin galär till ett krigsfartyg, dubbelt så stort som Diegos karavell. Han hade satt Blackthorne som befälhavare. Skeppet var nerlusat med kanoner som skulle ha gjort processen kort med baskerna. Men Diego visste sedan deras föregående sammandrabbning att Brasero hade en informatör ombord på hans skepp och flyttade klokt nog bort karavellen från grottorna. Diego stationerade en handfull av sina män i land, där de kunde ses av Brasero, och när Martinez sjösatte sina båtar, sprang männen in i grottorna och lockade förföljarna med sig."

"Jag vädrar en fälla."

"Då har du en bättre näsa än Martinez, men det ska i rättvisans namn tilläggas att han antagligen var distraherad av tankarna på hur roligt det skulle bli att få bränna Diego och hans besättning."

"Det får mig att tänka på Custers sista strid. Det där grottsystemet är som en labyrint. Perfekt ställe för ett bakhåll."

"Då blir du säkert inte förvånad när du får höra vad som hände. Det var en tveeggad strategi. Karavellen kom farande mot krigsfartyget och kuvade dess fåtaliga besättning med några kanonskott. Därefter bordade de fartyget och tog kommandot. Under tiden iscensatte Diego sitt bakhåll. Han hade släpat in en av skeppets kanoner i grottorna och använde den för att få bukt med angriparna." Perlmutter viftade med sin knubbiga knytnäve som om han ville illustrera bataljen. "Brasero var en skicklig fäktare, men Aguirrez var bättre. I stället för att döda Martinez lekte han med honom innan han släckte Braseros låga för alltid."

"Var fanns mr Blackthorne i allt det här?"

"En av Braseros mannar skulle just till att skjuta Diego. Men Blackthorne dödade mannen. Diego sa till sina män att föra Blackthorne till honom. Engelsmannen lade fram sin historia. Diego behövde en skicklig kapten som förde befäl över fartyget, så de slöt en överenskommelse. Blackthorne skulle ta ansvar för skeppet och föra hem Diegos mannar under betryggande former. Åtskilliga veckor senare, enligt Blackthornes egen redogörelse, seglade han uppför Themsen med sin pris."

"Vad hände med Rolands reliker?"

"Blackthorne nämner aldrig dem. Men enligt engelsmannens berättelse bad Diego en liten grupp frivilliga stanna hos honom och skickade hem de andra med Blackthorne. Diego behövde inte längre skyttar och kanonbesättningar, bara yrkeskunniga sjömän. Även om Brasero var död, så visste han att relikerna inte var i säkerhet så länge som inkvisitionen levde vidare. Så han fortsatte västerut och hördes aldrig av igen. Ännu ett av havets olösta mysterier."

"Kanske inte", sa Austin. Han gav Perlmutter tidningsurklippet om zeppelinarkraschen.

Perlmutter läste artikeln och tittade upp. "De här 'föremålen' skulle kunna vara de sedan länge försvunna relikerna."

"Exakt vad jag också tänkte. Vilket betyder att de är i händerna på Oceanus."

"Skulle Oceanus lämna ifrån sig dem?"

Austin tänkte på sina fajter med busarna från Oceanus. "Knappast", sa han med ett uppgivet skratt.

Perlmutter såg på Austin, med fingertopparna pressade mot varandra. "Det verkar finnas en hund begraven i den här sagan."

"*Jäkligt* många, och jag ska gärna berätta alla de bloddrypande detaljerna, om det finns lite mer kaffe." Austin lyfte upp koppen. "När du ändå är uppe och springer, gamle gosse, kan du väl ge mig lite påtår? Ta själv också."

28

Austin anlände till mötet med Aguirrez tre minuter före utsatt tid. Efter att han hade åkt i väg från Perlmutters hus, körde han på Embassy Row. Gudarna som vakade över Washingtons bilister var vid gott lynne, och han hittade en parkeringsplats utan problem. Han gick längs Pennsylvania Avenue tills han stod framför en mäktig byggnad som bestod av flera våningar av mörkt glas, tillbyggda ovanpå några typiska gamla Washingtonhus. Austin läste skylten bredvid ytterdörren och undrade om han hade fått fel adress. Med tanke på de problem som familjen Aguirrez hade haft med de spanska myndigheterna genom århundradena, så var spanska ambassaden det sista stället han skulle ha väntat sig att hitta Balthazar på.

Austin lämnade sitt namn till en säkerhetsvakt vid dörren och släpptes in till en receptionist, som knappade in ett nummer på snabbtelefonen och pratade spanska med någon i andra änden. Sedan log hon och sa, med en förtjusande brytning som frammanade visioner av Kastilien: "Mr Aguirrez är inne hos ambassadören. Han kommer om ett litet ögonblick."

Några minuter senare kom Aguirrez gående genom en korridor. Han hade lagt bort den blå träningsoverallen och den svarta baskern och var oklanderligt klädd i en mörkgrå kostym som skulle ha kostat Austin en veckolön. Men inte ens de skickligaste skräddarna kunde dölja hans grova händer och hans kraftiga fysionomi. Han pratade med en vithårig man som gick bredvid honom, med händerna bakom ryggen och huvudet tankfullt nerböjt medan han lyssnade uppmärksamt på vad basken sa. Aguirrez fick syn på Austin och vinkade åt honom. De två männen avslutade sitt samtal och skiljdes åt med varma handskakningar och leenden. Aguirrez klev fram till Austin och lade ena armen om axlarna på honom.

"Mr Austin", sa han glatt. "Så trevligt få se er igen. Jag beklagar att jag inte presenterade er för ambassadören, men han var försenad till ett möte. Kom den här vägen."

Aguirrez gick före Austin in i det som hade varit salongen i ett av de gamla husen som numera ingick i ambassadkomplexet. Tyngdpunkten utgjordes av en stor öppen spis av marmor, och rummet i övrigt var bekvämt inrett med mjuka mattor och tunga möbler av mörkt trä. Väggarna pryddes av oljemålningar med motiv från den spanska landsbygden.

När de slog sig ner, lade Aguirrez märke till Austins undrande min och sa: "Ni ser förbryllad ut, mr Austin."

Austin såg ingen anledning att gå som katten kring het gröt. "Jag är överraskad att hitta er här – en man som anklagats för att vara baskisk terrorist, inne på den spanska ambassaden."

Aguirrez verkade inte alls bli förolämpad. "Ni har tydligen tittat på min bakgrund, vilket jag hade väntat mig, och då vet ni att det inte finns fog för anklagelserna."

"Men jag lade märke till att ni inte hade den svarta baskern på er."

Aguirrez gav till ett rungande skratt. "Av hänsyn till mina värdar har jag tagit av mig huvudbonaden, även om jag saknar den. Jag misstänker att nån i den här byggnaden skulle kunna tro att jag hade en bomb under baskern, och deras nervositet skulle komma i vägen för vårt arbete."

"Vilket är?"

"Att lösa problemen i Baskien på fredlig väg en gång för alla."

"Det är lättare sagt än gjort efter hundratals år av konflikter."

"Jag är övertygad om att det går att genomföra."

"Vad blev det av sökandet efter era förfäder?"

"Det förgångna och nuet är oskiljaktiga i det här fallet. De baskiska separatisterna vill ha ett hemland. Den spanska regeringen har experimenterat med autonomi, men med dåligt resultat. Om jag hittar relikerna jag letar efter, skulle den upptäckten kunna utlösa en känslomässig våg av baskisk nationalism. Jag känner mitt folk. Det skulle slita sönder Spanien."

"Så ni har plötsligt blivit mycket viktig för den spanska regeringen?"

Han nickade. "Jag har träffat högt uppsatta tjänstemän i Madrid som bad mig informera folket på ert utrikesdepartement om situationen och försäkra dem om att jag inte är nån terrorist. Jag har gått med på att – när jag hittar relikerna – lämna dem i säkert förvar."

"Vad hindrar er från att bryta ert löfte?"

Basken rynkade pannan, och det kom ett farligt uttryck i hans mörka ögon. "Det är en logisk fråga, som också den spanska regeringen ställde. Jag förklarade för dem att jag vill hedra minnet av min anfader, som utsågs till att vaka över relikerna. I gengäld kommer den spanska regeringen att vidta stegvisa, konkreta åtgärder mot baskisk autonomi."

"Använder ni relikerna som påtryckningsmedel?"

Han ryckte på axlarna. "Jag föredrar att kalla det en lösning som beaktar våra ömsesidiga intressen."

"Ingen dålig uppgörelse, med tanke på att ni inte har relikerna."

"Det är bara en teknikalitet", sa han och hans breda leende var tillbaka på läpparna. "Jag har grävt fram uppgifter om vilken rutt min förfader tog till Nya världen. Baskerna var på Färöarna redan år 875. Efter stoppet på Färöarna styrde Diego kosan mot Newfoundland eller Labrador. Det finns många belägg för den teorin. Mitt folk fiskade torsk och fångade val utanför Nordamerika så långt tillbaka som på medeltiden."

"Jag har läst att Cabot hittade indianer som använde ord som kan ha haft baskiskt ursprung."

"Ingen tvekan om det!" sa han, röd i ansiktet av upphetsning. "Mina efterforskningar tyder på att det finns några outforskade grottor nära Channel-Port aux Basques I Newfoundland. Jag ska återvända med min lustjakt dit så snart jag har klarat av allting här, och jag är övertygad om att jag inom kort kommer att hålla Rolands svärd och horn i mina händer."

Austin tvekade, osäker på hur han på ett skonsamt sätt skulle kunna meddela nyheten, sedan insåg han att det inte gick. "Det kan bli problem", sa han.

Aguirrez såg forskande på Austin. "Vad menar ni?"

Austin räckte fram ett kuvert med en kopia av Blackthornes manuskript. "Det här materialet tyder på att relikerna kanske inte finns där ni tror." Austin fortsatte med att återge historien som Perlmutter hade berättat för honom. Under tiden som Aguirrez lyssnade tycktes ovädersmoln dra in och lägga hans panna i djupa veck.

"Jag känner till S:t Julien Perlmutter genom min egen forskning. Han är en mycket ansedd sjöhistoriker."

"Det finns ingen kunnigare."

Aguirrez slog näven i handflatan. "Jag *visste* att Diego inte blev dödad av Brasero. Han flydde med relikerna."

"Det finns mer här", sa Austin. Han gav Aguirrez tidningsurklippet som redogjorde för intervjun med den överlevande från zeppelinaren.

"Jag förstår fortfarande inte", sa basken sedan han läst artikeln.

"Oceanus är ägare till zeppelinaren som hittade din anfaders båt infrusen i isen."

Aguirrez insåg genast kopplingen. "Tror ni att Oceanus har de heliga relikerna i sin ägo?"

"Oddsen är rätt goda, om man följer indiciekedjan."

"Och enligt er uppfattning så kan man alltså inte resonera med Oceanus om den här saken?"

"Jag tror inte man kan resonera med Oceanus om *nånting*", sa Austin med ett luttrat skrockande. "Minns ni min båtolycka? Jag har en bekännelse att göra. En av Oceanus säkerhetsvakter sprängde min båt med en handgranat."

"Och jag måste erkänna att jag aldrig trodde på er historia om bensinångor."

"När vi ändå är på bekännelsehumör", sa Austin, "kanske ni kan tala om varför era män följde efter mig till Köpenhamn."

"En försiktighetsåtgärd. Om jag ska vara uppriktig, så visste jag inte vad jag skulle tro om er. Jag visste från ert ID-kort att ni arbetar på NUMA, men jag visste inte varför ni snokade inne på Oceanusanläggningen och antog att det måste vara nåt offentligt uppdrag. Min nyfikenhet var väckt, så jag bestämde mig för att hålla ett öga på er. Ni gjorde inga försök att dölja era rörelser. Mina mannar råkade befinna sig i närheten när ni blev attackerade. Hur mår förresten den unga damen ni var tillsammans med?"

"Hon mår bra, tack vare att era killar var så alerta."

"Då är ni inte arg för att ni blev förföljd?"

"Inte alls, men jag ser helst att det inte blir till en vana."

"Jag förstår." Aguirrez gjorde en tankepaus. "Har jag rätt om jag tror att männen som överföll er var från Oceanus?"

"Det verkar vara en säker slutsats. Männen som attackerade oss påminde om vakterna jag stötte på inne på Oceanus anläggning på Färöarna."

"Oceanus har försökt döda er två gånger. Var försiktig, min vän, de kan försöka igen."

"Det har de redan gjort."

Aguirrez frågade inte om några detaljer, och det var tydligt att han hade andra saker i tankarna. Han reste sig från stolen och började gå fram och tillbaka i rummet, med Blackthornes manuskript i ett fast grepp i handen. "Folk här i huset får inte veta nåt om det här materialet. Utan relikerna förlorar den spanska regeringen sitt incitament för att ändra uppfattning om baskernas autonomi. Men det här är mycket mer än bara en politisk fråga", sa han med dov röst. "Jag har svikit min förfader Diego genom att inte hitta relikerna."

"Det kanske fortfarande går att lösa."

Aguirrez upphörde med sitt vankande och såg på Austin med en genomträngande blick. "Vad är det ni säger?"

"Både ni och jag är intresserade av att sätta dit Oceanus. Låt oss diskutera saken, och ta hänsyn till, som ni sa tidigare, våra ömsesidiga intressen."

Aguirrez höjde på sina buskiga ögonbryn, men hans ansikte förblev oberört. Sedan gick han fram till ett barskåp och kom tillbaka med två små glas och en flaska gröngul sprit. Han hällde glasen fulla och räckte ett till Austin, som kände igen den distinkta doften av Izzara.

En timme senare gled Austin in bakom ratten på sin bil. Han undrade om han hade gjort en överenskommelse som han skulle få äta upp, men han litade på sina instinkter, vilket var det enda han hade att gå på än så länge. Han kände på sig att Aguirrez inte var helt tillförlitlig men ändå en man med principer, och eftersom de delvis hade samma mål, skulle det vara dumt att inte bilda en löslig allians.

Han kollade sin mobiltelefon och såg att det hade kommit två samtal. Det första var från makarna Trout. Han blev lättad av att höra ifrån dem. Efter att ha jobbat tillsammans med dem i specialteamet visste han att Paul och Gamay kunde ta vara på sig själva, men samtidigt hade de åkt och tittat på Oceanus utan att veta hur farligt deras uppdrag kunde vara.

Gamay svarade när han ringde. Hon och Paul hade återvänt från Kanada ett par timmar tidigare och varit hemma för att lämna av bagaget. Sedan hade de åkt till NUMA-högkvarteret där Zavala skulle orientera dem om läget.

"Tog ni er in på Oceanusanläggningen?" frågade Austin.

"Nej", sa Gamay, "men vi stötte på några av deras mannar."

Gamay lät nästan lite för glättig. "Jag vet av egen erfarenhet att när man stöter på Oceanus, så stöter Oceanus tillbaka. Hur är det med Paul och dig egentligen?"

"Vi mår fint. En lätt hjärnskakning för min del och en bruten handled för Paul. Risporna och blåmärkena läker så snällt."

Austin svor tyst, arg på sig själv för att han hade utsatt sina kolleger för fara.

"Jag insåg inte vad jag skickade i väg er på. Jag ber om ursäkt."

"Det är väl inget att be om ursäkt för. Du bad oss bara att ta reda på det vi kunde om Oceanus. Det var vårt eget beslut att flyga till Kanada och lägga näsan i blöt där vi inte var välkomna. Men det var värt besväret. Annars skulle vi inte ha fått höra om djävulsfisken."

Den enda djävulsfisk Austin någonsin hade hört talas om var djävulsrockan. "Är du verkligen säker på att den där hjärnskakningen har gått över?"

"Jag har aldrig varit mer klar i huvudet, Kurt. Under alla mina år som marinbiolog har jag aldrig tidigare stött på nåt liknande. Paul kallar den för 'vita döden'."

Austin kände en plötslig rysning när han mindes sin sammandrabbning med den stora, vasstandade varelsen i Oceanus fisktank. "Ni kan berätta när jag kommer fram."

Han avslutade samtalet och knappade in Gunns nummer. "Hej, Rudi", sa han utan det vanliga utbytandet av artigheter. "Jag tror det är dags för ett möte med Sandecker."

29

Den väldiga storbildsskärmen i konferensrummet lyste blå för ett ögonblick, sedan kom en bild. Det blänkte till av silvervita fiskfjäll i ett nät, och Mike Neal hördes ropa: "Håll i er, gott folk, vi har fått en levande!" Man såg en suddig skymt av en fisk som slog mot däck och en närbild på ett gap med vassa tänder som bet av handtaget på en huggkrok. Kameran visade när samma fisk blev klubbad med ett baseboliträ. Makarna Trouts förvånade röster hördes i bakgrunden.

Paul Trout tryckte på fjärrkontrollen och frös bilden. Ljuset tändes igen, och en befallande röst hördes säga: "Det verkar som om *Hajen* har fått konkurrens."

Amiral James Sandecker, den drivande kraften bakom NUMA, satt vid ett långt konferensbord, med huvudet insvept i ett lila rökmoln som kom från den feta cigarren i hans hand.

"Den där varelsen på skärmen är i en klass för sig, amiral", sa Gamay som satt vid bordet tillsammans med Austin, Zavala och Rudi Gunn. "Den stora vithajen attackerar bara när den är hungrig eller blir jagad. Varelsen vi ser här är mer som Mackie Kniven: rent och oförfalskat mordisk."

Sandecker blåste ut ett rökmoln och kastade en blick runt bordet. "Nu när ni har visat mig vad som måste vara världens kortaste monsterfilm, får ni också tala om vad i helskotta det är som pågår, och vad den där varelsen har med gipset på Pauls handled att göra."

Gamay och Paul turades om att berätta om sitt äventyr i Kanada, från sitt besök på Oceanus fiskförädlingsfabrik till sitt samtal med genetikerna på McGill.

Austin gjorde ett inpass. "Sa ni Frederick Barker?"

"Ja", sa Gamay. "Känner du honom?"

"Vi gjorde en flyktig bekantskap. Hans män försökte döda mig i går kväll."

Austin gav de församlade en hastig sammanfattning av sitt möte med Barker och den vilda slädhundsjakten genom The Mall.

"Gratulerar, Kurt. Trafikstockningen du orsakade var med på första sidan i *The Washington Post*." Sandecker gjorde en tankepaus. "Låt mig se om jag har förstått den här historien fram till dags dato. Du tror att Oceanus låg bakom sänkningen av två fartyg vid Färöarna för att avleda uppmärksamheten från ett hemligt projekt, lett av denne Barker, som är inblandad i uppfödning av muterade fiskar." Han gestikulerade mot bildskärmen. "Fiskar liknande den som Paul och Gamay stötte på i Kanada. Och de där människorna från en vildsint eskimåstam försökte mörda dig på Färöarna, i Köpenhamn och i Washington."

"Det låter otroligt när nån annan berättar det", sa Austin och skakade på huvudet.

"Baron Münchhausen kunde inte ha gjort det bättre. Lyckligtvis har Paul och Gamay bekräftat att dessa mordiska eskimåer existerar." Han vände sig mot Gunn. "Vad anser du om den här fantastiska historien, Rudi?"

"Innan jag svarar, vill jag fråga Gamay vad som skulle kunna hända om de här artificiellt muterade superfiskarna kom ut i havet och började föröka sig."

"Enligt Barkers kollega, dr Throckmorton, skulle de kunna bli till en tidsinställd biologisk bomb, om de släpps ut i tillräckligt antal", sa Gamay. "De skulle kunna tränga ut de naturliga fiskarterna på några få generationer."

"Vad är det för fel med det?" sa Sandecker och spelade djävulens advokat. "Yrkesfiskarna skulle fånga ett fåtal stora fiskar i stället för många små."

"Det är sant, men vi vet inte tillräckligt om de långsiktiga effekterna. Vad skulle hända om de här frankenfiskarna hade nån egenskap som gjorde dem olämpliga som människoföda? Tänk om det resulterade i en oförutsedd mutantart? Tänk om superfiskens avkomma inte kan överleva i det fria? Då skulle man varken ha de naturliga arterna eller mutanterna. Det ekologiska systemet i haven skulle komma i olag. Fiskare, anställda på fiskfabriker och distributörer över hela världen skulle bli utan jobb. Det skulle bli dödsstöten för hela samhällen som är beroende av fiskprotein som föda. Industrinationerna skulle också komma till skada."

"Det var en dyster prognos", sa Sandecker.

"Jag är konservativ i min bedömning. Det finns så många okända faktorer. Vi vet att mer än tjugofem arter är föremål för genetisk modifiering. Det skulle kunna innebära en tragedi av oanade mått om de rymde ut i havet."

"Vi utgår hela tiden från att monstret på bilden har *rymt* från ett forskningslaboratorium", sa Rudi. "Antag att den och flera andra likadana släpptes ut i havet *avsiktligen*?"

Gamay stirrade på Gunn som om det hade vuxit ut horn i pannan på honom. "Varför skulle nån riskera att hela arter dog ut? Det skulle vara fruktansvärt."

Gunn skakade på huvudet. "Inte för alla."

"Vad menar du?" frågade Sandecker.

"Att fisken skulle försvinna från *havet*, men inte från Oceanus fisktankar. Oceanus har tagit internationella patent på sina fiskgener. Arterna skulle bevaras i Oceanus DNA-banker."

"Mycket smart, Rudi", sa Sandecker. "Oceanus skulle ha skaffat monopol på en av världens viktigaste proteinkällor."

Paul sa: "Ett sånt monopol skulle vara värt flera miljarder dollar."

"Det handlar om mycket mer än pengar", sa Sandecker. "Fiskprotein är ett av de viktigaste näringsämnena för en stor del av världens befolkning. Mat är makt."

"Det förklarar varför Oceanus är så skjutglada", sa Austin. "Om det läckte ut att de håller på att tömma världshaven, så skulle reaktionerna från omvärlden bli förödande."

"Det låter som en trolig förklaring", sa Gunn. "Man bygger upp fiskodlingsanläggningar för genförändrade fiskar runtom i världen. Sen kan man på kort tid plantera ut dem i de viktigaste fiskeområdena."

"Man skulle inte behöva särskilt många", sa Gamay. "Varje utsläppt superfiskhanne kan para sig med dussintals honor. Men jag skulle vilja påpeka att det inte på nåt sätt är olagligt att släppa ut fisk i öppna havet."

"De har sänkt två fartyg och orsakat flera människors död, i sina försök att dölja sin lilla hemlighet", sa Austin. "De har tillfångatagit en hel indianby. Såvitt jag vet, så är mord och kidnappning olagligt."

Sandecker sa: "Men eftersom vi inte kan binda morden och de andra brotten till Oceanus än, är vi tvungna att gå fram försiktigt. Vi kan inte gå via de vanliga kanalerna. Inte ens den kanadensiska regeringen får veta nåt om vår operation. Och Oceanus skulle kunna sätta lagens väktare på oss. Men vårt specialteam skapades just för uppdrag utan myndigheternas insyn, så det är det perfekta instrumentet för att genomföra vår plan."

"Jag visste inte att vi *hade* nån plan", sa Zavala.

"Det hela verkar rätt uppenbart i mina ögon", sa amiralen. "Vi spränger Oceanus och deras jäkla planer i luften, för de är som pirater. Men jag inser att det inte blir lätt. Nighthawks familj och släktingar kan hamna i en farlig situation. Det faktum att vi kommer inklampande på scenen kan få Oceanus att göra nåt förhastat."

"Det finns en annan omständighet vi måste ta med i beräkningarna", sa Austin. "Marcus Ryan är fast besluten att blanda in SOS också. De skulle kunna äventyra vår plan och försätta fångarna i verklig fara."

"Det avgör saken", sa Sandecker. "Vi agerar genast. Vi måste slå till i hjärtpunkten, på den där anläggningen i de kanadensiska skogarna. Du Kurt, den här unge indianen, gav han dig nån som helst antydan om var hans by ligger?"

"Ryan vaktade honom hela tiden. Och nu tycks Ben ha försvunnit, men jag håller på att försöka få tag i honom."

"Vi kan inte vänta så länge." Sandeckers blick förflyttade sig till en man med sjaskigt utseende som tyst hade tassat in i rummet under diskussionen och satt sig ner i ett hörn. "Har du nåt åt oss, Hiram?"

Hiram Yeager var ansvarig för den väldiga datorcentralen som upptog hela tionde våningen i NUMA-byggnaden. Där fanns digitalt lagrat den största mängden fakta om haven som någonsin hade samlats under ett tak. Hjärnan bakom denna otroliga informationsinhämtningskapacitet var klädd i sin standarduniform: Levi's-jeans, en vit T-shirt utan tryck och jeansjacka. På fötterna hade han ett par cowboystövlar som hade sett bättre dagar. Hans långa hår var knutet i hästsvans, och de grå ögonen plirade ut mot världen genom ett par stålbågade mormorsglasögon.

"Rudi bad mig se om Max kunde sammanställa en lista över platser som har drabbats av plötslig fiskdöd, och att om möjligt dubbelkontrollera med närbelägna fiskförädlingsanläggningar och fiskodlingar."

"Vill du att vi förflyttar oss till datorcentralen?" frågade Sandecker.

Yeagers pojkaktiga ansikte strålade av iver. "Ni kan lugnt stanna kvar där ni är. Ni ska strax få se en demonstration av Flyttbara Max."

Sandecker grimaserade. Han var otålig att få i väg sina trupper och inte särskilt intresserad av Yeagers experiment, bara resultaten. Men hans respekt för datageniet tog sig bland annat uttryck i ett ovanligt tålamod och att han tillät Yeager att strunta i NUMA:s föreskrivna klädsel.

Yeager anslöt en bärbar dator till några olika uttag och till storbildsskärmen. Han klickade på ON-knappen. Den som väntade sig en sedvanlig presentation kände inte Hiram Yeager. Bilden av en kvinna dök upp på skärmen. Hon hade topasbruna ögon och glänsande kastanjebrunt hår, och axlarna var bara så långt ner att man kunde skymta överdelen av hennes bröst.

Det var svårt att fatta att den underbara kvinnan på skärmen bara var ett system av artificiell intelligens – slutprodukten i det mest komplexa strömkretssystem man kunde tänka sig. Yeager hade spelat in sin egen röst, förändrat den digitalt så att den skulle låta feminint och slutligen programmerat in sin egen frus ansikte i systemet. Max hade en benägenhet att vara precis lika lättstött och retlig som hon – den framgångsrika konstnären – var.

När Yeager arbetade i datorcentralen satt han vid ett hästskoformat kontrollbord, och Max var tredimensionellt projicerad på en jättelik datorskärm. "Med Flyttbara Max behöver ni inte komma till datorcentralen för att ställa frågor. Den bärbara datorn ansluter till stordatorn, så jag kan ta henne med mig vart jag går. Är det inte så, Max?"

I vanliga fall reagerade Max på inledningsfrågan med ett bländande leende, men ansiktet på skärmen såg ut som om hon hade bitit i en citron. Yeager pillade med anslutningarna och försökte igen. "Max? Hur är det med dig?"

Ögonen tittade ner mot nederdelen av skärmen. "Jag känner mig så ... platt."

"Här bortifrån ser du fin ut", sa Yeager.

"Fin?"

"Nej, du ser *underbar* ut."

Nu hade Sandeckers tålamod tagit slut. "Du borde kanske skicka en bukett rosor till den unga damen."

"Det funkar alltid för mig", sa Zavala.

Sandecker gav honom en förintande blick. "Tack för att du låter oss ta del av dina omfattande erfarenheter, Joe. Det där kan du säkert ta med i dina memoarer. Hiram, skulle du vilja vara snäll och återgå till ämnet, tack?"

Max log. "Hej, amiral Sandecker."

"Hej, Max. Hiram har rätt när han säger att du ser underbar ut. Men jag tycker vi borde avsluta det här experimentet med Flyttbara Max. I fortsättningen kommer vi och hälsar på er i datorcentralen."

"Tack för att ni är så förstående, amiral. Vad kan jag hjälpa er med?"

"Var snäll och ta fram de uppgifter Hiram bad om."

Ansiktet försvann ögonblickligen. På dess plats fanns nu en världskarta. Max röst berättade: "Den här kartan visar platserna där det har förekommit fiskdöd nära fiskodlingsanläggningar. Jag kan ge er detaljerade uppgifter för varje plats."

"Det behöver du inte besvära dig med nu. Visa oss i stället de fiskodlingar som ägs av Oceanus."

Några av ringarna försvann, men ett betydande antal blev kvar.

"Gå nu till Kanada", sa Sandecker.

Bilden zoomade in Cape Breton.

"Bingo!" sa Paul Trout. "Det var där Gamay och jag hade vår fajt med Oceanus."

Austin sa: "Max, skulle du kunna dra en rak linje från Oceanus-anläggningen till den närmaste sjön i norra Kanada?"

Det dök upp en linje på kartan mellan anläggningen vid kusten och inlandet, men sjön som visades var för liten och låg för nära civilisationen. Efter flera försök förband Max fiskodlingen med den enda sjön som var stor nog och tillräckligt avlägsen för att stämma in på Nighthawks beskrivning.

"Vi kan ta några satellitbilder av den där platsen, men instinkten säger mig att det är rätta stället", sa Austin.

"Tack, Max. Nu kan du stänga av", sa Sandecker.

Skärmen blev tom. Sandecker, som uppenbarligen var nöjd med sig själv, vände sig Zavala och sa: *"Så ska en kvinna tas."* Hans ansikte blev allvarligt. "Jag tror det är dags att röra på påkarna", sa han.

Zavala höjde handen och harklade sig.

"Det är rätt oländig terräng där. Om vi nu tänker oss att vi hittar de där herrarna utan problem, ska vi då bara gå och knacka på?"

Sandecker såg ut som om frågan förvånade honom. "Jag är öppen för förslag."

"Jag har ett. Kalla in den kanadensiska ridande polisen."

"Jag är säker på att ni klarar det utan deras hjälp." Sandecker visade upp sina jämna tänder i ett krokodilleende. "Ni får *carte blanche.*"

"Jag skulle hellre ta ridande polisen", sa Zavala. "Om de är upptagna, kan det duga med en enhet från Special Forces."

"Jag kan förstå om Joe är tveksam", sa Austin som kom till sin kollegas hjälp. "Som makarna Trout och jag vet, skjuter Oceanus först och frågar sen."

"Det skulle ta för lång tid att klara av all byråkrati som är nödvändig för att blanda in den kanadensiska militären eller polisen. Och vad Special Forces beträffar, skulle vi behöva presidentens godkännande för att få inkräkta på kanadensisk mark. Det tror jag inte vi får."

"I så fall har jag ett förslag att komma med", sa Austin. Han berättade om sitt samtal med Aguirrez.

Sandecker puffade tankfullt på sin cigarr. "Låt mig se. Du skulle alltså vilja utnyttja resurserna som den där basken – en presumtiv terrorist – förfogar över, för att genomföra ett NUMA-uppdrag i främmande land?" sa Sandecker.

"Om vi inte kan använda oss av amerikanska marinkåren eller kanadensiska ridande polisen, är han kanske det enda vi har."

"Hmm", sa Sandecker. "Går det att lita på honom?"

"Man kan lita på att han kommer att göra sitt yttersta för att hitta relikerna. I övrigt vet jag inte riktigt vad jag ska säga, mer än att påminna om att han har räddat mitt liv vid två tillfällen."

Sandecker drog i sitt välansade skägg. Tanken på att använda sig av basken tilltalade amiralens okonventionella sida, men han var tveksam till att inte ha full kontroll över situationen. Å andra sidan hade han ett obetingat förtroende för Austin och hans team.

"Du får använda ditt eget omdöme", sa Sandecker.

"Det var en sak till", sa Austin. Så berättade han om utställningen på museet som hade tagits bort över en natt och olyckan där senator Graham varit inblandad.

"Men jag känner Graham väl", sa Sandecker.

Gunn nickade. "Och gissa vad hans utskott har jobbat med på sista tiden? Ändrad lagstiftning för att försöka täppa till kryphålen som gör det möjligt att föra in genförändrad fisk i USA."

"Vilket sammanträffande, va?" sa Austin. "Särskilt som han var på hemväg från en mottagning arrangerad av Oceanus."

"Försöker du antyda", sa Sandecker, "att hela utställningen var en omsorgsfullt planerad täckmantel för en grupp lönnmördare?"

"Det skulle passa in i bilden. När Graham är ute ur spelet kanske de där kryphålen aldrig blir tilltäppta."

"Jag instämmer. Det finns säkert tillräckligt många tvivelaktiga politiker för att det ska gå att muta sig fram", sa Sandecker som hade en skeptisk inställning till kongressen.

Austin sa: "Oceanus har röjt ett stort hinder ur vägen. Jag tror de är redo för sitt nästa drag."

Sandecker reste sig från stolen och svepte runt bordet med sina kalla blå ögon. "Då är det hög tid att vi gör *vårt*", sa han.

När Austin kom tillbaka till sitt tjänsterum, väntade ett meddelande från kaptenen på NUMA:s forskningsfartyg "William Beebe", som arbetade tillsammans med danskarna på Färöarna. *Ring genast*, löd meddelandet, och så fanns ett telefonnummer.

"Det var en sak jag tänkte att ni skulle vilja veta", sa kaptenen när Austin nådde honom. "Det har skett en olycka här. Ett forskningsfartyg som samarbetade med en dansk vetenskapsman vid namn Jørgensen har exploderat. Åtta personer omkom, däribland professorn."

Austin hade glömt bort Jørgensens planer på att fortsätta sina undersökningar nära Oceanusanläggningen. Nu mindes han att han hade uppmanat professorn att vara försiktig.

"Tack, kapten", sa han. "Har ni nån aning om vad som orsakade explosionen?"

"Den enda överlevande sa nåt om en helikopter i området före explosionen, men hon var lite osammanhängande. Det var förresten hon som ville att vi skulle ringa till er. Hon verkar ha varit med ombord på båten som professorns gäst. Hon hette Pia nånting."

"Det är en god vän till mig. Hur mår hon?"

"Några brutna ben och lite brännmärken. Men läkarna räknar med att hon kommer att klara sig. Det verkar vara en tuff dam."

"Det är det också. Skulle ni kunna lämna ett meddelande till henne?"

"Naturligtvis."

"Säg att jag kommer och hälsar på så snart hon mår lite bättre."

"Det ska jag framföra."

Austin tackade kaptenen och lade på. Han stirrade tomt framför sig, medan käkmusklerna arbetade och hans blågröna ögon var på topasnivå på Mohs' hårdhetsskala. Han tänkte på Jørgensens hästlika leende och Pias vänlighet. Barker, eller Toonook, eller vad hans namn nu var, hade begått sitt livs misstag. Genom att döda professorn och skada Pia hade han förvandlat det hela till något personligt för Austin.

30

Det enmotoriga sjöflygplanet flög lågt och såg ut som en leksak mot den vidsträckta kanadensiska vildmarken. Therri Weld satt bredvid piloten i det främre passagerarsätet, varifrån hon hade god utsikt över raderna av spetsiga trädtoppar, som var och en skulle kunna slita upp flygplanets buk.

I början av flygturen hade hon varit så rädd att hon höll i sig så att knogarna vitnade. Therri hade inte känt någon större tillförsikt när hon såg de två lurviga tärningarna som hängde i cockpiten. Men när flygturen fortskred utan problem insåg hon att piloten, en jättelik, gråhårig man som kallades Bear, faktiskt verkade veta vad han höll på med.

"Hit upp åker jag inte ofta", ropade Bear genom motordånet. "Det är för långt för de flesta 'friluftsmänniskor' som kommer hit för att jaga och fiska. Deras uppfattning om primitivt är att bo i en stuga med wc." Bear pekade ut genom vindrutan på det enformiga landskapet. "Vi närmar oss sjön *Looking Glass*. Det är egentligen två sjöar med en kort förbindelse mellan. Ortsbefolkningen kallar dem för *Twins*, fast den ena är större än den andra. Vi ska gå ner på den mindre av dem om några minuter."

"Det enda jag kan se är träd och åter träd", sa Marcus Ryan som satt bakom piloten.

"Ja, det är ganska oundvikligt att stöta på träd i de här trakterna", sa Bear med ett glatt leende. Han kastade en blick åt sidan för att se om Therri uppskattade att han skämtade på Ryans bekostnad. Hon log pliktskyldigt, men egentligen hade hon tankarna på annat håll. Hon skulle ha känt betydligt större tillförsikt om Ben Nighthawk varit med. Fast hon ringt upprepade gånger till hans lägenhet hade hon inte fått något svar. Hon hade velat pröva ett par gånger till, men Marcus hade bråttom att komma i väg.

"Du kan backa ur om du vill", hade Ryan sagt. "Chuck och jag kan åka själva, men vi måste skynda oss för planet väntar." Therri hann nätt och jämnt packa innan Ryan kom och hämtade henne. Strax därefter tog de plats i jetplanet som SOS disponerade, tillsammans med Chuck Mercer, den före detta förstestyrmannen på "Sea Sentinel". Nu när fartyget låg på botten var Mercer pigg på lite action.

Therri skulle ha varit mer entusiastisk om hon inte hade känt på sig att Ryan improviserade strategin allteftersom. Tack vare uppgifterna från Ben visste Ryan vart de skulle åka. Ben hade talat om namnet på sjön och var den låg. Det var också Ben som hade gett honom Bears namn.

Denne "djungelflygare" hade tidigare varit knarksmugglare och var känd för att inte ställa några frågor, bara betalningen var den rätta. Han hade inte ens blinkat när Marcus dragit en vals om att de skulle göra en dokumentärfilm om indiankulturer och ville spana på Bens by utan att själva bli sedda.

Bear brukade vara diskret, men han hade blivit oförsiktig av att bo i ett samhälle där alla kände till hans förflutna. Och när han tankade planet, råkade han säga några ord om sitt uppdrag för SOS. Han kunde inte veta att ett par skarpa öron lyssnade och att ett par ovänligt sinnade ögon såg på när hans plan lyfte och styrde kosan mot det inre av landet.

Plötsligt dök sjön upp. Therri skymtade vattenblänk i den sena eftermiddagssolens sneda ljusstrålar. Några sekunder senare sjönk planet som om det hade hamnat i en fallvind. Hon kände hjärtat i halsgropen, sedan planade sjöflygplanet ut och hamnade i en allt mer vinklad bana. Pontonerna forsade fram över sjöns yta en kort sträcka innan planet lade sig tillrätta i vattnet och stannade.

Bear taxade in mot stranden. När planet närmade sig en brant, några meter bred, sluttande strand klättrade han ut ur cockpiten och ner på ena pontonen och hoppade med fötterna före i vattnet, så att han sjönk till midjan. Han band fast en förtöjningslina i ett stag, lade den andra änden över axeln och bogserade planet närmare stranden. Efter att ha slagit linan kring en stubbe hjälpte han de andra att lasta av ett stort paket och flera mindre. De tog upp det största paketet, och med hjälp av en koldioxidtub pumpade de snabbt upp en cirka två och en halv meter lång uppblåsbar båt. Bear tittade intresserat på, med händerna i sidorna, när Ryan testade en tyst, batteridriven utombordsmotor.

"Jag kommer tillbaka i morgon", sa han. "Ni har radion om ni behöver mig. Var försiktiga."

Planet taxade ut till sjöns ena ände, lyfte och vände tillbaka samma väg som det hade kommit. Therri gick bort till Ryan och Mercer som kontrollerade packningen. Mercer packade upp ett stycke C-4 sprängämne och undersökte detonatorerna.

Han log och sa: "Precis som i gamla tider."

"Är du verkligen redo för det här, Chuck?"

"Du pratar med killen som sänkte ett isländskt valfångstfartyg praktiskt taget på egen hand."

"Ja, men det var några år sen. Vi är betydligt äldre nu."

Mercer fingrade på en detonator. "Det krävs inte mycket energi för att trycka på en knapp", sa han. "De där jäklarna ska få igen för vårt fartyg." Mercer hade kokat av ilska när han fått veta att Oceanus fartyg hade servats på samma skeppsvarv på Shetlandsöarna som "Sea Sentinel" varit på, och att det kanske var där sabotaget utförts.

"Vi får inte glömma Josh, heller", sa Ryan.

"Jag har inte glömt Josh. Men är du säker på att det inte finns nåt annat sätt?" sa Therri.

"Jag önskar att det gjorde det", sa Ryan. "Vi blir tvungna att spela tuffa."

"Jag invänder inte mot *behovet* av att göra nånting, utan mot *sättet*. Tänk på Bens folk. Du sätter deras liv på spel."

"Vi kan inte låta oss avledas från vårt primära mål. Vi måste stoppa den här vederstyggligheten innan den släpps loss."

"*Vederstyggligheten?* Du skrämmer mig, Marcus. Du pratar ju som en biblisk profet."

Ryan blev röd i ansiktet men behärskade sig. "Jag har inte tänkt låta Bens folk lida i onödan. Oceanus kommer att vara alldeles för upptagna med att ta hand om våra små presenter för att göra nånting. Och i vilket fall kommer vi att kontakta myndigheterna så snart vi är klara här."

"Det behövs bara några salvor från ett automatvapen för att döda varenda en i Bens by. Varför inte kalla på hjälp utifrån redan nu?"

"Därför att det skulle ta för lång tid. Det handlar om husrannsakningsorder och en juridisk process. Byborna kan vara döda när den ridande polisen väl bestämmer sig för att undersöka saken." Han tystnade. "Glöm inte att jag försökte få med NUMA på det här, och Austin vägrade."

Therri bet sig i läppen av frustration. Hon kände stor lojalitet mot Ryan, men hon var inte okritisk.

"Du ska inte klandra Kurt. Om det inte vore för honom skulle du sitta i en dansk fängelsecell och käka sardiner."

Ryan kopplade på stora leendet. "Det har du rätt i, det var oschyst av mig. Men än är det tid att ringa till Bear och be honom ta dig härifrån."

"Inte med ditt liv som insats, Ryan."

Mercer hade packat färdigt ryggsäckarna. Han spände på sig ett pistolhölster och gav ett till Ryan. Therri vägrade bära vapen. De lastade sin utrustning i den uppblåsbara båten, sköt ut den från stranden och startade motorn. Den gick med ett svagt surrande och drev båten framåt med låg men aktningsvärd fart. De höll sig nära stranden även sedan de passerat genom kanalen och in i den större sjön.

Ryan använde en topografisk karta på vilken han antecknat några saker som Ben hade sagt. Han stannade båten vid ett tillfälle och tittade i kikaren mot den motsatta änden av sjön. Där kunde han urskilja en brygga och flera båtar, men ingen byggnad som stämde in på Bens beskrivning.

"Det var konstigt, jag ser ingen kupol. Ben sa att den höjde sig över träden."

"Vad ska vi göra?" sa Therri.

"Vi åker till Bens by och väntar där. Sen tar vi oss över sjön, lämnar våra visitkort där de gör mest nytta och sätter tidsinställningarna nån gång på morgonen, när vi är på väg härifrån."

De fortsatte igen. Solen var på väg ner bakom träden då de fick syn på gläntan och det tiotalet hus som utgjorde Bens by. Det var dödstyst, förutom trädens svaga sus och vågornas kluckande. De stannade omkring femtio meter från stranden. Först spanade Ryan, sedan de andra, mot byn med ljusförstärkande glasögon. När de inte såg någonting fortsatte de rakt in mot stranden, drog upp båten och gick i land.

Ryan var försiktig och insisterade på att de skulle kontrollera husen och affären. Byn var övergiven, precis som Ben hade beskrivit. De åt lite. När de var klara med det var det helt mörkt, bortsett från det blåsvarta blänket i sjön och några lysande ljuspunkter på den motsatta stranden. De turades om att hålla vakt medan de övriga sov. Omkring midnatt var alla vakna och klara att ge sig i väg. De drog ner båten i vattnet och stötte ut.

Halvvägs över sjön kikade Ryan genom glasögonen och sa: "Milde tid!"

Himlen ovanför sjön lystes upp. Han räckte kikaren till Therri, men även med blotta ögat kunde hon se den svagt upplysta grönblå formationen som höjde sig över träden. Den tycktes ha fallit ner från himlen.

Ryan instruerade Mercer att styra åt sidan, bort från bryggan. De nådde land några minuter senare, drog upp den uppblåsbara båten och täckte den med ris. Sedan förflyttade de sig längs stranden. Ett hundratal meter före bryggan vek de av inåt land och kom fram till vägen som Ben och Josh Green hade använt för att ta sig till luftskeppshangaren. De leriga spåren som Ben beskrivit hade sedan dess jämnats till och asfalterats.

De letade efter en särskild typ av byggnad och fann det de sökte i ett hus som surrade av ett pumpliknande ljud. Mercer plockade fram en liten skärbrännare och gjorde processen kort med hänglåsen.

Stora glastankar sträckte sig från ena änden av byggnaden till den andra, och luften därinne kändes tung av fisklukt och surrande motorer. Rummet låg i halvmörker, men man kunde se stora bleka skepnader som rörde sig bakom glaset. Mercer skred genast till verket. Han placerade ut paket med C-4 på strategiska platser, tryckte fast det kittliknande sprängmedlet runt pumpar och elledningar där explosionerna skulle göra störst skada. Det som blev över placerade han på utsidan av tankarna.

De jobbade fort – apterade laddningarna, ställde in timrarna och var klara på mindre än en halvtimme. De enda människor de hade sett var folk som rörde sig långt borta, men Ryan tänkte inte utmana ödet. Därefter förflyttade de sig ner mot stranden igen, och inte heller den här gången stötte de på någon. Ryan började känna sig illa till mods, men han skyndade vidare. Om allt gick som planerat skulle Bear plocka upp dem alldeles före den stora smällen.

Dessvärre gick inte allt som planerat. Till att börja med var deras båt borta. I tron att de kanske hade missbedömt avståndet i mörkret skickade Ryan ner de andra till stranden för att leta efter båten, medan han höll vakt. När fem minuter hade gått och de inte hade återvänt, satte han i väg efter dem och hittade Therri och Mercer stående sida vid sida med ansiktena vända ut mot sjön.

"Har ni hittat den?" sa han.

Inget svar. De förblev orörliga. När han gick närmare såg han varför. Båda två var bakbundna och hade fått munnarna igentejpade. Innan han hann befria sina vänner brakade det till i buskarna på stranden, och de blev omringade av ett dussin kraftiga gestalter.

En man tog hand om Ryans pistol, en annan kom fram och tände en ficklampa, så att ljuskäglan lyste på hans hand. I handen höll han en av laddningarna Mercer hade placerat ut i fiskhuset. Mannen kastade sprängmedlet i sjön och riktade ljuskäglan mot sitt eget ansikte så att Ryan med säkerhet skulle se det koppärriga pumpagubbeansiktet och det vildsinta leendet.

Han drog upp en kniv med vitt blad från bältet och satte den under Ryans haka så att spetsen tryckte mot huden och en bloddroppe trängde fram. Sedan sa han något på ett främmande språk och stack tillbaka kniven i slidan. I samlad tropp började de gå tillbaka mot luftskeppshangaren.

31

Austin såg på satellitfotografiet genom ett förstoringsglas och skakade på huvudet. Han sköt bilden och förstoringsglaset över skrivbordet till Zavala. Efter att ha tittat på bilden ett ögonblick sa Zavala: "Jag kan se en sjö med en glänta på ena sidan och några hus. Det kan vara Nighthawks by. Det finns en brygga och några båtar på andra sidan, men ingen luftskeppshangar. Den kanske är gömd."

"Vi kanske åker dit helt i onödan, gamle gosse."

"Det skulle inte vara första gången i så fall. Tänk så här: Max sa att det är rätt ställe, och jag skulle våga livet på att det Max säger är sant."

"Det kanske du blir tvungen till", sa Austin. Han tittade på klockan. "Vårt plan är startklart om ett par timmar. Det är bäst vi sticker hem och packar."

"Jag har inte packat *upp* efter min förra resa", sa Zavala. "Vi ses på flygplatsen."

Austin gjorde ett hastigt besök i sitt båthus och var på väg ut genom dörren, när han såg att lampan blinkade på telefonsvararen. Han övervägde med sig själv om han skulle lyssna av meddelandet men gick in och tryckte på knappen – och tur var det. Ben Nighthawk hade ringt och lämnat ett telefonnummer.

Austin släppte väskan och slog hastigt numret. "Vad glad jag är att du ringer", sa Nighthawk. "Jag har suttit vid telefonen och väntat på att du skulle göra det."

"Jag har försökt komma i kontakt med dig flera gånger."
"Jag är ledsen att jag har varit så strulig. Den där killen skulle ha dödat mig om inte du hade ingripit. Jag har mest lodat omkring tillsammans med några kompisar och tyckt synd om mig själv. När jag kom tillbaka till min lägenhet, var det ett meddelande från Therri. Hon sa att SOS skulle åka på egen hand. Ryan övertalade väl henne till det, antar jag."
"Jäkla idioter. De kommer att bli dödade."
"Jag känner likadant. Och jag är orolig för min familj också. Vi måste stoppa dem."
"Jag är villig att göra ett försök, men då behöver jag din hjälp."
"Kör till."
"Hur snart kan du åka?"
"När som helst."
"Vad sägs om nu direkt? Jag plockar upp dig på väg till flygplatsen."
"Jag håller mig beredd."

När Zavala hade lämnat NUMA-byggnaden, körde han hem till sitt hus i Arlington, Virginia, i sin Corvette cabriolet av 1961 års modell. Samtidigt som själva bostadsvåningen var fläckfri, vilket man skulle vänta sig av någon som rutinmässigt sysslade med mikroskopiska toleranser, så såg Zavalas källare ut som ett mellanting mellan kapten Nemos verkstad och en bensinmack i Sydstaterna. Där var proppfullt med modeller av undervattensfarkoster, metallbearbetningsverktyg och högar av konstruktionsritningar med smutsiga fingeravtryck på.

Det enda undantaget från röran var ett låst plåtskåp där Zavala förvarade sina vapen. Formellt var Zavala maringenjör, men hans uppdrag för specialteamet krävde ibland eldkraft. Till skillnad från Austin, som föredrog en specialtillverkad Bowenrevolver, använde sig Zavala av det vapen som fanns till hands, vanligtvis med dödlig effektivitet. Han tittade på samlingen av skjutvapen i skåpet – och undrade vad, bortsett från en neutronbomb, som skulle vara effektivt mot en hänsynslös multinationell organisation med egen privatarmé – och sträckte sig efter ett hagelgevär med repeterfunktion av modell Ithaca 37, det vapen som huvudsakligen användes av SEAL-trupperna i Vietnam. Han gillade tanken på att den här hagelbössan kunde avlossas nästan som ett automatvapen.

Zavala packade omsorgsfullt ner hagelgeväret och ett rejält förråd av ammunition i ett fodral, och kort därefter var han på väg till Dullesflygplatsen. Han körde med suffletten nerfälld och njöt av färden, för han visste att det här var sista åkturen med Corvetten tills uppdraget var slutfört. Han körde fram till en hangar i ett avsides hörn av flygplatsen där några mekaniker höll på med en sistaminutenkontroll av ett av NUMA:s jetplan. Han kysste Corvettens stänkskärm och sa ett sorgset adjö, sedan klättrade han ombord på flygplanet.

Zavala var i färd med att gå igenom flygningen när Austin anlände en kort stund senare med Ben Nighthawk i släptåg. Austin presenterade den unge indianen för Zavala. Nighthawk såg sig omkring som om han letade efter något.

"Var inte orolig", sa Austin som lade märke till Nighthawks förfärade min. "Joe ser bara ut som en bandit. Han vet faktiskt hur man hanterar ett flygplan."

"Det är lugnt", sa Zavala och tittade upp från sin skrivplatta. "Jag har blivit godkänd på en korrespondenskurs, fast jag missade avsnittet om landning."

Det sista Austin önskade sig var att Ben skulle bli skrämd och sticka därifrån. "Joe gillar att skoja lite", sa han.

"Det var inte det jag tänkte på, utan ... ja, alltså, blir vi inga fler? Bara *vi*?"

Zavalas läppar drogs upp i ett leende. "Vi får ofta höra såna kommentarer", sa han och mindes Beckers skepsis när han och Austin hade kommit för att rädda de danska sjömännen. "Jag börjar nästan få mindervärdeskomplex."

"Tro inte att det är nån självmordspatrull", sa Austin. "Vi ska plocka upp lite extramuskler på vägen. Under tiden får du försöka göra det bekvämt för dig. Det finns kaffe i termosen. Jag ska assistera Joe i cockpiten."

De blev snabbt klara för avfärd och påbörjade färden mot norr. Med en marschfart på åttahundra kilometer i timmen befann de sig över Saint Lawrence-viken efter drygt tre timmar. De mellanlandade på en liten flygplats vid kusten. Rudi Gunn hade kollat i förväg och upptäckt att ett av NUMA:s forskningsfartyg höll på med en undersökning i viken. Det hade gått smidigt genom den kanadensiska tullen, och det dröjde inte länge förrän Austin, Zavala och Ben gick ombord på fartyget som hade kommit in i hamnen.

Genom en tidigare överenskommelse låg "Navarra" och väntade tio distansminuter ut till havs.

När de närmade sig lustjakten såg Zavala med beundran på den långa, eleganta farkosten. "Snygg", sa han. "Och av linjerna att döma skulle jag säga att hon är snabb också, men hon ser inte ut att vara tuff nog för att tampas med Oceanus."

"Vänta ska du få se", sa Austin med ett menande leende.

"Navarra" skickade ut en mindre båt för att hämta dem. Aguirrez väntade på däck, med den svarta baskern som vanligt käckt på svaj. Vid hans sida stod de två muskulösa männen som hade eskorterat Austin när han fiskats upp ur vattnet vid Sjöjungfruns port.

"Trevligt att se er igen, mr Austin", sa Aguirrez och skakade hand med honom. "Roligt att ni och era vänner kunde komma ombord. Det här är mina två söner, Diego och Pablo."

Det var första gången Austin hade sett de två männen le, och då märkte han likheten med deras far. Han presenterade Zavala och Nighthawk. Lustjakten hade redan satt fart, och Austin och de andra följde med Aguirrez till hans storslagna salong. Aguirrez tecknade åt männen att sätta sig, och en servitör dök upp med varma drycker och smörgåsar. Aguirrez frågade om deras resa och väntade tålmodigt så att de fick avsluta sin lunch innan han tog fram en fjärrkontroll. När han tryckte på en knapp gled en sektion av väggen åt sidan och lämnade plats för en storbildsskärm. Ännu ett klick och ett flygfoto upptog hela skärmen. På bilden såg man skog och vatten.

Nighthawk drog ett djupt andetag. "Det där är min sjö och min by."

"Jag använde koordinaterna mr Austin gav mig och matade in dem i en kommersiell satellit", sa Aguirrez. "Men jag är lite förbryllad. Som ni ser finns det inga spår efter den där luftskeppshangaren ni nämnde."

"Vi hade samma problem med satellitbilderna vi tittade på", sa Austin. "Men vår datormodell visar att det är rätt ställe."

Nighthawk reste sig och gick fram till skärmen. Han pekade på ett skogsparti som gränsade mot sjön. "Det är här, jag *vet* det. Titta här, man kan se var skogen har blivit avverkad, och där är bryggan." Det var tydligt att han kände sig förvirrad. "Men det finns bara träd där luftskeppshangaren borde vara."

"Berätta en gång till vad du såg den där kvällen", sa Austin.

"Kupolen var enorm, men vi såg den inte förrän luftskeppet kom. Ytan var täckt med paneler."

"Paneler?" sa Zavala.

"Ja, så där som man ser på en geodetisk kupol, som den de byggde inför OS i Montreal. Hundratals sektioner."

Zavala nickade. "Jag trodde inte att den adaptiva kamouflagetekniken hade nått så långt."

"Det här verkar ju mer vara ett fall av osynlighet", sa Austin och pekade på skärmen.

"Ingen dum gissning. Adaptiv kamouflage är en ny teknik. Ytan man vill dölja är täckt med släta paneler som läser av landskapet och förändras. Det som sensorerna ser, avbildas sen på panelerna. Om man stod på marken och tittade på den här byggnaden, skulle man inte se nåt annat än träd, för kupolen skulle smälta ihop med den omgivande skogen. Nån tog tydligen med satellitfotografering i beräkningarna. Det skulle vara en enkel match att projicera trädtoppar på takpanelerna."

Austin skakade på huvudet. "Joe, du upphör aldrig att förvåna mig med dina märkliga kunskaper."

"Jag tror jag läste om det i *Popular Mechanics*."

"Men då har ni kanske löst mysteriet", sa Aguirrez. "På natten skulle panelerna som mr Zavala pratade om kunna vara programmerade att smälta samman med det omgivande mörkret. Mr Nighthawk såg mer än det var tänkt, när kupolen öppnades för zeppelinaren. Det är nåt annat som kanske kan intressera er. Jag har sparat några bilder som är tagna lite tidigare." Aguirrez backade genom de lagrade bilderna och tog upp ett annat flygfoto. "Den här bilden av området togs i går. Där nere i hörnet ser ni konturerna av ett litet plan. Jag ska zooma in den delen."

Bilden av ett sjöflygplan upptog hela skärmen. Man kunde se fyra gestalter som stod på en strand. "Planet försvann en kort stund efter att bilden togs, men titta här." Det dök upp en annan bild, som visade en liten båt med tre personer i. En av dem, en kvinna, tittade upp mot himlen som om hon visste att de stod under övervakning från rymden.

Baskens skarpa öron uppfattade hur Austin svor tyst för sig själv. Aguirrez höjde på sina buskiga ögonbryn.

"Jag tror jag vet vilka de är", sa Austin som förklaring. "Och om jag har rätt, så skulle det kunna komplicera saker och ting. Hur snart kan vi sticka?"

"Vi fortsätter utmed kusten till den punkt där det blir kortast möjliga väg för er. Två timmar kanske. Under tiden ska jag visa er vad jag har att erbjuda."

Med sönerna som eftertrupp eskorterade Aguirrez de andra nerför en lejdare till en stor, klart upplyst hangar under däck. "Vi har två helikoptrar", sa han. "Den civila, borta i aktern, använder vi när vi behöver åka nånstans. SeaCobran har vi i reserv. Spanska flottan beställde några såna här helikoptrar. Genom mina kontakter lyckades jag komma över en av dem. Den är utrustad med standardbeväpning." Aguirrez lät som en bilförsäljare som framhåller vad det finns för extrautrustning på en Buick.

Austin svepte med blicken över marinversionen av arméns Huey och såg raket- och kulsprutefästena som satt på undersidan. "Standardbeväpningen räcker gott."

"Så bra", sa Aguirrez. "Mina söner kommer att göra er sällskap i Eurocoptern, och SeaCobran följer också med ifall ni behöver understöd." Han rynkade pannan. "Jag är lite orolig för att den som är smart nog att använda ett så avancerat kamouflage säkert också har den bästa detekteringsutrustningen. Ni kan bli mottagna av en välkomstkommitté, och även en tungt beväpnad helikopter kan vara sårbar."

"Jag instämmer", sa Austin. "Det är därför vi ska närma oss till fots. Vi landar vid ett övergivet skogshuggarläger, och sedan kommer Ben att leda oss genom skogen till vårt mål. Vi tror de förväntar sig att alla eventuella intrång kommer över sjön, som det Ben gjorde tidigare, så vi närmar oss bakifrån. Och vi flyr samma väg – förhoppningsvis tillsammans med Bens familj och vänner."

"Det där låter bra. Enkel planering och enkelt genomförande. Vad gör ni när ni kommer fram till målet?" frågade Aguirrez.

"Det är den svåra biten", svarade Austin. "Vi har inte mycket annat än Bens redogörelse och satellitbilderna att gå på. Vi får helt enkelt improvisera, men det skulle inte vara första gången."

Aguirrez verkade inte bekymrad.

"Då föreslår jag att vi sätter i gång." Han tecknade åt Diego, som gick bort till en telefon bredvid ett batteri av strömbrytare. Han sa några ord, och sedan började han trycka på knappar. Det hördes surrande motorer, en alarmsignal ljöd och portarna i taket gled sakta isär. Därefter började golvet röra sig uppåt. Några ögonblick senare var de och helikoptern upplyfta på däck, där några besättningsmän, förvarnade av signalen, skyndade fram för att förbereda SeaCobran för uppdraget.

32

Fartyget som dr Throckmorton hade rekvirerat för undersökningen var en kort och bred ombyggd trålare som användes av det kanadensiska fiskeriverket. Den trettio meter långa Cormoranten låg förtöjd vid kajen strax intill platsen där Mike Neals båt hade legat vid makarna Trouts första besök i hamnen.

"För att citera den store yogin Berra: 'Det här är som déjà vu – en gång till'", sa Trout när han och Gamay gick uppför landgången till forskningsfartygets däck.

Hon kikade ut över den sömniga hamnen. "Konstigt att vara tillbaka här. Det är så fridfullt."

"Det är det på en kyrkogård också", sa Paul.

Throckmorton kom skyndande mot dem och hälsade på sitt vanliga översvallande sätt. "Doktorerna Trout! Så trevligt att ha er ombord. Jag är glad att ni ringde. Efter vårt samtal i Montreal hade jag ingen aning om att vi skulle träffas så snart igen."

"Inte vi heller", sa Gamay. "Era upptäckter orsakade stor uppståndelse bland folket på NUMA. Tack för att ni kunde ta oss ombord med så kort varsel."

"Det var så lite, så lite." Han sänkte rösten. "Jag tog med mig några av mina studenter som medhjälpare. En kille och en tjej. Begåvade ungdomar. Men det är skönt att ha vuxna kolleger ombord, om ni förstår vad jag menar. Jag ser att ni fortfarande har kvar gipsbandaget. Hur känns det i armen?"

"Bra", sa Paul. Han såg sig omkring. "Är inte dr Barker här?"

"Han kunde inte följa med", sa Throckmorton. "Personliga angelägenheter av nån sort. Han kanske skulle komma senare. Jag hoppas han dyker upp. Jag skulle ha glädje av hans genetiska expertkunskaper."

"Så forskningen har inte gått bra?" sa Gamay.

"Tvärtom, den har gått utmärkt, men jag är närmast en mekaniker på det här området, om jag får använda en analogi. Jag kan sätta ihop ramen och chassit, men det är Frederick som svarar för designen av sportbilen."

"Inte ens den dyraste sportbil fungerar för evigt, om inte mekanikern ser till att motorn funkar", sa Gamay med ett leende.

"Det var snällt sagt. Men det här är en komplex fråga, och jag har stött på några saker som gör mig förbryllad." Han rynkade pannan. "Jag har alltid ansett att fiskare är ypperliga observatörer av det som händer på havet. Fiskeflottan här i trakten har ju dragit vidare till mer produktiva vatten, som ni vet. Men jag pratade med några gamlingar, några pensionerade fiskare, som såg fisken försvinna och ersättas av de här så kallade djävulsfiskarna. Nu har djävulsfiskarna minskat och nästan försvunnit. De dör, och jag vet inte varför."

"Synd att ni inte har lyckats fånga några."

"Åh, det sa jag inte. Kom, ska jag visa er."

Throckmorton gick före genom "torrlabbet", där datorer och annan elektronisk utrustning förvarades högt och torrt, och in i "våtlabbet" – ett litet utrymme med diskbänkar, rinnande vatten, tankar och bord som användes för fuktiga sysslor, dissekera fiskar bland annat. Han tog på sig ett par handskar och sträckte sig in i en stor frys. Med assistans av makarna Trout drog han fram en drygt meterlång fryst lax och lade den på ett bord.

"Den liknar fisken vi fångade", sa Paul och böjde sig ner för att inspektera de blekvita fjällen.

"Vi hade helst velat ha det här exemplaret levande, men det var omöjligt. Han slet sönder nätet och skulle ha förstört resten av fartyget också, om han fått leva tillräckligt länge."

"Nu när ni har sett en av de här varelserna på nära håll, vad är då era slutsatser?" sa Gamay.

Throckmorton drog ett djupt andetag och blåste upp sina plufsiga kinder. "Det är som jag fruktade. Att döma av den ovanligt stora kroppen skulle jag säga att det med säkerhet är en genmodifierad lax. En laboratorieframställd mutant, med andra ord. Det är samma typ som den jag visade er i mitt labb."

"Men er fisk var mindre och såg mer normal ut."

Throckmorton nickade. "Båda har programmerats med tillväxtgener, skulle jag tippa, men medan mitt experiment hölls under kontroll, verkar man inte ha gjort några ansträngningar för att begränsa storleken på den här bamsingen. Det är nästan som om nån skulle vilja se vad som hände. Men storleken och det faktum att den var så rovlysten ledde till dess undergång. När de här varelserna hade förintat och ersatt de naturliga bestånden, gav de sig på varandra."

"De var för hungriga för att föröka sig, med andra ord?"

"Det är möjligt. Eller så kan den här varianten helt enkelt ha haft problem med att anpassa sig till ett liv i det fria, på samma sätt som ett stort träd slits upp med rötterna i en storm medan en spretig liten martall överlever. Naturen brukar gallra ut mutanter som inte passar in i mönstret."

"Det finns en annan möjlighet", sa Gamay. "Jag tror dr Barker sa nåt om att ta fram steriliserade, genförändrade fiskar så att de inte kunde föröka sig."

"Ja, det är fullt möjligt, men det skulle kräva ganska avancerade genmanipulationer."

"Vad står närmast på programmet?" sa Paul.

"Vi ska se vad vi kan fånga under de närmaste dagarna, sen ska jag ta med det här exemplaret och allt annat vi fångar till Montreal, där vi kan kartlägga generna. Då kan jag se om de stämmer överens med nåt av det jag har i datorerna. Eventuellt går det att lista ut vem som har skapat den."

"Är det möjligt?"

"Javisst. Ett genetiskt program är nästan lika bra som en namnteckning. Jag skickade ett meddelande till dr Barker och berättade vad jag hade fått upp. Frederick är fenomenal på såna här grejer."

"Ni har väldigt höga tankar om honom", sa Paul.

"Han är oerhört begåvad, som jag sa tidigare. Jag önskar bara att han inte vore så involverad i kommersiella projekt."

"På tal om kommersiella projekt så hörde vi att det ligger en fiskförädlingsanläggning av nåt slag en bit upp efter kusten. Kan de ha haft nånting med det här att göra?"

"På vilket sätt då?"

"Jag vet inte. Föroreningar kanske. Jag tänker på såna där tve-hövdade grodor som folk hittar ibland i förorenade vattendrag."

"En intressant möjlighet, men det är knappast sannolikt. Man kan kanske få se några deformerade fiskar eller fiskdöd, men det här monstret har inte tillkommit genom en olyckshändelse. Och det skulle förekomma missbildningar hos andra arter också, nåt som vi inte sett. Men vet ni vad. Vi ankrar för natten nära fiskfabriken och kör några vändor med trålen i morgon förmiddag. Hur länge kan ni stanna ombord?"

"Så länge ni står ut med oss", sa Paul. "Vi vill inte vara till besvär."

"Ni är inte till minsta besvär." Han lade tillbaka laxen i frysen. "Ni kanske bestämmer er för att korta av vistelsen när ni har sett er hytt."

Hytten var obetydligt större än två kojer placerade ovanför varandra. När Throckmorton hade gått i väg för att de skulle få installera sig, försökte Paul klämma in sina dryga två meter i underslafen, men hans ben hängde ut över sidan.

"Jag har funderat på det som dr Throckmorton har berättat för oss", sa Gamay och testade överslafen. "Antag att du var dr Barker och arbetade för Oceanus med de här genförändrade fiskarna. Skulle du då vilja att nån analyserade genetiskt material som kunde spåras till dig?"

"Nix. Och att döma av vår egen erfarenhet så är Oceanus hänsynslöst när det gäller folk som snokar."

"Några förslag?"

"Ja då. Vi skulle kunna föreslå att Throckmorton väljer en annan ankringsplats för natten. Låtsas att man har fått tandvärk eller hitta på nån annan ursäkt."

"Fast det vill du helst inte, va?"

"Som du minns så klagade jag hela resan upp hit, eftersom jag inte fick vara med Kurt och Joe och leka."

"Det behöver du inte påminna mig om. Du lät som om du hade blivit petad ur knattelaget i fotboll."

"Dr Throckmorton är en trevlig prick, men jag var inte beredd på att behöva vara barnvakt åt honom – jag hade tänkt mig lite action."

"Och nu tror du alltså att det blir action här hos oss?"

Paul nickade och sa: "Ska vi singla slant? Jag tar lommen." Gamay grävde fram ett kanadensiskt endollarsmynt, som hade bilden av en lom på ena sidan.

Paul kastade upp myntet i luften och fångade det mot gipsbandaget. "Krona. Jag förlorar. Du får välja vilken vakt du vill ta."

"Okej, du får ta det första tvåtimmarspasset, med början när resten av besättningen går och lägger sig."

"Det blir bra." Han krånglade sig upp ur kojen. "Jag skulle ändå inte få mycket sömn i det här tortyrredskapet." Han sträckte upp sin skadade arm. "Jag kanske kan använda gipset som vapen."

"Behövs inte", sa Gamay med ett leende. Hon stack ner handen i väskan och drog upp ett hölster som innehöll en prickskyttepistol av kalibern .22. "Jag tog med den här ifall jag skulle få lust att fräscha upp min prickskjutning."

Paul log. Som barn hade hans fru fått lära sig av sin pappa att skjuta lerduvor, och hon var en skicklig prickskytt. Han tog pistolen och märkte att han kunde sikta om han höll den andra handen under gipset.

Gamay såg hur skakigt det var. "Vi borde kanske hålla vakt båda två."

Fartyget kastade ankar omkring en distansminut från kusten. Silhuetterna av hustak och en radiomast markerade Oceanusanläggningen, som var belägen på en stenig kulle med utsikt över vattnet. Makarna Trout åt middag i en liten mäss tillsammans med Throckmorton, hans studenter och några besättningsmän. Tiden gick fort, med prat om Throckmortons arbete och makarna Trouts erfarenheter från NUMA. Omkring elva sa de god natt till varandra.

Paul och Gamay gick till sin hytt och väntade tills det var tyst på fartyget. Sedan smög de sig upp på däck och fattade posto på den sidan som vette mot land. Natten var kylig. De höll sig varma med tjocka tröjor, vindtygsjackor och filtar som de hade lånat från kojerna. Vattnet var relativt lugnt, förutom en svag dyning. Paul satt med ryggen mot överbyggnaden, och Gamay låg på däcket bredvid honom.

De första två timmarna gick fort. Därefter tog Gamay över, och Paul sträckte ut sig på däck. Det kändes som om han bara hade sovit några minuter när Gamay skakade på hans axel. Han vaknade hastigt och sa: "Vad är det?"

"Jag behöver dina ögon. Jag har suttit och tittat på den där mörka fläcken på vattnet. Först trodde jag att det kanske var ett sjok av flytande sjögräs, men det har kommit närmare."

Paul gnuggade sig i ögonen och följde hennes utsträckta finger. Till en början såg han ingenting annat än det blåsvarta havet. Efter en stund såg han en mörkare fläck, och den tycktes röra sig åt deras håll. Det var något annat också, ett svagt mummel av röster. "Det är första gången jag har hört en tångruska prata. Vad sägs om att skjuta ett skott strax över fören?"

De kravlade sig fram, och Gamay intog en liggande skjutställning med armbågarna vilande mot däck och pistolen i ett fast grepp i båda händerna. Paul fumlade med en ficklampa, men till slut fick han fram den. När Gamay gav klartecken, slog han på ljuset. Den starka ljusstrålen lyste på fyra svartmuskiga ansikten. De var klädda i svart och satt i två kajaker, med paddlarna som fastfrusna mitt i ett paddeltag. Deras mandelformade ögon blinkade förvånat mot ljuset.

Pang!

Det första skottet splittrade paddeln för mannen som satt fram i en av kanoterna. Så hördes ännu ett skott, och en paddel i den andra kajaken flög i bitar. Männen bak i kanoterna paddlade ursinnigt baklänges, och de andra stack händerna i vattnet för att hjälpa till. De vände runt med sina kajaker och paddlade tillbaka mot land, men Gamay tänkte inte låta dem komma undan så lätt. De var nästan utom räckhåll för ficklampan när hon sköt sönder också de två andra paddlarna.

"Snyggt skjutet, Annie Oakley", sa Paul.

"Vilken falkblick, Dead-Eye Dick. Det där borde hålla dem syselsatta ett tag."

Skottlossningen hördes egentligen inte så mycket, men i den tysta natten lät det som kanonskott, och dr Throckmorton och några ur besättningen kom ut på däck.

"Jaså, hej", sa han när han fick syn på makarna Trout. "Vi hörde nåt oväsen. Åh, jösses …", utbrast han och stirrade på pistolen i Gamays hand.

"Jag tänkte jag skulle öva lite prickskytte."

De kunde höra röster ute på vattnet. En av besättningsmännen gick fram till relingen och spetsade öronen. "Det låter som om nån behöver hjälp. Bäst vi sätter i en båt."

"Jag skulle inte göra det om jag vore som ni", sa Paul på sitt vanliga milda sätt, men med en omisskännlig kyla i rösten. "De därute klarar sig bra på egen hand."

Throckmorton tvekade, sedan sa han till besättningsmannen: "Det är ingen fara. Jag vill prata med makarna Trout ett ögonblick."

När de andra hade hasat sig tillbaka till hytterna, sa Throckmorton: "Nu, mina vänner, om ni inte har nåt emot det, så skulle jag gärna vilja veta vad det är som pågår?"

Till sin man sa Gamay: "Jag går och hämtar lite kaffe. Det kan bli en lång natt." Några minuter senare återvände hon med tre ångande muggar. "Jag hittade en flaska whisky och hällde i några droppar", sa hon. "Jag tyckte vi kunde behöva det."

Sedan turades de om att berätta om sina misstankar mot Oceanus och lade fram bevis från olika håll.

"Det här är allvarliga anklagelser", sa Throckmorton. "Har ni några konkreta bevis för den här upprörande planen?"

"Jag skulle säga att beviset är den där saken i frysen", sa Gamay. "Har ni några fler frågor?"

"Ja", sa Throckmorton efter ett ögonblick. "Har ni nån mer whisky?"

Gamay hade klokt nog stoppat ner flaskan i fickan. När de hade fyllt på kaffe åt professorn och han fått ta en klunk, sa han: "Fredericks kontakter har alltid bekymrat mig, men jag tog för givet – lite väl optimistiskt kanske – att hans vetenskapliga förnuft med tiden skulle övervinna hans kommersiella intressen."

"Låt mig få ställa en fråga om förutsättningarna", sa Gamay. "Skulle det vara möjligt att utrota de naturliga fiskbestånden och ersätta dem med frankenfiskar?"

"Fullt möjligt, och om nån skulle kunna göra det, så vore det dr Barker. Det här förklarar en massa saker. Det är svårt att fatta att dr Barker är med i det där gänget. Men han har uppfört sig konstigt." Han blinkade som någon som just vaknat upp ur en dröm. "De där skotten jag hörde. Nån försökte borda fartyget!"

"Det verkar så", sa Gamay.

"Kanske det skulle vara bäst om vi åkte härifrån och kontaktade myndigheterna!"

"Vi vet inte riktigt var anläggningen på stranden passar in i bilden", sa Gamay med en blandning av kvinnlig orubblighet och tillförsikt. "Kurt tror att den kan vara viktig och vill att vi håller ett öga på den tills hans uppdrag är avslutat."

"Är det inte farligt att stanna ombord på fartyget?"

"Nej, det är inte säkert", sa Paul. "Om vi bara håller vakt så. Men jag skulle föreslå att ni ber kaptenen göra fartyget redo för en hastig avfärd. Jag tvivlar på att våra vänner kommer tillbaka, nu när överraskningsmomentet har gått förlorat."

"Okej", sa Throckmorton. Han fick något beslutsamt över sig. "Men är det inget annat jag kan göra?"

"Jo", sa Paul. Han tog whiskyflaskan från Gamay och hällde upp ännu ett glas åt Throckmorton för att lugna professorns nerver. "Ni kan vänta."

33

Sentinels of the Sea-gruppen snubblade blint fram genom skogen, med vakter som inte visade någon barmhärtighet. Therri försökte se deras plågoandar lite bättre, men en vakt körde geväret i ryggen på henne med sådan kraft att det gick hål på skinnet. Det gjorde så ont att tårarna rann nerför hennes kinder. Hon bet sig i läppen och kvävde en impuls att skrika rakt ut.

Skogen var mörk, med undantag för lampor som glödde här och där. Sedan glesnade träden, och de stod framför en byggnad vars stora dörr var upplyst av en strålkastare. De blev inknuffade i byggnaden och vakterna skar av repen om handlederna, varpå skjutdörren smälldes igen och låstes bakom dem.

Luften luktade av bensin och det var oljefläckar på golvet, vilket tydde på att huset användes som garage. Det stod inga fordon därinne, men garaget var ändå långt ifrån tomt. Mer än trettio personer – män, kvinnor och några barn – satt hopkurade som skrämda hundvalpar mot den bortre väggen. Deras lidande var inetsat i de trötta ansiktena, och det gick inte att missa sig på skräcken i deras ögon när det plötsligt dök upp främlingar.

De två grupperna såg vaksamt på varandra. Efter en stund reste sig en man, som hade suttit på golvet med korslagda ben, och kom fram till dem. Hans ansikte var rynkigt som gammalt läder, och hans långa grå hår var uppbundet i en hästsvans. Han hade mörka ringar under ögonen, och hans kläder var smutsiga. Ändå utstrålade han en omisskännlig värdighet. När han började prata insåg Therri varför han såg så välbekant ut.

"Jag heter Jesse Nighthawk", sa han och sträckte upp handen i en hälsning.

"*Nighthawk*", sa hon. "Ni måste vara Bens far."

Han gapade förvånat. "Känner ni min son?"

"Ja, jag jobbar tillsammans med honom på SOS-kontoret i Washington."

Den gamle mannen kastade en blick över Therris axel som om han letade efter någon. "Ben har varit här. Jag såg honom springa ut från skogen. Han var tillsammans med en annan man som blev dödad."

"Ja, jag vet. Ben mår bra. Jag träffade honom nyligen i Washington. Han berättade att ni och de andra byborna hade råkat illa ut."

Ryan klev fram och sa: "Vi har kommit hit för att befria er och de andra."

Jesse Nighthawk såg på Ryan som om han varit Dudley Do-Right, den tecknade ridande polisen som alltid kom och ställde saker till rätta. Han skakade på huvudet och sa: "Det verkar som ni vill väl, men jag beklagar att ni kom. Ni har försatt er själva i stor fara genom att komma hit."

"Vi blev tillfångatagna så fort vi landade", sa Therri. "Det var som om de visste att vi skulle komma."

"De har spioner överallt", sa Nighthawk. "Den onde berättade det."

"*Den onde?*"

"Ni kommer att träffa honom, är jag rädd. Han är som ett monster från en mardröm. Han dödade Bens kusin med ett spjut." Jesse blev blank på ögonen när han sa det. "Vi har jobbat dag och natt med att röja i skogen. Till och med kvinnorna och barnen ..." Hans röst dog bort av utmattning.

"Vad är det för ena egentligen?" sa Ryan.

"De kallar sig själva *kiolya*. Jag tror de är eskimåer. Jag vet inte säkert. De började bygga i skogen, tvärs över sjön från vår by sett. Vi gillade inte riktigt det, men vi betraktas som markockupanter, så vi har ingenting att säga till om. En dag kom de över sjön med vapen och förde oss hit. Och ända sen dess har vi huggit ner träd och släpat bort dem. Har ni nån aning om vad det är frågan om?"

Innan Ryan hann svara, rasslade det till i dörrlåset. Sex män kom in i garaget med skjutklara automatvapen. Deras mörka ansikten påminde om varandra – de var breda, med höga kindknotor och hårda, mandelformade ögon. Men grymheten som stod skriven i deras uttryckslösa ansikten förbleknade i jämförelse med den sjunde mannen som kom in. Han var byggd som en tjur, med kort, tjock nacke, och hans huvud satt nästan direkt på de kraftiga axlarna. Hans gulröda hy var koppärrig, och han hade ett lystet leende på läpparna. På kindknotorna hade han vertikala tatueringar, och näsan var blåslagen och vanställd. Han var obeväpnad, förutom kniven som hängde i en slida vid bältet.

Therri tittade misstroget på mannen som hade förföljt Austin på hundsläden. Det gick inte att missa sig på det förstörda ansiktet och kroppen som såg ut som om den pumpats full av anabola steroider. Hon förstod precis vem Jesse menade när han pratade om "den onde". Mannen svepte med blicken över de nya fångarna, och Therri kände kalla kårar längs ryggraden när hans kolsvarta ögon dröjde sig kvar vid hennes kropp. Jesse Nighthawk drog sig instinktivt bakåt tillsammans med de andra byborna.

Ett djuriskt leende spred sig över mannens ansikte när han såg vilken fruktan han väckte hos dem. Han utstötte ett gutturalt kommando. Vakterna knuffade ut Therri, Ryan och Mercer ur byggnaden och föste dem genom skogen. Therri var helt desorienterad. Hon hade ingen aning om var sjön låg. Om hon som genom ett under skulle få chansen att fly, så skulle hon ändå inte veta vilket håll hon skulle springa åt.

Några sekunder senare tilltog hennes förvirring ännu mer. De följde en asfalterad gång fram mot en tät grandunge, som spärrade vägen som en mörk och ogenomtränglig vägg. De tjocka stammarna och de tättsittande grenarna var som en skugglik skiftning mellan svart och grått. När de befann sig bara några meter från de närmaste träden, försvann en bit av skogen. På dess plats fanns i stället en rektangel av bländande vitt ljus. Therri höll för ögonen. När ögonen efter några sekunder hade vant sig, såg hon människor som gick omkring, som om hon blickade in genom en öppning till en annan dimension.

De föstes in genom dörröppningen och befann sig i en enormt stor, klart upplyst lokal, som var ett par hundra meter tvärsöver och hade ett högt och rundat tak. Hon tittade bakåt och såg rektangeln av skog försvinna, och då förstod hon att de hade kommit in i en byggnad som var mycket sinnrikt kamouflerad. Samtidigt som byggnaden i sig var ett arkitektoniskt under, fanns det något annat som fick dem att tappa andan: ett jättelikt, silvervitt luftskepp som upptog en stor del av utrymmet inuti kupolen.

De tittade förvånat upp på den torpedformade giganten som var längre än två fotbollsplaner. Stjärten smalnade av till en spets, omgiven av fyra triangulära stabiliseringsfenor, vilket gav zeppelinaren ett strömlinjeformat utseende trots dess enorma storlek. Fyra stora motorer i skyddande höljen hängde i stag under luftskeppets buk. Farkosten vilade på ett komplicerat system av fasta och rörliga ställningar. Det vimlade av overallklädda servicemän omkring zeppelinaren. Ljudet av verktyg och motorer ekade under kupolen. Vakterna knuffade fångarna framför sig, in under luftskeppets rundade nos som höjde sig över dem. Therri fick en flyktig förnimmelse av hur en skalbagge måste känna sig alldeles innan den blir krossad under en sko.

En lång och smal gondol, inramad av stora fönster, var placerad under farkostens buk, strax bakom nosen, och de beordrades att gå in. Den rymliga insidan påminde Therri om kommandobryggan på ett fartyg, försedd med en ratt med spakar och ett kompasshus. Därinne stod en man och gav order till de andra. Till skillnad från vakterna, som allihop såg ut som om de var sprungna ur samma form, var han lång och hans hy såg ut som om den hade blivit blekt. Huvudet var slätrakat. När fångarna kom in, vände han sig mot dem och såg på dem genom sina mörka solglasögon, så lade han ifrån sig den elektroniska skrivplattan han höll i handen.

"Ser man på, vilken trevlig överraskning. SOS kommer till undsättning." Han log, men hans röst var lika varm som vinden från en glaciär.

Ryan svarade som om han inte hade hört gliringen. "Jag heter Marcus Ryan, verkställande direktör för Sentinels of the Sea. Det här är Therri Weld, juridisk rådgivare, och Chuck Mercer, projektledare hos oss."

"Ni behöver inte rabbla upp namn, rang och ID-nummer. Jag har fullkomligt klart för mig vilka ni är", sa mannen. "Nu ska vi inte spilla tid i onödan. I den vite mannens värld går jag under namnet Frederick Barker. Men av mitt eget folk kallas jag Toonook."

"Är ni och de andra eskimåer?" sa Ryan.

"Okunniga människor kallar oss så, men egentligen heter vi *kiolya.*"

"Ni stämmer inte in på urtypen för en eskimå."

"Jag har ärvt generna från en valfångarkapten från New England. Det som från början var ett förödmjukande handikapp har gjort det möjligt för mig att smälta in i samhället utan frågor, vilket har varit till nytta för kiolyastammen."

"Vad är det här?" sa Ryan och kastade en blick ovanför sig.

"Är det inte vackert? 'Nietzsche' byggdes i hemlighet i Tyskland för att flyga till Nordpolen. De hade planerat att använda det i kommersiell trafik. Det utrustades för att ta med passagerare som var beredda att betala en förmögenhet för att få flyga med ett luftskepp som gjorde polarforskningsexpeditioner. När det kraschade trodde mitt folk att det var en gåva från himlen. På sätt och vis hade de rätt. Jag har lagt ner miljoner på renoveringen. Vi har förbättrat motorerna och lastkapaciteten. Gasbehållarna ersattes med nya som rymmer ett par hundratusen kubikmeter vätgas."

"Jag trodde vätgas gick ur tiden i och med 'Hindenburg'", sa Mercer.

"Tyska luftskepp färdades hundratals mil under betryggande former med hjälp av vätgas. Jag valde det på grund av vår tunga last. Vätgas har dubbelt så stor lyftkraft som helium. Med hjälp av den allra enklaste atomen ska norrskenets folk uppnå sitt rättmätiga öde."

"Ni talar i gåtor", sa Ryan.

"Inte alls. Enligt legenden föddes kiolyafolket under morgonrodnaden, vilket inuitstammarna betraktar som nåt olycksbringande. Dessvärre kommer ni och era vänner snart att få erfara att det ligger en hel del i det."

"Ni tänker döda oss, va?"

"Kiolyafolket håller bara fångar så länge de är användbara."

"Än byborna då?"

"Som jag sa håller vi inte fångar."

"Eftersom vi ändå är förlorade, kan ni väl stilla vår nyfikenhet och berätta var den här flygande antikviteten kommer in i bilden."

Ett kallt leende krusade hans läppar. "Det är nu som hjälten spelar på skurkens fåfänga i hopp om att förstärkningen ska komma. Men slösa inte bort er tid på det. Ni och era vänner kommer bara att leva så länge jag behöver er."

"Är ni inte intresserad av att få veta vad vi känner till om era planer?"

Till svar sa Barker något på ett främmande språk, och ledaren för vakterna steg fram och gav honom ett av paketen med C-4-sprängmedel som Mercer så omsorgsfullt hade förberett. "Hade ni tänkt minera området?"

Ryan gav svar på tal. "I helvete heller! Vi hade planerat att sänka ert projekt precis som ni gjorde med vårt fartyg."

"Burdus och rättfram som vanligt, mr Ryan. Men jag tror inte ni kommer att få chansen att tända ert lilla fjärde juli-fyrverkeri", sa han med ord som dröp av förakt. Han kastade sprängämnet till sin hantlangare. "Och vad är det egentligen ni vet om vårt 'projekt'?"

"Vi vet allt om era fiskexperiment."

"Det var därför jag försökte sätta stopp för era protester på Färöarna", sa Barker. "Ni kanske hade klarat er bättre om jag hade lyckats. Låt mig förklara vad framtiden bär i sitt sköte. I kväll kommer luftskeppet att stiga upp i skyn och färdas österut. Fisktankarna ombord kommer att vara fyllda med genmodifierade fiskar av olika arter. Det kommer att sprida mina skapelser i havet som när en bonde sår sin säd. Inom några månader kommer de naturliga arterna att vara utplånade. Om det här pilotprojektet lyckas, vilket jag förväntar mig att det gör, kommer liknande sådder att göras i alla världshaven. Med tiden kommer den mesta fisken på världsmarknaden att vara sån som är producerad genom våra patenterade genbanker. Då får vi nästan fullständigt monopol."

Ryan skrattade. "Tror ni verkligen att den vansinniga planen kommer att funka?"

"Det finns inget vansinnigt med den. Alla datormodeller pekar mot en dundrande framgång. De naturliga fiskbestånden är i vilket fall som helst dödsdömda av överfiskning och industriutsläpp. Jag påskyndar bara den dag då haven förvandlas till väldiga fiskodlingar. Och det bästa av allt är att det inte ens är olagligt att släppa ut fisk i havet."

"Att *döda* människor är olagligt", sa Ryan med en ilsken blick. "Ni mördade min vän och kollega Josh Green."

Nu kunde inte Therri lägga band på sig längre. "Josh var inte den ende. Ni dödade en tv-reporter ombord på 'Sea Sentinel'. Era torpeder sköt en av era egna män i Köpenhamn. Ni mördade Ben Nighthawks kusin och försökte döda senator Graham. Ni håller människor som slavar."

"Jaså, företagets advokat har också talförmåga!" Barkers käkmuskler spändes och den civiliserade ton han hade använt förvandlades till ett morrande. "Det var synd att ni inte fanns med och kunde tala för kiolyafolkets sak när de svalt till döds därför att de vita männen sköt ihjäl nästan alla valrossar. Eller när stammen tvingades lämna sina traditionella jaktmarker och sprida ut sig över Kanada och flytta till städer långt från sitt hemland."

"Inget av det där ger er nån rätt att döda människor eller att rubba balansen i havet", sa hon med ohöljd vrede. "Ni kanske kan terrorisera några stackars indianer och köra med oss, men snart får ni NUMA att tampas med."

"Tro inte att jag kommer att ligga sömnlös på grund av amiral Sandeckers samling av tokstollar och knäppgökar."

"Skulle Kurt Austin få er att ligga sömnlös?" sa Ryan.

"Jag vet allt om Austin. Han är en farlig man – men NUMA betraktar Sentinels of the Sea som kriminell organisation. Nej, ni och era vänner här är helt ensamma. Mer ensamma än ni nånsin har varit." Barkers tatuerade hantlangare sa något på kiolyaspråket. "Umealiq påminner mig om att ni ville se mina kelgrisar."

Med vakterna som eftertrupp gick Barker före till en sidodörr som ledde ut i det fria. En stund senare var de tillbaka i byggnaden där SOS hade placerat ut sprängladdningarna. Fast den här gången var det klart upplyst därinne.

Barker stannade framför en av tankarna. Fisken i behållaren var nästan tre meter lång. Barker lade huvudet på sned som en målare framför sin duk.

"Jag gjorde de flesta av mina tidiga experiment med lax", sa Barker. "Det var förhållandevis enkelt att skapa såna här bjässar. Jag lyckades faktiskt få fram en sardin som vägde tjugo kilo och levde ett par månader."

Han gick vidare till nästa tank. Therri drog efter andan vid åsynen av varelsen inuti. Det var en lax, hälften så stor som fisken i den första tanken, men den hade två identiska huvuden på samma kropp. "Den här blev inte som jag hade tänkt mig. Men ni måste hålla med om att den är intressant."

Fisken i nästa tank var ännu mer missbildad, kroppen var täckt av runda knölar som gav den ett motbjudande, stenlikt utseende. I en annan tank fanns en fisk med uppsvällda, utstående ögon. Samma missbildningar upprepades hos andra arter, kolja och torsk och sill.

"De är avskyvärda", sa Ryan.

"Skönheten finns i betraktarens öga." Barker stannade framför en tank som innehöll en silvervit fisk, omkring en och en halv meter lång. "Det här är en tidig prototyp jag experimenterade fram innan jag hade upptäckt att jag inte längre hade kontroll över aggressiviteten och storleken i mina experiment. Jag släppte ut några i det fria för att se vad som hände. Tyvärr började de äta upp varandra efter att de hade utplånat de naturliga arterna."

"Det här är inte resultatet av experiment, det är genmanipulerade monster", sa Ryan. "Varför låter ni dem leva?"

"Tycker ni synd om en fisk? Det är väl ändå att gå till överdrift, till och med för SOS. Jag ska berätta om den här krabaten. Han är bra att ha ibland. I den här tanken slängde vi i kropparna efter indianen och er vän, och han skalade av dem in till benet på nolltid. Vi lät de andra indianerna se på, och sen dess har de inte ställt till några som helst problem."

Det blev för mycket för Ryan som tappade behärskningen och kastade sig över Barker. Han fick tag med händerna om strupen, när Barkers hantlangare slet åt sig geväret från en av vakterna och drämde till Ryan i huvudet med kolven. Blodet stänkte på Therri, och Ryan sjönk ihop på golvet.

Therri blev alldeles kall i maggropen när hon insåg vad som var upphovet till den skräck hon hade sett i Jesse Nighthawks ögon. Hon hörde Barker säga: "Om mr Ryan och hans vänner är så bekymrade för sina fenförsedda vänner, så kunde vi kanske ordna en gemensam middag senare."

Sedan omringades de av vakterna.

34

Eurocoptern med Austin, Zavala, Ben Nighthawk och de två baskerna ombord lyfte från "Navarras" helikopterplatta och kretsade i en vid cirkel ovanför lustjakten. Ett par minuter senare anslöt sig SeaCobran till den cirklande helikoptern. Sida vid sida flög de västerut, mot eftermiddagssolen.

Austin satt bredvid piloten och hade fri sikt mot SeaCobrans dödliga silhuett, hundra meter framför Eurocoptern. Stridshelikoptern hade tillräckligt med vapen för att det skulle räcka till att beväpna en mindre stad. Austin hade inga illusioner. Oceanus skulle inte bli någon lätt motståndare.

Med en marschfart på tvåhundratrettio kilometer i timmen passerade helikoptrarna snart över den bergiga kustlinjen och lämnade havet bakom sig. De flög i tät formation över granskogen och smekte trädtopparna för att undgå upptäckt. Austin kontrollerade att Bowenrevolvern var laddad, sedan lutade han sig bakåt i sätet, slöt ögonen och gick igenom deras plan i huvudet.

Zavala brukade ibland på skämt anklaga Austin för att improvisera vartefter. Det fanns ett visst mått av sanning i den anklagelsen. Austin visste att man bara kunde planera något till en viss gräns. Eftersom han var uppvuxen vid vattnet, hade han ett synsätt som i mycket var präglat av hans nautiska erfarenheter. Han visste att ett uppdrag var som att segla en båt in i dåligt väder; när något gick snett, gick det *riktigt* snett. En god sjöman håller ögonen öppna och öskaret redo.

Han brukade undvika alltför krångliga upplägg. Eftersom det främsta målet var att på ett betryggande sätt befria Bens familj och vänner, kunde inte SeaCobran bara dyka ner och skjuta på allt inom synhåll. Austin visste att det inte fanns något sådant som ett kirurgiskt tillslag. Helikopterns beväpning skulle få användas sparsamt, ett faktum som delvis tog udden av dess fruktansvärda kapacitet. Han rynkade pannan när han tänkte på det oskrivna kort som den fanatiske galningen Marcus Ryan hade försett honom med. Det sista Austin behövde var att låta sina känslor för Therri Weld grumla hans omdöme.

Eurocopterns motor fick ett annat ljud när den sänkte farten och började hovra över skogen. Ben, som satt bakom Austin tillsammans med Zavala och bröderna Aguirrez, signalerade åt piloten att gå ner. Piloten skakade på huvudet och insisterade på att det inte fanns plats att landa.

Pablo kastade en blick ut genom fönstret. "Litar du på indianen?"

Austin kontrollerade landningszonen. Sikten var begränsad i solnedgången, och han såg inget annat än mörk grönska. Nu var det Ben Nighthawk som befann sig på mammas gata. "Det här är hans hemtrakter, inte mina."

Pablo nickade och skrek sedan på spanska åt piloten, som mumlade för sig själv och meddelade den andra helikoptern via radion att han tänkte landa. SeaCobran vek av och flög i ett mönster fram och tillbaka över skogen, för att med hjälp av värmekameror se om det fanns några varma kroppar som lurade i närheten. När den inte fann några tecken på mänskligt liv gav den klartecken för landning.

Eurocoptern sänkte sig ner i skogen. Ingen annan än Ben skulle ha blivit förvånad över att höra rotorbladen slås sönder i en ojämn kamp mot de grova trädstammarna. Men det enda som hördes var ljudet av tunna grenar som knäcktes och den mjuka dunsen när helikoptern stötte i marken. Bens skarpa syn hade sett det de andra inte såg, att det som hade liknat tät skog i själva verket var ett röjt område övervuxet med kraftig undervegetation. SeaCobran gick ner en kort bit därifrån.

Austin pustade ut och hoppade ur helikoptern tillsammans med Zavala medan bröderna Aguirrez kom alldeles bakom. De hukade sig i stridsställning med skjutklara vapen, trots svepen med värmekameran. När rotorerna stannade, sänkte sig en tystnad så kompakt att det kändes som om det gick att ta på den. Ben klättrade ut från helikoptern och kastade en blick på de skjutklara automatgevären.

"Här kommer ni inte att hitta nån", sa han. "Det här stället har inte använts sen jag var barn. Det finns en flod där borta mellan träden." Han pekade på några fallfärdiga byggnader som nätt och jämnt var synliga i skumrasket. "Det där är sovbaracken och sågverket. Den här platsen för otur med sig. Pappa berättade att det hade hänt många olyckor. Så de byggde ett nytt läger längre ner efter floden, där de snabbare kunde flotta timret till försäljning."

Austin hade mer brådskande saker i tankarna. "Ljuset avtar. Bäst vi sätter fart."

De samlade ihop sina ryggsäckar och delade upp sig i två grupper. NUMA-männen, Nighthawk och bröderna Aguirrez skulle utgöra anfallsstyrkan. De muskulösa baskerna rörde sig med en säkerhet som tydde på att det inte var första gången de utförde ett uppdrag i smyg.

De två piloterna, som också var tungt beväpnade, skulle vänta tills de andra kallade på förstärkning. Ben tog täten och gick in i skogen, och de förflyttades från skymning till beckmörker i samma ögonblick som de kom in under träden. Alla utom den siste i ledet lyste ner i marken med en liten halogenficklampa, där de gick efter Ben som rörde sig genom skogen lika tyst och smidigt som en vålnad. Med ett mellanting av gång och joggning förflyttade de sig flera kilometer, och det gick undan på den mjuka mattan av tallbarr, tills Ben slutligen gjorde halt. De stannade i den mörka tallskogen, flämtande av ansträngning och med svetten lackande i ansiktet.

Ben spetsade öronen och lyssnade. Efter en stund sa han: "Nu är det knappt en kilometer kvar."

Zavala tog ner hagelgeväret från axeln. "Dags att kolla så att krutet är torrt."

"Oroa er inte för vakterna", sa Ben. "De finns på sjösidan allihop. Ingen skulle förvänta sig att nån kom från det här hållet."

"Varför inte?" sa Zavala.

"Det förstår du snart. Se till att ni inte hamnar framför mig", sa Nighthawk, och utan ett ord till gick han vidare. Tio minuter senare drog Ben ner på farten. Han uppmanade dem att gå försiktigt, och plötsligt hejdade han hela gruppen vid kanten av en ravin. Austin lyste med lampan på de lodrätt stupande bergväggarna, sedan riktade han den neråt, mot ljudet av forsande vatten. Det var så långt ner till floden att ljuskäglan inte nådde dit.

"Jag tror jag vet varför det inte finns några vakter på den här sidan", sa Zavala. "Vi svängde åt fel håll och hamnade vid norra änden av Grand Canyon."

"Ravinen kallas 'Död mans språng'", sa Ben. "Folk här i trakten är inte särskilt originella när det gäller att namnge saker."

"Men man förstår klart och tydligt vad de menar", sa Austin.

Zavala tittade åt höger och åt vänster. "Går det att komma runt det här lilla diket?"

"Då måste vi vandra ytterligare en och en halv mil genom tät skog", sa Ben. "Det här är smalaste stället. Sjön ligger åttahundra meter härifrån."

"Jag minns en Indiana Jones-film där de tog sig över en avgrund på en osynlig bro", sa Zavala.

"Den som söker skall finna", sa Austin och tog av sig ryggsäcken. Han knäppte upp locket och tog fram en rulle nylonrep och en liten hopfällbar änterhake.

Zavala spärrade upp ögonen. "Du upphör aldrig att förvåna mig, *amigo*. Här gick jag omkring och trodde att jag var väl förberedd för att jag hade tagit med en schweizisk armékniv med korkskruv. Jag slår vad om att du även har en flaska gott vin i din lilla väska."

Austin tog fram en talja och en sele. "Innan du nominerar mig till scouternas förtjänsttecken, måste jag erkänna att Ben talade om för mig att vi skulle bli tvungna att ta oss över den här vallgraven innan vi stormade murarna."

Austin varnade alla och sa att han behövde svängrum. Han klev fram farligt nära kanten, svingade änterhaken över huvudet och lät den flyga i väg. Det första försöket blev för kort, och haken slog i ravinkanten med en skräll. De två följande kasten landade på andra sidan men krokade inte fast i något. På fjärde kastet kilades krokarna fast mellan några klippblock. Austin gjorde fast repets andra ände i ett träd och testade med sin kroppstyngd för att se om änterhaken skulle sitta kvar. Sedan satte han fast taljan och selen i repet, tog ett djupt andetag och klev rakt ut i tomma intet.

När han nådde fram till andra sidan, kändes det som om han förflyttade sig i Mach 2. Några buskar dämpade hans landning. Med hjälp av en återhämtningslina drog Zavala tillbaka taljan, knöt fast Austins ryggsäck och skickade över den. Efter att resten av deras utrustning hade skickats samma väg, åkte Zavala och Ben över, därefter följde de två baskerna.

De samlade ihop sina saker och fortsatte att gå genom skogen tills de började se svaga ljuspunkter utspridda bland träden, som lägereldarna i ett zigenarläger. De kunde höra ett dämpat motorljud.

Ben tecknade åt dem att stanna. *"Nu* kan ni börja bekymra er för vakterna", viskade han.

Zavala och baskerna häktade loss vapnen de haft hängande över axlarna, och Austin knäppte upp locket på sitt hölsterbälte. Han hade studerat satellitbilderna av anläggningen för att försöka komma underfund med byggnadernas placering. Ben hade hjälpt till att fylla i luckorna.

Zeppelinarkupolen var belägen ett kort stycke från sjön, omgiven av ett nätverk av asfalterade gångar och vägar som ledde till flera mindre byggnader som låg gömda i skogen. Han bad Ben föra honom till platsen där han hade sett kupolen. Medan de andra väntade, visade indianen vägen genom skogen fram till kanten av en asfalterad gång som var upplyst av svaga, endast ett par decimeter höga lampor. När de såg att kusten var klar, korsade de hastigt den belagda gången och kom till en annan skogsdunge.

På ett ställe stannade Ben, lyfte upp händerna som en sömngångare och började förflytta sig mot träden framför dem. Så hejdade han sig och viskade att Austin skulle göra likadant. Austin gick framåt med utsträckta armar tills hans händer just skulle röra vid de skugglika trädstammarna. Men i stället för skrovlig bark stötte handflatorna emot en slät, kall yta. Han lade örat emot och hörde ett svagt surrande. Han drog han sig bakåt och såg trädstammarna igen. Adaptiv kamouflage har framtiden för sig, tänkte han.

Han och Ben gick hastigt tillbaka samma väg och återförenades med de andra. Austin föreslog att de skulle undersöka byggnaderna i utkanten. De skulle samlas på nytt om en kvart.

"Låt inte eskimåerna ta er", sa Zavala när han slank i väg i mörkret.

Pablo tvekade. "Vad gör vi om vi blir upptäckta?"

"Om du kan göra det tyst, oskadliggör då alla som kommer i vägen", sa Austin. "Om inte, och helvetet brakar loss, fly samma väg som vi kom."

"Men jag då?" frågade Ben.

"Du har gjort tillräckligt som ledde oss hit. Vila dig lite."

"Jag kan inte vila förrän min familj är i säkerhet."

Austin klandrade inte Ben för att han ville hitta sin familj. "Håll dig tätt efter mig då." Han drog upp sin Bowen ur hölstret och väntade tills de andra hade uppslukats av mörkret. Sedan tecknade han åt Ben att följa efter, och gav sig i väg längs gången, för nu verkade det viktigare att ta sig fram fort än att ha skydd av skogen.

De hörde att det pågick någonting nere vid sjön, men de stötte inte på någon, och kort därefter kom de fram till en stor, låg byggnad. Den var obevakad.

"Ska vi?" sa Austin till Ben. De gick in. Byggnaden visade sig vara en lagerlokal. De gjorde en hastig inspektion och skyndade tillbaka till mötesplatsen. Zavala dök upp några minuter senare.

"Vi undersökte en lagerbyggnad", sa Austin. "Hittade du nåt spännande?"

"Jag önskar nästan att jag *inte* hade gjort det", sa Zavala. "I fortsättningen tänker jag avstå från fish & chips. Jag tror jag såg frankenfiskarnas urmoder."

Han beskrev de konstiga, missbildade varelserna han hade sett i byggnaden. Det krävdes mycket för att rubba Zavalas naturliga lugn, men man förstod på rösten att han var skakad av de muterade monstren i fisktankarna. "Det låter som om de simmande missfostren du har sett är prototyperna", sa Austin.

Det hördes ett svagt prasslande i skogen och han tystnade. Men det var bara Pablo som kom tillbaka. Han sa att han hade hittat något som liknade ett tomt garage. Det hade synts spår efter människor som bott där: matrester och toaletthinkar, filtar som kunde ha använts till att sova på. Han höll fram ett föremål som fick Austins käkmuskler att stelna till. Det var en docka.

De väntade på att Diego skulle dyka upp, och när han väl gjorde det förstod de varför han dröjt så länge. Han gick framåtböjd, med en tung börda på axlarna. Så rätade han på ryggen, och ner på marken rasade en medvetslös vakt. "Du sa att vi skulle oskadliggöra alla som kom i vägen, men jag tänkte att det här svinet kunde vara mer användbart levande."

"Var hittade du honom?"

"I en vaktförläggning. Det fanns kanske ett eller tvåhundra sängar. Den här gossen hade tagit siesta."

"Jag slår vad om att det är sista gången han sover på jobbet", sa Austin. Han ställde sig med ena knäet mot marken och lyste vakten i ansiktet med ficklampan. Med sina höga kindknotor och den breda munnen gick han inte att skilja från de andra vakterna Austin hade sett, bortsett från att han hade ett blåmärke i pannan. Austin reste sig upp och skruvade av locket från en vattenflaska. Han tog en klunk och hällde lite vatten i ansiktet på vakten. De tunga anletsdragen rörde sig, och ögonlocken fladdrade till och slogs upp. Mannen fick se vapnen som riktades mot honom.

"Var är fångarna?" sa Austin. Han höll fram dockan så att vakten skulle förstå vad han ville.

Mannens läppar öppnades i ett glädjelöst leende, och de mörka ögonen tycktes glöda som uppflammande kolbitar. Han morrade något på ett obegripligt språk. Diego insåg att det krävdes lite övertalning, så han satte kängan i skrevet på mannen och placerade gevärsmynningen mellan hans vildsinta ögonen. Leendet försvann, men Austin märkte tydligt att vakten bars av en fanatism som skulle stå emot alla hot och all smärta som han kunde utsättas för.

Diego såg att han inte kom någonvart, så han vände sig om och satte foten i ansiktet på mannen, samtidigt som han tryckte geväret i skrevet på honom. Mannen spärrade upp ögonen och mumlade något på sitt eget språk.

"Prata engelska", sa Diego och tryckte hårdare med geväret.

Vakten stönade till. "Sjön", flämtade han. "I sjön."

Diego log. "Även ett svin vill ha kvar sina *cojones*", sa han.

Han lyfte upp geväret och smällde till med bösskolven. Det hördes ett otäckt ihåligt ljud, varefter vaktens huvud hängde ner likt huvudet på dockan som Austin fortfarande höll i handen.

Austin ryckte till, men han kände ingen sympati för vakten. Han var alldeles för upptagen av att fundera på vad som kunde ha hänt med fångarna. "Sov sött", sa han med en axelryckning.

"Visa vägen", sa Pablo.

"Eftersom de är aningen fler än oss, kunde det här kanske vara rätta tillfället att kalla på förstärkningen", sa Zavala.

Pablo häktade loss radion från bältet och beordrade piloten i SeaCobran att hovra en kilometer därifrån. Austin stoppade in dockan innanför skjortan. Och med de andra i släptåg satte han fart i riktning mot sjön, fast besluten att återlämna dockan till dess rättmätiga ägare.

35

När vakterna stormade in i garaget, viftande med sina påkar, hade Marcus Ryan suttit nerhukad tillsammans med Jesse Nighthawk. Han hade undersökt hur mycket indianen kände till om skogen, för att kunna göra upp en flyktplan. Ryans förhoppningar slogs i spillror då vakterna, och de var minst tjugofem stycken, slumpmässigt valde ut och misshandlade fångar med sina påkar. De flesta av indianerna var vana vid den sporadiska prygeln som syftade till att bryta ner motståndet, och de drog sig förskrämda ihop mot bortre väggen. Men Ryan reagerade inte fort nog, och slagen haglade ner över axlarna och huvudet på honom.

Therri hade lekt med en liten flicka som hette Rachel, då dörren vräktes upp och det provisoriska fängelset plötsligt fylldes av skrik och svängande påkar. Rachel var omkring fem år gammal, yngsta barnet i gruppen, och i likhet med många andra av byborna var hon också släkt med Ben. Therri gick emellan en av angriparna och den lilla flickan, och stålsatte sig för slaget som skulle komma. Vakten stannade upp, förvånad över den oväntade trotsigheten. Sedan skrattade han och sänkte sin upplyfta påk. Han blängde på Therri med obarmhärtig blick. "För det där kommer du och flickan att få gå först."

Han ropade på en av sina kumpaner som högg tag i håret på Therri. Hon pressades ner mot golvet med ansiktet före, och någon tryckte en påk mot nacken på henne. Hennes händer bands bakom ryggen med en lina som skar in i handlederna. Sedan drogs hon upp på fötter och fick se Marcus och Chuck, som var blodiga i ansiktet efter misshandeln.

När alla fångarna hade blivit bundna som djur, föste vakterna ut dem från huset och ledde dem genom skogen. De gick genom skogen i flera minuter, tills det svaga blänket i sjön blev synligt mellan träden. Även om det kändes som flera dagar, hade det bara gått några timmar sedan de blev tillfångatagna.

Sedan knuffades de in i ett skjul nära sjön och blev lämnade ensamma. De stod i den mörka byggnaden, barnen snyftade och de äldre försökte trösta de yngre med sitt stoiska lugn. Fruktan för det okända var ännu mer plågsam än att bli slagen. Sedan hördes ljud från dörren. Den öppnades, och in kom Barker, omgiven av några av sina vakter. Han hade tagit av sig solglasögonen, och Therri såg hans besynnerligt bleka ögon för första gången. De hade samma färg som magen på en skallerorm, tänkte hon. Några av vakterna bar flammande facklor, och Barkers ögon glittrade i det fladdrande ljuset. Han log ett sataniskt leende.

"God afton, mina damer och herrar", sa han, lika vänligt som en reseledare. "Tack för att ni kom hit. Om några minuter kommer jag att stiga högt upp över den här platsen i den första fasen av en resa in i framtiden. Jag vill tacka er alla för att ni har hjälpt till att sjösätta det här projektet. Till er som kommer från SOS kan jag bara säga att jag önskar att ni hade hamnat i mina händer tidigare, så att ni hade fått möjlighet att njuta av den här genialiska planen."

Ryan hade återvunnit fattningen. "Sluta med skitsnacket. Vad tänker ni göra med oss?"

Barker betraktade Ryans blodiga ansikte som om han såg det för första gången. "Nej men, mr Ryan, ni ser bestämt lite tilltufsad ut. Inte alls ert vanliga nyfönade jag."

"Ni har inte svarat på min fråga."

"Tvärtom, jag besvarade den redan första gången ni fördes till mig. Jag sa att ni och era vänner skulle förbli vid liv så länge jag hade användning för er." Han log igen. "Nu har jag inte längre användning för er. Men jag har låtit lysa upp kupolen med luftskeppet som underhållning åt er. Det blir det sista som era döende hjärnor kommer att registrera."

Orden fick Therri att frysa ända in i märgen. "Hur blir det med barnen då?" sa hon.

"Vad är det med dem?" Barkers iskalla blick svepte över fångarna som om han inspekterade boskap som skulle föras till slakt. "Tror ni jag bryr mig om nån av er, ung eller gammal? Ni betyder inte mer för mig än snöflingor. Ni kommer allihop att vara glömda när världen får veta att en obetydlig eskimåstam kontrollerar en betydande del av havet. Jag är ledsen att jag inte kan stanna. Vår tidtabell är väldigt exakt."

Han vände på klacken och försvann ut i natten. Fångarna knuffades ut och föstes ner mot sjön. I nästa ögonblick ekade deras steg mot den långa träbryggan. Bryggan låg försänkt i mörker, förutom lamporna på vad som såg ut som en pråm, fast med katamaranskrov. När de kom närmare såg Therri att ett transportband, i jämnhöjd med däcket, ledde från en lår i fören till en bred ränna i aktern. Hon gissade att den konstiga farkosten användes som en flyttbar matningsstation. Fodret åkte ner i låren och transporterades via bandet och hälldes ner i fiskburarna genom rännan. En hemsk tanke slog henne och hon skrek ut en varning: "De tänker dränka oss!"

Marcus och Chuck hade också sett pråmen, och när hon ropade började de kämpa mot sina fångvaktare. Men det enda de fick för sitt besvär var några hårda slag med påkarna som tog musten ur dem. Ett par grova händer högg tag i Therri och knuffade ner henne på pråmen. Hon snubblade och ramlade omkull på däck. Hon lyckades vrida kroppen så att hon inte föll med ansiktet före mot det hårda underlaget, utan större delen av stöten togs upp av högerarmen. Hon kände hur det högg av smärta i både armen och i knäet men hade inte tid att fundera på sina skador. De satte tejp över munnen så att hon inte kunde skrika. Sedan band de ihop fötterna på henne. En tung vikt knöts fast vid hennes hopbundna handleder, och hon släpades i väg till andra änden av pråmen och placerades tvärs över transportbandet.

Så kände hon en liten kropp som trycktes mot henne. Hon tittade dit och såg till sin fasa att nästa offer i raden var Rachel, den lilla flickan hon hade blivit vän med. Sedan kom SOS-männen och de andra fångarna. Förberedelserna för ett massmord fortsatte tills alla fångarna hade lagts som famnved på bandet. Därefter dunkade pråmens inombordsmotor i gång.

Förtöjningarna lossades från bryggan, och pråmen satte sig i rörelse. Therri kunde inte se vart de var på väg, men hon lyckades vrida sig med ansiktet mot flickan och försökte trösta henne med blicken, även om hon var säker på att den var fylld av skräck. På avstånd kunde hon se ljuset från kupolen som reste sig över träden, precis som Barker hade sagt. Hon lovade heligt och dyrt att om hon någonsin fick chansen skulle hon döda honom personligen.

Motorerna gick bara en kort stund, sedan slogs de av och man hörde plasket av ett ankare i vattnet. Therri kämpade förgäves mot sina fjättrar. Hon spände sig och beredde sig på det värsta. I nästa ögonblick startade motorn som drev transportbandet. Bandet började röra sig, och hon fördes allt närmare rännan och det kalla, mörka vattnet nedanför.

36

Austin hade lett sin hoprafsade attackstyrka genom skogen, i utkanten av den mörklagda öppna platsen. Som ett ungefärligt riktmärke hade han använt den svagt upplysta gångstigen som skymtade mellan träden. Han rörde sig sakta, försäkrade sig om att stigen var fri från kvistar och grenar innan han flyttade över kroppstyngden på den främre foten.

Den långsamma framryckningen var enerverande, men trots att de inte hade sett någon sedan Diego stötte på vakten, hade Austin en kuslig känsla av att de inte var ensamma. Hans onda aningar besannades när kupolen lystes upp som en jättelik glödlampa och ett dovt ljud hördes från den öppna platsen.

Austin och de andra stelnade till som levande statyer. Sedan kom en fördröjd reaktion och de kastade sig ner på mage, med osäkrade vapen och redo att slå tillbaka en attack. Kulregnet de väntade på kom aldrig. I stället ökade ljudet i styrka och spred sig omkring dem som en forsande flod. Ljudet kom från struparna på hundratals kiolyamän, som med sina uppåtvända ansikten, belysta av ett blåaktigt ljus, hade blickarna fastnaglade vid Barker som stod på en upphöjd estrad framför kupolen.

Sedan hördes det monotona trummandet av ett tiotal tamtamtrummor, och så började kiolyamännen skandera:

"Toonook ... Toonook ... Toonook ..."

Barker formligen badade i smickret, lät det flöda över sig, sög det i sig som om det vore ett elixir, innan han höjde armarna mot skyn.

Med ens upphörde skanderandet och trummandet, som om någon hade slagit av en strömbrytare. Barker började tala på ett konstigt språk som hade sitt ursprung långt uppe i norrskenets trakter. Han började prata sakta, och rösten tilltog i styrka.

Zavala hasade sig fram till Austin. "Vad håller de på med?"

"Det ser ut som vår vän håller peppningsmöte på high school."

"Hu. De där hejaklacksledarna skulle inte vinna några skönhetstävlingar", sa Zavala.

Austin kikade mellan träden, fascinerad av det barbariska spektaklet. Precis som Ben hade sagt, påminde kupolen faktiskt om en enorm igloo. Barker gjorde dem en tjänst genom att piska upp stämningen i sitt mördarband till ursinne. Med all sin uppmärksamhet riktad mot ledaren skulle Barkers privata armé knappast märka om några inkräktare kom smygande genom skogen. Austin kravlade sig upp och signalerade åt de andra att göra detsamma. Djupt nerhukade tog de sig fram genom skogen tills de slutligen nådde sjön.

Området kring bryggan var folktomt. Austin antog att alla Barkers män hade kallats till igloon för att se sin ledares framträdande. Men han tänkte inte chansa. Skjulet intill bryggan var stort nog för att rymma dussintals lönnmördare. Han smög försiktigt utmed väggen och kikade runt hörnet. Dubbeldörrarna som vette mot vattnet stod på vid gavel, som om den som sist lämnade skjulet hade haft bråttom.

Medan Zavala och baskerna höll vakt gick Austin in och lyste runt med ficklampan. Skjulet var tomt, bortsett från några linor, ankare, bojar och andra båttillbehör. När han kastat en hastig blick omkring sig och precis skulle gå ut, reagerade Ben, som också hade följt med in, och sa: "Vänta."

Indianen pekade på betonggolvet. Det enda Austin kunde se var små högar av jord, med fotavtryck efter dem som hade använt skjulet. Ben satte knäet i marken, och med fingrarna hittade han ett litet fotspår efter ett barn. Austins blick hårdnade, och med bestämda kliv gick han tillbaka ut igen och hittade Zavala och bröderna Aguirrez som tittade på några ljuspunkter ute på sjön. Austin tyckte sig höra en motor. Han var inte riktigt säker, för ljudet av Barkers röst hördes fortfarande i vinden. Han stack ner handen i ryggsäcken och tog upp ett par mörkerglasögon, som han satte på sig. "Det är nån sorts båt. Fyrkantig och med låga sidor."

Han räckte glasögonen till Ben, som kikade genom linserna och sa: "Det är den där katamaranen jag såg första gången jag var här."

"Det har du inte sagt nåt om."

"Förlåt. Det var så mycket som hände den kvällen. När Josh Green och jag gick in med min kanot, såg vi den ligga förtöjd vid bryggan. Just då verkade inte det så viktigt."

"Det kan vara *mycket* viktigt. Berätta."

Ben ryckte på axlarna. "Jag skulle säga att den var minst femton meter lång. En sorts pråm, fast med katamaranskrov. Mitt på båten fanns ett transportband – det var ett par meter brett, gick från en stor behållare i fören och bort till aktern, som sluttar neråt. Vi gissade att den användes till att mata fiskarna."

"Mata fiskarna", mumlade Austin.

"Du minns att jag berättade om de där fiskburarna jag såg."

Men Austin tänkte inte på fiskar i bur. Bens ord hade frammanat den gamla maffiaklichén med betongklumpar runt fötterna och en tur till botten på East River. Han svor när han mindes de otrevliga saker som hade gett kiolyafolket problem med grannfolken. Barker hade planerat ett jättelikt människooffer i samband med sin avfärd.

Austin småsprang längst ut på bryggan. Han stannade och kikade genom mörkerglasögonen igen. Med Bens beskrivning i tankarna hade han lättare att förstå vad han såg. Den låga farkosten rörde sig sakta och hade nästan nått ut till sjöns mitt. I ljusskenet från lanternorna kunde han se människor som rörde sig på däck. Han kunde inte avgöra vad de höll på med, men han hade sina aningar.

Pablo hade följt efter honom. "Vad är det?" sa han och tittade mot lamporna som reflekterades i vattnet.

"Problem", svarade Austin. "Kalla på SeaCobran."

Pablo tog loss radion från bältet och gav en order på spanska.

"De är på väg", sa han. "Vad vill du att de ska göra när de kommer hit?"

"Säg åt dem att tina upp den där stora igloon till att börja med."

Pablo log och vidarebefordrade ordern.

Austin bad Zavala komma och så pratade de hastigt med varandra. Medan Zavala satte av över bryggan, samlade Austin ihop de andra. "Jag vill att ni ska ge er av mot Bens by på andra sidan sjön. Vänta på oss där. Om det hettar till för mycket när fyrverkeriet har satt i gång, spring då och göm er i skogen."

"Är det mitt folk som är därute på pråmen?" sa Ben oroligt.

"Jag tror det. Joe och jag ska ta oss en närmare titt."

"Jag vill följa med."

"Jag vet att du vill det. Men vi kommer att behöva din kunskap om skogen för att komma härifrån." När han såg Bens envist hopbitna käkar, tillade han: "Ditt folk utsätts för allt större fara för varje sekund vi står här och pratar."

Det hördes motorljud från en av farkosterna vid bryggan som Zavala grejade med. Barkers mannar hade inte tagit några risker efter Bens senaste besök, och det fanns inga nycklar kvarlämnade i tändningslåsen, men Zavala kunde plocka ner en båtmotor i sömnen. Några sekunder senare hördes det kraftfulla ljudet från en vattenskoter. Zavala återvände till de andra på bryggan. "Jag visste väl att min schweiziska armékniv skulle komma väl till pass", sa han.

Austin kastade en ängslig blick ut mot sjön, och därefter klättrade han ner på vattenskotern. Zavala satte sig där bak. Austin stötte ut från bryggan och vred på gasen, och några sekunder senare jagade vattenskotern fram över sjön i åttio kilometer i timmen, på väg mot de avlägsna lanternorna.

Austin var kluven till vattenskotrar. De bullrade och släppte ut avgaser och fyllde ingen annan funktion än att störa segelbåtar, djurliv och människor på stranden. Samtidigt var han tvungen att medge att vattenskoteråkning var som att fräsa omkring på en vattenburen motorcykel. Inom ett par minuter kunde han se konturerna av katamaranen utan att använda mörkerglasögonen. Pråmen tycktes ha stannat. De som var ombord hörde ljudet av den hastigt annalkande vattenfarkosten och såg den skummande tuppstjärten som bildades i dess kölvatten. En strålkastare tändes.

Tillfälligt förblindad av det starka ljuset kurade Austin ihop sig bakom styret, väl medveten om att han hade reagerat för sent. Han hade hoppats på att komma nära pråmen innan de blev upptäckta. Redan en hastig skymt av hans europida ansiktsdrag och hans bleka hår skulle ha avslöjat att han var en främling, och därmed en fiende. Han gjorde en kraftig sväng med vattenskotern, som vräkte upp en ridå av skum. Strålkastaren hittade dem på bara några sekunder. Austin girade åt motsatt håll, men han visste inte hur länge ha kunde hålla på med sin vattenakrobatik, eller om hans slalomåkning var till någon nytta. Han hojtade över axeln.

"Kan du släcka den där lampan?"

"Ta det bara lite lugnt så ska jag fixa det", ropade Zavala tillbaka.

Austin lydde genom att sakta ner och lägga sig jämsides med katamaranen. Han visste att de på det sättet utgjorde en enkel måltavla för dem ombord, men han var tvungen att ta den risken. Zavala höjde sitt hagelgevär till axeln och kramade in avtryckaren. Skottet brann av. Strålkastaren fortsatte att lysa, och ljuskäglan hittade dem igen. Med den första smällen fortfarande ringande i öronen kunde Austin känna snarare än höra det andra skottet. Lampan slocknade.

Männen på båten fick snabbt fram ficklampor. Snart genomborrades mörkret av tunna ljusstrålar, och Austin hörde smattret av handeldvapen. Men vid det laget befann de sig bortom lampornas räckvidd, och han körde sakta med vattenskotern så att kölvattnet inte skulle synas så tydligt. De kunde höra hur kulorna rev upp vattnet ganska nära. Katamaranen hade dragit upp ankaret och förflyttade sig igen.

Austin var säker på att sammandrabbningen inte hade fördröjt det hemska som höll på att ske ombord, bara påskyndat det. Han misstänkte att om han körde fram till pråmen som en trafikpolis, så skulle Zavala och han snabbt förvandlas till två såll. Dyrbara sekunder förflöt medan han rådbråkade sin hjärna. Han mindes vad Ben hade sagt om katamaranen, och då fick han en idé. Han lade fram sin plan.

"Jag börjar bli orolig", sa Zavala.

"Det är väl inte så konstigt. Jag vet att det är riskabelt."

"Du förstår inte. Jag *gillar* planen. Det är *det* som bekymrar mig."

"Jag ska beställa tid åt dig hos NUMA:s hjärnskrynklare när vi kommer hem igen. Pröva om du kan mjuka upp motståndet så länge."

Zavala nickade och riktade bössan mot en gestalt som var oförsiktig nog att stå så att han avtecknade sig i silhuett mot lanternorna. Hagelgeväret brann av, och mannen slängde upp armarna och försvann ur sikte, nästan som en anka på en skjutbana.

Austin gasade på, och ett par sekunder senare, när vattenytan slets sönder av en gevärssalva från båten, var de redan långt därifrån. Hagelbössan dundrade och ännu en kropp föll omkull. Männen ombord på pråmen insåg till slut att de var enkla måltavlor och släckte lanternorna. Det var exakt den reaktion Austin hade räknat med.

Katamaranen började få upp farten. Austin körde vattenskotern parallellt med pråmen ett kort ögonblick, sedan cirklade han runt tills han befann sig ett par hundra meter akter om den. Med blicken fäst på de dubbla kölvattnen framför sig, accelererade han med den lilla farkosten. Han siktade mot ett bestämt ställe i aktern och minskade gasen i sista sekunden.

Vattenskotern träffade katamaranens akter med en hög och ihålig duns, sedan hördes ett ohyggligt skrapljud när farkosten kanade upp på det sluttande däcket. En besättningsman som hade hört vattenskotern närma sig stod i aktern med kpisten redo. Farkostens rundade nos träffade honom rätt över benen. Det hördes tydligt hur benpiporna slogs av, och han slungades i väg över halva däcket. Zavala hade rullat av innan skotern hunnit stanna. Austin klev ner på däck och slet upp Bowenrevolvern ur hölstret.

Den pilsnabba farkosten stod på tvären, varför den erbjöd ett visst skydd. Austin siktade hastigt mot en gestalt som rörde sig i mörkret och fyrade av ett skott. Han missade, men mynningsflamman lyste upp scenen och för ett ögonblick såg han en skrämmande syn. En massa kroppar – i mörkret kunde han inte avgöra om de var levande eller döda – låg uppradade tvärs över transportbandet och förflyttades sakta mot aktern, där de skulle rutscha nerför en ränna och hamna i vattnet.

Han ropade åt Zavala att täcka honom. Hagelgeväret knallade tre gånger i rask följd. Att döma av skriken från båtens andra ände hade en eller flera hagelsvärmar träffat sina mål. Austin stack revolvern i hölstret, kastade sig fram mot den närmaste kroppen och drog bort den från bandet. Näst i raden på det mardrömslika löpande bandet var en mindre gestalt. Austin drog också den ur farozonen och insåg att det var ett barn.

Ännu fler kroppar kom emot honom. Han undrade hur många han skulle hinna föra i säkerhet, men han var fast besluten att fortsätta. Han högg tag i benen på nästa. Av tyngden gissade han att det var en man, och han stönade av ansträngning när han drog bort honom från transportbandet. Han hade händerna runt vristerna på en annan, när bandet stannade. Han reste sig. Svetten forsade i ansiktet på honom, och han andades häftigt. Han kände ett styng av smärta från sitt gamla sår i bröstet. När han tittade upp, såg han någon med en ficklampa närma sig. På ett ögonblick hade Austin sin Bowen i handen.

"Skjut inte, *amigo*", hördes hans kollegas välbekanta röst.

Austin sänkte revolvern. "Jag trodde du täckte mig."

"Det *gjorde* jag. Men sen fanns det ingen kvar att skydda dig mot. När jag hade prickat några stycken, hoppade resten i sjön. Jag hittade OFF-knappen till tranportbandet."

Den första kroppen Austin hade räddat från en säker död gav ifrån sig kvävda ljud under tejpen. Austin lånade ficklampan och fann sig stirra in i Therri Welds omisskännligt mörkgröna ögon. Han drog försiktigt bort tejpen från hennes mun, och sedan befriade han hennes händer och fötter. Hon tackade honom hastigt och befriade den lilla flickan som nästan hade gjort henne sällskap i döden. Austin räckte fram dockan, och flickan gav den en stor kram.

De hjälptes snabbt åt att befria de övriga. Ryan kopplade på stora leendet mot Austin och började ösa lovord över honom. Men Austin hade fått nog av den självbelåtne aktivisten. Han var arg på Ryan för att han gått i vägen för räddningsoperationen och riskerat Therris liv. Ett förfluget ord från Ryan och han skulle ha åkt i sjön.

"Nu håller du tyst", sa Austin.

Ryan märkte att Austin inte var på humör för att diskutera, så han knep ihop läpparna.

De höll just på att befria de sista fångarna när Austin hörde en båtmotor som närmade sig. Han slet upp sin Bowen, och han och Zavala hukade sig bakom relingen. De hörde hur motorn slogs av och hur båten dunsade emot skrovet. Austin reste sig upp och knäppte på ficklampan. Ljuskäglan träffade Ben Nighthawks oroliga ansikte.

"Kom fram ni", ropade Austin. "Alla är välbehållna."

Ben såg lättad ut. Han och bröderna Aguirrez klättrade ombord på katamaranen. Pablo gick framåtböjd och verkade ha svårt att röra sig, och de andra var tvungna att hjälpa honom. Baskens ärm var blodig ovanför armbågen.

"Vad har hänt?" sa Austin.

Diego log och sa: "Medan ni var härute råkade några vakter se när vi tog deras båt och ville att vi skulle betala hyra. De fick vad de tålde. Pablo blev sårad, men vi dödade de svinen." Han tittade sig omkring på båten och såg minst tre döda kroppar. "Jag ser att ni också har haft en del att göra."

"Ja, det kan man säga." Austin kastade en blick bort mot bryggan, där flera ljuspunkter förflyttade sig. "Ni tycks verkligen ha rört om i ett getingbo."

"Ett mycket *stort* getingbo", svarade Pablo. Han hörde smattrandet av en helikopter och tittade upp. "Men vi har också vassa gaddar."

Austin såg en flygande skugga mot den blåsvarta natthimlen. SeaCobran hade kommit på nolltid. Den flög som en pil genom luften. När den närmade sig Barkers anläggning saktade den farten, men i stället för att sätta in den väntade nådastöten mot igloon började den cirkla. Den sökte efter sitt mål utan att hitta det. Igloons kamouflage hade kopplats på, och den väldiga byggnaden smälte ihop med den mörka skogen.

Det var ett ögonblicks ödesdiger obeslutsamhet. Helikoptern lystes upp av strålkastare, som ett tyskt bombplan under blitzen. När helikopterbesättningen märkte att de blivit upptäckta, avfyrade de en missil mot den öppna platsen. Alltför sent. Missilen slog i marken och dödade en handfull av Barkers män, men samtidigt sköt en ljusstrimma i väg uppåt. En värmesökande robot kunde inte missa på så kort avstånd. Den tog sikte på helikopterns avgasrör. Det kom en blixt av intensivt gult och rött ljus, och helikoptern förvandlades till ett glödande, fräsande klot och störtade ner i sjön.

Alltsammans gick så fort att de som tittade på från katamaranen knappt kunde tro sina ögon. Det var som om kavalleriet hade kommit till undsättning men blivit utplånat av indianerna i ett bakhåll. Till och med Austin, som visste att lyckan hastigt kunde vända under drabbning, var nästan i chocktillstånd, men han repade sig snabbt. De hade ingen tid att förlora. Barkers mordiska hejdukar kunde vara framme inom några minuter. Han ropade på Ben och bad honom föra de ombordvarande i land, där de kunde gömma sig i skogen.

Ryan kom fram och sa: "Jag är verkligen ledsen för allt det här, men jag är skyldig dig en gentjänst."

"Den här bjuder huset på, men nästa gång du råkar illa ut får du klara dig på egen hand."

"Jag kanske kan betala igen genom att hjälpa till."

"Du kanske kan betala igen genom att försvinna härifrån. Se till att Therri och de andra tar sig i land på ett betryggande sätt."

"Och vad tänker du göra?" sa Therri. Hon hade dykt upp bakom Ryan.

"Jag tänkte prata några ord med dr Barker, eller Toonook."

Hon såg misstroget på honom. "Jag undrar minsann vem det är som är obetänksam. Du klandrade mig för att jag utsatte mig för onödiga risker. Han och hans män kommer att döda dig."

"Så lätt slipper du inte ifrån den där middagsinbjudan."

"*Middag?* Hur kan du tänka på nåt sånt med alla de här vansinnigheterna som pågår? Är du galen?"

"Jag är fullt tillräknelig, men fast besluten att äta en romantisk middag på tu man hand utan att bli avbrutna."

Hennes ansikte mjuknade, och ett svagt leende syntes på hennes läppar. "Det skulle jag också vilja. Så var försiktig."

Han kysste henne lätt på munnen. Sedan baxade han och Zavala tillbaka vattenskotern ner i vattnet. Den hade fått några bucklor och kulhål under räddningsaktionen mot katamaranen, men motorn var oskadd och Zavala hade inga problem att få i gång den igen. När Austin styrde farkosten tillbaka mot häxkitteln, insåg han att han inte visste vad han skulle göra när han slutligen stötte på dr Barker. Men han var säker på att han skulle komma på någonting.

Austin och Zavala gick i land på stranden några hundra meter från bryggan och banade sig väg tillbaka mot den öppna platsen, där Barker hade hållit tal till sina undersåtar. Platsen var tom. Många av vakterna hade försvunnit in i skogen när helikoptern anföll. Austin och Zavala rundade en krater och flera döda kroppar.

När det elektroniska kamouflaget var påslaget var själva kupolen osynlig, men det strömmade ut ljus från en smal rektangulär öppning i skogen där porten hade lämnats öppen. Ingen försökte hindra Austin och Zavala när de gick in och för första gången fick se den enorma silverfärgade torpeden som upptog större delen av hangaren. Starka strålkastare reflekterades mot zeppelinarens glänsande aluminiumhölje, men det var ganska skumt i kupolens utkanter. De slank in bland skuggorna och gömde sig bakom en arbetsplattform på hjul, där de hade god överblick över det som hände.

Männen som flängde omkring runt zeppelinaren, uppenbarligen

i färd med att göra sistaminutenförberedelser inför avfärden, gav de rätta proportionerna åt den jättelika luftfarkosten. Markpersonalen sträckte förtöjningslinorna likt deltagare i en dragkamp. Högt ovanför höll kupolens tak sakta på att öppnas, och stjärnorna syntes genom öppningen. Austin svepte med blicken längs zeppelinaren och registrerade varje detalj, från den trubbiga nosen till den avsmalnande stjärten, och han dröjde sig för ett ögonblick kvar vid den trekantiga fenan och namnet "Nietzsche". Luftskeppet var ett vackert exempel på hur form och funktion går hand i hand, men estetik var inte det han i första hand tänkte på just då.

Gondolen hängde bara ett par meter ovanför golvet, men den var omgiven av vakter. Han mönstrade luftskeppet igen och fick syn på det han letade efter. Han pekade på det närmaste motorhöljet och lade hastigt fram sin plan för Zavala, som nickade och gjorde tummen upp för att visa att han förstod. Zavala meddelade Diego via radion att de tänkte gå ombord på luftskeppet. Nu var öppningen i taket nästan stor nog för att släppa igenom farkosten. Om bara några sekunder skulle markpersonalen börja släppa efter på förankringslinorna.

Zeppelinaren var förankrad vid avsmalnande stöttor som påminde om gammaldags oljeborrtorn. Andra stöttor var placerade närmare farkosten. Med Zavala tätt i hälarna, förflyttade sig Austin från stötta till stötta, tills han slutligen nådde fram till två arbetsplattformar som användes till att serva den bakre motorn på styrbordssidan. Han såg sig hastigt omkring. Markpersonalen var fullt upptagen med att hålla zeppelinaren nere när den slet i förtöjningslinorna. Till all lycka hade ingen upptäckt dem, och Austin klättrade högst upp på arbetsplattformen.

Det äggformade motorhöljet var ungefär lika stort som en stadsjeep och fastsatt i flygkroppen med metallstag. Propellern var lika hög som två människor. Austin grep tag i ett stag och hävde sig upp ovanpå motorkåpan. Genom kängsulorna kände han vibrationerna från den kraftfulla motorn. När propellern fick upp farten åstadkom den en bakåtriktad luftström, och han fick hålla i sig av alla krafter för att inte blåsa av. Han sträckte sig ner för att hjälpa Zavala, som fortfarande höll på att kravla sig upp på motorhöljet, då markpersonalen släppte linorna och zeppelinaren började stiga. Zavalas fötter hängde och dinglade, och han försökte få upp ena foten på det rundade höljet. Austin höll sig fast med bara en hand och utnyttjade sin ansenliga muskelstyrka för att lyfta Zavala så mycket det behövdes.

Vid det laget var luftskeppet halvvägs upp mot taket. Nu när de befann sig ovanpå motorhöljet, var de skyddade från blickar nerifrån. Men luftdraget från propellern blev allt starkare, och det började bli svårt att hålla sig kvar på den glatta, rundade ytan. Austin tittade upp och såg en rektangulär öppning där stagen försvann in i flygkroppen. Han skrek till Zavala, men hans ord blåste bort i vinddraget, så han pekade i stället. Zavala svarade, och även om Austin inte kunde höra sin kollegas svar, var han rätt säker på att Joe sa: "Du först."

Austin började klättra. Staget var försett med stegpinnar för att teknikerna skulle kunna nå motorn och göra reparationer uppe i luften. Men med propellern snurrande och zeppelinaren på väg upp, var det hela en verklig utmaning. Austins klättring var inte vacker, men han lyckades ta sig in genom den rektangulära öppningen i luftskeppets buk.

Så snart han kommit bort från det värsta luftdraget höll han fast i stegen och tittade bakåt. Zavala befann sig alldeles bakom. Luftfarkosten hade stigit upp genom öppningen i kupolen, och takportarna höll på att stängas. Människorna långt där nere var små som myror. När Zavala äntligen lyckades ta sig in i flygkroppen, hade kupolen slutit sig helt. I och med att Austin och Zavala beslutat sig för att gömma sig ombord, hade de inget val. De började klättra in i mörkret.

37

"Nietzsche" var ett under av flygteknisk design. Farkosten var dubbelt så lång som ett Boeing 747 jumbojetplan, och ändå hade den byggts i en tid före både datorer och rymdåldersmaterial. Den var i stort sett en kopia av "Graf Zeppelin", den tvåhundrafyrtio meter långa silverfärgade cigarren som hade byggts 1928 av luftskeppspionjären Hugo Eckener – men vissa innovationer som senare skulle finnas på "Hindenburg" fanns också med. Ombord på "Graf Zeppelin"låg passagerarutrymmena bakom styrhytten. Men "Nietzsche" hade konstruerats så att man kunde vistas även inne i själva flygkroppen.

Efter den farofyllda klättringen från motorhöljet hade Austin och Zavala kommit in i ett litet rum. På väggarna hängde verktyg och reservdelar och sådana där långa svarta läderrockar som flygarpionjärerna hade en gång i tiden. Rummet var ouppvärmt, och rockarna kunde komma väl till pass för dem som arbetade där. Austin provade en rock och märkte att den passade.

"Du ser ut som Röde baronen", sa Zavala.

Austin drog ner en skinnmössa över huvudet. "Jag ser det först och främst som en lämplig förklädnad." När Austin såg sin kollegas skeptiska min, sa han: "Du kanske har lagt märke till att vi ser lite annorlunda ut än eskimåerna vi har träffat under det här lilla äventyret. Om de här knasiga utstyrslarna ger oss en sekunds försprång, så kanske det är värt det."

"Vilka uppoffringar man får göra för NUMA", sa Zavala medan han letade efter en rock som passade.

Rummets enda dörr ledde till en lång korridor. Väggarna i den elegant inredda korridoren pryddes av bilder på män i höga hattar som flög med olika varmluftsballonger och flygmaskiner med märkligt utseende. I taket hängde gammaldags kristallkronor. I slutet av korridoren fanns en särskild passageraravdelning som rymde bekvämt inredda lyxhytter, med två bäddar i varje och vackert blommiga tapeter.

Nästa anhalt var en elegant matsal. Där fanns omkring ett dussin små rektangulära bord, med vita dukar och prydligt vikta servetter. Två klädda mahognystolar var lite utdragna från vart och ett av borden, som om gästerna skulle komma när som helst.

De höga fönstren med gardiner skulle ha erbjudit middagsgästerna en vidunderlig utsikt över världen nedanför. Bredvid matsalen fanns en salong, försedd med bar, en liten scen och ett dansgolv av blankpolerat trä. Precis som matsalen var salongen inredd i art déco-stil. Geometriska mönster dominerade. På väggen bakom baren satt det foton av zeppelinare.

Det var tyst i salongen bortsett från det dämpade motorbullret. Zavala såg sig förundrat omkring. "Det här är ju som att vara ombord på en gammal atlantångare."

"Hoppas bara att det inte är 'Titanic'", sa Austin.

Austin gick före in i ett rum möblerat med skinnsoffor och stolar. Hans kunskaper i tyska var begränsade, men han gissade att skylten på väggen talade om att det var rökrummet. De gick ut därifrån och följde en annan korridor som ledde till ett stort utrymme, av allt att döma ett arbetsrum. De kunde se ett stort bord med halogenlampor, datorer och flera stolar som snarare var funktionella än bekväma. En del av rummet låg försänkt i skugga. Austin hittade en väggströmbrytare och tände lyset. Hela rummet badade i ljus, och båda två stelnade till när de upptäckte att de inte var ensamma. Två gestalter stod vid den bortre väggen, och Zavala svor på spanska. I ögonvrån såg Austin hur hagelgeväret kom fram.

"Vänta!" sa han.

Zavala sänkte vapnet och såg på gestalterna med ett leende. Han betraktade de mumifierade kropparna av två män, uppresta mot metallställningar. De stod i en naturlig ställning, med armarna hängande ner efter sidorna. Deras hy var mörk som läder och stramade lite över skallarna. Ögonhålorna var tomma, men ansiktena var anmärkningsvärt välbevarade. Austin och Zavala gick närmare och tittade.

Zavala sa: "Jag tror knappast det är Blues Brothers."

"Jag tror inte att de är bröder alls. Av kläderna att döma skulle jag säga att de kommer från helt olika tidsepoker."

Den ene var klädd i en kraftig skjorta och hosor i något grovt material. Hans mörka hår hängde ner på axlarna. Den längre mannen hade kort, blont hår och var klädd i en läderrock av mellankrigsmodell, inte olik dem som Austin och Zavala hade på sig. Ovanför mumierna hängde ett stort aluminiumsjok med ojämna kanter. Ordet "Nietzsche" stod tryckt på plåten.

Bredvid mumierna fanns en glasmonter av den modell man ser på museer. Inuti fanns en 35 mm Leica stillbildskamera med flera objektiv, en Zeiss filmkamera, kartor över norra halvklotet och en bok med skinnpärmar. Austin öppnade montern och bläddrade i boken. Den var full av anteckningar på tyska, som upphörde 1935. Han stoppade ner boken i fickan. Bäst som han stod och undersökte några harpuner och eskimåknivar, sa Zavala till honom att komma.

"Kurt. Det här måste du se."

Zavala hade gått fram till en lång elfenbenskista som stod på ett midjehögt stativ. Ovanpå kistan låg ett horn som verkade vara gjort av en elefantbete. Föremålet var besatt med ädelstenar och prytt med guldband. Austin flyttade varsamt på hornet och räckte det till Zavala. Han såg förundrat på detaljrikedomen i stridsscenerna som var inristade i elfenbenet.

Austin öppnade kistan och fällde ner locket. Ovanpå ett lila sammetstyg låg ett svärd nerstucket i en skida. Han lyfte upp vapnet ur kistan och betraktade det guldöverdragna svärdsfästet och parerstången. I den tunga, trekantiga svärdsknappen satt en stor rubin infattad. Den utsirade parerstången pryddes av inetsade blommor. Han begrundade det motsägelsefulla i att ha så vackra dekorationer på ett dödligt vapen.

Han vägde det tveeggade svärdet i handen, kände hur välbalanserat det var, och drog sedan försiktigt upp vapnet ur skidan. Det gick nästan som en elektrisk stöt genom armen på honom. Kunde det här vara Durendal, det sägenomspunna vapnet som Roland hade svingat mot saracenerna? Klingan var kantstött på några ställen. En bild for genom hans hjärna: Roland som slog svärdet mot en sten för att det inte skulle falla i fiendens händer.

Zavala visslade till. "Det där måste vara värt en förmögenhet."

Austin tänkte på all tid och alla de pengar som Balthazar Aguirrez hade lagt ner i sitt sökande efter föremålet i hans hand. "Det är värt mycket mer än så", sa han.

Han tog av sig rocken och spände fast svärdsskidan om midjan. Så tog han några steg på prov och upptäckte att skidan slog emot benet. Det tjocka läderbältet hindrade honom också från att komma åt revolverbältet. Han prövade ett annat sätt, och lade bältet till svärdsskidan över ena axeln så att svärdet hängde ner utmed hans vänstra sida. Sedan tog han på sig rocken igen.

"Har du tänkt fäktas?" sa Zavala.

"Kanske. Du får hålla med om att det slår din schweiziska armékniv."

"Min kniv har faktiskt en korkskruv", påminde Zavala. "Vad tror du förresten om det förvuxna hornet?"

"Det är bäst vi lägger tillbaka det. Jag vill inte att det kommer ut att jag har smitit med den där tandpetaren under rocken."

De lade försiktigt tillbaka hornet precis som de hade hittat det och förflyttade sig till andra änden av rummet, där det låg en världskarta utbredd över ett skrivbord. Austin böjde sig över kartan och såg att kustområdena på alla kontinenter var markerade med rödpenna. Bredvid varje rött fält fanns ett datum och en förteckning över olika fiskarter. En stor stjärna markerade platsen vid sjön där de hade gått ombord på luftskeppet. Han drog med fingret från stjärnan, längs ett pennstreck, rakt österut i Nordatlanten. Ovanför strecket var den dagens datum antecknat.

Han rätade på sig och sa: "Vi måste stoppa luftskeppet innan det når fram till Atlanten. Det här är ingen testkörning."

"Inte mig emot. Men jag borde kanske påpeka att den här farkosten är nästan trehundra meter lång och full med tungt beväpnade skurkar som kanske tycker annorlunda."

"Vi behöver inte ta över hela luftskeppet, bara styrhytten."

"Varför sa du inte det med en gång? Det är så gott som klart redan."

"Tror du att du skulle kunna flyga den här gamla gasblåsan?"

"Det kan inte vara så märkvärdigt", sa Zavala. "Man gasar på och riktar nosen åt det håll man ska."

Trots det nonchalanta svaret tvivlade Austin aldrig på Zavalas ord. Hans kollega hade hundratals flygtimmar bakom sig, i praktiskt taget alla sorters flygfarkoster. Austin försökte räkna ut var i zeppelinaren de befann sig. Han gissade att de var någonstans i mitten av det stora luftskeppet. Om de fortsatte att röra sig framåt och neråt, skulle de komma till styrhytten.

De lämnade rummet med de märkliga museiföremålen och gick genom en labyrint av korridorer helt olika dem de hade stött på när de först kommit ombord. Här var allting nyare och mer funktionellt. De kom fram till en trappa som ledde neråt. Austin misstänkte att de hade kommit till styrhytten, men han ändrade sig när hans näsa uppfattade en lukt av saltvatten och fisk. Han mindes med obehag första gången han känt lukten inne på Oceanus fiskodling på Färöarna.

Han tvekade högst upp i trappan, drog sin Bowen och gick långsamt ner i mörkret. Hans öron fångade upp ljudet av motorer och bubblande luftpumpar, vilket ytterligare övertygade honom om att hans fiskodlingsteori var riktig. Han var ungefär halvvägs nerför trappan, när ljuset tändes och han såg att han hade mer än genförändrade fiskar att tampas med.

Längst ner i trappan stod dr Barker och tittade upp mot honom, med ett muntert leende på läpparna. Hans ögon var dolda bakom mörka solglasögon.

"Hej, mr Austin", sa Barker. "Vi har väntat på er. Ni kan väl komma ner?"

All lust att tacka nej till Barkers erbjudande dämpades av anblicken av de allvarsamma vakterna som stod omkring honom och gevärsmynningarna som pekade upp mot trappan. Ett enda finger som snuddade vid en avtryckare skulle vara tillräckligt för att förvandla Austin och Zavala till sina grundläggande molekyler. Ännu mer övertygande var minen hos Barkers handgångne man, som vid flera tillfällen hade försökt döda Austin. Hans leverfärgade läppar öppnades i ett brett leende, och Austin insåg att han fortfarande stod högst på mannens dödslista.

"Jag skulle vara dum om jag nobbade en sån varm inbjudan", sa Austin medan han gick ner den sista biten av trappan.

"Släpp nu era vapen och sparka hit dem", sa Barker.

Austin och Zavala gjorde som de blev tillsagda. Vakterna plockade upp vapnen. En man kom fram och muddrade Zavala. Scarface gick fram till Austin och drog ovarsamt med händerna längs läderrockens framsida.

"Det ska bli en njutning att se dig dö", morrade han.

Durendal kändes brännhet mot Austins revben. "Jag vet en tandläkare som skulle kunna göra underverk med dina tänder", sa han.

Scarface upphörde med muddringen och högg tag i Austins rockslag i ett kvävande grepp men tvingades släppa taget på order från Barker.

"Så behandlar vi inte våra gäster", sa Barker. Därefter vände han sig mot Joe och sa: "Mr Zavala, förmodar jag?"

Zavalas mun drogs upp lite i mungiporna, men inte ens mjukheten i hans mörkbruna ögon kunde dölja föraktet i hans röst. "Och ni är dr Barker, den galne vetenskapsmannen, förmodar jag. Kurt har berättat mycket om er."

"Bara snälla saker, förstår jag", sa Barker. Han verkade road när han såg på Austin igen. "Är herrarna på väg till en maskerad?"

"Ja, det är vi faktiskt. Och om ni inte misstycker, så tänkte vi gå nu", sa Austin.

"Ha inte så bråttom. Ni har ju precis kommit."

"Om ni insisterar så. Vi skulle vilja ta ner händerna, om det går bra."

"Kör till, men ge inte mina mannar en ursäkt för att döda er på fläcken."

"Tack för varningen." Austin såg sig omkring. "Hur visste ni att vi var ombord, har ni dolda övervakningskameror?"

"Det finns inget så sofistikerat på den här gamla reliken. Enbart som en säkerhetsåtgärd har vi installerat sensorer runtom på skeppet. En lampa i styrhytten indikerade att lufttemperaturen hade förändrats i motorunderhållsrummet på styrbordssidan. När vi gick dit för att undersöka saken, upptäckte vi att luckan var öppen. Vi trodde att det var en olyckshändelse tills vi märkte att rockarna saknades."

"Så oförsiktigt av oss."

"En oförsiktighet som kunde ha kostat er livet. Det var ett farligt sätt att ta sig ombord. Om ni ville följa med på en rundtur, så skulle vi så gärna ha tagit emot er."

"Kanske nästa gång."

"Det blir ingen nästa gång." Barker klev fram, tog av sig solglasögonen och visade de bleka ögonen som Austin hade sett för första gången vid mottagningen på museet. Irisarna var nästan lika vita som resten av ögonen och påminde Austin om en giftorm han hade sett en gång. "Ni och NUMA har orsakat en hel del problem för mig", sa Barker.

"Era problem har bara börjat", sa Austin.

"Stora ord för att komma från nån i er situation. Men inte helt oväntade. Umealiq blev förresten besviken när ni stjälpte hans planer för er i Washington."

"Umealiq?" sa Zavala som hörde namnet för första gången.

"Det är Scarfaces riktiga namn", sa Austin. "Det ska visst betyda 'spjut med stenspets'."

Zavala drog på munnen.

"Finner ni nåt humoristiskt i situationen?" sa Barker.

"Så lustigt", sa Zavala. "Jag trodde det betydde 'säldynga' på kiolyaspråket."

Scarface förde handen till elfenbenskniven vid sitt bälte och tog ett steg framåt. Barker stoppade honom med en utsträckt arm. Han såg tankfullt på NUMA-männen.

"Vad vet ni om kiolyafolket?"

"Jag vet att inuiterna betraktar er som avskummet i Arktis", sa Austin.

Barkers blodlösa ansikte blev knallrött. "Inuiterna har ingen rätt att sätta sig till doms över oss. De har låtit världen tro att människorna i norr inte är nåt annat än en bunt späcktuggande, löjliga figurer som springer omkring i pälsar och bor i ishyddor."

Austin blev nöjd när han märkte att det gick att tränga igenom Barkers kalla yta. "Jag har hört att kiolyakvinnorna luktar som härsket valspäck", sa han.

Zavala grep tillfället och stämde in han också. "I själva verket luktar de ännu värre", sa han. "Det är därför de här fåntrattarna föredrar manligt sällskap."

"Ni kan förolämpa oss så mycket ni vill", sa Barker. "Era halvhjärtade kvickheter är bara de dödsdömdas skrän. Mina män tillhör ett brödraskap, precis som krigarmunkarna förr i tiden."

Austin tänkte febrilt. Barker hade rätt. Han och Joe kunde rabbla upp hur många förolämpningar som helst, men de var fortfarande två obeväpnade män mot flera välbeväpnade vakter. Han var tvungen att försöka ändra på det förhållandet. Det krävdes en viss viljestyrka för att göra det, men han gäspade och sa: "Hur var det med den där rundturen ni utlovade?"

"Så tanklöst av mig att glömma den."

Barker gick före upp till en gångbrygga som löpte genom rummets mitt. Ljudet av bubblande vatten hördes från båda sidor, men källan till ljudet var dold i mörkret. Barker satte på sig solglasögonen igen och gav order till en av sina mannar. I nästa sekund badade rummet i ett blått ljus som kom från fisktankar på bägge sidor, strax nedanför gångbryggan. Tankarna var i jämnhöjd med golvet och täckta med skjutbara, genomskinliga plastlock så att man kunde se de jättelika fiskarna som simmade där nere.

"Ni ser förvånad ut, mr Austin."

"Ännu en missbedömning från min sida. Jag trodde att era fiskar förvarades vid kustanläggningen där de hade tillgång till saltvatten."

"Det här är inga vanliga fiskar", sa Barker med stolthet i rösten. "De är skapta för att överleva i både salt och sött vatten. Fiskarna som ska planteras ut är förbättringar av dem jag utvecklade tillsammans med dr Throckmorton. De är större och mer aggressiva än vanliga fiskar. Perfekta avelsmaskiner. Luftskeppet kommer att flyga bara nån meter över havsytan, och fiskarna glider ner på särskilda rännor som finns inbyggda i zeppelinarens buk." Han slog ut med armarna så där som han hade gjort under sitt peppningsmöte. "Skåda mina skapelser. Snart kommer de här vackra varelserna att simma i havet."

"Där era monster kommer att orsaka en fruktansvärd förödelse", sa Austin.

"Monster? Det tror jag väl inte. Jag har bara använt mig av mitt genmanipuleringskunnande för att skapa en bättre kommersiell produkt. Det är inget olagligt med det."

"*Mord* är olagligt."

"Bespara oss era patetiska anmärkningar. Det är många som har förolyckats innan ni kom in på scenen. Och det kommer att dyka upp många fler hinder som måste avlägsnas." Han gick bort till behållarna vid lastrummets andra sida. "Det här är mina särskilda kelgrisar. Jag ville se hur stor och glupsk jag kunde göra en vanlig fisk. De är alldeles för aggressiva för att kunna användas för avel. De är åtskiljda med slussportar nu, så att de inte ska attackera varandra."

På order från Barker gick en vakt bort till en frys och tog fram en djupfryst torsk på drygt en halvmeter. Han drog undan plastlocket som täckte en av tankarna och slängde i torsken i vattnet. På några sekunder var torsken försvunnen i ett blodigt skum.

"Jag har beställt bord åt er till middagen", sa Barker.

"Nej, tack, vi har redan ätit", sa Austin.

Barker studerade de två männens ansikten, men han såg inga tecken på rädsla, bara trots. Han rynkade pannan och sa: "Jag ska ge er och er kollega tid att fundera på ert öde. Förslagsvis kan ni föreställa er hur det känns att bli söndersliten av rakbladsvassa tänder och utspridd över havet. Mina mannar kommer och hämtar er kort efter att vi har stannat vid vår anläggning vid kusten för att tanka. Adjö, mina herrar."

Barkers hejdukar grep tag i Austin och Zavala och föste dem genom en korridor som ledde till ett förrådsrum. Där knuffades de in, och dörren låstes bakom dem.

Austin kände på låset och slog sig sedan ner på en hög med papp-kartonger.

"Du verkar inte särskilt bekymrad över att bli förvandlad till fiskmat", sa Zavala.

"Jag har inte den ringaste tanke på att stå för underhållningen åt det där vitögda missfostret och hans korkade hantlangare. Jag gillade förresten din kommentar om kiolyakvinnorna."

"Det bar mig egentligen emot att säga så. För som du vet, så gillar jag kvinnor av alla sorter. De tvingas stå ut med mycket, när deras karlar springer omkring och dödar och offrar människor. Nå, mr Houdini, hur tar vi oss ut härifrån?"

"Jag gissar att vi får spränga oss ut."

"Jaså du. Och antag att vi tar oss igenom den där dörren, vilka chanser har vi två mot en hel bataljon beväpnade män?"

"Vi är faktiskt *tre*."

Zavala såg sig omkring. "En osynlig vän i så fall, helt klart."

Austin skalade av sig rocken och drog upp svärdet ur skidan. Till och med i det svaga ljuset i förrådsrummet tycktes klingan glöda. "Glöm inte det här – *Durendal*."

38

Katamaranen närmade sig land som ett marint landstigningsfartyg, och de två skroven gled halvvägs upp på stranden så att det skrek i glasfibern när de skrapade mot gruset. Båten hade knappt hunnit stanna förrän folk ombord började välla av. Ben Nighthawk gick av först, följd av baskerna och SOS-folket. De hjälpte byborna att klättra ner, och allihop drog sig bort från sjön. Kvar blev bara Ben och Diego.

Jesse Nighthawk vände sig om och såg sin son dröja sig kvar på stranden. Han schasade in de andra byborna i skogen och gick tillbaka till platsen där Ben stod.

"Varför kommer du inte?" sa den gamle mannen.

"Fortsätt utan mig", svarade Ben. "Jag har pratat med Diego. Vi måste fixa en sak."

"Vad menar du? Vad då för sak?"

Ben spanade mot andra sidan sjön. "Hämnd."

"Ni får inte åka tillbaka!" sa Jesse. "Det är alldeles för farligt."

Diego, som hade lyssnat på samtalet, sa: "Helikopterpiloten som blev nerskjuten var en vän till oss. Hans död kan inte bara få gå obemärkt förbi."

"Och de dödade min kusin", sa Ben. "De har misshandlat och slagit mina vänner och min familj. De har skövlat vår vackra skog."

Jesse kunde inte se sin sons ansikte i skuggorna, men det gick inte att missta sig på beslutsamheten i Bens röst. "Då så", sa han sorgset. "Jag ska se till att de andra kommer i säkerhet."

Marcus Ryan kom fram ur skogen, följd av Chuck Mercer och Therri Weld. "Vad är det som pågår?" sa han när han märkte den dystra stämningen.

"Ben och den här mannen ska åka tillbaka", sa Jesse. "Jag försökte hindra dem. De vill tydligen bli dödade."

Ben lade handen på sin pappas axel. "Det är det sista jag vill, pappa. Jag kan inte tala för Diego, men jag vill åtminstone utplåna den där stora fejkade igloon från jordens yta."

"Det är en stor uppgift för två man", sa Ryan. "Ni behöver hjälp."

"Tack, Mark, jag vet att du menar väl, men de andra behöver dig bättre än vi."

"Du är inte den ende som vill göra upp räkningen med dem", sa Ryan. Hans röst fick en hård skärpa. "Barker dödade Joshua, och han sänkte mitt fartyg. Nu försöker han förstöra haven också. Jag är skyldig honom för en massa saker. Den där byggnaden på andra sidan sjön är ju ingen gräshydda precis. Ni kan knappast blåsa ner den genom att flåsa och stöna."

"Vi vet det. Men vi tänker ut nånting."

"Ni har inte tid att pröva er fram. Jag vet hur vi skulle kunna skicka upp den där kupolen i stratosfären." Ryan vände sig mot Mercer. "Du minns vad vi pratade om?"

"Ja, jag minns. Vi sa att vi skulle ge Barker en chock om vi fick chansen."

"Vad tycker du, Ben?" sa Ryan. "Ska vi göra det?"

"Det kan inte bara jag bestämma." Han vände sig mot Diego.

Basken sa: "De är många och vi är bara några få. Och Pablo är ute ur leken. Det krävs en hel del tur om vi ska klara oss undan levande."

Ben tvekade. "Okej, Mark. Vi satsar på det."

Ryan log triumferande. "Vi kommer att behöva lite sprängämne. Vårt C-4 blev beslagtaget när vi greps."

"Min bror och jag har några handgranater", sa Diego och klappade på sin ryggsäck. "Tre var. Räcker det?"

I stället för att svara kastade Ryan en blick på Mercer som sa: "Det skulle kunna funka, om man placerar dem på rätt ställe."

"Vad kan jag göra?" sa Therri som hade lyssnat på samtalet.

"Bens folk är i rätt dåligt skick", sa Ryan. "De behöver din hjälp, särskilt barnen."

"Jag ska göra mitt bästa", sa Therri. Hon kysste honom och gav Mercer och Ben var sin klapp på kinden. "Var försiktiga."

Medan Therri återvände in i skogen, sköt Ben och de andra männen ut katamaranen från stranden och klättrade ombord. Båtens två skrov i kombination med de kraftiga motorerna gav den en ansenlig fart. De jagade fram över vattenytan och var snart framme vid den motsatta stranden. Pablo och Diego stod längst fram i fören när båten gled in mot bryggan. De gjorde hastigt fast båten och försvann in i skogen.

Mercer stannade till vid båtskjulet och kom ut med två rullar förtöjningslina, ett rep och en rulle gaffatejp. De gick på rad efter varandra i en vid båge och kom fram till vänstra sidan av den öppna platsen. Med Ryan i täten lyckades gruppen ta sig oupptäckt ända fram till kupolen. Ryan hittade det han sökte: en hög, cylindrisk högtrycksbehållare placerad i en glänta omgiven av tät skog. Målat på sidan fanns en varning för att innehållet var brandfarligt. Ett antal stålrör som var cirka femton centimeter i diameter gick från tanken och in i hangaren. Alldeles intill rörens ingång i byggnaden fanns en låst dörr. Precis som själva kupolen var dörren gjord av ett plastmaterial och gav lätt vika för kraften och beslutsamheten när Diego satte axeln till.

Därefter kom han och de andra in i en kort gång som löpte parallellt med rören några meter. Ledningarna försvann in genom väggen, och bredvid fanns ännu en dörr, olåst den här gången. Ryan tog täten och öppnade dörren en liten aning, så att han kunde se in i hangaren. Det vimlade av folk mitt i den jättelika salen, där luftskeppet hade varit förtöjt. Somliga var i färd med att rulla ihop linor eller flyttade på ställningar och arbetsplattformar. Några vakter släntrade ut genom hangarens huvudingång.

Ryan tecknade åt de andra att stå kvar medan han och Mercer tassade in. De kröp utmed väggen bakom höga travar med hoprullade slangar, tills de nådde fram till platsen där rören kom in i byggnaden. Det var samma rör som Barker hade pekat på när han förklarade varför han använde vätgas i stället för helium för att fylla luftskeppets gassäckar. Gasflödet reglerades med hjälp av ventiler som manövrerades med stora rattar. Ryan vred på en av dem tills de kunde höra hur det pyste ut gas genom munstycket.

På ett par minuter hade de öppnat alla ventiler. Den utströmmande gasen steg upp mot taket, där den förhoppningsvis inte skulle upptäckas förrän det var för sent. När jobbet var klart, slank de ut genom dörren och följde gången ut i det fria. Ben och Diego hade också haft fullt upp. De hade följt Mercers instruktioner och tejpat fast handgranaterna vid rören. Sedan hade de satt dit korta repstumpar i ringarna på säkerhetssprintarna och fäst ihop repen med linan från en av rullarna. Ryan och Mercer inspekterade arbetet och tyckte att det såg bra ut, därefter gick de tillbaka ner mot sjön samtidigt som de rullade ut linan efter sig. De försökte dra den så rakt som möjligt och undvek buskar och träd där den skulle kunna fastna.

När de hade gjort slut på en sextiometersrulle, knöt de ihop den fria änden med nästa rulle. De befann sig fortfarande tio meter från sjön när också den rullen tog slut. Mercer slank in i båtskjulet och kom ut med flera repstumpar av olika tjocklek och längd som de band ihop så att repet nådde ända fram till vattnet. När allt var klart, skyndade Diego tillbaka till den öppna platsen och tog betäckning bakom ett tjockt träd.

Så snart kiolyamännen hade avslutat sitt arbete inne i hangaren, strömmade de ut på den öppna platsen, och några av dem styrde stegen mot barackerna. Basken siktade helt kallt på en vakt och sköt en kort salva. Mannen föll till marken. Fler vakter kom springande från barackerna och började skjuta urskillningslöst in i skogen där de hade sett mynningsflammor, men efter varje avlossad salva förflyttade sig Diego och kulorna gick långt ifrån honom. När ytterligare två av vakterna hade blivit dödade, flydde männen mot dörren till den väldiga igloon.

Det var exakt den reaktion Diego hade räknat med. Han hade försökt skjuta ner alla som sprang mot skogen. Avsikten var att driva in vakterna i den "skyddande" byggnaden. Han visste att de, om de fick tid på sig, skulle ta sig ut från kupolen genom andra dörrar för att sprida sig i skogen och försöka med en kringgående manöver. Men när den siste försvann in i luftskeppshangaren, och den öppna platsen blev folktom, var Diego redan på väg ner till sjön.

Ryan, som väntade på stranden tillsammans med de andra och hade hört skottlossningen, såg Diego komma springande mot sig och räckte fram änden på linan till Ben.

"Vill du ha den stora äran?"

"Tack", sa Ben och tog linan. "Det sköter jag om så gärna."

Ryan vände sig mot de andra. "När Ben rycker i linan, dyk då ner i vattnet och håll huvudet under ytan så länge ni kan. Okej, Ben. Ge järnet!"

Ben slet till hårt i linan, sedan släppte han den och hoppade i sjön tillsammans med de andra. De fyllde lungorna med luft och dök ner under ytan. Inget hände. Ryan stack upp huvudet och svor. Han klafsade upp på stranden, tog upp den lösa änden och ryckte till i den. Linan ryckte tillbaka som om den satt fast i en gren.

"Jag går och kollar. Den måste ha fastnat i nånting", ropade han till de andra och följde linan in i skogen.

Ryan hade bara delvis rätt. Linan hade fastnat i *någon*, inte *något*. En kvarbliven vakt hade sett Diego springa mot sjön och gått fram för att undersöka saken. Han höll linan i handen när han såg Ryan närma sig från stranden. Ryan gick framåtböjd och följde linan med blicken, så han märkte inte att mannen riktade sitt vapen mot honom. Det första tecknet på att han inte var ensam var stöten när kulan träffade honom i axeln som ett våldsamt hammarslag. Han föll ner på knä.

Vakten fick inte i väg något mer skott. Diego hade nämligen följt efter Ryan och sköt en salva som perforerade vaktens bröst. Mannen slungades bakåt av kraften, men hans fingrar höll tag om linan i ett dödsgrepp. Ryan såg med sin beslöjade blick när vakten föll och hur hans fallande kropp drog med sig linan. En alarmklocka ringde i hans hjärna, den trängde igenom både smärtan och förvirringen, och han försökte resa sig, men hans ben var som gummi. Sedan kände han hur ett par starka händer lyfte honom på fötter och hjälpte honom ner mot sjön. De var nästan nere vid vattenbrynet när hela sjön lystes upp, som om den hade sprejats med fosforescerande färg.

När vakten föll omkull, hade rycket fortplantats genom linan till ringarna på granaterna. De hade åkt ur, säkringsgreparna hade flugit upp och antänt fördröjningssatsen. Sex sekunder senare briserade alla granaterna på en gång. En millisekund efter det antändes vätgasen i rören. Den explosiva gasen rusade genom det korta röret och strömmade ut ur munstycket som om den sprutats genom mynningen på en eldkastare. Utsprutande eldslågor snuddade vid det osynliga molnet av vätgas som hängde under kupolens tak.

Luftskeppshangaren förvandlades till ett brinnande inferno för kiolyavakterna. Den överhettade luften, som var mättad med vät-

329

gas, exploderade inuti kupolen och förvandlade ögonblickligen allting av kött och ben till aska. Kupolen höll kvar värmen i ännu några sekunder och blev vitglödgad, innan de tjocka plastelementen som väggarna bestod av gick upp i rök. Men fördröjningen före den slutgiltiga explosionen gav Ryan och Diego den tid de behövde. De nådde fram till vattenbrynet och dök ner i sjön samtidigt som kupolen exploderade och slungade ut eldsflammor som förintade den omgivande skogen och husen runt omkring. Glödheta värmevågor strålade ut åt alla håll.

Ryan hindrades av sin skada och hade bara tagit ett hastigt andetag innan han kastade sig i sjön, så lungorna var bara delvis fyllda med luft. Han såg vattnet lysas upp och hörde ett dämpat dån, och han stannade under ytan så länge han kunde. När han körde upp huvudet kände han hur röken från den brinnande skogen stack i ögonen, men han brydde sig inte om smärtan. Han såg med vördnad på det svampformiga molnet som steg upp från fältet av glödande aska, vilket markerade platsen där han senast hade sett en kupol. Det fick explosionen på "Hindenburg" att framstå som ett stearinljus.

Likt uttrar som kommer upp för att hämta luft stack Ben, Mercer och Diego upp sina huvuden ur vattnet och förundrades. Alla tre hade förlorat en vän eller släkting på grund av Barkers och hans hantlangares djävulska plan. Men det fanns ingen självbelåtenhet eller tillfredsställelse över den förstörelse de hade orsakat. De visste att rättvisa ännu bara delvis hade skipats. Den galne genetikern hade blivit sårad men inte stoppad. I skenet från de brinnande träden simmade de ut till katamaranen, och Ryan fick hjälp av de andra tre att ta sig fram genom vattnet. Några minuter senare var pråmen på väg över sjön, med ett pyrande likbål i sitt kölvatten.

39

Austin satt på en låda med fiskantibiotika. Han hade svärdsklingan fastklämd mellan knäna och huvudet vilande mot svärdsfästet. En främling skulle kanske ha uppfattat den posen som ett uttryck för missmod, men Zavala visste bättre. Austin skulle handla när han var redo.

För egen del var Zavala upptagen med några övningar som var en blandning av yoga, zenbuddism och gammaldags skuggboxning, för att mjuka upp sig och fokusera tankarna. Han avslutade med att golva en tänkt motståndare med en vänster uppercut och en snabb rak höger, borstade sedan av händerna och sa: "Jag har just knockat Rocky Marciano, Sugar Ray Robinson och Muhammad Ali i snabb följd."

Austin tittade upp och sa: "Spara några smällar till Barker och hans kompisar. Vi har börjat gå ner."

Austin hade chansat på att Barker talade sanning när han sa att han tänkte mata sina kelgrisar med dem och dumpa det som blev kvar i Atlanten. En mördare som Barker skulle tillgripa vilket våld som helst och även dubbelspel för att uppnå sina mål, och hans uppblåsta bild av sig själv ledde till gudalika uttalanden om liv och död. Om Barker sa att han skulle döda dem när de befann sig över Atlanten, så menade han det.

Austin hade väntat på att de skulle stanna för bränslepåfyllning, i hopp om att zeppelinarens besättning skulle vara fullt upptagna när det stora luftskeppet gick in för landning. Vakterna hade tagit ifrån dem armbandsuren, så det var omöjligt att hålla reda på hur lång tid som hade gått. När Austin märkte att de var helt avskurna och varken kunde se eller höra någonting, hade han stuckit ner svärdet i golvet och lagt örat mot svärdsfästet. Svärdet uppfångade motorvibrationerna som nålen på en skivspelare. Under de senaste minuterna hade tonhöjden förändrats. Motorerna hade saktat ner. Han reste sig upp och gick fram till den bastanta trädörren. De hade prövat att sätta axlarna mot den tidigare, men allt de hade fått för besväret var blåmärken.

Austin knackade på dörren. Han ville försäkra sig om att ingen vakt stod på andra sidan. När det inte kom något svar, grep han tag om svärdsfästet med båda händerna, höjde klingan över huvudet och högg svärdet neråt med all den kraft han kunde uppbåda.

Träet splittrades, men klingan trängde inte igenom dörren. Med hjälp av spetsen bände han loss ett stort stycke, därefter gjorde han hålet större. Han jobbade ursinnigt och gjorde en öppning som var stor nog att sticka ut armen genom. Dörrklinkan var låst med ett hänglås. Efter ytterligare några minuter, då Zavala och han turats om att hacka sönder träet, fick de loss klinkan och sköt upp dörren. Inga vakter syntes till, så de tog sig försiktigt tillbaka till rummet med fisktankarna. Austin böjde sig ut från gångbryggan.

"Ledsen att göra er besvikna, grabbar", sa han till de mjölkfärgade skepnaderna som simmade omkring i tanken, "men vi har andra middagsplaner."

"De gillar nog ändå inte mexikansk mat", sa Zavala. "Kolla in vattennivån."

Vattenytan var sned, vilket visade att zeppelinaren lutade framåt. De var på väg ner. Austin ville ta sig till styrhytten men misstänkte att den var välbevakad. De fick försöka vara lite mer påhittiga. Återigen sökte han ett svar i den mentalt störde Barkers personlighet. Barker hade, i sin osammanhängande utläggning, avslöjat mer än han borde ha gjort.

"Du, Joe", sa Austin tankfullt, "kommer du ihåg vad vår värd sa om slussportarna?"

"De håller de mest aggressiva fiskarna skiljda från varandra. Annars skulle hans små kelgrisar slita sönder varandra."

"Han sa också att allting ombord är larmat. Jag slår vad om att det går ett larm när slussportarna öppnas. Vad sägs om att ställa till lite kaos?"

Austin drog upp en av portarna. Fiskarna på bägge sidor om slussporten hade kommit upp till ytan. Så snart en människa var i närheten trodde de att det var matdags. När porten var borttagen, stelnade fiskarna till ett kort ögonblick. Sedan blev det bara ett suddigt virrvarr av fenor. Något silvervitt blänkte till, och man såg huggande käftar. Austin och Zavala tänkte på det öde som Barker hade planerat för dem och såg på den tysta striden med en kall känsla i maggropen. Efter bara några sekunder var vattnet fullt av blod och köttslamsor. Varelserna hade slitit varandra i stycken.

En röd lampa på väggen hade börjat blinka när slussporten togs bort. Austin väntade vid dörren medan Zavala avvaktande stod på gångbryggan. Zavala nästan skrek av glädje när bara en ensam vakt dök upp. Vakten stannade tvärt när han fick syn på Zavala och höjde sitt gevär. Austin klev fram bakom honom och sa: "Hejsan." När vakten vände sig om, smällde Austin till med armbågen mot hakan på honom. Vakten sjönk ihop på golvet som en påse valspäck. Austin nappade åt sig hans gevär och slängde det till Zavala. Sedan hittade han en strömbrytare som man stängde av larmet med.

När Zavala återigen var beväpnad och Austin höll i svärdet, som om han var på väg för att belägra en borg, lämnade de rummet med fisktankarna och följde en kort korridor som ledde fram till trappan ner till styrhytten. Från sin utsiktspunkt kunde de se genom den öppna dörren. Flera män rörde sig i hytten eller stod vid reglagen, men Barker fanns inte bland dem. Austin tecknade åt Zavala att dra sig tillbaka. Styrhytten kunde vänta. Det verkade dumt att tampas mot klorna och tänderna på Oceanusmonstret när det kanske var lättare att hugga av huvudet.

Austin hade en ganska god uppfattning om var han skulle kunna hitta Barker. De skyndade tillbaka till fiskrummet och vidare genom en korridor tills de kom till det kombinerade arbetsrummet och museet där Austin hade hittat Durendal. Austins gissning visade sig stämma. Vetenskapsmannen och hans ärrade hantlangare stod böjda över kartbordet.

Scarface med sina djuriska instinkter anade att de kom och lyfte på huvudet. Han fick syn på de två NUMA-männen, och hans ansikte förvreds i vilt raseri. Barker hörde sin medhjälpare morra och tittade upp. Efter den första förvåningen sprack hans ansikte upp i ett leende. Austin kunde inte se ögonen bakom solglasögonen, men han märkte att blicken var riktad mot svärdet. Utan ett ord gick

Barker fram och lyfte upp hornet, sedan tittade han ner i kistan.

"Ser man på, mr Austin. Ni tycks vara både tjuv och fripassagerare."

Han stängde locket och skulle just lägga tillbaka hornet ovanpå. Men först kastade han en blick på Scarface, som svarade med en nästan omärklig nick. Innan Austin hann reagera, slungade Barker i väg hornet mot Zavalas huvud. Zavala duckade och hornet missade med några centimeter. Umealiq utnyttjade den förvirrade situationen och kastade sig in bakom skrivbordet. Smidig som en katt tog han skydd bakom en tung soffa. Plötsligt poppade han upp som en ful gubben i lådan, slängde i väg ett skott med sin pistol och slank sedan ut genom en dörr.

"Ta fast honom innan han larmar de andra!" ropade Austin. Men Zavala var redan på väg.

Austin och Barker blev ensamma kvar. Med leendet fortfarande klistrat i det spöklika ansiktet sa Barker: "Det verkar som om det här kommer att stå mellan er och mig, mr Austin."

Austin log tillbaka. "Om så är fallet är ni förlorad."

"Stora ord. Men betänk er situation. Umealiq kommer att döda er kollega, och om ett ögonblick kommer det att välla in beväpnade män genom den där dörren."

"Betänk *er* situation, Barker." Han höjde svärdet och gick närmare. "Jag tänker skära ut ert kalla hjärta och kasta det till de muterade monstren."

Barker snodde runt som en balletdansör, ryckte åt sig en harpun som tillhörde eskimåutställningen från väggen och, med en snärtig rörelse, vräkte han den mot Austin med förvånansvärd precision. Austin hukade sig för att undgå projektilen. Harpunen borrade in sig i bröstet på en av mumierna. Ställningen som höll upp mumien klädd i skinnkläder välte omkull och drog med sig aluminiumplåten med ordet "Nietzsche" på. Barker ryckte åt sig ännu en harpun från väggen och gick till attack mot Austin, och i andra handen hade han en elfenbenskniv från utställningen.

Austin högg av harpunspetsen med en snabb sving med svärdet, men samtidigt blottade han sig. Han klev bakåt för att undgå kniven men råkade trampa på hornet som låg på golvet. Vristen vek sig så att han föll. Barker ropade i triumf och störtade fram. Austin hade landat med svärdet under sig och kunde inte få upp det i försvarsposition. Då kom kniven svepande genom luften. Austin parerade hugget genom att blockera Barkers handled. Han försökte få grepp om handleden, men han var svettig i handflatan. Snabbt släppte han svärdet och fick fram den andra handen, så att han kunde tvinga bort knivspetsen från strupen.

Frustrerad över Austins överlägsna styrka, ryckte Barker handen bakåt och måttade ett nytt hugg. Austin rullade undan och lät svärdet ligga kvar. Båda två kom på fötter i samma ögonblick.

När Austin försökte ta upp svärdet, svepte kniven genom luften bara några centimeter från hans bröst. Barker sparkade undan svärdet och närmade sig Austin. Austin drog sig bakåt och kände skrivbordskanten bakom sig. Han kom inte längre. Barker var nu så nära att Austin kunde se sitt eget ansikte reflekteras i solglasögonen.

Barker log och höjde kniven.

Zavala hade rusat ut genom dörren och tvärstannade. Han hade väntat sig att komma ut i en korridor. I stället befann han sig i en liten skrubb, inte mycket större än en telefonkiosk, med stegpinnar som gick uppför ena väggen. En ensam vägglampa lyste upp det trånga utrymmet. Under lampan satt en hållare med ficklampor. En av lamporna saknades. Han slet åt sig en av de återstående ficklamporna och lyste uppåt med den. Då tyckte han sig skymta en rörelse i ljuskäglan, men sedan bara mörker. Han hängde geväret över axeln, körde in ficklampan innanför bältet och började klättra. Schaktet vidgade sig till en gång, som löpte inuti några triangelformigt hopmonterade balkar. Antagligen en del av kölen, som stabiliserade luftskeppet och gjorde det möjligt att ta sig in i dess inre.

Kölen korsade en annan gång. Zavala höll andan och hörde ett svagt *pling*. Det kunde ha kommit från en känga eller en sko som smällde mot metallen. Han vek av in i den nya gången och märkte att den böjde sig uppåt mot insidan av zeppelinarens skal. Det vita tyget i de uppblåsta gassäckarna var hårt pressat mot skelettet på andra sidan om honom. Han gissade att han befann sig inuti en ring som tillsammans med kölarna gav luftskeppet stadga.

Hans teori bekräftades när gången började luta bakåt, så att han klättrade rakt ovanför de väldiga säckarna. Zavala var i god fysisk form, men han flämtade tungt då han, högst upp i zeppelinaren, kom till en ny triangelformad gång som löpte i luftskeppets längdriktning, från för till akter. Valet var enklare den här gången. Han riktade lampan utmed den längsgående konstruktionen. Då skymtade han något som rörde sig och hörde tunga steg som ekade på avstånd.

Zavala störtade i väg längs kölen, väl medveten om att han var tvungen att stoppa Scarface innan denne nådde fram till styrhytten och slog larm. Så kom han till ännu en förbindelsepunkt där den längsgående gången korsade ännu en stödjande ring. Det syntes eller hördes ingenting som kunde avslöja vart Scarface hade gått. Zavala försökte för sitt inre öga se en bild av insidan på det jättelika luftskeppet.

Om han tänkte sig det hela som en urtavla, så borde korridoren där han befann sig vara vid klockan tolv. Den längsgående gången han hade sett tidigare var vid klockan åtta. För att hålla ihop ringarna stadigt måste det finnas en tredje horisontell gång vid klockan fyra. Han kanske kunde genskjuta Scarface i korsningen.

Han tog sig ner genom ringen, halvt klättrande, halvt fallande. Han nästan skrek av triumf när han stötte på den tredje längsgående gången. Så sprang han genom passagen, och vid varje ring stannade han och lyssnade. Han gissade att Scarface skulle ta sig så långt fram han kunde innan han fortsatte ner mot styrhytten via en av ringarna.

Vid den tredje förbindelsepunkten mellan kölen och en ring hörde Zavala ett *klang-klang* när någon klättrade nerför metallstegen. Han väntade tålmodigt tills han hörde tunga andetag. Då tände han ficklampan. Ljuskäglan fångade Scarface fastklamrad vid stegen som en stor, ful spindel. Scarface insåg att motståndaren hade genskjutit honom och började klättra uppför igen.

"Stanna!" beordrade Zavala. Han satte hagelgeväret till axeln.

Umealiq stannade och såg ner på Zavala med ett hånleende på läpparna. "Idiot!" ropade han. "Skjut bara. Då skriver du på din egen dödsdom. Om du missar mig och träffar en vätgassäck, kommer hela luftskeppet att gå upp i lågor – och då dör både du och din kollega."

Det ryckte i Zavalas mungipor. I egenskap av ingenjör var han väl förtrogen med egenskaperna hos olika ämnen. Han visste att vätgas var flyktig, men om man bara inte använde spårljusammunition så var det osannolikt att gasen skulle antändas. "Där har du alldeles fel", sa han. "Det enda som händer är att det går hål på gassäcken."

Det ondsinta leendet försvann. Umealiq lutade sig ut från stegen och riktade sitt vapen mot Zavala. Hagelbössan brann av. Den kraftiga hagelsvärmen träffade Umealiq rakt i bröstet och slog ner honom från stegen. Zavala tog ett kliv bakåt för att inte träffas av kroppen som föll ner framför honom. Medan livet rann ur Umealiq, förvreds hans ansikte av misstro.

"Du hade fel om en sak till", sa Zavala. "Jag missar inte."

Medan Zavala jagade Scarface, hade Austin kämpat för sitt liv. Än en gång hade han slagit till med vänsterhanden så att den träffade Barkers handled, och kniven hejdades endast några centimeter från hans strupe. Sedan försökte Austin med högerhanden grabba tag om halsen på Barker, men denne ryckte undan huvudet. I stället slet Austins trevande fingrar av honom solglasögonen. Plötsligt stirrade han in i Barkers ljusgrå ormögon. Austin stelnade till för ett ögonblick och tappade greppet om handleden. Då ryckte Barker armen bakåt, beredd att hugga igen.

Austin sträckte ut armen över skrivbordet bakom sig och trevade desperat med fingrarna efter en brevpress eller något annat som han kunde slå till Barker i skallen med. Då brände han sig på något. Hans hand hade snuddat vid en av halogenlamporna som lyste upp kartan. Han grep tag i lampan och körde upp den i ansiktet på Barker, i hopp om att bränna honom. Barker höll lampan ifrån sig, men han kunde inte värja sig mot ljuset. Det var som om Austin hade slängt syra i Barkers ljuskänsliga ögon. Han vrålade och satte handen som skydd för ögonen. Skrikande på kiolyaspråket vacklade han bakåt. Austin såg förbluffat vilken verkan en enda glödlampa hade haft.

Barker trevade sig ut från rummet. Austin tog upp svärdet och gick efter honom. I sin iver att fånga Barker innan vetenskapsmannen lyckades ta sig till styrhytten, blev Austin oförsiktig. Barker stod och lurpassade på honom innanför dörren till rummet med fiskarna, och knivhugget träffade Austins bröstkorg två decimeter från den gamla skadan. Austin tappade svärdet och föll från gångbryggan och ner på plastlocken som täckte fisktankarna. Han kände hur något varmt och fuktigt blötte ner hans skjorta.

Ett elakt skratt hördes från Barker, som stod på gångbryggan, upplyst av det blå ljusskenet från fisktankarna. Han tittade än hit och än dit, och Austin insåg till sin lättnad att han fortfarande var blind. Austin försökte släpa sig fram ovanpå locken på tankarna. Varelserna under plasten rörde sig i vattnet när de såg honom förflytta sig och kände blodlukten. Barker vred huvudet åt Austins håll.

"Alldeles riktigt, mr Austin. Jag kan fortfarande inte se. Men min känsliga hörsel ger mig en annan sorts syn. I de blindas land är mannen med den bästa hörseln kung."

Barker försökte provocera fram en ödesdiger reaktion från sin motståndare. Austin förlorade blod och visste inte hur länge till han skulle förbli vid medvetande. Zavala kunde vara död. Han var utlämnad åt sig själv. Det fanns bara en möjlighet. Han drog locket åt sidan på den närmaste fisktanken och stönade högt för att dölja ljudet.

Barkers huvud stannade likt en radarantenn som fixeras mot målet. Han log, och hans bleka ögon såg rakt på Austin.

"Är ni skadad, mr Austin?" sa Barker.

Han tog några steg mot Austin på gångbryggan. Austin stönade på nytt och drog bort locket över tanken någon decimeter till. Barker klev ner från gångbryggan och gick sakta över locken på fisktankarna. Austin tittade hastigt på öppningen. Springan var fortfarande mindre än trettio centimeter. Han stönade igen och drog bort locket någon decimeter till.

Barkers stannade och lyssnade som om han misstänkte någonting.

"Dra åt helvete", sa Austin. "Jag håller på och öppnar slussportarna."

Barker blev lång i ansiktet, gav till ett djuriskt morrande och vräkte sig fram. Han hörde aldrig när Austin sköt bort locket ett par decimeter till – och plötsligt hade han klivit rakt ner i fisktanken. Han försvann utom synhåll, sedan kom huvudet upp till ytan igen. Hans ansikte förvandlades till en skräckslagen mask när han insåg var han befann sig, och han klamrade sig fast vid kanten och försökte häva sig upp. Den muterade fisken i behållaren hade blivit skrämd av intrånget, men nu nosade den kring Barkers ben. Den hade också blivit upphetsad av blodet från Austins sår som droppat ner i vattnet.

Austin reste sig och drog helt lugnt upp de närmaste slussportarna. Barker var halvvägs upp ur vattnet när fiskarna från de intilliggande tankarna hittade honom. Hans ansikte blev ännu vitare, och

338

sedan halkade han tillbaka ner i tanken. Det blev häftiga rörelser i vattnet ... och hans kropp försvann i ett blodigt töcken.

Austin stängde av larmet och vacklade bort till Barkers arbetsbord, där han hade hittat ett medicinskåp med en förbandslåda. Med hjälp av tejp och bandage stoppade han blödningen. Sedan hämtade han svärdet och tänkte följa efter Zavala för att se om han kunde hjälpa honom, men i samma stund kom hans kollega inklivande genom dörren.

"Var är Barker?" sa Zavala.

"Det uppstod vissa meningsskiljaktigheter och han gick i bitar." Austins läppar drogs till ett glädjelöst leende. "Jag berättar senare. Vad hände med Scarface?"

"Ett dödligt gasanfall." Han kastade en blick omkring sig. "Börjar det inte bli dags att kliva av snart?"

"Jag hade just börjat njuta av åkturen, men jag förstår vad du menar."

De skyndade fram till styrhytten. Där fanns bara tre personer. En stod vid en spakförsedd ratt i den främre änden av hytten. En annan manövrerade en liknande ratt på babordssidan. Den tredje, som verkade ha befälet, instruerade de andra. När han såg Austin och Zavala komma, förde han handen till pistolen han hade i bältet. Men Austin var inte på humör för något tjafs.

Han satte svärdets rakbladsvassa klinga under befälhavarens adamsäpple och sa: "Var är de andra?"

Hatet ersattes av fruktan i mannens mörka ögon. "De bemannar förtöjningslinorna inför landningen."

Medan Zavala täckte honom, sänkte Austin svärdet och gick fram till ett av gondolens fönster. Det hängde linor från ett tiotal ställen utmed den väldiga zeppelinaren. Luftskeppets strålkastare lyste på de uppåtvända ansiktena på männen som väntade nedanför, för att hugga tag i linorna och dra farkosten till en förtöjningsmast. Austin vände sig om och beordrade befälhavaren att ta med sig sina mannar och lämna styrhytten. Sedan låste han dörren bakom dem.

"Vad tror du?" sa han till Zavala. "Kan du flyga den här antikviteten?"

Zavala nickade. "Den är som ett stort fartyg. Ratten längst fram manövrerar man rodret med. Den på sidan går till höjdrodren. Säkrast att jag sköter den – för där måste man vara lätt på hand."

Austin gick bort till ratten som reglerade rodret. Zeppelinaren lutade framåt, så han fick en klar bild av scenen nedanför. Markpersonalen hade redan fått tag i några av förtöjningslinorna.

Han tog ett djupt andetag och vände sig mot Zavala. "Nu flyger vi."

Zavala vred på ratten till höjdrodret, men luftskeppet vägrade att stiga. Austin drog upp motorreglagen till halv fart framåt. Zeppelinaren började röra sig, men förtöjningslinorna höll ner den.

"Vi behöver mer lyftkraft", sa Zavala.

"Vad tror du om att dumpa lite last?"

"Det kan funka."

Austin synade kontrollpanelen tills han hittade det han sökte. "Vänta ett tag", sa han.

Han tryckte på knappen. Det hördes ett forsande ljud när fisktankarna tömdes. Hundratals sprattlande fiskar och tusentals liter vatten forsade ut genom rännorna under luftskeppet och regnade ner över männen nedanför. Markpersonalen sprang åt alla håll och släppte förtöjningslinorna. De som inte släppte taget drogs med upp i luften när zeppelinaren plötsligt steg, till följd av den minskade barlasten. Då släppte de också.

Luftskeppet rörde sig framåt och uppåt tills det svävade fritt. Austin upptäckte att rodret, precis som Zavala hade sagt, inte var särskilt olikt det som användes för att styra ett fartyg. Det var en viss fördröjning innan den stora kroppen över deras huvuden reagerade på rattrörelsen. Austin styrde zeppelinaren ut mot havet. I det gyllene glittret från soluppgången kunde han se silhuetten av en båt ett par distansminuter från land. Sedan avbröts han i sina funderingar av ett ljudligt bankande på dörren till styrhytten.

Han hojtade över axeln. "Jag tror vi har utnyttjat gästfriheten lite för mycket, Joe."

"Jag märkte aldrig att det *fanns* nån gästfrihet."

Austin styrde mot båten, och när de kom närmare drog han ner farten till SAKTA. Zavala snurrade på ratten till höjdrodret så att zeppelinaren skulle börja stiga. Därefter klättrade de ut genom fönstren och högg tag i var sin förtöjningslina. Austin hade vissa problem att hålla sig fast på grund av sin senaste skada, men han lyckades sno benen om repet och kontrollera sin nerfärd ganska bra. De firade sig ner mot havet samtidigt som luftskeppet började vinna höjd igen.

Paul hade stått på vakt några minuter tidigare då han plötsligt hörde ljudet av stora motorer. Det pågick något i luften ovanför Oceanusanläggningen. Himlen perforerades av ljuskäglor. Han såg en väldig skugga, och sedan reflekterades strålkastarna mot luftskeppets metallskal. Farkosten vände ut mot havet och sänkte sig undan för undan allt längre ner, samtidigt som den närmade sig båten.

Han väckte Gamay och bad henne varsko resten av besättningen. Han var rädd att Ocenaus kanske hade kallat på förstärkning från luften. Den sömndruckne kaptenen infann sig på däck ett ögonblick senare.

"Vad är det som händer?" sa han.

Paul pekade på den annalkande zeppelinaren som glödde i morgonsolen som om den stod i brand. "Det är säkrast att vi flyttar på oss. Man vet inte om den är vän eller fiende."

Kaptenen var klarvaken nu. Han sprang upp till bryggan.

Professor Throckmorton befann sig också på däck. "Gode gud", sa professorn. "Det där är det största jag nånsin har sett."

Motorerna mullrade, och båten satte sig i rörelse. De såg oroligt hur luftskeppet knappade in på dem. Det rörde sig ryckigt, vänster och höger, sedan rörde sig nosen upp och ner. Men en sak var klar – det kom rakt mot dem, så lågt att linorna som hängde under snuddade vid vågorna.

Gamay hade fokuserat blicken på styrhytten. Hon såg ett par huvuden dyka upp i fönstren, sedan klättrade två män ut och gled nerför repen. Hon pekade ut dem för Paul, och ett stort leende spred sig över hans ansikte. Kaptenen hade återvänt ut på däck. Paul sa åt honom att stanna båten.

"Men då hinner de i fatt oss."

"Alldeles riktigt, kapten. Alldeles riktigt."

Mumlande för sig själv skyndade kaptenen tillbaka till bryggan. Paul och Gamay tog hjälp av några besättningsmän och firade ner fartygets uppblåsbara båt med utombordare. Maskinerna gick ner på tomgång, och båten stannade när zeppelinarens jättelika silhuett skymde himlen. När luftskeppet befann sig i rät vinkel mot fartyget, föll gestalterna som hängde i linorna i vattnet med två stora plask. Den uppblåsbara båten åkte fram vid sidan om de guppande huvudena. Paul och Gamay drog ombord Zavala och Austin.

"Vad kul att ni kom förbi", sa Paul.

"Trevligt att ni drog upp oss", sa Austin.

Även om Austin skrattade av glädje så höll han ett öga på zeppelinaren. Till hans lättnad rätade luftskeppet upp sig och styrde bort från båten. Barkers mannar måste ha brutit sig in i styrhytten. Med sina automatvapen kunde de ha gjort processen kort med båten och alla ombord. Men kiolyafolket saknade ledare nu, utan den store Toonook.

Inom några minuter fick Austin och de andra hjälp av vänliga händer att komma ombord på forskningsfartyget. Austin och Zavala fördes ner under däck och försågs med torra kläder. Gamay lade förband på Austins senaste skada, och hon gjorde det mycket skickligt. Såret skulle kanske behöva sys med några stygn, men det såg värre ut än det var. På plussidan fanns ändå – tröstade sig Austin – att han skulle få matchande ärr på båda sidor av bröstkorgen. Han och Zavala satt i mässen tillsammans med makarna Trout, och njöt av starkt kaffe och värmen från kabyssen, när kocken, en newfoundländare, frågade om de ville ha frukost.

Austin insåg att de inte hade ätit något sedan köttkonserven de fått i sig dagen innan. Av Zavalas blick att döma var han minst lika hungrig.

"Fixa till vad som helst", sa Austin. "Bara det är mycket."

"Ni kan få fiskkroketter och ägg", sa kocken.

"*Fiskkroketter?*" sa Zavala.

"Javisst. Det är en newfoundländsk specialitet."

Austin och Zavala växlade en blick. "Nej, tack", sa de.

40

Bear kom precis som utlovat.

Therri hade kontaktat "djungelflygaren" på radion, förklarat att de behövde evakuera nära femtio personer och vädjat om hans hjälp. Utan att ställa några frågor hade Bear samlat ihop varenda yrkesbroder inom tjugo mils avstånd. Sjöflygplan kom flygande från alla håll för att transportera människorna på stranden. De gamla och sjuka gick ombord först, därefter de yngre. Therri stod på stranden, med en blandning av lättnad och sorg, och vinkade farväl till sin nyfunna vän Rachel.

På grund av det blodiga beviset för hans hjältemod, fick Ryan åka därifrån med ett av de första planen. Med axeln ombunden för att stoppa blodflödet och förhindra infektion, fördes han tillsammans med de andra till ett litet men välutrustat sjukhus. Bröderna Aguirrez ordnade egen transport genom att anropa Euro-Coptern som flög dem tillbaka till lustjakten med nyheter om förlusterna.

Innan de gav sig av därifrån åkte Ben och några av de yngre männen i stammen tillbaka över sjön för att se vad som återstod av Barkers anläggning. Vid återkomsten rapporterade de att ingenting fanns kvar. När Therri frågade hur det gått med monsterfiskarna hon hade sett, log Ben och sa: "Grillade."

Therri, Ben och Mercer var bland de sista som åkte därifrån. Den här gången kändes det enbart betryggande med de lurviga tärningarna i Bears cockpit. När sjöflygplanet svängde över skogen, tittade hon ner på det stora svartnade området där Barkers otroliga byggnad hade legat.

"Ser ut som det varit en liten skogsbrand där nere", hojtade Bear genom motorbullret. "Vet ni nånting om det?"

"Nån måste ha varit oförsiktig med tändstickor", sa Mercer. När han såg det skeptiska uttrycket i Bears ögon, log han och sa: "När vi kommer tillbaka ska jag berätta hela historien för dig över en öl."

I själva verket krävdes det flera öl.

Austin och Zavala njöt under tiden av att ha återförenats med makarna Trout och av den avkopplande båtfärden tillbaka till hamnen, ombord på Throckmortons forskningsfartyg. Throckmorton befann sig fortfarande i chocktillstånd efter avslöjandet om Barkers vanvettiga plan, och han lovade att vittna inför senator Grahams kongressutskott så snart han hade informerat Vita huset om riskerna med genmodifierad fisk.

När Austin kom tillbaka till Washington, träffade han Sandecker för att lämna en rapport om uppdraget. Amiralen lyssnade uppmärksamt till historien om Barkers död, men det som verkligen fascinerade honom var Durendal. Han höll varsamt svärdet i sina händer.

Till skillnad från många andra havets män var inte Sandecker vidskeplig, så Austin höjde på ögonbrynen när amiralen såg på den glimmande klingan och mumlade: "Det här vapnet är förtrollat, Kurt. Det verkar leva sitt eget liv."

"Jag hade samma känsla", sa Austin. "Första gången jag tog upp det kändes det som om en elektrisk stöt gick från svärdsfästet in i min arm."

Sandecker blinkade till, alldeles som om förtrollningen släppte sitt grepp om honom, och stack ner svärdet i skidan igen. "Vidskepligt strunt, givetvis."

"Givetvis. Vad tycker du vi ska göra med det?"

"Det är väl inget att tveka om. Vi lämnar tillbaka det till den senaste rättmätige ägaren."

"Roland är död, och om mumien jag såg var Diego, så kommer han inte att göra anspråk på Durendal i första taget."

"Låt mig få fundera på saken. Har du nåt emot om jag lånar svärdet under tiden?"

"Inte alls, även om jag kanske skulle behöva det för att hugga mig fram genom högarna med pappersarbete som väntar."

Sandecker tände en cigarr och kastade tändstickan i öppna spisen. Så log han sitt välbekanta krokodilleende och sa: "Jag har alltid tyckt att eld är det effektivaste sättet att ta hand om avfallet från vår federala byråkrati."

Sandeckers kallelse kom några dagar senare. Amiralens röst sprakade i telefonen. "Har du tid att komma upp till mitt kontor en stund, Kurt? Ta med dig Joe också. Det är några här som vill träffa er."

Austin fick tag i Zavala på labbet för djupdykningskonstruktion och vidarebefordrade Sandeckers meddelande. De anlände till amiralens kontor samtidigt. Receptionisten log och vinkade förbi dem. Sandecker tog emot dem vid dörren och förde in dem till NUMA:s nervcentrum.

"Vad bra att ni kunde komma", sa han översvallande och grep tag i bägges armar.

Austin log åt Sandeckers illistiga välkomnande. Man hade inget val när Sandecker kallade. De som kom för sent eller inte alls fick känna på amiralens vrede.

Bakom Sandecker stod Balthazar Aguirrez och hans två söner. Balthazar vrålade av förtjusning när han fick se Austin. Först skakade han hand med Austin, och sedan tog han Zavalas hand i sitt skruvstädsliknande grepp.

"Jag bad mr Aguirrez och hans söner att titta in, så att vi fick tacka dem för att de hjälpte oss i Kanada", sa Sandecker. "Jag har berättat för dem om ert uppdrag."

"Vi hade inte klarat det utan er hjälp", sa Austin. "Jag beklagar att ni förlorade den där piloten och en helikopter. Och att Pablo blev skadad."

Aguirrez viftade avvärjande med handen. "Tack, min vän. Helikoptern var bara en maskin och kan lätt ersättas. Som ni kan se, så läker min sons sår riktigt fint. Pilotens död var en tråkig historia, men i likhet med alla besättningsmän på min båt var han en välavlönad legosoldat fullt medveten om riskerna med sitt självvalda yrke."

"Men likafullt en tragisk förlust."

"Självklart. Jag är glad för att ert uppdrag lyckades, men har ni några nyheter om svärdet och hornet?"

"Det verkar som om era reliker har haft en lång och mödosam resa", sa Sandecker. "Med hjälp av loggboken Kurt hittade i Barkers makabra museum, har vi lyckats pussla ihop historien. Er anfader, Diego, seglade över Atlanten från Färöarna. Men han nådde aldrig land. Han och hans besättning dog, sannolikt av sjukdomar. Skeppet drev i väg och fastnade i polarisen. Flera hundra år senare upptäcktes karavellen av zeppelinaren, som var ute på en hemlig flygning till Nordpolen, och tog med sig kroppen efter er förfader. Men luftskeppet drabbades av tekniska problem och tvingades gå ner på isen. Kiolyafolket hittade det och tog i sin tur med sig kropparna efter Diego och zeppelinarens kapten, Heinrich Braun."

"Kurt har berättat historien för mig", sa Aguirrez otåligt. "Men hur gick det med relikerna?"

Sandecker sa: "Nu tror jag bestämt jag är oartig, mina herrar. Varsågoda och sitt. Jag tror det är dags för lite konjak."

Amiralen vinkade fram sina gäster till de bekväma läderfåtöljerna framför skrivbordet och gick bort till ett barskåp som var dolt bakom en väggpanel. Han kom tillbaka med en flaska B & B och hällde upp en skvätt konjak åt var och en. Han stack näsan i det vida glaset, slöt ögonen och tog ett djupt andetag. Sedan låste han upp sin cigarrfuktare och tog fram några av sina specialtillverkade cigarrer. Han skickade runt cigarrerna och klappade på bröstfickan på sin marinblå blazer.

"Jag har visst tappat bort cigarrsnopparen. Ingen av herrarna som råkar ha en kniv? Sak samma." Han stack in handen under skrivbordet, drog fram en svärdsskida och lade den på skrivbordet. "Det här kanske funkar."

Balthazar såg på honom med uppspärrade ögon. Han reste sig ur fåtöljen och sträckte sig efter svärdsskidan, så tog han upp den med båda händerna som om den varit av glas. Med darrande fingrar drog han ut svärdet ur skidan och höll det högt över huvudet, som om han samlade Karl den stores här till strid.

Hans läppar formades till ett enda ord. "Durendal."

"Hornet kommer om några dagar, tillsammans med stoftet efter er anfader", sa Sandecker. "Jag tänkte att ni kanske kunde vidarebefordra de här ovärderliga relikerna till de rättmätiga ägarna."

Balthazar stack tillbaka svärdet i skidan och skickade det vidare till sina söner.

"De rättmätiga ägarna är det baskiska folket. Jag ska använda

Rolands svärd och horn för att se till att baskerna slutligen uppnår självständighet." Han log. "Men på ett fredligt sätt."

Glädjen över att hans teatraliska gest blivit en sådan succé syntes tydligt i Sandeckers klarblå ögon. Han höjde sitt glas i luften. "Låt oss skåla för det", sa han.

Ryan ringde till Austin senare samma dag och meddelade att han var tillbaka i Washington. Han bad Austin möta honom på det "vanliga stället". Austin anlände till Roosevelt Island några minuter för tidigt och väntade framför statyn när han fick se Ryan komma mot honom. Austin märkte att Ryan fortfarande såg blek och tärd ut efter skottskadan. Men det var något annat också. Den arroganta vinklingen av hakan och det pojkaktiga besserwisserleendet, som hade skämt Ryans stiliga utseende och stört Austin, var nu borta. Ryan verkade mognare och mer seriös.

Han log och räckte fram handen. "Tack för att du kom, Kurt."

"Hur känner du dig?"

"Som om nån hade skjutit prick på mig."

"Jag önskar jag kunde säga att man vänjer sig", sa Austin och tänkte på ärren efter kulor och knivstick som fanns på hans egen kropp. "Vetskapen om att du satte en käpp i hjulet för Barkers planer måste ändå lindra smärtan lite. Gratulerar."

"Jag skulle inte ha klarat det utan hjälp av Ben och Chuck, och Diego Aguirrez."

"Var inte så blygsam."

"Det är *du* som är blygsam. Jag hörde om era äventyr ombord på zeppelinaren."

"Jag hoppas det här inte håller på att förvandlas till en klubb för inbördes beundran", sa Austin. "Det vore synd att förstöra en sån underbar vänskap."

Ryan skrattade. "Jag bad dig komma hit för att be dig om ursäkt. Jag vet att jag har varit inte så lite övermodig och självgod."

"Det kan hända den bäste."

"Och så var det en annan sak. Jag försökte utnyttja Therri för att lättare få hjälp av dig."

"Jag vet det. Jag vet också att Therri är alldeles för självständig för att låta sig utnyttjas."

"Jag ville ändå be om ursäkt, innan jag åker."

"Du låter som om du tänkte fara bort mot solnedgången."

"Som *Shane*, menar du? Nej, det är jag inte riktigt redo för. Jag ska åka till Bali om några dagar för att se om SOS kan stoppa den illegala handeln med havssköldpaddor. Sen måste jag hjälpa till med en räddningsaktion för sjölejonen i Sydafrika och undersöka vad vi kan göra åt tjuvjakten i Galapagosöarnas naturreservat. Däremellan ska jag samla in pengar för att ersätta 'Sea Sentinel'."

"Ett ambitiöst program. Lycka till."

"Tack, det behövs nog." Ryan såg på klockan. "Ledsen att behöva springa, men jag måste samla trupperna."

De gick tillbaka till parkeringsplatsen, där de skakade hand ännu en gång.

"Jag har förstått att du ska träffa Therri senare i veckan."

"Vi ska äta middag, så snart vi kommer loss från våra kontor."

"Jag lovar att inte komma och avbryta er så där som jag gjorde i Köpenhamn."

"Var inte orolig", sa Austin. Han kastade en blick upp mot himlen, med ett hemlighetsfullt leende på läpparna. "Där jag ska bjuda Therri på middag den här gången kommer *ingen* att kunna störa oss."

41

"Får jag servera lite mer champagne, *mademoiselle?*" sa servitören.
"Ja, tack", sa Therri med ett leende. "Det vill jag gärna ha."
Servitören fyllde på det fina kristallglaset och gjorde en profes-
sionell liten knyck med Moët-flaskan. Med en smäll med klackarna
gick han tillbaka till sin plats, redo att bli kallad på med endast en
höjning på ögonbrynet. Han var oklanderligt klädd, hans svarta hår
var bakåtkammat med glänsande pomada, och en pennstreckstunn
mustasch prydde hans överläpp. Han hade exakt den rätta attityden,
en uttråkad likgiltighet kombinerad med odelad uppmärksamhet.
"Han är *underbar*", viskade Therri. "Var fick du tag i honom?"
"Direkt från Orientexpressen", sa Austin. När han såg tvivlen
i Therris ansikte tillade han: "Jag erkänner. Jag har lånat honom
från NUMA:s personalrestaurang. Han jobbade som hovmästare
på La Tour d'Argent i Paris innan Sandecker anställde honom för
att ansvara för NUMA:s personalmatsal."
"Han har gjort ett enastående jobb med att fixa vår middag",
sa hon. De satt vid ett bord för två. Bordduken var av vitt, stärkt
linne. Porslinet och besticken gick i art déco-stil. Klädseln var hög-
tidsdräkt. Therri bar en suverän svart aftonklänning utan axel-
band, och Austin hade bytt ut smokingen som han förstört under
hundspannstävlingen i Washington. Hon nickade i riktning mot
stråkkvartetten som spelade Mozart i bakgrunden. "Jag antar att
musikerna är från National Symphony Orchestra."
Austins mun drogs till ett förläget leende. "De är kolleger från

NUMA:s konstruktionsavdelning som träffas på helgerna. Rätt bra, eller hur?"

"Ja. Och det var middagen också. Jag vet inte vem kocken är, men ..." Hon hejdade sig och fångade Austins blick. "Säg inget. Kocken var också från NUMA."

"Nej. Det är en vän till mig, S:t Julien Perlmutter. Han insisterade på att få laga mat åt oss i kväll. Jag ska presentera er för varandra senare."

Hon smuttade på champagnen och blev dyster till sinnes. "Jag är ledsen, men jag kan inte låta bli att då och då tänka på dr Barker och de monstruösa varelserna han skapade. Det känns som en mardröm."

"Jag önskar att alltsammans bara hade varit en dröm. Men Barker och hans kompisar var i högsta grad verkliga. Och det var även hans frankenfiskar."

"Vilken underlig, hemsk person han var. Jag antar att vi aldrig kommer att få veta hur nån som var så intelligent kunde bli så ond."

"Det blir ännu mer förbryllande när man tänker på att hans förfader enligt alla rapporter var en hygglig prick. Frederick Barker den äldre såg att eskimåerna svalt och försökte få de andra valfång-arkaptenerna att sluta skjuta valrossar."

"Hans gener måste ha förvridits när de förts vidare från genera-tion till generation", sa hon.

"Tillsätt lite gudasyndrom till den genetiska soppan så får du en galen vetenskapsman som betraktar sig själv som den onde anden personifierad."

"Det är ganska ironiskt, eller hur?" sa hon efter ett ögonblicks funderande. "Barker var en produkt av gener som gått fel. Det var exakt samma process som han använde på sitt laboratorium för att skapa monster av normalt sett fogliga fiskar. Jag ryser varje gång jag tänker på de där stackars missbildade varelserna." Det kom något ängsligt i hennes blick. "För det här *är* väl slutet på den där vanvettiga forskningen, va?"

Austin nickade. "Barker var verkligen ett geni. Men han skrev inte ner nånting. Han hade anteckningarna från sitt genetiska trix-ande lagrade i huvudet. Den kunskapen dog med honom."

"Men det skulle ju inte hindra att nån annan, nån som var lika begåvad, gjorde precis likadant."

"Nej, men kryphålen i lagen kommer snart att vara tilltäppta. Genförändrade fiskar kommer inte att tillåtas i USA. Och européerna är lika fast beslutna om att frankenfisk & chips aldrig ska stå på menyn. Utan en marknad finns det inga incitament."

"Hur gick det för resten av kiolyastammen?"

"Arresterade, döda eller på flykt. Utan Barker som hetsar upp dem till ursinne, skulle jag säga att de inte längre utgör nåt hot. Hur det går med Barkers tillgångar är en öppen fråga. Vargarna håller som bäst på att slita sönder hans stora imperium. Nu måste jag få fråga dig om en sak. Hur ser framtiden ut för dig och SOS?"

"Vi går skilda vägar. Jag har bestämt mig för att kommandoräder inte är min grej. Jag har blivit erbjuden jobb som miljörådgivare åt senator Graham."

"Vad kul att du blir kvar i stan."

Servitören bar fram en svart telefon till bordet. "Mr Zavala skulle vilja tala med er", sa han.

Joes röst hördes i andra änden. "Ledsen att jag stör under middagen. Jag tänkte bara att ni skulle veta att vi snart påbörjar landningen."

"Tack för upplysningen. Hur lång tid har vi på oss?"

"Tillräckligt för en mycket lång dans."

Austin log och lade på. "Det var Joe som ringde från styrhytten. Vi landar snart."

Therri såg ut genom det stora panoramafönstret på gobelängen av lampor långt där nedanför. "Så vackert det är. Jag ska aldrig glömma den här kvällen. Men hur i all sin dar lyckades du tjata dig till att få använda zeppelinaren till en middagsbjudning?"

"Jag var tvungen att utnyttja vissa kontakter. Tyskarna är angelägna om att få tillbaka det första luftskeppet som landade på Nordpolen. När jag fick höra att zeppelinaren skulle flygas från Kanada till Washington, erbjöd jag att ställa upp med en erfaren pilot, och i gengäld fick jag boka matsalen under några timmar. Det verkade vara enda sättet för oss att få äta middag ostörda." Han såg på klockan. "Piloten säger att vi hinner med en dans."

"Det vill jag jättegärna."

De reste sig från bordet och Austin bjöd henne armen, och så gick de in i den svagt upplysta salongen. Austin satte på en skivspelare och de milda tonerna av Glenn Miller strömmade ur högtalaren. "Tänkte vi skulle ha lite tidstypisk musik."

Therri blickade ut genom panoramafönstret på ljusen från miljonstaden. Hon vände sig om och sa: "Tack för en fantastisk middag."

"Det är inte slut än. När vi har landat kan vi ta en sängfösare hemma hos mig. Vem vet vart kvällen kommer att leda?"

"Åh, jag vet *exakt* vart den kommer att leda", sa hon med ett drömmande leende.

Han tog henne i sina armar, drog in doften av hennes parfym, och så dansade de bland stjärnorna, högt ovanför jorden.